绮红小史

经典书香·中国古典世情小说丛书

[清]慕真山人 著

团结出版社

图书在版编目(CIP)数据

绮红小史/(清)慕真山人著．—北京：团结出版社，2016.9 (2024.1重印)

ISBN 978-7-5126-4409-0

Ⅰ.①绮… Ⅱ.①慕… Ⅲ.①章回小说－中国－清代 Ⅳ.①I242.4

中国版本图书馆 CIP 数据核字(2016)第 202566 号

出　　版：团结出版社
　　　　　（北京市东城区东皇城根南街84号　邮编:100006）
电　　话：(010)65228880　65244790（传真〕
网　　址：www.tjpress.com
E－mail：zb65244790@vip.163.com
经　　销：全国新华书店
印　　刷：三河市明华印务有限公司
开　　本：150mm＊217mm　1/16
印　　张：26
字　　数：302千字
版　　次：2017年1月第1版
印　　次：2024年1月第2次印刷
书　　号：ISBN 978-7-5126-4409-0
定　　价：65.00元

前　　言

　　狭邪小说是清末小说的一个重要流派，《绮红小史》又名《青楼梦》，共六十四回，成书于光绪四年（1878年），是狭邪小说渐臻成熟时期的典型代表作品。作者俞达，又名宗骏，字吟香，江苏长洲（今苏州）人。一生功名不遂，颠沛流离，经常出入酒楼妓院，中年隐居山林，后死于中风。

　　俞达以自身经历为底本，参照《红楼梦》的模式和章法写成了《绮红小史》。讲述苏州书生金挹香，认定世间妓女多有情意，便到青楼之地寻觅知己，自此秉烛达旦，日夜流连于温柔乡里，与三十六位妓女发生感情纠葛。

　　作品中主人公金挹香"游花国，护美人，采琴香，掇巍科，任政事，报亲恩，全友谊"的一生，寄托了作者现实中难以实现的一种人生理想。而这种理想，在晚清狭邪小说中又有着普遍的意义，反映出当时社会背景下封建文人难以割舍的士子情结。描绘了晚清社会士人的文化心态以及在那个没落的时代士人的无奈——他们的宏远抱负无法实现、世道腐败、知己难寻……诸多的无奈使他们不得不将视线转向了妓女，希望在她们身上可以寻找到心灵的寄托与慰藉。

　　《绮红小史》向来被视为晚清狭邪小说"溢美"型的代表作，但如果将其视为苏州人写苏州事的地域小说，就能发现小说通过典型意象"画舫"在结构、内容、风格等方面的应用，巧妙地将苏州的地域文化传统交织在文本里，从而体现出独特的文化价值。书中将妓女描绘为情色佳人，毫无贬义，只贵在一个"情"字，立意清新脱俗。

编　者
2016 年 5 月

序

　　呜呼！世之遭时不偶者，可胜道哉！夫人生天地间，或负气节，或抱经济，或擅长学问文章，类宜显名当世，际会风云，顾乃考其生平，则又穷年偃蹇，湮没以终。岂士伸于知己，而屈于不知己欤？抑何其不幸也！虽然"嫫母乘时，则嫱施晦迹"，前人早言之矣。尝见夫伪才自饰者，往往膺高官，享重禄，亦岂不驰声海内，交重一时？纪载章章，更仆难数，固不得谓之异事也。语云："千里马常有，而伯乐不常逢。"此抑塞磊落之奇士，所以悲歌慷慨，而不能自已欤！吴门慕真山人心慨之，顷出其所撰《青楼梦》来乞为序。其书张皇众美，尚有知音，意特为落魄才人反观对镜，而非徒矜言绮丽为也。噫嘻！美人沦落，名士飘零，振古如斯，同声一哭。览是书者，其以作感士不遇也可，倘谓为异人狭邪之书，则误矣。

　　光绪四年戊寅古重阳日，金湖花隐倚装序于苏台行馆。

目　　录

第　一　回　　梦黄粱演成新说　　论红绡试访佳人 …………… 001

第　二　回　　花前重访艳　　月下暗牵丝 …………………… 008

第　三　回　　幻景迷离游洞府　　柔情缱绻证良缘 …………… 014

第　四　回　　效痴人二生说梦　　遇才妓三友联诗 …………… 020

第　五　回　　护芳楼挹香施巧令　　浣花轩月素试新声 ……… 025

第　六　回　　筵宴才人欣浮大白　　柬邀众美拟集闹红 ……… 033

第　七　回　　品名花二生逸致　　奏妙技诸美才能 …………… 040

第　八　回　　金挹香深闺掷巧　　姚梦仙野径锄强 …………… 051

第　九　回　　庆遐龄华堂称寿　　访名妓花国钟情 …………… 057

第　十　回　　漏春光柔情脉脉　　进良言苦口谆谆 …………… 067

第 十一 回　　诗感花姨　　恨惊月老 ………………………… 072

第 十二 回　　花月客深闺患疾病　　蜂蝶使梦里说因缘 ……… 079

第 十三 回　　留香阁挹香初觌面　　护芳楼月素愈添娇 ……… 086

第 十四 回　　吟艳诗才女钟情　　宴醉花美人结义 …………… 096

第 十五 回　　扮乞儿奇逢双美　　遇之子巧订三生 …………… 103

第 十六 回　　痴生话目　　美女倾心 ………………………… 108

第 十七 回　　对雪景众美联诗　　闯花国挹香闹席 …………… 115

第 十八 回　　消除夕四友写新联　　庆元宵众美聚诗社 ……… 123

第 十九 回　　宴挹翠痴生占艳福　　咏梅花众美拟诗题 ……… 128

第 二 十 回　钮爱卿诗魁第一　金揎香情重无双 …………… 135

第二十一回　情中情处处钟情　意外意般般留意 …………… 141

第二十二回　菊花天书生遇难　题糕日美女酬恩 …………… 147

第二十三回　幻变真痴生思爱姐　恨成喜好友作冰人 ……… 153

第二十四回　留香阁美人论义　揎翠园公子陈情 …………… 158

第二十五回　进良言揎香发愤　告素志拜林达衷 …………… 162

第二十六回　装诈伪巧施诡计　酬情义允订丝萝 …………… 170

第二十七回　告父母邹姚竭力　酬媒妁金钮欢心 …………… 176

第二十八回　采芹香儒阶初进　赋宜家旧好新婚 …………… 181

第二十九回　卅六美重宴揎翠园　闰五月再集闹红会 ……… 186

第 三 十 回　金揎香南闱赴试　褚爱芳东国从良 …………… 193

第三十一回　掇巍科才人驰誉　作幻梦美女飞仙 …………… 200

第三十二回　备列小星团圆五美　折磨中道疾病旬朝 ……… 206

第三十三回　金揎香抱病沉重　钮爱卿祷佛虔诚 …………… 213

第三十四回　药石无功揎香归地府　尘缘未断月老

　　　　　　赐仙丹 ………………………………………… 218

第三十五回　众美人登堂视殓　诸亲朋设祭助丧 …………… 224

第三十六回　悲中喜揎香魂返　意外望诸美心欢 …………… 230

第三十七回　省亲堂合家欢乐　梅花馆五美诙谐 …………… 235

第三十八回　夫作先生二乔受业　妻操中馈众美钦贤 ……… 241

第三十九回　天赐麟儿爱卿生子　诗联雁字素玉推魁 ……… 247

第 四 十 回　武雅仙订盟洪殿撰　章幼卿于归张观察 …………… 252

第四十一回　未免有情宝琴话别　谁能遣此月素分离 ……… 258

第四十二回　五卿成诀别　众美劝离愁 …………………… 265

第四十三回　赏中秋揎香怀美　开夜筵素玉劝夫 …………… 273

第四十四回　吃寡醋揎香增懊恼　制美酒小素醉糊涂 ……… 279

绮
红
小
史

经
典
书
香
中
国
古
典
世
情
小
说
丛
书

第四十五回　寄闲情支硎山拾翠　添幽恨虎阜浜伤春 ……… 287

第四十六回　吴秋兰初生玉女　谢慧琼早卜金夫 …………… 297

第四十七回　方素芝归位仙界　陆丽春遁入禅关 …………… 302

第四十八回　陈秀英遇人不淑　袁巧云远适难逢 …………… 307

第四十九回　留别有书增感慨　新编笑语解牢骚 …………… 313

第 五 十 回　钮爱卿华堂设宴　邹拜林北阙承恩 …………… 320

第五十一回　喜又喜双姬生子　悲更悲三美归西 …………… 326

第五十二回　悟空花吟诗悲夜馆　报劬劳捐职仕余杭 ……… 331

第五十三回　孝感九天割股医母　梦详六爻访恶知奸 ……… 337

第五十四回　嘉贤能荣升知府　请诰命恩报椿萱 …………… 348

第五十五回　花厅上青田礼斗　府衙内白日飞升 …………… 356

第五十六回　遵礼制孝子丁忧　问踪迹痴生辛苦 …………… 361

第五十七回　归故里扬名显姓　访旧美云散风流 …………… 366

第五十八回　看破世情抱香悟道　参开色界疯道谈情 ……… 371

第五十九回　小辈公然连捷　道情免强寻欢 ………………… 375

第 六 十 回　撇却红尘妻悲妾泣　抚成子女花谢水流 ……… 381

第六十一回　金抱香天台山得道　钮爱卿月老祠归班 ……… 388

第六十二回　邹拜林弃官修道　金抱香采药逢朋 …………… 393

第六十三回　众美人重逢仙界　四好友再聚山坳 …………… 399

第六十四回　证前因同登月老祠　了尘缘归结风流案 ……… 403

目
录

第 一 回

梦黄粱演成新说　论红绡试访佳人

词曰：

窝是销金，人来似玉，笙歌竞奏。山塘璧月琼楼，尽教遣此风光。却怜丝竹当年盛，忽兵戈变起仓皇。恨难禁，怨煞王孙，恼煞吴娘。

而今再睹升平宇，聚鸳鸯、小队脂粉成行。依旧繁华，青楼都贮群芳。个侬本是多情种，凭谁人着意评意？愿今生，锦帐千重，护遍红妆。

慕真山人曰：这首词是专说吴中风土，自古繁华，粉薮脂林，不胜枚举。虽经乱离之后，而章台种柳，深巷栽花，仍不改风流景象。吾少也贱，恨未能遍历歌筵，追随舞席，唯是凤负痴情，于"情"字中时加警惕。但近来有种豪华子弟，好色滥淫，恃骄夸富，非艳说人家闺阃①，即铺张自己风流，妄诩多情，其实未知"情"字真解。不知人之有情，非历几千百年日月之精华、山川之秀气、鬼神之契合、奇花异草、瑞鸟祥云、祯②符有兆，方能生出这痴男痴女。生可以死，死可以生，情之所钟，若胶漆相互分拆不开。所以，有情者之不罕觏③也？今我虽能解得

---

① 闺阃（kǔn）——古指女子所居住的内室。借指女子。

② 祯（zhēn）——吉祥。

③ 罕觏（gòu）——难以相见。

情中之旨，而满腔素志，总不能发泄一二分出来。

那日正在无聊，忽见一道人自门外突然而至，细视之，鹤发童颜，超然尘表。正欲诘所由来，那道人即出古铜镜一面曰："此尔一生佳话，尽寓其中，毋多诘，鉴后即明。"言讫不见。我即捧镜觑之，忽见镜中花木繁茂，不胜奇讶。熟视良久，觉得身轻如雾，神入镜中。恍惚间，见两旁栽植三十六本花树，树下各有一仙女侍立，正中坐着一位道长，相貌殊非凡品。正视间，见道长怀中取出一本书来，光华灿目，偷觑之，却是一本花名的册子。俄闻道者一一点名，树下众仙女俱上前参见，又见他默默地说了几句，众仙女始一齐退出。俄又闻仙乐盈盈，一道者带着一个仙女冉冉而来。及至，二人相见甚殷。那道者谓那位新来道者曰："座下金童玉女一案，本苑主已先发落三十六花降世去矣。如今两造俱至，望即施行。"那位道人点了点头，便宣仙女上前，也不知说了几句什么话，仙女亦即退去。继而又闻传宣我的名字，我也不解其故，便兢兢上前见了，那道者即命我投生吴中金氏。我正欲询其故，觉得一霎模糊，道者已失，自己竟变成了一个孩子，知已为金氏子。但细细熟思，前因未昧。及长，遂以挹香名之，游花国，护美人，采芹①香，掇巍科②，任政事，报亲恩，全友谊，敦琴瑟，抚子女，睦亲邻，谢繁华，求慕道，做了二十余年事业。

一日，忽见前生之赠镜道人一棒喝来，惊得大汗满身，神归躯壳，镜亦杳然。忽闻架上鹦哥诵诗云：

一番事业归何处，花谢春深老杜鹃。

---

① 采芹——旧指考中秀才成了县学生员。
② 巍科——科举高第。

醒后，细思镜中之事，犹觉历历可溯，于是假虚作实，以幻作真，将镜中所为所作，录成一书，共成六十四回，名之曰《绮红小史》，又曰《青楼梦》。其人虽无，其事或有，后之阅者作如是观亦可，不作如是观亦无不可。正所谓：

梦中成梦无非梦，书外成书亦算书。

此书非谈别事，专说镜中一段幻迹。这人姓金，字挹香，又字企真，苏州府长洲县人氏。父字铁山，母王氏。家非巨富，室尚小康。生挹香，极钟爱，十龄即就外傅，十四岁，诗赋文章已皆了了。及二八，父母欲为娶室，挹香素性风流，托言尚早，意欲目见躬逢，得天下有情人方成眷属。父母素溺爱，亦不过为固执之。挹香虽才思敏捷，应试不难，然志欲先求佳偶，再博功名，是以年将弱冠，未撷巍科。生性无纨绔气，有高士风。身余兰臭，无烦荀令薰香；貌似莲花，不借何郎傅粉。故人人爱慕之。

一日，挹香在书房看书，正在无聊，却有两个通家好友到来看他：一个姓叶，字仲英，因母制丁忧①，未邀显达；一个是姓邹，字拜林，宏才博学，早采芹香，与挹香最投契。因是日天气清和，仲英约拜林闲步寻春，同至挹香处，讨今论古，赏赋鉴文。拜林谓挹香道："昨日，我馆中课文严饬，甚属疲懒。今日幸得仲英过谈，故偕至你处散闷。"挹香乃问道："林哥哥，昨课何题？"拜林道："乃'不患无位'一章。诗题乃'昆仑奴盗红绡'。"挹香道："弟尝考昆仑奴盗红绡一事，真为千古美谈。老昆仑忠心为主，俏红绡慧眼钟情，如此佳人义仆，恐此时不能再得矣。弟素性痴狂，志欲访遍名花，窃恐莫予云覩。若得红绡辈

_____

① 丁忧——旧指遭逢父母的丧事。

事之，弟之愿亦毕矣。"复道："课作曾否带来？"拜林道："文未带来，只携诗在。"乃索诗，展开细读，读至第四韵："飞腾仙子术，窈窕美人躯。"不禁大赞道："风流倜傥，卓荦①不群，抑且脂香粉泽，足令读者神迷！第思红绡辈，此时虽不能遇，而风尘中亦多慧质。弟欲一访花丛，苟得知己能逢，亦何嫌飘残之柳絮、蹂躏之名花？不识兄等肯助我一游乎？"仲英道："弟愚矣！夫青楼之辈，以色事人，以财利己，所知惟诡，不知其情。朝秦暮楚，酒食是娱；强笑假欢，缠头是爱。况生于贫贱，长于卑污，耳目皆狭，胸次自小。所学者，婢膝奴颜；所工者，笑傲谑浪。即使抹粉涂脂，仅晓争妍斗媚，又何知情之所钟耶？"挹香道："兄差矣，夫秦楼楚馆，虽属无情，然金枝玉叶、士族官商有情者，沦落非乏其人，第须具青眼而择之，其中岂无佳丽？况歌衫舞扇，前代有贵为后妃者也。如绿珠奋报主之身，红拂具识人之眼，梁夫人勋垂史册，柳如是志夺须眉，固无论矣。即马湘兰之喜近名流，李香君之力排阉党，风雅卓识，高出一筹。然则章台之矫矫，不大联于深闺之碌碌者乎？又况梨涡②蕴藉，樊素③风流；过虎丘而吊真娘，寓钱塘而怀苏小，胥属文人墨士，眷恋多情之事也，兄何轻视若斯耶？"仲英语塞。拜林道："吾弟既必欲一行，我等亦不敢扫兴，但到何处去寻访春光呢？"挹香道："兄不闻干将坊中，章幼卿才技双全，艳名久著？弟未曾一见，何不乘兴而去。"拜林称善。于是三人偕往。

甫入门，早有人通报，即请入室。见其高堂大厦，书舫珠

---

① 卓荦（luò）——卓绝超群。

② 梨涡——本指宋妓黎情的酒窝。后泛称女子面颊上的酒窝。

③ 樊素——唐代女伎名，善舞。后代指擅歌舞的女伎。

帘，花木扶疏，雕栏缭绕。暂入座，有丽者姗姗至，道："家主请公子内书房叙话。"三人偕之行，曲折回廊，绰有大家模范。俄闻异香一阵，别开洞天，室中陈设愈雅：上悬一额曰"集红轩"，正中挂一幅名人画的"寒江独钓图"，两旁朱砂小对，四面挂几幅名人题咏。炉烟袅袅，篆拂瑶窗；珠箔沉沉，帘垂银线。三人正观时，见两垂髫捧茶出，谛视之，肌理细腻，风雅宜人。又非俄顷，引导者爰启朱唇诘姓氏，三人一一答之。拜林道："仆等闻贵小姐芳名，如雷贯耳，倾慕久深，屡欲瞻仰仙姿，犹恐鄙陋无文，莫由晋谒。今幸这位金公子说起，故不揣冒昧，斋沐①而来。倘蒙不弃，许觐兰仪，则镜阁妆台，尽可容生等一侍也。"婢道："公子贵人，说哪里话来。但家小姐晨妆未罢，未识贵公子能稍等否？"拜林道："不妨。"婢乃辞去。

又片时，忽听环佩珊珊，香风馥馥，四侍女扶幼聊出，至集红轩。红羞翠怯，娇靥②含春，身穿时花绣袄，低束罗裙。貌如仙子，腰似小蛮，莲瓣双钩，纤不盈掬。上前与三人见礼，各叙姓名，然后道："妾风尘陋质，貌乏葑菲③，怎敢劳贵公子殷殷垂顾？"挹香道："佳人难得震耳芳名，今蒙芳卿不弃，许见阶前，不胜侥幸。并知芳卿研穷翰墨，酷爱诗词，佳作唱和，往来必广，未识可能拜通一二否？"幼卿道："妾沦落烟花，确是性耽吟咏，故常蒙时流惠施藻句，时逢闺秀荣赐瑶章。妾虽酬答有诗，恐取出必遭贵公子窃笑也。"拜林："儒林多陈腐之言，不堪悦

---

① 斋沐——斋戒沐浴，以示谨慎恭敬。

② 靥（yè）——酒窝。

③ 葑（fēng）菲——葑与菲是两种可食用的菜。后用以表示尚有一德可取的意思。

目。苟有香奁①白雪，彤管阳春，仆等视之不啻性命，望之胜于云霓，乞芳卿赐我侪一读，何异百朋之锡②?"幼卿道："既蒙君子见爱，妾何敢藏拙？尚望勿笑乃幸。"遂命侍儿往取。未片刻，即携以出，上书"素芬集"，即示三人。中有《虎阜题壁》、《苏台怀古》、《牡丹八咏》，皆清丽芊绵③之作。读到《感怀》一绝云：

> 年来飘泊混风尘，狼藉烟花命不辰。
>
> 佛纵有情怜浩劫，三生孽债亦前因。

三人阅毕，幼卿又出《莲花合掌图》求题，拜林乃题四绝以赠之云：

> 卿本瑶台小谪仙，天涯沦落有谁怜。
>
> 偶然解脱拈花谛，一笑皈依座上莲。

其　二

> 绝代风流证凤因，莲花偶现掌中身。
>
> 瑶池姊妹应相忆，遍召蟠桃少一人。

其　三

> 纵不香甜与玉温，衔珠鹦鹉已销魂。
>
> 愿为童子从傍侍，合掌莲台拜世尊。

其　四

> 杏黄衫子凤头鞋，罗袜青裙八宝钗。
>
> 自是画工描得好，分明丰致较前佳。

拜林题毕，挹香也赠诗一首云：

----

① 香奁（lián）——古代妇女的化妆箱，用于盛放香粉等。

② 百朋之锡——朋，古代货币单位。百朋，意为很多。锡，同赐。

③ 芊（qiān）绵——草木繁密茂盛。

一曲坊歌子细听，凭谁慧眼早含青？

桃花带雨千般艳，柳絮随风几度经。

心性自然饶妩媚，腰支谁与斗娉婷①？

痴情愿作司香尉，保护幽芳永系铃。

嗣后开筵款洽，曲尽绸缪，酒阑②后，方才相别。挹香素性多情，已觉蛮蛮，正所谓：

月地花天留客醉，红情绿意惹人迷。

不知以后如何，且看下回分解。

---

① 娉（pīng）婷——姿态美好的样子，多指女子。

② 酒阑——谓酒筵将尽。

第 二 回

花前重访艳　月下暗牵丝

话说挹香与二人别后，独自回家，静思日间所遇，虽称才貌兼全，然一面猝逢，究不知是否知情洽意者。本欲细谈衷细，探其行为，奈叶、邹二人在座，不能进语。翌日独去私访，倘得一意中人，订盟未晚。主意已定，安寝寻梦。甫黎明，即起身梳洗，也不至书馆读文，即向堂上问安，托言："同窗处今日会文，儿欲一往。"父母允许，唯嘱早归。挹香唯唯而出，不带童仆，独自一人，竟往章家。适月娥香梦未醒，婢欲告主人，挹香止之曰："不可扰她清梦。我略坐片时，还欲别往，少顷再来。"言讫，身边取出四枚番饼①，谓婢曰："小生带得微意在此，送与姐姐买些脂粉。"婢见挹香与她银子，嘻嘻道："小婢无功受禄，又要公子破钞，待小婢拜领。"挹香挽住道："见笑，须些何足称谢？敢问姐姐青春几许？芳名定宜风雅。"婢道："小婢藁香，年才十五。"挹香又问道："巷中共有几处平康②？"藁香道："共有五处。唯对门吕小姐，与我家小姐最称知己，不时诗酒往来。其余虽皆相识，无非口面之交。"挹香又询余者三家，藁香道："一为胡碧娟，一为陆绮云，一为陈秀英。"挹香留心细记。坐少顷，辞出，至对门吕宅。

---

① 番饼——旧时对流入中国的外国的银元的俗称。
② 平康——古指妓女聚居的地方。

原来这吕家也是一个有才的名妓，人皆品章、吕有"双美"之誉。年二八，小字桂卿，又名琬玉。丰肌弱态，柔媚聪明。往谒即见，挹香上前说道："仆慕芳卿，时存企望，前因不识仙源，未遑①造谒；今幸幼卿姐指点，渔郎始得桃津可问。今蒙芳卿不弃刍荛②，遽③焉容见，何有幸乃尔！"桂卿答道："妾之葑菲，自惭蒲柳，乃蒙幼姐姐齿及，得能亲瞻文采，实前缘也。"于是谦谦逊逊，叙谈良久始别。

复至胡碧娟、陈秀英、陆绮云三家，一访而归。行至半途，忽想起前日卖花老妈谈及汪家新来一位名校书，住憩桥巷假母家中。今日既乘兴而来，不可不兴尽而返，于是迤逦前行。未半里，已闻笙歌袅袅，响遏行云，知已到汪家。

入门至内，假母出接，见挹香少年秀士，便笑嘻嘻邀入客座，献茶毕，就问道："公子贵姓？"挹香笑答道："姓金。"假母亦笑道："公子为什么不姓了潘？"挹香道："这是何故？"假母道："公子如此貌美，应该与潘安同族。"挹香又笑道："如此说来，小生姓金不姓潘，则貌不美可知矣。"假母笑说道："不是老身在这里说，想公子前生定是姓潘。"挹香大笑道："可谓善戏谑矣！"假母道："不是戏谑，焉得博公子一笑？且请问公子到来，定有见教？"挹香道："小生自惭不美，所以要来访美人。闻得妈妈院中新到两位令爱，所以特来一访，未识可容俗士班荆④一亲芳泽否？"假母道："小女村野陋姿，尤恐不当公子青睐。既蒙殷

①　未遑（huáng）——无暇；未及。
②　刍荛（chúráo）——割草砍柴的人。这里谦称自己是浅陋之人。
③　遽（jù）——匆忙，立即。
④　班荆——铺荆于地上。比喻朋友相遇，共坐谈心。

殷，亦小女有福，老身当唤她出来奉陪可也。"挹香道："怎敢。"

原来金挹香这个人性情古怪，凡遇佳人丽质，总存怜惜之心，所以听见"唤她出来"四字，甚为踟躇①不安，故这"怎敢"二字，实由心之所发耳。于是引挹香斜穿竹径，曲绕松廊，转入一层堂内。虽非画栋雕梁，倒也十分幽雅。挹香心注美人，未遑遍览。假母引领到堂上坐了，即便进内。挹香徘徊堂上，因想道："美人此时定知我来拜谒矣。"半晌，又想道："美人此时谅必出房矣。"正想间，忽见两垂髻捧龙团出，奉与挹香，说道："小姐午睡初回，我们去请来。"挹香道："难为二位了。可对贵小姐说，缓缓不妨，小生品茶相待。"言毕饮茶，觉得一阵阵恍有美人色香在内，吃得甚觉心旷神怡。

良久，天色渐暝，方才见那侍儿携着烟袋道："小姐出来。"挹香听见小姐出来，即忙立起身来，侧旁以待，早觉一阵香风，美人从绣帘中袅袅娜娜走出。但见：

晕雨桃花为貌，惊风杨柳成腰。轻盈细步别生娇，更喜双弯纤小。云鬓乌连云髻，眉尖青到眉梢。漫言当面美难描，便是影儿也好。

原来这美人姓陆，名丽仙。本是大家闺阃，因经水火刀兵，致遭沦谪。年方二九，秾纤②得中。原籍毗陵人氏。工度曲，善饮酒，后来居上。人一见之，往往魂销魄散。挹香见丽仙装束可人，较日间所遇更加美丽，早喜得心神俱醉。候丽仙到堂时，即躬身施礼道："小生久慕仙珠，未遑造谒，只道明河在望，不易相亲，又何幸一入仙源，即蒙邀迎如故，真我金某之福也。"丽

---

① 踟躇（jú jí）——形容拘束而不敢放纵。

② 秾纤（nóngxiān）——艳丽纤巧。

仙见挹香少年韶秀，早已心倾，又见他谦谦有礼，十分属意。因答道："贱妾青楼弱女，何足为重？蒙公子一见钟情，大加谬赞，妾何有缘若此耶？但刻因午梦乍回，出迟为罪，公子请上，容妾谢罪。"挹香道："得识芳卿，亦小生之奇遇。若得饱餐秀色，使魂梦稍安，感恩非浅，何必如此拘泥？"二人谦过了一回，各通姓氏，东西就坐。茶罢，丽仙道："今蒙郎君垂顾，妾欲以一樽为献，聊申地主之情。若云餐秀，妾蒲柳之姿，何秀之有？闻之愈增惭恧①。"挹香道："白玉不自知洁，幽兰不自知香。是仆之饿心馋眼，一望神迷，若再坐，只恐芳卿之黛色容光，要被仆窃去矣。"丽仙亦微笑不言，遂邀至媚香楼。

原来这楼是丽仙所居，计屋二椽，极为精雅。中间陈设客座，两旁桌椅工致。挹香环顾楼中，无殊仙府，中悬一额曰"媚香楼"，两旁挂一副楹联道：

> 丽句妙于天下白，仙才俊似海东青。

再看几上，罗列着图章古玩，博古炉瓶。旁一室即丽仙寝室。入室馥郁异香，沁人心脾，两旁悬挂书画、奕代物华，真个是神迷五色，目不暇接。挹香道："芳卿人如仙子，室如仙阙，小生幸入仙源，真侥幸也！"丽仙道："草草一椽，绝无雕饰，郎君直谓之仙，亦有说乎？"挹香道："仆之意中，实见如此，若主何说，则又无辞以对。"丽仙道："对亦何难？无非过于爱妾，故此楼亦邀青盼耳。"挹香听了，亦笑道："仆之心，仆不自知，卿乃代为说出，芳卿之慧心，真超于千古之上矣。"

二人方绸缪问答，只见侍儿捧出酒肴，摆在楼中，请二人饮

---

① 恧（nǜ）——惭愧。

酒。丽仙道："不腆①之设，不敢献酬，望郎君鉴而开怀。"挹香初意只望一见为幸，不意比日间所遇，貌之超群，情又旖旎，又留入楼中，又芳樽款洽，怎不快心。甫饮数杯，早已情兴勃发，偷觑丽仙醉后风神，如芙蓉之带朝旭，妩媚更甚，即携壶斟酒一杯道："仆遇芳卿有幸，请饮一卮。"丽仙笑道："郎君是客，不应敬妾之酒。今妾受郎君之赐，亦该奉敬一杯。"言讫，把酒饮干，也斟上一杯，递与挹香。挹香饮毕。

二人正在缱绻②，忽假母步来，道："好呀，你们竟不用媒了!"挹香笑道："男女相饮，虽近于私，然亦是宾主往来。倘若红丝系缚，还当借重于斧柯③。"说罢，三人大笑。挹香已带微醺，半晌，谓假母道："方才妈妈不用媒之说，明明以媒自居，但不知妈妈伐柯之斧，利乎不利乎?"假母道："公子放心，老身虽非吴刚再世，但今日执柯，亦可专主一二。请公子今宵于温柔乡安享甘甜之味，明日谢媒可也。"挹香狂喜，即斟酒一杯，向假母道："月老请先饮一卮，谢媒明日何如?"丽仙见此行为，樱含一笑。原来挹香情窦虽开，因眼界自高，故犹是无瑕璞玉，此时醉眼情思，怎当得丽仙之风流调笑? 你看我如花，我看你如玉，不觉十分难禁。正所谓:

红羞翠怯情偏笃，柳旁花随意易痴。

挹香即醉，即偕丽仙进房，四处又观看了一番，然后至内房，忽见桌上列一红装锦册子，上书"悦目怡情"四字，正欲展开，被丽仙双手夺去。挹香心疑甚，必欲一睹，丽仙勉强与之。

---

① 不腆（tiǎn）——不丰厚。

② 缱绻（qiǎn quǎn）——缠绵。

③ 斧柯——斧子柄。

揾香启视之，原来是四幅行乐图儿，上边皆标名色：一曰"戏蝶穿花"，一曰"灵犀射月"，一曰"舞燕归巢"，一曰"傍花随柳"，皆绘得穷工极致，旖旎非凡。况兼丽仙之千般妖媚，万种温存，乃替卸罗襦①，代松香带，道："醉已极了，玉漏已深，望芳卿伴我睡吧。"丽仙此际半羞半就，任揾香拥入罗帏。正是：

　　　　一对鸳鸯春睡去，锦衾罗褥不胜春。

　　要知以后如何，且看下回分解。

---

　　①　罗襦（rú）——绸制短衣。

第 三 回

幻景迷离游洞府　柔情缱绻证良缘

话说挹香与丽仙一夕幽欢，甘甜尝遍，千般怜，万般爱，及至怜爱不得已之时，未免笑啼俱有。正所谓：

> 月正团栾花正娇，相逢恰是可怜宵。
>
> 携红握翠增怜惜，不问应知魂也销。

二人十分恩爱，枕边又添出无限温存，说得你投我洽，不觉又沉沉睡去。直到次日红日三竿，方才起身。梳洗后，吃了点膳，然后回家。至书舍也无心攻读，静坐芸窗。不片时，金乌西返，玉兔东升，挹香因昨夜夜深，身子疲倦，食过晚膳，即就寝而卧。

谁知日有所思，夜有所梦。恍惚间，此身缥缈，如在云雾间一般，不由自主，迤逦而行。细视之，却非素来经过之地。但见隔岸鲜花，沿堤新柳，一弯流水，回绕小桥，烟霞泉石，幽异非常。娇滴滴名花欲语，脆嘤嘤鸟语频闻。行向前，见屋宇突耸，宛如宫殿。甫入门，见悬一额曰"有女如云"。至堂上，异香馥郁，人迹稀逢。信步入内庭，见朱栏曲折，秀石峥嵘，池亭缭绕，花木参差，其中陈设精致，皆非人世所有之物。正视间，忽见一垂髫童子至，乃问道："君是何人？焉得到此？"挹香乃述其所由来，并询此为何地。童子道："此乃清虚中院，院主即月下老人吴刚。凡世间姻缘一切，俱是院主执掌的，即世间佳人丽质，一旦尘缘谢绝后，俱在此处居住，故又名曰'留绮居'。今

君有福至此，大有前缘。趁此院主往下界巡察，待我引君一游如何？"

抱香大喜，即偕之行。见洞门双启，异境别呈。其中瑶草奇花，纷靡不尽，正中一殿，极尽崔巍。殿中列一仙斧，盖世俗相传斧柯之谓。又有三生石、赤绳等罗列其中。右边有一小门，上书"金屋"二字。启扉入，见绮罗毕集，众美娟然，一个个舞袖蹁跹，若要与抱香相见。抱香不觉神魂飘荡，连自己都不知身在何地。见那众美人不慌不忙，都上前相见，都各陈名姓：有说是馆娃宫里来的；有说是手抱琵琶身，从马上来的；有说是琴心感触，炉边卖酒家来的；有说是采药相逢，马上折桃花的；有说是宫中留枕，寄与有才郎的；也有说是青璅①偷香，分与少年人的；也有说是为雨为云，梦中曾相会的；也有说是似雾如烟，帐里暂时逢的；也有说是吹箫楼上，携手结同心的；也有说是侍瑶池题诗，改名姓的；也有说是身居金谷，吹箫恨无情的；也有说是掌上玉盘，马嵬留不住的。其余多环佩锵鸣，挨挨挤挤，都说道："我等乃历代的有名国色，因参破红尘味，在这里静修的，故月老也不派我们下凡的了。"言讫各散，弄得抱香心迷神醉，应接不暇。

再行，又见一朱门，上有"六朝遗艳"四个金字，乃偕童子入。原来此中皆前代有名的妓女在内。抱香才入室，只听得莺声燕语，都道："有情公子至矣，大家快些相见。"只听得环佩叮当，俱出帏相接，周围侍立，锦簇花团。抱香倒觉不安，因说道："众芳卿请坐，容拙生金抱香晋谒。"众美又推逊了一回，方才坐了。抱香便询首位美人，却是钱塘苏小。抱香听了，即出位

---

①　青璅（suǒ）——指窗户。也作青琐。

下拜道："仆慕芳名久矣。尝读《西湖志》，见芳卿慧心青眼，绮思奇才，周济鲍仁，实巾帼之丈夫，不胜钦佩。自恨予生也晚，不能拜倒妆台，一亲懿①教，不料今日相逢，实出于意外也。"小小挽之起道："贱妾不辰，在昔堕风尘之内，犹幸者怜怜惜惜，未负年华。至于慧眼奇才，妾何敢当耶？"挹香道："卿之芳名，不唯仆一人钦羡，即天下有情人皆已为之倾倒矣。惜乎鲍仁今日未遇芳卿，倘今日遇之，我知必向芳卿叩头如捣蒜矣。"言毕，又问其次，恰又是虎丘真娘，挹香亦下拜道："仆慕卿卿，阅时已久，曾在墓上几度歔欷，所以'慕真'二字亦为卿而得。今者邂逅相逢，岂非天作之合耶。"真娘道："君之钟惜，妾素深喻。前蒙冢②上题诗，有新诗'空吊落花灵'之句，妾尝传诵不忘。今日之会，亦天意也。"挹香又与薛涛、关盼盼、马湘兰等叙谈良久。童子促之行，挹香道："我不返矣。我今在众香国里，得能与众美人朝夕盘桓，亦奚必再思别往？"真娘笑道："君日后名花相伴，正有一番风流佳话，毋愚快行。"挹香不觉凄然泪下，然后分别。

又随童子前行，回廊曲折，迤逦而来。至一处，上悬"薄命司"三字。挹香讶道："薄命司乃《红楼梦》中黛玉等之仙居，缘何也在这里？"径入，见数美人嘻笑，聚作一团，在内作扑蝶会。爱询童子，童子指着道："此即宝钗、晴雯、湘云等也。"挹香叹曰："原来才女性情，阴阳一例，生前如此，死后仍不改此风雅。"入内，四面观看，见左边另有朱门，铜环紧闭，上面亦

---

① 懿（yì）——美好（多指德行，指有关女子的）。
② 冢（zhǒng）——坟墓。

有一额曰"绛珠宫"，抱香暗忖道："此必林颦卿①所居。"轻叩
铜环三下，有侍儿启扉迎接，见抱香儒雅风流，乃问道："相公
何人？到此何事？"抱香道："我乃薄福生金抱香是也。偶尔游
仙，知绛珠宫在此，特来拜见潇湘妃子耳。"侍儿见抱香吐辞风
雅，人亦俊秀，入告黛玉。黛玉许见，抱香即匍匐蛇行至黛玉
前，说道："小生金抱香，素读《石头记》，钦慕小姐态度幽闲，
恒存臆羡。今日偶尔仙游，得蒙慷慨许见，鲰生②有此，不胜幸
甚。"言毕，拜倒阶前。黛玉暗忖道："我只知贾宝玉一人痴情，
讵意金某亦然如此。"乃笑道："金生请起。我自避世以来，迄今
二百余年。我们生平之事，本不足传述于人。曹雪芹先生曲为传
出，虽是痴情佳话，第恐迷惑世人亦复不少。"抱香点头道："诚
哉是言也。仆读《石头记》，亦尝焚香叩首，倒拜殊深。更人友
人邹拜林，谓小姐乃千古有情巾帼，又妙在不涉于邪，十分羡
慕，因自号'拜林外史'。曾记有题赠小姐两绝云：

> 多愁多病不胜娇，孽海情天幻梦遥。
>
> 赢得后人偷洒泪，可怜午夜泣香绡。

其　二

> 西风踯躅月凄迷，灯炧③更残暗自啼。
>
> 珠泪难还情尚在，如何衰草罨④长堤。

此诗仆传诵已久，亦可谅渠之情矣。"颦卿道："我自谢世以
来，蒙曹君曲传情迹。之后，虽墨士骚人时加惋惜，而真心惜我

---

① 林颦（pín）卿——指林黛玉。
② 鲰（zōu）生——小生。自称的谦词。
③ 灯炧（xiè）——灯烛将熄。
④ 罨（yǎn）——覆盖，掩盖。

者，唯君与拜林及秦淮校书斌龄三人而已。惜未见其人，不胜怅怅。"正说间，听重门启处，拜林突如其来。挹香大喜道："林哥哥，我方才与妃子正在言君，君何亦得至此？"拜林不答，即向䌷卿处双膝跪下道："鲰生幸甚，得遇芳姿。"说着，不觉双泪齐流，引得䌷卿亦两眶泪下，语不成声。拜林又说道："仆因日久钦慕，未克如愿。今日此身如梦，飘泊来前，得遇仙妃，实是侥天之幸。"䌷卿道："君之多情，我已深喻，但未识芳颜，徒劳企望。今得一见，我愿遂矣。"言讫，化阵清风，绝无影响。觉其地亦非来时路矣，拜林大恸欲绝。

挹香乃挽拜林，随童子复至一处，上悬匾额曰"五百年前旧定缘"，门前悬着一张谕条，上写着：

奉玉谕：此地乃注人姻娅、修造姻缘全谱重地，毋论闲杂仙僮及凡人等，俱不准妄入。此谕。

挹香与拜林看了，大讶道："此处有玉谕在此，不能径入，如何？如何？"童子沉吟良久，道："君等不泄天机，无妨同入。"二人允诺，即从之入，见其中案牍如山，不可胜计，也有桑间濮上①之案，也有淫妇奸夫之案，不一而足。又见两旁册子杂列，挹香窃视之，乃是注人妻妾，历历可稽，乃私向拜林道："我们二人自称情种，不知日后该有几个妻妾，曷弗趁此一查？"乃启江南册视之，恰是拜林一案，上写"正室花氏"，下有偈②语几句云：

平生正直，素性多情。

时怀丽质，常恋佳人。

室宜独占，星缺五卿。

---

① 桑间濮（pú）上——指男女幽会或淫靡风气盛行。

② 偈（jì）——佛经中的唱词。

他时解悟，圆寂功成。

拜林看了"正室花氏"，心中有十分相信，但偈句中有"室宜独占，星缺五卿"，却难解得。挹香又翻阅至第四页，却是自己的名字，见上写正室钮氏，风尘中人，该在二十二岁完娶。下边亦有诗一绝曰：

　　情耽舞席与歌筵，花诰同邀福占先。

　　三十六宫春一色，爱卿卿爱最相怜。

挹香看了，十分不解，正欲问童子，忽听仙乐悠扬，童子道："院主至矣。"即促二人行。忽听得一声大喝道："下界何人偷觑仙府？"二人没命而逃，满身大汗。及醒来，却是一梦。谯楼上五鼓频频，犹觉喘吁不定。自从这一梦，有分教：

　　痴情公子添情思，薄命佳人诉命艰。

要知以后如何，且听下回分解。

第 四 回

效痴人二生说梦　遇才妓三友联诗

话说挹香一梦醒来，不胜惊奇，又将诗意细参，依然不解。甫黎明，起身梳洗，正欲往拜林处细诉其事，恰巧拜林来。挹香大喜，请入书房。拜林道："我昨得一怪梦。"挹香道："得非遇见潇湘妃子乎？"拜林大惊道："如何与我梦相同？难道册子果同你一处见的？"挹香遂把昨日之梦细述一遍。二人正在详察那姻缘簿上的诗，忽叶仲英递来一信，启视之，上写着：

> 吴中才妓谢慧琼，风雅宜人，艳名久噪，门前车马如云。弟闻之不胜艳美，意欲邀请二兄同访，谨于今晨候驾至舍，共作寻芳之侣，勿却是荷。

挹香笑道："如何他知你在此？但他前日侃侃劝我，何今日亦自入其党耶？"于是二人便至仲英家，谈论了一回，啜茗①毕，同往慧琼家来。

原来这慧琼原珠溪人氏，年方十七，才貌兼全，色艺为一时之冠，芳名有远近之誉。这也是红颜薄命的招牌，不必说她。但心性十分古怪，虽溷迹②青楼，绝无脂粉之气，凡遇客来，无非以琵琶一曲、诗赋几章，博几两银子度日。欲选一可意人，了其终身大事。这日正在芳心辗转，忽鸨母走来道："今日我儿有喜

---

① 啜（chuò）茗——喝茶。
② 溷（hùn）迹——即混迹，杂身其间。

经典书香 中国古典世情小说丛书

事到了。"慧琼道："有何喜事？母亲如此快活。"鸨母道："外边有三个与你一样标致的公子，说是特来访你，皆青年俊雅，勿任着自己性子怠慢。"慧琼见说，触了自己心事，即整衣出，见三人丰姿超俗，甚觉欢喜。拜林等见慧琼冉冉如仙子临凡，袅袅如嫦娥离月，乃一齐上前相见，各叙姓名。慧琼轻开檀口，款吐莺声道："久钦各位乃当今名士，一代骚人，贱妾风尘薄命，得蒙枉顾，何幸如之。"挹香道："久慕芳名，思一见而未得。今幸此位仲兄挈仆登高，得能一晤，足慰生平。"慧琼见是仲英邀来的，便看了仲英一眼道："仲英公子乃少年英俊，贱妾青楼薄植，岂足置贵人胸臆？"仲英道："芳卿慧心兰质，自是离众绝类，每欲追随芳踪，奈俗事猬集，不果如愿。今幸相逢，确是天缘辐辏。相对芳姿，心神俱醉，不识芳卿其将何以发放我耶？"慧琼红垂羞靥，俯首不言。拜林笑谓仲英道："仲弟忒煞情急了。"仲英道："韶华满眼，春色恼人，雨魄云魂，能无飞荡耶？"说着，三人一齐大笑。正是：

　　风流原有种，慧性况多才。

　　两意相怜惜，春光费主裁。

　　大家正在诙谐之际，只见鸨母走来道："酒席已排在松风小憩，女儿可请公子们一齐去饮酒。"原来这松风小憩乃慧琼的书室，一带斑竹栏杆碧纱窗，恰对着远山，四壁图画，满架琴书。三人坐定，啜茗焚香，各人入席，举杯谈笑。

　　仲英道："久闻芳卿妙擅琵琶，当此良辰美景，愿请一奏。不才虽非知音，愿以洞箫相和，未识芳卿以为然否？"慧琼笑道："贱妾虽性喜琵琶，但愚如胶柱，仅堪击缶①。公子艺精兰史，技

---

① 击缶（fǒu）——敲击瓦缶。缶，古代一种瓦质的打击乐器。

越王乔，青楼下技，只怕不可并奏。"挹香接口道："不遇知音不与弹，遇知音如仲兄者，尚有待乎？慧姐不必过谦，我等当洗耳恭听。"慧琼笑了一声，徐将宝鸭添香，然后四弦入抱，半面遮羞，嘈嘈切切，错杂弹来。仲英吹箫和之，声调清亮，音韵悠然，果然吹弹得清风徐至，枝鸟徐啼，悄然曲尽，而尚袅余音。挹香拍掌大赞道："琵琶之妙，真不减浔阳江上声也！"弹罢，仲英道："我来说个酒令，要《诗经》一句，凑并头花一朵，能说则饮，不能则罚。"拜林、挹香齐道："请先说。"仲英举杯说道："月出皎兮，季女斯饥。——是并头月季花。"遂一饮而尽。拜林大赞道："好！"挹香道："我说。洗爵奠斝①，手如柔荑②。是并头洗手花。"亦饮讫。仲英道："林哥哥，请说。"拜林道："我说并蒂花可算？"仲英道："好，算。"拜林说道："驾彼四牡，颜如渥丹。是并蒂牡丹。"挹香道："好个并蒂牡丹！如今要慧姊姊说了。"慧琼道："我有倒有了，但是一句《诗经》，一句《易经》，可能算否？"仲英道："这也不妨，请说。"慧琼道："我说的是，有女如玉，其臭如兰。玉兰并蒂花。"三人大赞，重复各劝香醪，极尽缱绻。

酒既阑，拜林与挹香同向仲英道："酒已阑矣，琵琶已听矣，秀色已餐矣，夕阳在山，其盍携手同归乎？"慧琼见说，目视仲英，有不舍使归之意。仲英神魂飞越，因对二人道："天色尚早，不妨再坐片刻，兄何归心之急耶？"拜林暗已猜破二人心事，只作不知，便说道："一日已尽，何惜片时，况此间离弟府甚遥，非兄独急于归，弟亦当自思之。"仲英此际欲归，见慧琼秋波情

——————————

① 斝（jiǎ）——古代盛酒的器皿，圆口，三足。
② 柔荑（tí）——植物初生的叶芽。用以比喻女子柔嫩洁白的手。

送，何忍遽别？欲不归，又被拜林正言厉色地再三催促，弄得没了主意，只是个徘徊不语。挹香道："拜林哥，他也太作难了。仲英之心早已醉了，方才的琵琶，已作司马相如的琴心了，更欲何归？"于是命侍儿重整杯盘，再开樽罍①，莺酣蝶醉。

瞥见玉兔东升，拜林道："今日诸乐俱备，岂可无诗？况慧姐素擅诗词，当此酒绿灯红，苟不一觞一咏，不教花月笑我侪②俗物哉？"挹香道："今夕仲哥合卺③，理宜先咏，弟等和以贺之，方称韵致，况弟等在此，无非观其定情。仲英兄先请催妆，弟当与林哥哥端整打新郎矣。"仲英笑道："既蒙二兄相推，弟只得首倡了，但诗题须二兄所命。"拜林道："即事为题，何用别寻？"仲英点头，援笔立成一绝。拜林接来一看，见上写着：

> 月正光华花正妍，新妆卸罢倩人怜。
>
> 绮罗队里寻芳去，好折池边并蒂莲。

拜林看了道："此诗借景描情，以情托景，不即不离，韵和音雅，堪称绝唱。如今该是慧姐来了。"慧琼道："妾鄙陋菲才，岂足与方家酬唱？倒是不咏的好。"挹香道："久钦慧姐诗才，岂有不赋之理，定要请教，使我等一识香奁佳句。"慧琼道："如此，献丑了。"于是不假思索，和成一首，诗曰：

> 懒向花前学斗妍，闭门辞俗少人怜。
>
> 临波有客钟情甚，甘露频施润素莲。

挹香见诗凄切，甚为惋惜，因亦挥成一绝云：

---

① 罍（léi）——古时一种盛酒的器具，形状像壶。

② 侪（chái）——同类的人。

③ 合卺——旧时婚礼中的一种仪式，即结婚男女同杯饮酒。后泛指成婚。

十里花香色正妍，天然丰韵见犹怜。

漫将媚语邀明月，腕底先开五色莲。

拜林听了，接下去也成一首道：

不调脂粉别生妍，如此名花合受怜。

独有游鱼偏意懒，仅看明月照池莲。

挹香看了道："诗笔固佳，惜怀妒意。"拜林笑道："鲁男子尚有动心，汉相如安得不风魔耶？"慧琼道："明日妾有手帕交二人：一为朱月素，一为何月娟，素性风雅，酷爱诗词。翌日偕君等同往何如？"二人齐声称妙。拜林谓挹香道："酒已尽欢，月将斜午，我们去吧，不要误了仲弟佳期。"仲英道："夜深路远，不如在此联榻吧。"挹香笑道："别榻可联，此榻只怕不可联。"仲英自知失言，彼此相顾大笑。二人然后起身，与慧琼订了明日往朱月素处之事，始别。

未识明日果去一访否，且看下回分解。

第 五 回

护芳楼挹香施巧令　浣花轩月素试新声

话说金、邹二人，乘着月色皎皎，各自回家，一宵无语。明日，挹香约了拜林，至慧琼家中。恰巧仲英方起，挹香笑说道："昨宵佳景，不言可喻，十二巫峰定供兄游尽矣。"一面坐下，一面看着慧琼，谈谈说说。待仲英梳洗毕，慧琼即命侍儿引领三人到朱月素家，并言自己随后就来。

却说那朱月素，乃毗陵人氏，容貌秀冶，态度端庄，性耽吟咏，对客有可怜之状。深于情，与慧琼最契，订为手帕之交。闲尝诗歌酬唱，风雅绝伦。其妹何月娟，亦风尘中之翘楚①。挹香等三人入其家，侍儿把三人委曲陈说了一遍，今因闻名，特来求见。月素甚钦敬，见挹香情深意挚，更加眷爱。三人正与月素、月娟谈论，忽报慧琼至。相迓入座，慧琼即启口道："愚妹昨宵得遇三君，三觞一咏，畅叙幽情。言及吾姊闺阁奇才，渠等特来晋见。"月素笑道："愚姊弇陋②无才，乃蒙贤妹殷殷称述，何幸如之。"遂相邀至护芳楼中。

原来这护芳楼乃是月素卧室，外房陈设幽雅：雕栏画栋，绣幕罗帏，地铺五彩绒毡，壁悬"八爱"名画。中挂湘竹灯四，系绘《六才》全本，中设楠木天然几、玟瑁石四仙书桌，古铜瓶中

---

① 翘楚——比喻出类拔萃的人才。

② 弇陋（yǎnlòu）——见识浅陋。

养碧桃一枝，壁厢位置竹叶玛瑙榻床，红木圆台亦甚精巧。旁有一纱厨，厨门启处，别有洞天，盖月素之卧室也。其中动用之物皆摺扇式，沿窗列一紫檀妆台，上用乡花红呢罩。又一榻床，榻前悬一立轴，系绘"文君私奔图"。左右楹联，笔法甚秀。其句云：

月里娥攀月里桂，素心兰对素心人。

珠帘隐隐，香雾沉沉。其最雅者，朝外排一床，系红木雕成全本《红楼梦》传奇，四围皆书画。纱窗内悬异式珠灯，外悬湖色床幔，左右垂银丝，钩幔之内悬一小额曰："温柔乡流苏帐，鸳鸯被合欢枕。"俱异香可爱。

三人观毕，挹香笑道："妹妹，你这温柔乡中有什么好处？"月素正要答言，拜林道："温柔乡乃取'温香软玉'之意，又名'摄魂台'，凭你英雄，到了这台上去，其魂总要被月素妹妹摄去的。"挹香笑道："怪不得我此时酥迷迷的，脚要出去，心不出去，原来这魂被月妹妹渐渐摄去了。"月素笑了一笑，把挹香打了一下，又指着拜林道："都是你强词夺理。"慧琼笑道："月妹妹，不要发急，只要不把挹香弟的魂真正摄去就是了。"月素听了，便走过来把慧琼掀倒了，骂道："慧丫头，我不饶你。什么叫摄去不摄去？你知道'摄挹香弟的魂'这句话，我却不懂。谅你摄过他的魂，所以一气儿来打趣。"说着，便不住地咯吱。慧琼道："姊姊，我不敢了。"便喊挹香道："你何不来帮一帮？"月素道："你来帮了慧丫头，我不依的。"挹香只得上来解劝，与月素作了四个揖，要跪下去，方才饶了。慧琼起来，弄得蓬松两鬓，仲英代整理了一会儿。然后月素命治酒相款，又命人去邀请众姊妹作一佳会。

不一时，来了九位美人，都是如花似玉。你道哪九个？一个是铁笛仙袁巧云，人才蕴藉，书法风流；一个是鸳鸯馆散人褚爱芳，春风玉树，秋水冰壶；一个是烟柳山人王湘云，可人如玉，明月前身；一个是爱雏女史朱素卿，花能解语，玉可生香；一个是浣花仙使陆文卿，逸志凌霄，神仙益智；一个是惜花春起早使者陆丽春，眉横远黛，眼溜秋波；一个是金铃待系人孙宝琴，志和音雅，气爽神清；一个是秋水词人何雅仙，丽品疑仙，颖思入慧；一个是探梅女士郑素卿，薰香摘艳，茹古涵今。皆月素知己，故特简相邀。趋来顷刻，一霎时满坐皆春，挹香等三人如游花国，不知身在何方。细数之，恰恰金钗十二。月素与慧琼亦甚欢喜，乃道："辱荷诸姐妹不弃，齐来践妹佳约。愚妹因蒙这三位公子过舍清谈，聊设一樽，特邀众位作一陪宾耳。"众美人道："又要姊姊费心了。"

正说间，侍儿来禀道："酒席已排在浣花轩，请公子与众小姐饮酒。"于是月素等请三人先行，众美人姗姗随后。花围翠绕，非有福者，不能得此。正所谓：

才子易教闺阁美，丈夫总有美人怜。

至轩中，三人重复观玩，见其中修饰，别有巧思。轩外名花绮丽，草木精神。正中摆了筵席，月素定了位次，三人居中，众美人亦序次而坐：

　　　　第一位　　　鸳鸯馆散人褚爱芳

　　　　第二位　　　烟柳山人王湘云

　　　　第三位　　　铁笛仙袁巧云

　　　　第四位　　　爱雏女史朱素卿

　　　　第五位　　　惜花春起早使者陆丽春

　　　　第六位　　　探梅女士郑素卿

　　　　第七位　　　浣花仙使陆文卿

第八位　　金铃待系人孙宝琴

第九位　　秋水词人何雅仙

第十位　　传春使者谢慧琼

第十一位　梅雪争先客何月娟

末位护芳楼主人自己坐了，两旁四对侍儿斟酒，众美人传杯弄盏，极尽绸缪。

挹香向慧琼道："今日如此盛会，宜举一觞令，庶不负此良辰。"月素道："君言诚是，即请赐令。"挹香说道："请主人自己开令。"月素道："岂有此理，还请你来。"挹香被推不过，只得说道："有占了。"众美人道："令官必须先饮门面杯起令才是。"于是，十二位美人俱各斟一杯酒，奉与挹香。挹香俱一饮而尽，乃启口道："酒令胜于军令，违者罚酒三巨觞。"众美人唯唯从命。挹香又说道："是令用三句成语，首句用《诗经》，次句用曲牌名，末用古诗一句作收。诗中要有'花'字，凡数到'花'字何人，即交令于何人，然后饮酒起令。"众美人俱道："妙极！请先说吧。"挹香道："若不能说，或不通，俱要罚酒一斗。"陆丽春笑道："知道了，不要啰唆，快些说。我们输了，不怕你不代我们饮酒。"挹香笑了一笑，乃先说道：

载骤骎骎①，醉花阴，出门俱是看花人。

挹香说完，顺位数去，恰是袁巧云饮酒。侍儿斟了一杯，巧云饮毕说道：

我有嘉宾，醉太平，数点梅花天地心。

念毕，轮到陆文聊吃酒，于是也说道：

---

① 骎骎（qīnqīn）——马跑得很快的样子。

公侯干城，得胜令，醉闻花气睡闻莺。

何月娟听见道："如今要我吃酒了。"即持杯一饮而尽，便说道：

三五在东，一点红，桃花依旧笑春风。

月素听见，笑说道："好虽好，惜乎稍见色相。"乃饮尽一杯，说道：

今夕何夕，三学士，一日看遍长安花。

挹香大赞道："好，好，好，好一个'一日看遍长安花'！"细数之，恰是陆丽春吃酒，丽春饮了一杯，即念道：

言念君子，望江南，和雪看梅花。

月素道："第五个'花'字，应该慧琼妹吃了。"慧琼饮了酒，说道：

载笑载言，上小楼，醉折花枝当酒筹。

说得大家哈哈大笑起来，雅仙笑道："这个人吃得这般醉法，还能到小楼上去，亏她梯子上不掉下来。"慧琼笑道："她也不见醉，因为这魂被人摄去了，所以载笑载言，如醉人的一般。"刚说到这里，月素笑着出席来要拧她，拜林、挹香等过来劝开了。众人不解，笑问道："月素姊姊这般着急，却是什么解说？"挹香说明了，各人方才晓得，又笑了一回，弄得月素骂这个，说那个。宝琴笑道："月妹妹，不要着急了，我们令尚未完呢？这第三个'花'字又该挹香吃了。"挹香饮干了酒，便指了巧云，笑说道：

如此邂逅，何傍妆台，且向百花头上开。

袁巧云听了，笑道："你这涎脸到如何了呢？这'花'字又要我吃酒了。"挹香笑嘻嘻道："这是小弟敬姊姊一杯成双酒。"大家听见了，多笑说道："成双杯，不错，不错。"巧云只得饮了一杯，说道：

载驰载驱，思归引，牧童遥指杏花村。

说毕，恰是何雅仙吃酒，吃了然后说道：

未见君子，懒画眉，断楼烟雨梅花瘦。

拜林听见第六个"花"字，乃持杯讨酒道："我正要酒吃，快些斟来。"侍儿筛了一杯，一饮而尽，便说道：

彼美孟姜，骂玉郎，春来多半为花忙。

挹香听见，拍手道："好一个'骂玉郎，春来多半为花忙'！"湘云道："这个人也太醉了，就是为花忙，也是爱惜名花之意，只要雨露均调便罢了，怎么倒骂起来呢？"月素道："若能如此，就好了，只怕不能的多。"慧琼笑道："要除是摄了魂去，便偏了一人了。"挹香道："罢了，我们也不是见新忘旧的，你们也莫疑到这上头去。"月素本要与慧琼说什么，听了挹香这话，也罢了。爱芳道："我们不要多说，耽搁时候了。如今要轮郑素聊姊姊了，我们听郑姊姊的令吧。"于是素卿也吃了一杯，说道：

灼灼其毕，琐窗寒，深巷明朝卖杏花。

大家听了说好。叶仲英笑了一笑道："如今这'花'字该我吃了。"乃干了一杯，即说道：

汉有游女，脱布衫，迷路出花难。

慧琼正拿了一杯茶，含在口中要吃下去，听了这令，不禁"扑嗤"的一声，把茶喷了出来，喷得雅仙襟上都湿湿的，一边笑道："这个游女真不要脸面，怎么脱了布衫呢？"文卿笑道："我看《西厢记》曲本上有一句'春香抱满杯'，这女想是脱了布衫，要把春意散发散发，也未可知。"朱素卿道："令尚未完，如今该是哪位来了？"湘云笑道："你的爹要说，谁敢说呢？"月娟笑道："你的爹还有不全之处？"宝琴笑道："只要教人补一补，就全了。"湘云啐了一口。丽春笑道："若依湘云姐说，你们做了爹，金挹香反做了娘了。"爱芳笑道："香哥哥倘是算娘，将来娶了妻妾，养了孩子，倒是爹多娘少了。"拜林听了，拍手大笑起来。挹香起来，要捻爱芳，一面笑道："你为什么说笑话编派着我?"爱芳两手捻住了挹香的手，说道："我不敢了，可怜我又无力气挡你。香哥哥，你饶了我吧。"说得挹香倒怜惜起来，反把爱芳的酒换了一杯热的，端起来贴在唇边，与爱芳吃了，又夹些炖火腿与她口中，然后归座。湘云说令道：

　　桃之夭夭，忆多娇，惜花春起早。

念完，乃朱素卿饮酒，说道：

　　女子善怀，并头莲，野馆浓花发。

　　素卿念毕，向宝琴道："小妹奉敬一杯。"宝琴吃了酒，便说道："我要香哥哥再吃一杯。"挹香道："莫非也是成双杯么?"便命侍儿斟了一杯酒，先吃了听令。宝琴便说道：

　　不我遐弃，倘秀才，耶溪风露藕花开。

挹香听了道："妙，妙，妙。该吃，该吃。"于是饮了一杯，便说道：

　　君子好逑，好姐姐，梨花瘦尽东风懒。

挹香说毕，恰是第一位褚爱芳吃酒。爱芳道："令也完了，我也不说了。"大家道："再说一个，然后交令。"爱芳只得念道：

　　东方未明，恨更长，踏花归去马蹄香。

说完，又是袁巧云，吃酒毕，对挹香道："请令官收令。"挹香便念道：

　　有女怀春，锁金帐，少年惜花会花意。

　　挹香收了令，便说："如今做些什么?"月素道："我昨日编一曲《梁州序》在这里，来唱与你们听听可好?"众人拍手称妙。

于是月素款吐莺声，轻开绛口，悠扬婉转地唱了一回。已是杯盘狼藉，晷①影偏西，大家始别。挹香自从认识月素之后，朝夕往来，倍觉亲热。

未知怎样钟情，且看下回分解。

绮红小史

经典书香 中国古典世情小说丛书

----

① 晷（guǐ）——日影。

第　六　回

筵宴才人欣浮大白　柬邀众美拟集闹红

话说抱香自遇月素之后，十分倾慕。月素与抱香亦甚绸缪，谈诗饮酒，日夕过从。一日，抱香至月素家，适遇午睡未醒。抱香入房，见月素睡在侧首榻上，覆着红纱被，靠着鸳鸯枕，秋波半闭，睡态正浓，又见一湾玉臂微露衾①外。天时虽届清和，尚觉寒气袭人，抱香十分爱惜，轻替藏入被中，自坐榻边守候，不去扰她清睡。良久，见月素娇躯忽翻，秋波斜溜，道她香梦已醒，不道又向里床睡去。抱香不去惊她，自往妆台前观看了一回。

又片刻，始闻呖呖莺声，美人梦醒，睡思朦胧，瞥见抱香，问道："谁人擅闯闺房，扰人清睡？"抱香如奉纶音一般，走过去道："月妹妹，是我。已经来了半天矣。"月素打了一个欠伸，搓了搓手，揩揩眼睛一看，笑道："原来是你。"便道："你可是来了一会儿了？我此时懒极，烦你把鸭鼎中爇②的甜香，在抽屉内，去加些，再把妆台上的兰丝烟儿装一管，我，呵，呵，你肯不肯？"抱香笑道："有什么不肯？你自睡着。"说罢，便把香来添了，又装了一管烟，递与月素。月素半笑不笑道："多谢你。你

---

①　衾（qīn）——被子。
②　爇（ruò）——点燃；焚烧。

坐在这边，我与你说话儿。"挹香一面坐着，一面挽了月素的手。正在旖旎，忽一垂髻婢来禀道："外边林婉卿小姐请见。"月素听见，乃起身道："说我出接。"侍儿奉命而去。挹香乃问道："婉卿何人？"月素道："亦是我之手帕交。其人性格温柔，姿容妩媚，少顷瘦腰郎见之，难保不真个销魂也。"一面说，一面出接。

挹香等了一会儿，只见美人姗姗入室，与挹香见礼毕，然后入座。挹香因月素一席话，十分留意，细端详这美人，年约二九，生得果然妩媚。但见：

眉似初春柳叶，常含情雨恨云愁。脸似三月桃花，每带着风情月貌。纤腰袅娜，拘束得燕懒莺慵；檀口轻盈，勾引得蜂狂蝶乱。玉貌姣娆花解语，芳容窈窕玉生香。

挹香从头看到脚，风流往下落；从脚看到头，风流往上流。论风情，水晶盘内走明珠；语态度，红杏枝头笼晓月。薄施淡扫，已觉妖娆；粗服乱头，也饶蕴藉。秾纤合度，修短得中。凭她粉琢香堆，成之不易；就使脂烘铅晕，画也都难。看了一会儿，心中想道："无怪月妹啧啧赞扬，果然不亚名花。如今双美相对，真金挹香之幸也。"婉卿见了挹香，便问道："这位何人？"月素道："此即妹向所与姐谈之金挹香是也。"婉卿恍然大悟，把挹香细细一看，果然潘岳[1]风雅，宋玉[1]温存，私心窃喜，乃敛衽[2]道："久慕公子才华蕴藉，情思缠绵，今日天假之缘，得亲芝范，不胜幸甚。"挹香不答一言。只因见了婉卿，此时烂泥菩萨

---

① 潘岳、宋玉——潘岳，即潘安，西晋著名文学家；宋玉，战国时期楚国人。相传潘安和宋玉是我国历史上两位有名美男子。
② 敛衽（liǎnrèn）——古时指女子行礼。

已落在汤罐之中，故而不知不觉。月素把挹香轻轻打了一下道：
"痴郎真个应我言矣。"挹香倒觉有些不好意思，乃向婉卿道：
"芳卿仙居何处？贵姓芳名尚未聆教。"婉卿道："贱妾陋巷非遥，
就在富城坊巷。贱姓林氏，小字婉卿，与月妹妹手帕之交。今日
闲暇来叙，得遇贵公子，实出于妾之意外，三生石上谅有夙缘
也。"大家谈笑一会儿，已是上灯时候。侍儿即排酒房中，三人
畅饮。

　　席间，挹香谓月素道："如此良辰美景，众姐妹又与我金某
有缘，日夕同二三名媛相叙相亲。我金某如花间蝴蝶，赏遍名
花，此中佳景甚觉可喜。第思既得美人，宜兴佳会。我欲翌日集
一闹红会，买一画舫，游于虎丘之滨，邀众姐妹作竟日之游，未
识二卿肯容我否？"月素、婉卿齐声道："好。"挹香乘着酒兴道：
"二卿既许，谅余外姐妹无不曲从，须今夕预邀，庶免明日局促
而阻此佳会。"遂总书一束，托月素家侍儿各处一行。上写道：

　　翌日买舟于虎丘之滨，拟集闹红会，聊设洁樽以俟，屈众芳
卿玉趾一移，毋负春光。至盼！至盼！舟泊太子码头。辱爱生金
挹香订。

写毕，又填了众美人名字，付与侍儿，连夜往各家邀请不表。

　　再说三人传杯弄盏，已及二鼓，婉卿辞月素乘轿归家。挹香
酒意甚浓，况与月素十分眷恋，乃笑谓月素道："今日我已大醉，
谅妹妹决不让我归去的了，我只得住在这里了。"月素道："你这
人真个好笑，并没有人留你，你竟会自己开船解缆。但是留你住
在这里，只好有亵你去同老妈妈睡。"挹香见月素心许口非，乃
笑答道："若与老妈妈同睡，这也何妨，只要妹妹过意得去就是
了。"月素笑了一笑，把挹香看了一看，乃道："痴生利口，算你

会说便了。"挹香又说道："我醉已极，要睡了。"月素只得替他解衣而睡。挹香道："好妹妹，你也早些来睡吧。"月素听了，将秋波一溜，走向外房。

挹香才入帏，觉一缕异香，十分可爱。少顷，月素亦归寝而睡，乃问挹香道："你平日在家作何消遣？"挹香道："日以饮酒吟诗为乐，暇时无非以稗官野史作消遣计耳。"月素道："你看稗史之中，孰可推首？"挹香道："情思缠绵，自然《石头记》推首。其他文法词章，自然《六才》为最。《惊艳》中云：'似呖呖莺声花外啭'，这'花外'二字，何等笔法！'怎当他临去秋波那一转'，这'怎当'二字、这个'那'字，愈加用得好了。双文态度情趣，全吃紧在这个'那'字。《前候》中云：'这叫做才子佳人信有之'，你想妙不妙？'才子佳人'四字下，忽写此'信有之'三字，真是古今佳话！唯才子佳人方肯下此三字。假令琪非才子，双文非佳人，读者焉肯遽①羡？除非真才子、真佳人，这'信有之'三字方能妥贴。"月素笑而点首。挹香又道："我还记得《酬简》中一出，甚属绮丽。我来念与你听。"便说道：

[胜葫芦] 软玉温香抱满怀呀，刘阮到天台。春至人间花弄色，将柳腰款摆，花心轻折，露滴牡丹开。但蘸着些麻儿上来，鱼水得和谐，嫩蕊姣香蝶恣采。你半推半就，我又惊又爱。檀口揾②香腮，我忘餐废寝舒心爱。若不真心耐至心挨，怎能够这相思苦尽甜来。

---

① 遽——此处作遂、就。
② 揾（wèn）——亲，吻。

［青哥儿］成就了今宵欢爱，魂飞在九霄云外。

挹香唱毕，月素道："油嘴。"挹香道："这多是'才子佳人信有之'事呵。"二人俱笑了一会儿，然后睡去。正是：

　　万种风流无处买，千金良夜实难消。

明日起身，催促月素梳洗毕，即命侍儿唤定了石家两只灯舫。挹香乘马，月素坐轿，同至太子码头船上。原来吴中的画舫与他处不同，石家的灯舫又与众不同，只见：

　　四面遮天锦幔，两旁扶手拦杆。兰桡桂桨壮幽观，装扎半由罗纨。两边门径尽标题，秋叶式雕来奇异。居中江木小方红几，上列炉瓶三事。舱内绒毡铺地，眉公椅分列东西。中挂名人画，画的是妻梅子鹤。四围异彩名灯挂，错杂时新满上下。

二人看罢入舱。榜人①送茶毕，挹香谓月素道："今日如此佳会，谅诸姐妹必不失约的。"月素道："你且放心，姐妹们知你风雅，无不过从。"

正说间，忽见岸上两对侍女、两乘蓝呢中轿远远而来。月素道："如何？你看岸上两肩轿子，不是来赴约的么？"挹香望了一望道："果然。"正在欣欣之际，轿子已至船边。出轿后，侍儿扶至船上。你道是谁？却原来是陈秀英同着院中新来的张飞鸿。挹香见是秀英，即忙出舱相接，携手同进入座。献茶毕，挹香道："我自杏花时节造府，得睹仙姿，时存念慕。本欲趋前问安，奈日夕不暇，多致抱歉。谅芳卿知我，决不责予薄幸也。这位何人？"秀英道："妾自识君之后，钦慕常深，每欲造府请安，犹恐诸多未便，故于幼卿姊姊处时时问及。知君玉体安和，妾心稍

――――――――――

①　榜人——船夫。

慰。蒙昨日折柬相邀，是以特邀院中新到的这位飞鸿姊姊来赴盛会。"挹香大喜，与飞鸿叙了一番寒温，秀英亦与月素各通名姓。

俄见轿子又到，家人通报，却有梅红京片先至。挹香倒呆了一呆，只道："谁人拜谒？"接柬视之，上写着"章月娥"三个大字。挹香大笑道："我道是谁，原来是幼姊姊使此伎俩。"乃接入舱中。犹未坐定，又报林婉卿至，于是月素出接，彼此殷勤。月素道："姊姊昨宵归去是夜深了，愚妹甚是不安。"婉卿道："昨宵既醉以酒，既饱以德，今日正欲奉谢，何吾姐反出此言耶？"彼此谦逊一回，然后入舱。与众人相见毕，婉卿明知挹香在月素家止宿，故对挹香笑而不言。挹香道："婉姊姊，为何对我嬉笑？"婉卿也不与他说什么，仍旧笑而不言。挹香会意道："我知道了。"

正谈说间，又报袁巧云至，只见后面随着四乘轿子，细视之，皆非相识者。挹香俱邀入舟中，向巧云道："小弟聊设粗肴，欲举佳会，乃蒙众仙子下降，实小弟之幸也。"巧云道："昨蒙柬招，十分雅意，故约众姐妹同来赴会。"挹香乃请问姓氏，却原来一个是胡碧珠，一个是蒋绛仙，一个是方素芝，一个是梅爱春，并皆倾国倾城，风流绰约。挹香十分欢喜。

正说间，陆丽春与孙宝琴、何雅仙三人又到，挹香款接不暇。宝琴对挹香道："主人翁何其多能也。"挹香道："既蒙诸芳卿玉趾齐移，鳅生何敢贪安而失迓迎之礼耶？"正说间，又见陆绮云、朱素卿亦乘轿而至，挹香皆接入舱中。珠围翠绕，已来了十四位美人，连月素已成团栾①之数。幸舟颇宽敞，尚觉不少。

――――――――――

① 团栾（luán）――团聚。

挹香早喜得手舞足蹈，说道："今日如此天气，如此美人，真不负此佳会矣。"正所谓：

　　漫邀琼岛诸仙子，同赴瑶池集酒觞。

未识再有人来否，且看下回分解。

第 七 回

品名花二生逸致　奏妙技诸美才能

话说金挹香在画舫中设此佳会，已来了十四位美人，十分得意。原来挹香人才风雅，貌亦俊秀，又多情又慷慨，是以众美人有爱他的、慕他的、怜他的，所以花国寻芳，独占尽许多艳福。

此时，众美人咸集舟中，又来了王湘云、吕桂卿、胡碧娟、陆丽仙、郑素卿、褚爱芳、陆文卿、谢慧琼八人，都是认识的，纷纷攘攘，艳丽入舱。挹香想到："如此盛会，必须邀拜林、仲英来到，畅叙方妙。"主意已定，即取名帖，两处往邀。少顷，舟人归。知仲英有事他出，拜林即来，挹香大喜。未片刻，拜林来，笑道："贤弟可谓雅极矣，为何不早来邀我？"挹香道："此刻日在未午，尚不嫌迟。你看美人如此之多，林哥能不销魂否？"拜林细把美人一数，已有二十三人，说道："惜乎楝子花未到，尚少一人。不然，司空之《诗品》不能专美于前矣。"正说间，忽闻何月娟至，拜林道："乐哉花品成矣！"众美人亦大喜，一齐相见。挹香命舟人就此开船。

拜林道："如今好品花矣。"挹香道："好。"拜林道："今日品花，须照各人性情态度，用《红楼梦》人名，借美分题，并撰以赞，未知可否？"挹香点头道："倒也新奇。"于是磨墨伸纸，二人评议。拜林道："我等亦逢场作戏，决不徇私，谅众芳卿必不怪我。"大家笑说道："妾等蒲柳之姿，唯恐不足当二君雅赏，何怪之有？"挹香道："如此，月素妹妹好品为黛玉。"拜林道：

"桂卿姐好品为宝钗。"挹香道："爱芳妹好品为元春，湘云妹好品为探春。"拜林道："这位丽仙姐倒好品为惜春，幼卿姐当品为袭人。"月素道："飞鸿姐与婉卿姐当品为宝琴、王熙凤，绛仙姐姐好品为春纤。"丽仙道："雅仙与宝琴好品为湘云、紫鹃。"雅仙道："丽春姐，你好品为妙玉。"挹香道："碧珠、爱春、秀英、巧云四位妹妹好品为莺儿、小红、鸳鸯、岫烟。"拜林道："李纨该品朱素卿妹妹。"挹香道："春燕该品陆绮云妹妹。"拜林道："何月娟、郑素卿两位妹妹好品为晴雯、巧姐。"挹香道："可卿该品谢慧琼姐姐。"拜林道："文卿姐当品香菱，胡碧娟妹妹宜品为秋纹，素芝妹好品麝月。"不一时，众美品全，拜林即写出了，又与挹香同撰赞语，以表其美。上写着：

黛玉品朱月素

　　赞曰：多愁多病，倾国倾城；以玉为骨，以花为情。

元春品褚爱芳

　　赞曰：才逾苏小，貌并王嫱；韵中生韵，香外生香。

探春品王湘云

　　赞曰：舞态蹁跹，憨情蹴躏；远黛含颦，春山半蹙。

宝琴品林婉卿

　　赞曰：好花含萼①，明珠出胎；娇如红杏，淡拟寒梅。

熙凤品张飞鸿

　　赞曰：香气沁骨，宝光袭人；其秀在貌，其媚在神。

袭人品章幼卿

　　赞曰：初日芙蕖，晓风杨柳；玉骨冰肌，锦心绣口。

可卿品谢慧琼

----

① 萼（è）——环列在花的最外面的一轮叶状薄片，一般呈绿色。

赞曰：卓荦潇洒，蕴藉风流；春花两颊，秋水双眸。

妙玉品陆丽春

赞曰：品拟飞仙，情殊流俗；明月前身，可人如玉。

宝钗品吕桂卿

赞曰：春风玉树，秋水冰壶；神清意远，态丰音腴。

惜春品陆丽仙

赞曰：骨柔肌腻，肤洁神清；身轻如燕，语细如莺。

紫鹃品孙宝琴

赞曰：海棠荫护，芍药霞烘；轻盈合度，秾纤得中。

岫烟品袁巧云

赞曰：美欺西子，貌笑东施；轻盈如燕，柔滑如荑。

巧姐品郑素卿

赞曰：轻烟月瘦，雪韵花姣；慧心香口，莲步柳腰。

香菱品陆文卿

赞曰：冰雪团成，琼瑶琢就；其态在愁，其韵在秀。

秋纹品胡碧娟

赞曰：纤音遏云，柔情如水；活色生香，嫣红姹紫。

莺儿品胡碧珠

赞曰：纤腰袅娜，粉面光华；憨啼吸露，姣语嗔花。

晴雯品何月娟

赞曰：梨花着雨，芍药笼烟；姿神娟洁，骨格仙妍。

湘云品何雅仙

赞曰：双环泥绿，高髻蟠云；芳心脉脉，绮思殷殷。

李纨品朱素卿

赞曰：逸气凌云，神仙益志；慧心青眼，雅态芳思。

麝月品方素芝

赞曰：一弯蹴鞠①，十佛玲珑；舞如飞燕，态欲惊鸿。

春纤品蒋绛仙

　　赞曰：凌波冉冉，仙骨姗姗；秾如桃李，香逾芝兰。

春燕品陆绮云

　　赞曰：志和音雅，气茂神清；千娇侧聚，百媚横生。

鸳鸯品陈秀英

　　赞曰：飘香疑麝，吹气如兰；柔情脉脉，秀骨珊珊。

小红品梅爱春

　　赞曰：香温玉软，雪艳花浓；荣曜秋菊，华茂春松。

拜林与抱香品毕，丽仙道："金抱香，你自己品为何人？"婉卿接口道："自然是宝玉了。"拜林道："我也来撰一赞。"便想了想，写在众美之下道：

宝玉品金抱香

　　赞曰：痴别有痴，情独钟情；风流公子，艳福书生。

众人俱大赞道："抱香是宝玉，月妹妹是黛玉，怪不得如此多情！"众人说说笑笑，已抵虎丘。抱香吩咐两舟排四席酒肴，一齐畅饮。酒至半酣，抱香道："如此胜会，不可辜负良辰，众芳卿可将平生所嗜好，各献一技于筵前，以博一乐。随其所好，幸勿谦逊。如违者，当以金谷为罚。"众美欢诺，遂依品花图为序，首位就是月素。月素道："我无一技之长，只好罚酒。"众美道："不可谦逊，我们当静候佳作。"月素想了一想道："我来填阕词儿可好？"众人齐声称妙。月素道："即事有题，众位听着。"词曰：

――――――――――

①　蹴鞠（cùjū）——也作蹴鞠，我国古时一种类似现代足球的游戏运动。

珠玉垂肩翠满头，莲想双钩，波想明眸。筝弦清脆笛声幽。燕样身柔，莺样珠喉。　　绿酒红灯敞画楼，唱惯梁州，舞惯伊州。宜嗔宜喜亦宜愁。吟也风流，醉也风流。

右调·一剪梅

月素写好，递与众美道："小妹献丑。"大家接过来，细看一回，齐声称赞，便道："如今要请教爱芳姊姊了。"爱芳道："小妹不才，愿奏瑶琴一曲，不识可好？"众人道："好，好，好。我们当洗耳恭听。"爱芳一面命小婢添香，一面携琴，敛容屏气抚之，极目送手挥之妙。清韵悠扬，弦音嘹亮，既而宫变为徵，渐觉激昂慷慨，悲壮淋漓。其声宏以远，其调高以吭，细听之，盖如《胡笳十八拍》也，又弹《平沙落雁》一曲而罢。抱香大赞道："高山流水，不亚伯牙①。如今要请教湘云妹妹了。"湘云道："我来画幅梅花吧。"于是横屏伸纸，唇脂含毫，点染极工致，烘衬极精神，片刻画成一枝红梅，似嵯山红雪，十分清艳，大有横斜老干之势。众美大喜道："如今要婉妹妹来了。"婉卿道："如此佳会，不可无诗，小妹奉题一律何如？"拜林道："好。"于是婉卿也不思索，即挥毫，立成一律，递与众人。大家接来观看，见上写着：

> 东风淡荡黯魂销，一样梅花趣独饶。
>
> 素质肌妍消粉本，绛仙春醉晕红潮。
>
> 光凝锦帐千重叠，色借胭脂一点描。
>
> 流水空山霞自落，凭谁染出几分娇？

婉卿诗毕，大家道："吟盐咏絮，庾鲍风流。如今要请教飞鸿姊姊了。"飞鸿道："我来和婉卿姊姊红梅一律。"乃拈笔写了一首。

---

① 伯牙——春秋战国时期著名的琴师，擅弹古琴，技艺高超。

绮红小史

经典书香 中国古典世情小说丛书

诗曰：

芳讯初看透一枝，谁家咏就访梅诗？

缟仙扶醉含娇态，绿萼添妆斗艳姿。

瘐岭春回空溅血，罗浮梦醒渐凝脂。

前生定是瑶台种，偶谪人间小别离。

月素看毕道："雅丽之句，不可多得。如今要轮幼卿姊姊了。"幼卿道："我来摆一局象棋热，与慧琼姊姊对下。"众人道："好。"即命侍儿排上棋枰。幼卿东一着，西一着，摆成一个车马临门势，与慧琼二人对弈。两人参了良久，仍是一盘和棋。

陆丽春道："如今要轮着我了。我与桂卿姐来下盘围棋吧。"挹香道："好，好，好。我来督阵。"于是二人坐下。挹香在旁看着，不一时，知白守黑。丽春三六另起，桂卿下一玉树。丽春不飞角，拈一子九五镇，桂卿一折。丽春飞行一子，即来封角，桂卿托一子。顷刻间，黑白已成一势。桂卿正要叫吃，挹香发急道："这着下不得！下了这一着，这一块要全军覆没了，快些寻劫打为妙。"桂卿依挹香寻了一劫。丽春打了挹香一下道："你这滥小人，干你甚事？"挹香道："什么谓之小人？"丽春道："观棋不语真君子。你如今开了口，岂不是滥小人么？"未几，丽春阵势已败。挹香在旁道"嘡，嘡，嘡。"二人倒呆了一呆，便道："做什么？"挹香道："丽春妹妹要输了。若不鸣金收军，则齐师败北，谁为孟之反①耶？"说得大家俱捧腹而笑。局终，却是丽仙献技。丽仙道："我出一对，

① 孟子反——春秋时鲁国大夫，在对齐作战战败时，他勇猛殿后，掩护军队撤退。

与宝琴姊姊对对。"乃说道：

月印波心，波静月圆人对镜；

宝琴听了，笑道："这个对倒也难对。"便想了一想道：

云从雨意，雨消云散客游山。

对毕，大家道："如今巧妹妹来了。"巧云道："我来弹一曲琵琶。"陆文卿道："可是我和?"郑素卿道："还有我呢！我来品箫相和。"众人多称佳妙。于是三人拨弦应节，吹弹一曲《霸王卸甲》。曲终后，陆文卿道："如今是我了。我来读篇文字玩玩可好?"挹香拍手道："好，好，好。此技新奇。"文卿便饮了一杯酒，润了喉，即书声朗朗，词调蔼然，读的却是《关雎》，乐而不淫。读毕，大家道："果然好得很，不啻书房中的读书公子。"说毕，轮着胡碧娟献技。碧娟道："我也别无他技，仅有一个灯谜在此，欲请碧珠妹猜一猜，不知可好?"挹香道："好，好，好。快些说来。"碧娟道：

君行好事。——打一鱼名。

碧珠想了想道："敢是黄鳝么?"碧娟道："一些不错。"大家听了道："'君行好事'，打这个黄鳝，做谜的已好，猜谜的更加想入非非矣。如今该着何人?"何月娟将"品花图"一看，道："是我，是我。我来临一页晋帖吧。"于是磨浓香墨，不多时，书好一页，呈与众人。见其秀骨天成，笔笔仿簪花体格，大家称赞了一回。又是何雅仙献技。雅仙道："我也有个春谜在这里，要请朱素卿姊姊猜一猜。"便道：

喜洋洋，儿子之子得还阳。——打一兽名。

素卿听了，想了长久，笑指雅仙，道："你这人真有想头，这个可是猢狲么?"大家听了，俱拍手大笑道："不差，不差。果然刻画得非凡！如今要轮素芝妹妹了。"素芝道："我记得《秦淮

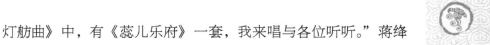

灯舫曲》中，有《蕊儿乐府》一套，我来唱与各位听听。"蒋绛仙听了，看见舱中挂着一个月琴在那里，便说道："吾来弹月琴和你可好？"素芝点头称善。于是二人饮了一杯酒，即启朱唇唱道：

〔北双调·折桂令〕莽尘寰，一醉陶然。得失鸡虫，富贵云烟。少日文章，壮年事业，暮岁神仙。早办取青鞋布袜，再休恋金紫貂蝉。颠也么颠，且泛秦淮，为五湖先。

算游踪，海岳难全。有好湖山，便尔流连。抚蓟门松，听巫峡雨，饮惠山泉，祝融顶云开万里，洞庭秋月照双圆。颠也么颠，襄笠烟波，箫鼓画船。

向清溪，锦缆轻牵。金粉六朝，裙屐蹁跹。心字湖中，丁字帘前，亚字阑边。谱新曲玉箫再世，感旧愁锦瑟当年。颠也么颠，春女秋娘，不辨媸①妍。

问年时，烽火绵筵。凭仗何人，洗涤腥膻。坠粉胭脂，沉沙剑戟，委地花钿。才博得河山再造，还教人风月重编。颠也么颠，酒满金卮，花满琼筵。

逞清狂，逸兴高搴②。灯月辉煌，丝生喧阗③。是不夜城，是群芳国，是大罗天。丈八沟佳人舟泛，尺五庄词客吟联。颠也么颠，萍踪浪迹，一笑姻缘。

素芝、绛仙二人弹唱毕，众人一齐称赞，便道："如今要轮陆绮云姊姊了。"绮云道："我来弹曲琵琶，唱只情词，以博诸姊妹一笑。"于是抱了琵琶，婉转地唱道：

---

① 媸（chī）——相貌丑陋，与"妍"相对。
② 高搴（qiān）——高举。
③ 喧阗（xuān tián）——喧闹，喧哗。

《南词唱句》

雅谑风流一个金企真，花前几度费逡巡①。他是负多情，不与时流竞，愿偕姐妹订知心。是日清和天气朗，闹红会雅集在虎丘滨。品名花，才子钟情甚，又教献技细评论。有的是一阕艳词多合拍，挥毫腕底尽生春。有的是瑶琴一曲向知音奏，胡笳十八感飘零。也有的写幅梅花形古峭，倡酬佳什尽清新。打灯谜对对多工巧，更有那围棋一局费经营。度曲临书皆颖悟，最可爱读篇文字好书声。愧我无才难并奏，又怕那臣觥为罚令须遵。所以么编就俚词君莫笑，不将聪慧妒他人，愚钝亦前因。

大家听了，都拍手道："出口成章，就题生发。如今要秀英妹妹了。"秀英道："小妹不才，记得前人《如意曲》一支在此，我来唱与你们一听，不知可好？"说毕，便轻启朱唇，唱道：

《如意曲》

前生凤债今生了，愿他生一世逍遥。有椿萱②齐眉偕老，有埙篪③握手陶陶。妾美妻贤，孙慈子孝。不读书，科名偏早；不导引，寿算偏高；尽挥霍，家资未耗。合门无病，百岁如年少，亲友都教温饱。湖山居胜地，花月选良宵，游也么遨，况园林最好，水竹更清寥。聚商彝周鼎、法书名画，天下推精妙。作诗赋，美人手钞；写丹青，粉黛临稿；掌图籍，小史苗条。玉笛清歌，金樽檀板，消受隐囊纱帽。文人韵事，四海尽知交。小试牛刀，口碑载道。招邀践九洲，登五岳，有十万缠腰。且喜长途无

---

① 逡（qūn）巡——有所顾虑而徘徊或不敢前进。
② 椿萱——香椿和萱草。比喻父母。
③ 埙篪（xūn chí）——二者皆古代乐器，合奏时声音相应和。常用以比喻兄弟亲密和睦。

盗，柔橹风平如镜，波澄画舫轻桡。旅舍绝尘嚣，卷湘帘，珠围翠绕。待学倦飞归鸟，有孤寒八百，别泪齐抛。五百年升真入道，在梅花深处，在莲花深处，在桃花深处，建个新祠庙。是才子，是佳人，才许把香烧。恁①般快活，果然如愿，也不枉红尘走一遭。

陈秀英唱完了，挹香与众美人大赞道："好，好，好。最妙者，'在梅花深处，建个新祠庙'。"秀英道："有什么佳妙？你们太觉谬赞。"说毕，轮着梅爱春了。爱春道："如此盛游，不可无诗以志胜。小妹愿集名人佳句以志之，不知可好？"众人多齐声称妙。爱春便想了一会儿，写出两绝道：

即事两绝集名人句

此日中流自在行，深深绿树隐啼莺。

豪英正约寻芳会，把酒临风听棹声。

其　二

一片湖山锦绣中，移家喜近水晶宫。

乘舟欲渡青溪口，细浪遥翻夕照红。

爱春集完后，众人看了，都赞道："有此二诗，宛如绘出一幅闹红图画。如今献技完了。"幼卿道："金挹香，你自己说些什么？"挹香道："我却别无他技，只会吃酒。你们每人劝我一杯如何？"众人听了，说道："倒也使得。"于是，月素先斟上一杯，玉手纤纤，敬与挹香。挹香也不去接，竟张开了口，盛月素这杯酒。月素只得递与他吃了。饮毕，挹香道："林妹妹，多谢你。"月素道："什么林妹妹、林姐姐？"挹香道："品花图上妹妹品黛玉，岂不是林妹妹？"大家道"不差"。于是，挹香团团地向众美

---

①　恁（nèn）——这么，这样。

人讨酒吃。吃至第十四位文卿座上，宝琴也斟上一杯，递与挹香。此时挹香已有八分醉香，又加文卿十分妩媚，不觉逸兴悠然，便接了那杯酒，一饮而尽，便倚在文卿怀内，如小儿寻乳吃一般，弄得文卿羞红晕颊。拜林在旁佯说道："金挹香身心俱醉矣，众芳卿不要与他酒吃了。"挹香听了这句话，连忙立起来，说道："不醉，不醉。我要酒吃。"于是直饮到爱春为止。

挹香已觉醺然大醉，左顾右盼，见诸美人花团锦簇，愈加目眩神迷，恍疑置身于蕊珠宫里，亲按鬟云小队，逸兴更狂，命酒复酌。少焉，红日衔山，姑命舟人理归棹。兰浆桂桡，缓缓移来，挹香与拜林拥诸美，凭舱延眺，兴致悠然。迨①回家，已月上矣。正是：

　　笙歌画舫三春闹，箫鼓龙船五月忙。

未识闹红会散归又做何事，且听下回分解。

①　迨（dài）——等到。

第 八 回

金挹香深闺掷巧　姚梦仙野径锄强

　　话说挹香大设闹红会，与众美人在虎丘览胜，甚是畅快，归家已二鼓矣。父母虽未见苛责，挹香自觉不安，连日兢兢业业，在书房中静心攻读，即使偶然出外，无非至月素家闲谈。童儿们纵知其事，亦隐而不言。流光如驶，屈指已是天上星期、人间巧节。挹香披编匝月①，那日午后欲思散步逍遥，闲步至月素家，见诸人俱聚在秋阳中掷巧。挹香见他们掷得兴浓，即说道："我也来掷一个。"即拈针抛入，恰巧掷了一枝生花彩笔。众美人笑道："江郎梦笔生花，此其前兆。如今掷针成笔，金生后兆可知矣。"大家说笑了一回。

　　时光欲晚，挹香辞归，行至半途，忽遇着一个通家好友。此人姓姚，字梦仙，本城人，生得甚有膂力。路上遇着挹香，便唤道："香弟何往？"挹香回头一看，见是梦仙，大喜，便告其所由来。梦仙道："时尚未暮，我们拣个洁净酒铺去喝酒吧。"于是二人同入酒肆，拣了清雅座头坐了。少顷，店小二至，请点酒菜。挹香道："须拣可口者搬来就是。"小二领命去，不一时，送上两壶真陈绍酒、一盆虾仁炒猪腰、一碗南腿馅蛋饺、一碟糟鸡、一碗笋腐。二人论古谈今，各饮得醺然大醉。然后梦仙会了钞，一同出店时，天色已夜，遂买篾檀烛之，携手同行。

----

　　① 匝（zā）月——满一个月。

未及半里，忽至一荒僻之处，耳中隐隐闻妇人啼哭。梦仙道："奇怪！莫非此中有人寻短路么？"即把手中火把去了煤头，往前一照，却是个青年女子，身上剥剩一件小衣。旁有一凶人，手拿衣服、钗钿，正思逃遁。恰遇梦仙二人，凶徒吓了一跳，急欲溜奔，被梦仙一把抓住，便道："你是何人？胆敢在近城行凶！"那人也不回答，挣身思逃。哪晓得梦仙虽是瘦怯书生，手中十分来得，一手抓住那人，那人已服服贴贴不能挣动。挹香上前，将他手中衣饰夺还女子。那女子含羞整理毕，二人遂细问她住居姓氏，可有父母，家中作何生理，为何黁夜①在此。女子道："妾就住前面南园村，耕种度日，家中只有一老父。贱妾姓吴，字秋兰。今因与邻里中姊妹往大士庵拈香归，姊妹们有事先行，大家分散，妾路生不谙，天渐暝黑，不意遇此强暴。若非贵公子等相救，贱妾性命已若草上秋霜矣！"言讫，欲下跪拜谢。挹香素性多情，每以怜惜名花为念，今见她十分感激，又见她姿容娇媚，态度端庄，花艳瓜瓢，鬓薰豆蔻，虽蓬门未识绮罗，倒也一无俗气，便道："如今衣饰俱还你了，你也不必谢我，快些回去吧。"秋兰道："既蒙公子救援，德莫大焉！不知公子尊姓大名，府居何处，改日妾好登门拜谢。"挹香道："大丈夫志在四方，路见不平，宜乎拔刀相助。不必问名问姓，趁早归家为是。"秋兰只得辞去。

且说梦仙抓住了那人，问道："你这瘟强盗，叫什么名字？清平世界，为何干这勾当？"那人初思倔强，后来被梦仙用力抓住，料不能脱逃，只得跪下道："小人名唤阿兴，本为小本营生，后因吃了几口洋烟，弄得一贫至此，不得已干这勾当，还求壮士

---

① 黁（yín）夜——深夜。

开恩。"挹香听见"阿兴"二字，不觉怒从心上起，恶向胆边生，忙把火把一照，便道："果然不错。"原来这阿兴乃是城中一个无赖恶棍，日间在花柳场中专吃白食，以致舞榭歌台处见他痛恨。挹香早已深恶，如今相逢狭路，又加如此不端，不觉十分大怒，乃向梦仙道："这狗头素来不安本分，无赖已极，不要放他！"于是同梦仙抓了他，至闹市中，唤了地方，吩咐带去看守，不可让他走脱，明日送县惩治。

二人归家，已将二鼓。挹香之父母道："十三是你姑丈五十诞辰。青浦昨有信来，邀我们同去。我们若去，一则路途跋涉，二则家内乏人，你是幼辈，应当前去拜寿。我已命金寿唤定船只，明日你可去走一遭，不可耽搁。寿事完毕后，早日归家，庶免我们惦念。"挹香听了，暗暗欢喜，因日前表兄信上说，青浦有一名妓，名竹卿者，声噪一时，名倾全邑，非墨士骚人不能一觐。正恨无隙可乘，十分懊恼。今幸有此机会，可借此作进见地也。遂答道："孩儿遵命，明日早行可也。"又讲了一回闲文，别亲就寝，一夜无词。

次早，挹香收拾了琴剑书囊，别了父母，又别诸友，又托梦仙将阿兴送县。遂带了金寿，一叶扁舟，往青浦进发。

次日下午，舟抵青浦。挹香上岸诣张第，命金寿通报。原来这家姓张的，名唤载安，乃是一个殷实之家。所生一子一女。其子年才十七，与挹香同庚，恂恂儒雅，初撷芹香，号小山，字叔卿。其妹素娟，年才三五，幽娴贞静，容貌绝伦，性爱翰墨，恒以诗赋作消闲之计。幼时受聘朱氏，摽梅①虽赋，嫁杏未期。夫妇同庚半百，膝下有这一双子女，晚景可娱。十三乃

---

① 摽（biào）梅——梅子成熟而自然落下。比喻女子已到适婚年龄。

老员外生辰，故寄信至吴，欲邀挹香与他们二老一同来吃寿酒。正在念及，忽家人禀报道："苏州金公子至矣。"载安大喜，即命相请。

挹香从容入内，拜见姑爹、姑母，并言家严慈道贺请安。张家夫妇见了挹香，十分欢喜，乃说道："贤侄多年不见，更加长成了！如此翩翩雅度，他年直上云霄，前程正未可量也！"挹香便答道："小侄荜陋菲才，何敢当二大人奖赞。"老夫人即命侍儿去请公子与小姐出来相见。侍儿去不多时，小山先至。表弟兄相会，各叙阔衷。俄而，又闻叮当环佩，馥郁异香，侍儿扶小姐姗姗而来。挹香定睛一看，但见：

冉冉凌波莲步，盈盈着雨桃腮。态度轻盈，仙讶蟾宫下降；姿容雅洁，人疑蓬岛飞来。

挹香知是素娟小姐，见她走至老夫人身边。老夫人道："女儿过来，见了表兄。"挹香连忙立起，欠身答道："表妹，愚兄有礼。"便深深一揖。素娟娇红羞晕，福了一福道："小妹有礼。"二人福毕入座。挹香道："久闻妹妹才高咏絮，字学簪花，稍停几天，愚兄定要请教。"素娟听了，低垂粉脸道："小妹深闺浅识，所学者春蚓秋蚓之句，既蒙表兄齿及，正要叨教。"二人说了一回，夫人命排酒相待。不一时，酒肴排设内堂。素娟欲辞母归房。夫人道："挹香哥哥犹如自己哥哥，有何客气？况方才说的诗赋文章，席上正好叨教，不可进去。"素娟无奈遵命，于是五人入席。

席间，小山询及吴中风景，挹香一一答之。老夫人道："贤侄，方才说及吟诗一事，小儿与小女虽不甚解音谐律，亦是他们酷爱，贤侄可吟几首教教他们。"挹香道："这是怎敢？既蒙姑母谆谆，小侄谨当遵命，尚求姑母命题。"老夫人想了一想道："庭前早桂已开，即此为题，贤侄首倡，教他们兄妹二人酬和何如？"挹香道："但恐小侄菲才，不足供二大人雅赏，致贻兄妹笑也。"言讫，立成一绝，呈与张家夫妇。见上写着：

庭前早桂乍开，勉成一绝呈政：

分得蟾宫仙卉栽，一枝先向小庭开。

他年直达青云路，要借丹梯折早魁。

夫人看毕，赞道："诗才卓荦，吐属不凡。"挹香道："小侄抛砖引玉，何敢当大人谬赞。"说毕，老夫人递与素娟道："你也做一首。"素娟只得轻磨香墨，做了一首，呈与挹香。挹香展开细看，见其字学簪花，十分秀丽，上写着：

庭前早桂乍开，吟答一绝：

瑶台播种散天香，金粟丛丛压众芳。

不共海棠争巧笑，早秋独耐晓风凉。

挹香看毕，赞道："贤妹诗才，轻圆流丽，一字一珠，愚兄甘拜下风。如今要请教小山哥哥了。"小山谦逊了一番，然后拈笔写了一首。挹香展开，但见上写着：

早桂奉答一绝：

新秋鼻观忽闻香，始见枝头粟已黄。

我亦欲将仙斧借，直奔蟾窟问吴刚。

挹香看了道："用意清新，奇警处想入非非。"小山道："小弟率尔操觚①，不当大雅，何兄谬赞至此？"于是大家谦逊了一回，复又传杯弄盏。真个是：

酒到韵时诗亦醉，花当明处月还香。

俄而酒阑灯地，夫人命家人送公子书房安睡。小山与挹香甚

———————

① 操觚（gū）——意为执笔作文。

为契洽，彼此谈今论古，并言此处有才妓竹卿，为一时翘楚。挹香十分钦慕，约定寿事完毕，同去一访。正所谓：

风流公子原多癖，到处寻芳博盛名。

未识果去同访竹卿否，且听下回分解。

第 九 回

庆遐龄华堂称寿　访名妓花国钟情

话说挹香住在张宅，朝夕与小山饮酒论诗，十分合意。时光迅速，十三日，张宅门前悬灯结彩，亲友俱来庆贺，挹香也与姑丈、姑母拜寿，开觞款客，足足忙了三天。然后寿事完毕，小山便约了挹香，去访那有名的才妓。挹香甚喜，即更换了鲜新衣服，与小山同往。未里许，早至竹卿家。有人迎接，进去坐了一回，然后进内厅与竹卿相见。

原来这竹卿乃是一个大家闺阃，继因水火刀兵，兼之又失怙恃①，致遭沦落。素性聪慧，诗词歌赋，无一不出人头地，以故才人墨士踵门者，交相错也。然为人幽静，身价自高，凡遇客来客去，彼俱淡漠自安。虽身混歌台舞榭，而心无送旧迎新。

挹香与小山入室，见竹卿缓缓相迎。入座后，侍儿即献茶。茶毕，竹卿微启朱唇，询问姓氏。挹香见她一团雅态，万种温柔，心已钦羡，乃细述姓氏，然后道：“仆等久慕芳卿才思压人，故不惮迢迢百里，特来晋谒仙姝。今蒙不以刍尧见弃，而以蓬岛相亲，不胜幸甚？”竹卿道：“贱妾风尘弱质，自惭受辱泥涂，虽曰粗识之无，何敢望雅人怀抱？今日贵人枉顾蓬门，不胜侥幸。”于是偕二人至一书舍中。商彝周鼎，位置妥贴，两旁挂着许多名

---

① 怙（hù）恃——指父母。

人投赠。又有一副楹联道：

　　　　明月二分萦好梦，灵犀一点逗芳心。

　　挹香观玩了一番，又见窗前堆着许多诗集，启视之，皆竹卿所作骈体诗词。其中佳句，如《山居杂咏》云："偶然小憩听泉涌，暂学忘机看鸟飞。"又如《春闺》云："鹦鹉不知人意懒，帘前几度唤梳头。"又如《画龙》云："龙不画全身，身在云深处。两睛点炯然，何日始飞去。"其《咏笔》云："管城春色艳，花向梦中开。一入文人手，经天纬地来。"最妙。其蕴藉处有《咏早起》一首云："起视天犹早，何须唤侍儿。云鬟梳也未，洗手读毛诗①。"其深意处有词两句云："病是愁根，愁是叶，叶是双眉。"其余皆俊逸清新，目不暇接。挹香看了，大赞道："芳卿雅人深致，道韫②奇才，吾辈须眉真堪愧杀。"竹卿笑答道："妾乡僻无知，所学讴吟，无非渔歌牧唱，何敢当公子谬赞？"于是在书室中谈谈说说。

　　天色已晚，竹卿命侍儿端整酒肴，请二人饮酒。席上论诗讲赋，极尽绸缪，杯盘狼藉，履舄交错③。饮毕已有二鼓，彼此有些醉意，小山扶醉归，而挹香独留也。

　　竹卿初会挹香，意殊磊落，及小山归后，更执烛引挹香至卧房，略叙片言，即伪醉而假寐。挹香彷徨室内，见其布置精洁，雅净无伦，壁间悬一古琴，不觉触动素怀，思一奏其技，又恐惊其清梦。屏思枯坐，夜已将深。少顷，见竹卿已醒，试问道：

----

① 毛诗——即《诗经》，相传为汉毛亨和毛苌所传。
② 道韫——即谢道韫，东晋女诗人。
③ 履舄（xì）交错——履舄，泛指鞋子。鞋子杂乱地放在一起。形容宾客众多。

"美哉睡乎？"竹卿不答，从容对镜，理鬓讫，添香于炉，向壁上取琴，默坐抚之。觉凄凄切切，哀怨动人，如浔扬江头之调，挹香不觉泪下。竹卿见挹香如此，罢弹问曰："君亦能此乎？何所感之深耶？"挹香道："卿以此寓沦落之感，仆纵非白江州，然入耳惊心，能不悲从中来耶？"竹卿默然久之，谓挹香道："试更为君弹一曲，可乎？"挹香曰："可。"于是重理旧弦，别翻新调，如莺语之间关，如流泉之幽咽。挹香倾耳听之，愈加感叹道："伯牙子期，千载难逢！卿弹此高山流水之操，而以知音许我，我何敢当！卿真青楼中之伯牙也！"竹卿至此始有喜色，与挹香剪烛清谈。两情恳挚，东方既白，亦无暇作巫山之梦矣。即辞归至张家，与小山谈昨宵事，小山十分钦慕。挹香从此系念芳洲，萦思香草，几将废寝辍眠。

　　一日与小山在书馆中，忽家人来报云："东巷王竹卿家遣人在外。"挹香命进，方知其使送来瑶琴一张、翠玦两方，执扇一柄是竹卿亲手所书近作。挹香大喜，遂收而谢之。思作琼瑶报，即往各处购得紫竹箫一支、汉玉连环一事、自绘梅花帐颜一幅、橄榄核船一事，共四色。其橄榄核船雕刻精致：中舱客四人，二人在后，一摇橹，一扭浜，窗棂皆可开合，眉目如画。外用退光漆盒，如药制橄榄形，红丝结络，可以佩身。购全，遂亲携至竹卿家道："明珰翠羽，卿自有之，仆亦不敢以此俗物混卿雅赏。些须微物，虽不足贵，然亦非寻常绣阁所能解识者，风雅如卿，当留作红闺雅伴。"竹卿欣然道："妾以沦落风尘，君独不视为章台①柳，而宠异如此。妾当悬佩于身，不啻太真之金钗钿盒矣！"

---

　　①　章台——妓院等地的代称。

嗣后往来愈密，耗日于雨窟云巢之内，殢①人于鹣②交鲽③合之时，不知不觉将有一月有余。

忽吴中信来，促挹香归，挹香不得已往别竹卿，并劝其保重身子。竹卿亦叮嘱再三，并约何时再会。挹香以来年杏花时再续前缘，并劝放开慧眼，早择从良，毋使鄙人多恨。言讫，大家泪如雨下，挽手牵裾，有无限牢骚之态。俄而，家人又来催促，不得已道："保重，小心，我去也。"仓皇酸鼻而行。竹卿没奈何，送至门前，不觉十分凄婉。正所谓：

流泪眼观流泪眼，断肠人对断肠人。

当下挹香匆匆回至张家，拜辞姑丈、姑母，又别了表兄、表妹，自然也有一番分离的说话，不必细表。挹香带了金寿同下归舟，按下不表。

再说吴中众美人自从挹香青浦去后，十余天不晤，挂念十分，也有嘱人探听的，也有往月素家问信的。一日，林婉卿到月素家来，问起挹香信息，月素告以常久不来。恰好月娟有座，答道："他必又遇了一个比我们好的人在那里，所以得新忘旧，不来看我们了。"月素道："他这个人不是这般薄幸的，你不要冤着他。"月娟冷笑道："你们太忠厚了！看他这个人，最会见张说李。在我处，说你二人的不好，在你们面前，只怕又要说我不好了。"月素笑说道："他倒从没有说过你。"婉卿听了，便有些疑心，乃问道："说我们什么？"月娟笑说道："他既没有什么说我，也没有什么说你，方才我同你们玩玩。"正说间，忽报拜林来，

① 殢（tì）——困扰；纠缠。
② 鹣（jiān）——古代传说中的比翼鸟。
③ 鲽（dié）——比目鱼的一种。

绮红小史

经典书香 中国古典世情小说丛书

月素回愁作喜，即请进内，问及细底，方知挹香往青浦拜寿去了，方始各各放心。

却说挹香是日已归，拜见双亲，说了一番青浦的话儿。时逢中秋佳节，往各处亲友家去了一回，至半路，恰遇拜林由月素家归。拜林告以众美悬念之语。挹香遂往月素家，并见月娟，谈了一种离情，又命侍儿往各美人家知会。不一时，众美俱来问候。挹香问月素道："今日小生至此，又蒙众芳卿枉顾，又是团圆佳节，接风之酒，卿其为我治乎？"月素道："毋庸费心，我已吩咐过了。"挹香大喜，乃与众美人细倾积愫，并说遇着竹卿一事。月娟道："如何？被我猜着了。"挹香不解，众美人俱道："这是他天性风流，又如此多情，宜乎时多奇遇。痴郎何艳福若此耶？"挹香道："此乃蒙众姐妹怜我狂生，故得时亲芳泽，虽曰'修来艳福'，其实邀众芳卿青眼所顾耳。"大家说笑了一回，然后入席饮酒。开窗对月，果然琼楼绚彩，银汉腾辉，好佳景也！直饮到宵漏①沉沉，众美人方才辞去。

婉卿目视月素，笑谓挹香道："今宵人月两圆，佳期无负，愚姐告辞了。"月素又送了婉卿归去，然后再与挹香饮酒赏月。挹香谓月素道："子兮！子兮！如此良夜何！不可无诗。我为首倡，卿为我和，可好？"月素道："中秋对月之题，前人颇多作者，极难出色。前日你们林哥哥到来，把一套《色空曲》的南调与我看，填得十分感慨，乃是由盛至衰，因色成空之意。如今我已歌熟了，可要我来唱与你听听吧？"挹香听了道："好，好，好。我来品箫相和，何如？"于是，挹香去取了月素的那支心爱箫儿，又斟了一杯酒，递与月素吃了。然后，月素轻启朱唇，呖

---

① 漏——古代通过滴水或漏沙来计时的仪器。此处用宵漏指代夜间。

呖莺声地唱道：

《色空曲南调》

〔忆秦娥〕黄尘荡江山，依旧开清朗。开清朗，却怜三月，莺花无恙。

〔黄莺儿〕处处罨垂杨，春风翡翠香。笙歌十里烟波舫，红楼绮窗，帘钩自忙。勾留吾辈寻花，想觅鸳鸯。歌台舞榭，无梦不襄王。

〔簇锦林〕丰神媚，竞艳妆，忒温存，傍玉郎。云情雨意魂儿漾，怎不满怀欢畅。凤求凰，盟山誓海，地久与天长。

〔琥珀猫儿坠〕芙蓉锦帐，恩爱甚荒唐。转瞬红颜付北邙①，生前枉诩貌无双。堪伤一代风流，总付黄粱。

〔尾声〕回思画舫春波荡，十里胭脂水亦香，到底终归空色相。

月素唱完了，挹香停了箫，谓月素道："此曲甚佳，惜乎太多感慨。我们饮酒吧。"于是又斟了一杯酒，递与月素。月素道："我醉已极。我来做个令，你猜猜吧。"挹香道："却是怎样的猜法？"月素笑了笑，去取了一副骰子，将一只盆子、一只杯儿背了挹香，将骰子摆在里面，说道："这个乃是老令：这盆子内摆着骰子，骰子乃摆成一个式样，或分相，或不同，或五子，或全色，用古诗一句，令人猜想。如今，吾已摆着一个式儿在内，我说句古诗，你且猜一猜看。"挹香道："好。"月素便说道："一色杏花红十里。"挹香听了，便暗暗地想了一会儿，却是难测，便斟了一杯酒饮了，又想了一回，乃道："莫不是二五子四点么？"月素拍手道："不错，不错。"挹香笑道："此令好，名它为同心

---

① 北邙（máng）——借指墓地或坟墓。

令。"月素道："这却何故？"挹香道："妹妹方才有了这句诗，做成此令。我听了此诗，猜出内中摆法。你想，若不是同心，岂非就猜不着了？幸得我与妹妹本来具有同心，所以不难索解。"月素听了，点头称是。

挹香道："如今我来摆了。"于是也将盆儿与骰子取了，背了月素，顷刻摆成一式，把盆儿移向桌上，便念古诗一句道："半是梅花半雪花。"月素听了，想了一想道："莫不是么五分相么？"挹香道："一些不差。妹妹真慧人也！我们再来猜两个可好？"于是，月素又摆了一式，复念古诗一句道："十八学士登瀛洲。"挹香听了，又想了一想，便道："有了，内中定是全三色子。"月素道："一些不错。如今你摆吧。"于是挹香神出鬼没地摆了一式，便道："雪飞六出。"月素道："一定是么五子六点了。"挹香便将杯子起了，斟了一杯酒道："妹妹输了。"月素细细一看，却是一个全么色子，便大赞道："摆得好！摆得好！真个匪夷所思，出人意外。"便饮了挹香那杯酒，又斟了一杯，递与挹香道："饮了这杯团圆酒，我们好散席了。"挹香点头大喜，就一饮而尽。

月素娇痴万种，醉态十分，将首拜在挹香怀内。挹香见她玉山将颓，已有十分醉意，甚是爱惜，即扶她上床安睡。自己又赏了一回月，饮了一回酒，始命侍儿收拾了残肴，端整了香茗，然后入帏而睡。看见月素鼾声正浓，挹香轻轻地唤了几声，月素方醒。挹香便斟了一杯茶，递与月素吃了，然后亦睡。

到了明日，二人起身，挹香谓月素道："昨日妹妹醉矣，今日可安适否？"月素道："多是你不好，如今宿醒①未醒，疲倦不堪。"挹香道："妹妹自己醉了，倒怪我不好。"说着，命侍儿取

---

① 醒（chéng）——醉酒过了一夜未完全清醒。

醒酒汤与月素吃了，然后二人梳洗吃点。又谈论了一回，挹香始归。

　　时光易过，秋去冬来，转盼间又是新年景象，家家锣鼓，处处笙歌。自从元旦日起至灯节止，这几天，挹香无日不在众美家取乐，花间蹀躞①，爱彼绿珠；月下绸缪，怜他碧玉。甚至应接不暇，万分踯躅②。即众朋友亦羡慕他非凡艳福。

　　一瞬元宵佳节。星桥铁锁开，人游不夜之城；火树银花合，客入众香之国。挹香约了姚、叶、邹三人，步月赏灯，沿街观玩。士女云集，都装束得十分华丽，望之如花山然。四人信步而行，早到了元妙观前，见各家店铺俱悬异样名灯，别具精致，能教龙马生辉，亦使群芳生色。又见流星花爆，不绝街前。至洙泗巷口，见游人无数，围在一家门内，四人询知为打谜事。挹香道："我们去打几个可好？"于是一同进内，只见壁间悬着一灯，贴着无数谜条在上。也有人在那里抓耳凝思的，也有人在那里测度字面的，也有人在那里闭目搜寻的，也有人猜着，众人喝彩的，挨挨挤挤，热闹非凡。挹香见上边有：

　　　　《子谓伯鱼曰》一章。——打《四书》人名一。

　　挹香想了想，向做谜的说道："这个可是'告子'么？"那人道："正是。"即在桌上取了一匣诗笺，送与挹香。又见有一谜云：

　　　　遥望山家正午炊。——打《红楼梦》人名一。

　　挹香笑了笑道："这个想是'岫烟'了。"那人道："一些不错。"又赠了两支湖笔。众人见挹香如此捷才，大家称赞。挹香

---

①　蹀躞（dié xiè）——往来徘徊。
②　踯躅（zhí zhú）——徘徊。

对拜林等说道："他们又在那里贴出来了，你们也去打几个。"拜林点头称善，便走上前，看了一看，却是写的：

潘金莲嫌武大。——打《诗经》一句。

拜林看了这谜，笑谓挹香道："这谜面倒古怪得极。"便凝神一想，便道："莫非是'不如叔也'么？"做谜的道："正是。"即赠了花红。梦仙也上前一看，见上边又贴一个条儿出来，上写：

菊圃。——打《六才子》一句。

梦仙道："这个明明是'黄花地'了。"那人点点头道："不错。"便赠了两锭徽墨。又贴了一个条子出来，见写着：

飞渡蓬莱我不惧。——打《红楼梦》一句。

仲英看见了，便向做谜的说道："莫非是'任凭弱水三千'么？"那人十分佩服，乃道："不错，不错。"便送了花红。挹香赶紧道："你们索性多贴几个出来，待我来多打几个。"那人果然贴了十个条子出来。挹香看了一回，不多时，尽皆打出。闲人多摇头大骇，做谜的更加钦羡。挹香笑嬉嬉道："我们去吧，花红也不要了。"于是四人由宫巷而行至吉由巷内。

梦仙道："挹香弟，你遨游花国，可晓得这里巷中有个名校书，你可知道？"挹香道："哪一家？"梦仙道："这人姓吴，名唤慧卿，才貌亦称双绝。更有一个绝色的侍儿，名唤小素。人极伶俐，貌极韶秀。其温柔庄重处，非他人可及。虽依身在烟花，而守身若太璞也，故年方二八，一朵名花犹未许蜂狂蝶醉。所以，往来的王孙公子，也有怜她的，也有爱她的，倒与主人家名可并著。"挹香听了，大为欢欣鼓舞，乃道"梦仙哥，此时回去尚早，可同我一访？"拜林接口道："不错，不错。"乃挽手同到吴慧卿家来。慧卿接入。

　　挹香虽见惯美人，不甚介意，缘心注小素，反觉如呆人一般，不言不语。梦仙便命他们歌唱了一回。挹香不见小素出来，心甚怅怅，正念间，忽来一婢送茶，谛视之，丰姿绰约，态度端严。梦仙明知挹香不相识，又不好说明，乃佯对小素说道："素妹妹，又要你费心了。"挹香方知就是她，于是和她谈论了一回，又旖旎了一回。说也奇怪，小素一见，便十分知己。挹香私谓小素道："我此来非为尔主人而来，特为卿卿而来。今晚匆匆，不能畅叙。明日，我当独自一人，再来看你。"言讫，又与慧卿闲话了一回，又听她唱了几个小曲。然后梦仙付了几两银子，一同分别。

　　路上，挹香说及小素为人果然可爱，明日弟要与她细谈衷曲。梦仙道："挹香弟如此多情，怪不得有多情人相遇。"一路谈谈说说。其时月色虽好，街上人迹渐稀，四人各自回家。挹香只因遇着小素，觉得十分羡慕，如有一件事挂在心头。挹香这一游，有分教：

　　　　含苞嫩蕊经蜂惜，初露新芽引蝶痴。

未识挹香果去再会小素否，且听下回分解。

第 十 回

漏春光柔情脉脉　进良言苦口谆谆

　　话说挹香与三人别了归家，已是漏将三下，心中念着小素，一夜无眠。挨到天明，起身梳洗，问了父母的安，谈讲了一回，吃过午膳，独自一人，到吴慧卿家来，与慧卿绸缪了长久。慧卿即命治酒相待，小素在旁劝酒。挹香本为小素而来，今见慧卿命她在旁劝酒，十分过意不去，乃挽了小素的手道："我不要你斟酒，你坐下来，一同与你饮酒。"小素道："小姐在席，小婢怎敢？"挹香只得向慧卿说了。慧卿也是一个知趣的人，见挹香这般钟爱，乃说道："既蒙这位金公子叫你饮酒，你就坐了吧。"挹香大喜，与小素并肩坐下。三个人你斟我酌，直饮到更漏沉沉，方才散席。

　　挹香虽与小素相亲，尚未细谈衷曲，缘有慧卿在座，进语不能，乃点了几点头，忽生一计，便伪装醉态，言语支吾，向慧卿道："今宵醉了，不知姊姊家可有现成空榻借我一宵？"慧卿道："君请放心，妾知君临，今夕早已扫榻相待矣。"挹香听了这句话，倒呆了一呆，明知慧卿有荐寝之意，乃说道："既蒙姊姊有空榻相留，还望拣一清净所在，因我醉后不可有人吵闹，吵闹就要呕吐的。"慧卿听了这几句话，又看他果然醉意十分，只得叫小素送他至后书房安睡。挹香暗暗欢喜道："美人中我计了。"于是小素秉烛，扶了挹香。挹香愈加装出醉态，倚在小素肩上，缓缓而行。回廊曲折，绕遍了十二栏杆，方到后书房。

室中倒也洁净，挹香便问道："姊姊卧房在于何处？"小素道："就在间壁。"挹香暗暗欢喜，入室坐下，乃谓小素道："姊姊，你可知我真醉耶？假醉耶？"小素道："君之心事，婢实知之，君实假醉也。"挹香大喜道："姐姐何知心乃尔。仆乃为卿而来，岂为尔主而来耶？"小素点头不语。挹香细询衷曲，小素一一答之。挹香道："卿亦知小生来意乎？昨睹姐姐芳姿，心神缭乱，今日必要求姐姐发放我才好。"小素听了这句话，不觉颊晕红潮，低头良久道："小婢虽寄身歌舞场中，蒙许多公子见爱，我总守身如玉，望君勿欺小婢。"言讫，轻扬翠袖，响蹴莲钩，往外而走。挹香见她万种温存，千般旖旎，又像芳心许可，又像羞涩难言，心中十分不解，想了一会儿，只得安睡。

片晌，忽听姗姗莲步之声，细聆之，盖小素进房安睡也。久之，挹香暗忖道："此时定然睡熟。"即起身蹴近隔壁，将小素房门一推。也是天缘凑合，却未下闩。挹香挨身轻进，略揭罗帏，见小素朝外睡着，秋波凝闭，樱口半含，又看下边，一双雪洁般的足儿斜露于衾外。挹香狂喜，觑了一回，不觉难禁欲焰，卸衣而上。小素鼻息甚酣，全无知觉。试抚摹芗泽①，腻若凝脂。

正在偎红倚翠之际，小素忽回香梦，见外床睡个男子，吃惊道："你是何人？如何睡我床上？"挹香笑道："姐姐莫慌，这个人就是方才问你来意的。"小素听了，方知是挹香，乃道："金公子，不可如此造次。小婢虽则小家，稍知礼义。桑间濮上，究非君子所为，还望珍重。"挹香见小素言语温柔，谅情许可，乃笑说道："姐姐听言桑间濮上，非君子所为，如今锦衾罗褥，岂非为所当为？"小素见挹香十分眷爱，不觉难捺芳心，黯然无语。

———————————

① 芗泽——香泽，香气。芗，通"香"。

挹香又曲尽绸缪地道："我与姊姊确是天缘，所以一见情投，两心相印，真侥幸事也。"小素被挹香如此，又爱又喜，又啼又笑，乃婉转说道："小婢终身大事已委于君，日后莫忘今日之情。即抱衾与裯①，妾心已足矣。"挹香十分敬爱，便道："姊姊放心，小生非薄幸也。"于是你怜我惜，不觉东方已白。

小素梳洗毕，即去伺候慧卿。挹香回至书房，又略略养了一回神，然后起身往见慧卿。适慧卿梳妆甫罢，见了挹香，笑道："昨日移榻独睡，只怕有些睡不着。"挹香倒呆了一呆，道："昨晚小生误入醉乡，搅扰不安之至。"遂赠了些缠头，然后归家。从此书馆用功，并不遨游花国。

时光易过，又是二月中旬，挹香想着约竹卿于杏花时节相会，不可食言，于是假词于父母之前，只说姑母约孩儿于清明前至青浦看会，孩儿欲往一游。父母本溺爱，乃许他去。挹香十分得意，唤了一叶扁舟，带了文琴、雅剑两个童儿，随即启舟。一路而来，看不尽春光明媚。

舟抵青浦，晷影未斜，先诣竹卿处。竹卿不胜欢喜，重续旧缘，再联夙好。柳织金梭，鹂来并坐；花裁玉剪，蝶至双穿。竹卿告诉挹香，她有一意中人，欲订终身，在此探访底细。挹香也十分欢喜，便向竹卿道："姊姊，你可知天下生美人难，天下生美人，而欲求爱美人之人更难？就使有了这个爱美人之人，而无爱美人之心者，则有文无质，口是心非，知选乎色，而不知钟乎情。此等人不唯于美人无益，而且于美人有损。夫美人者，花之影也。譬如有人具爱花之心，而无培养名花之意，则荒烟蔓草，

① 裯（chóu）——单层的被子或者床上的帐子。衾与裯是指被褥床帐等卧具。

使名花随混于泥涂。如是，则其人虽爱花，而实无爱花之心也。今姊姊具梅花之清品，作薄命之桃花。此时虽悟彻烟花，急思回首，本来翠馆红楼，终非了局，以姊姊之才，以姊姊之貌，何患乎无佳偶？唯是花前月下，纨绔子多不是骄奢，即多淫逸，欲求一怜怜惜惜、实意钟情者，谚语云：'万难选一。'但既思早脱火坑，还望存之慧眼。至于我金挹香之素衷，恨不得将你们众位美人，都抬高到天上去，方遂本来之念。"挹香说了这一番话，使竹卿感使激涕零，益加钦慕。挹香盘桓了数日，又至姑母家住了几天，看了盛会，即返吴门。

瞬届清和，竹卿信至，方知她意中人底细犹未探听确实。挹香作复信寄之云：

一见倾城，三生有幸！前言在耳，绮语重来。展牍，知芳卿玉体集羊，金闺卜燕，颂颂。仆自清溪返棹后，幸吴中春色无恙，依然惟是，言念西方，徒增忉怛①耳。芳卿亦具有同心耶？来书云："射雀无屏，殊为惆怅。"但落花无主，最易飘零；藕入污泥，莲休迟出。然此等事，芳卿已早存慧见，无劳仆作解事奴也。借泐②奉复，诸望珍重。

这封信寄了去，竹卿见了，又是感激，又是钦敬。吾且不表。

再说挹香日夕在书馆中读书。一日，忽递一信来，启视之，却是月素邀看牡丹。上写道：

书奉企真山人文右：

数日不晤，眼将穿矣。迩者小园牡丹盛开，红红白白，绝可人怜。想山人以花为命，惜花为心，既有名花，不敢不邀爱花人

---

① 忉怛（dāo dá）——忧伤；悲痛。
② 泐（lè）——铭刻，书写。

绮红小史

经典书香 中国古典世情小说丛书

共赏花前，使花神争妍斗媚，以报命于君。粗设酒肴，特邀玉趾，倘惠然肯来，当扫径迓迎，共成佳会也。裁笺劝驾，不尽依依，即希戬①照。护芳楼主人拜启。

揾香十分欢喜，即往月素家赴宴赏花，未片刻，已至门前。月素出接，叙谈良久，命侍儿端整酒席，于环翠堂赏花。正是：

问花花解语，对月月生怜。

谁知赏花又生出一段奇文。要知何事，且听下回分解。

---

① 戬（jiǎn）——福。

第 十 一 回

诗感花姨　恨惊月老

　　话说挹香与月素同至园中，见牡丹开得十分华丽，花容娇艳，不减洛阳春色。魏紫姚黄，嫣红嫩绿，湿露迎风，尽属可爱。二人在花前对酌，直饮到金乌西坠，玉兔东升。挹香对月素道："如此名花，岂可无诗句酬之？"月素道："酒浇块垒，诗慰寂寥，正今夕之兴。然须饮斗酒，豪吟百篇，勿使李青莲占美于前。"挹香道："妹妹风流豪爽，不让古人。"乃斟一巨觥，递与月素道："满饮此杯，聊润诗肠。妹请先吟，我当继后。"月素接过，一饮而尽道："兴到便吟，不分先后了。"因将《玉楼春》为题，即挥成一律。诗曰：

　　　　魏紫姚黄品最珍，销魂又见玉楼春。

　　　　杨妃新浴娇无力，虢①国承恩粉乍匀。

　　　　花不骄人真富贵，诗能名世亦天真。

　　　　沉香亭畔阑干倚，绝代风流妙入神。

挹香听月素吟毕，向花一笑，续成红紫二绝，高声朗吟了一遍，递与月素。月素接过一看，见上写：

　　　　红牡丹

　　　　蹁跹舞态小亭东，占尽群葩一捻红。

　　　　若使芳君能解语，小窗纸帐可春风。

---

　　①　虢（guó）——中国周代诸侯国名。

紫牡丹

迎风醉态欲魂销，色借胭脂一点描。

浓艳本来瑶圃种，移来亭畔不胜娇。

月素看毕，笑道："君诗该罚三觥。"挹香嚷道："有甚该罚？"月素道："君诗虽佳，惜钟情于花外，岂不要罚？"挹香笑道："我岂吝此三觥而妨卿之意？但我于花月之间，实有深情，今对此芳华，能无有书生狂态耶？"月素道："牡丹虽已萌芽，还宜含容以待春风，岂可赋此情语？我恐感动花心，如赵师雄之妖梅，君亦不免。"时挹香已醉，听见"感动花心"之语，便满斟一杯，走近花前，深深一揖道："吴下痴生金挹香，今日相对名花，足慰狂生岑寂①，真我知己。倘花宫无伴，即罗浮之迹，亦可追随。今兹水酒一杯，聊与芳卿为寿。"祝毕，以酒洒花，醉歌不已。月素道："君感慨太多，钟情特甚，得无近颠狂者耶？"挹香道："杜老有'见花即欲死'之句，穆宗有'惜花置御史'之事，吾辈钟情，能不寝馈于是花乎？"两人相视而笑，俱觉酩酊。月素因醉入内。

挹香屏退侍儿，且不去睡，独坐亭中，将玉箫吹动，音韵凄凉。月暗云移，星横斗转，忽觉微风拂体，香气依人，挹香谛视之，见一垂鬓女子，淡妆靓服，且却且前，在花荫之下，挹香喜溢眉宇，忙上前深深一揖道："寂寞园亭，忽蒙仙子降临，实为万幸！但不知谁家仙女？何由深夜至此？"只见那女子低鬟微笑，半启朱唇，呖呖莺声地说道："君不问妾，妾亦不敢言。妾实非人，乃牡丹花神也。感君赠诗灌酒，不胜钟情，故特轻造以鸣谢耳。"挹香道："适与契友对花小饮，偶尔成吟，惊动芳卿，竟辱

---

① 岑寂——寂静；寂寞。

临云榭，仆何敢当？"一面说，一面在月光之下偷觑。那女子袅娜如风扶嫩柳，轻盈如不胜其衣，芳气袭人。不觉靡然心醉，乃逼近一步，笑道："既蒙芳卿赐顾，必然慰我岑寂，何竟一无所言耶？"

女子道："非妾吝言，第恐耳目较近，不敢遽言。今既夜静，谅必不妨，妾当以实相告：妾为爱才如命，方才闻君佳句中有'解语'之词，虽近轻佻，却颇风雅。妾因窥君之貌与此诗相似，不觉感动中怀，故不避自荐，来践春风之约耳。"挹香狂喜道："谁知拙作竟成司马琴心。我金挹香艳福，仙福何其一齐修来？今夕得感芳卿之高意，但此间露重衣单，请入亭内谈心。"遂携手同回环翠亭。比肩而坐，觉芳香缕骨，已觉摇曳心旌，因笑道："夜将午矣，莫再因循。"女子微笑不答。挹香正欲求欢，忽闻月素命侍儿催挹香归房。女子听了，便起身告辞。挹香急忙赶上，欲思挽留，不料失足一跌，忽然惊觉，却是一梦。原来身坐椅上，竟瞌睡在牡丹花畔。只见蕊含浓露，花气依人，月落参横，不胜惆怅，回思情梦，恍然在目。时已夜深，四顾悄然，绝无人响，只得回房，将此事细告月素，月素将信将疑。遂和衣而寝，辗转寻思，不能稳卧，正是：

> 春色恼人眠不得，月移花影上栏杆。

次早起身，往牡丹花下，对花感慨了一回，然后回家。至书室中，俯几寻思："那昨夜美人果然姣小嫣美，态度轻盈。可恨不作美的侍儿惊散，不然已追刘阮之高风矣。如今反弄得狐疑莫解。"忽又想道："我金挹香好痴也！这是一场春梦，怎么当起真来？岂不好笑？然既是梦，怎么有言语姿容可考？既不是梦，怎不见有一些形迹？莫非是花魅不成？然辨其情，观其人，听其自称花神之语，或因我一片深情，花神果来怜我，而有此遇，亦未可知。如今我不要管他花神、花魅，今晚再至旧处，试他一试，倘有奇逢，必能解我疑矣。"一霎间，便有无限猜疑。

等到黄昏，吃了晚膳，至月素家坐了一会，独自一个，仍至花边。坐了半夜，毫无一些影响，不觉浩然叹曰："春风之约谬矣，名花何欺我哉！"四顾寂然，兴致寥落，无奈归房。到了明夜，又往园中寻梦，仍然未见响动。一连等了三四夜，竟无形迹，心下十分不信道："果真花魅，不见花神矣？"又辗转道："岂有此理，前宵明明是花神，决非花魅！今晚不如再到花前，哭诉衷肠，看他如何。"是夕，挹香又至花前寻梦，果见花荫之侧，早有人行动。挹香道："是月素使的伎俩骗人。"躲入暗处窥探，原来就是梦中美人。挹香如获珍宝，即上前相见道："卿好忍心，使我在风露中翘待这四五夜。今日相逢，又不要负此良宵了。"那女子双眉柳锁，低低应道："与君缘浅，其奈之何？"挹香笑道："只要芳卿不弃，有甚缘浅？我金某决无薄幸，致负芳卿。"女子道："贱妾岂敢弃君？因无可奈何耳"。挹香道："芳卿今夕言语支吾，意欲背负前盟乎？不然，有甚奈何之势耶？"女子道："妾自前日与君相遇，欲慰君寂寞，不期惊散。意谓此夕定好完愿，不料此园花神之主说我盗窃春容，献媚惑君，大加狼藉，不许妾托根此园，已遣妒花、风雨二将，贬妾远置扬州，限定明日起离故土，不能少缓。今因花主赴宴去了，故得潜来一会，从此与君长别矣！"说罢，黯然悲泣。

挹香惊讶道："何物花神之主，却如此可恶？卿又如此恐惧于彼？"女子道："此园春色皆此花神执掌，俱听其指使，焉得不惧？"挹香凄然道："然则只此一回，以后不能再会了？"女子泣而不答。挹香见其花容惨淡，珠泪盈眸，情不能遣，举袖向拭。

正在凄切不舍，忽乌云四起，星月无光，女子扯挹香大哭道："风雨二将至矣！君请自加珍爱，幸勿以妾为念。"语毕，化阵清风而殁。挹香爽然若失，四顾寂然。顷刻，风雨大作，无奈在亭中坐了良久，暗暗悲切了一番，正是：

莫羡书生多艳福，到无缘处总缘悭。

俄而，风雨俱停，月光又起。挹香重至花前，见一枝牡丹连根拔起，花容憔悴，非复从前，乃抚花大恸道："我金挹香害汝矣！"于是痛哭一回。又仰天长叹道："我金某幼负钟情，常游花国，虽时遇名姝为伴，而奈何所如辄阻，中馈犹虚。莫非月老斧柯不利？抑为红丝已断，不能为人系姻娅缘乎？其或欺我金某疏狂，过为作难乎？月老啊，月老！你可知聪明正直之为神？你若徇私欺我，使朝夕无心书馆，误我功名，只怕你也要上干天怒的！"挹香侃侃地陈了一番，然后回房，告知月素。月素道："花妖月怪如此多情，何怪你要眷恋。虽属情之所钟，还望以鲁男子之心肠，远此魔境为妙。"挹香叹道："如此佳人，温香软玉，即鲁男子，宁不醉心哉！"言讫，安睡不表。

且说挹香在园中，对天怨詈，深怪月老无情，一番言语亦不过逞其抑郁，啸嗷生平素志而已。谁知早惊动了两位神祇：一是散花苑主，一是月下老人。二位从蓬莱山赴宴而归，经过吴中，觉一股怨气直达云端。二仙拨开云端一望，乃是南瞻部州苏州城内，见有一人，儒生打扮，在那里絮絮叨叨，深咎月老。月老大怒，立传当方土地查明其人，方知是长州金挹香。月老向散花苑主道："金某乃我座下一个仙童，擅敢在人间毁谤神祇，妄憎旧主，狂妄已甚。今已得遇二十六人，其中有二人是他侧室。其正室亦是我座下的仙女，现在混迹歌楼，明年始能相会。今他侃言功名致误，亦是恳切之词，我当请命于梓潼帝君①，确查功名簿，然后定夺。苑主以为何如?"苑主点头称善，于是二仙分别。

月下老人即往帝君处请见，不一时，已至文昌宫，谒见帝君，细陈一切。帝君即命掌禄使者确查金抱香功名。不一时，使者回禀帝君道："查得金抱香功名，该在二十岁入泮②，二十四岁举贤书。"等语。月老告辞归院，议定其事，即命蜂蝶使往苏州，梦中指示抱香一切。我且不表。

再说抱香自从那日花园中一番抑郁，又加受了些寒，忽然生起病来，朝寒夜热，沉重非凡。月素随侍药炉茶灶，衣不解带者数日。看看病势转深，或昏昏睡去，或呓语骇人，月素十分无主，遍访名医看治，效验毫无。或醒时，嘱月素送回家里，月素道："君病在身，不可劳动。家中我当为君托词回复可也。"抱香道："在此虽好，无如我心里不安。"月素道："君请放心，老母处，妾当拼挡，药饵之资，我可措置。君安心静养，自然灾退病安。"抱香甚属感激。又几日，众美知抱香有恙，俱来问候。慧卿亦带了小素，同到月素家问好。小素愈加关心，嗣后，时时独往月素家探望。

再说家中见抱香十余天不归，十分着急，即往邹、姚、叶几家打听，俱无下落，只得托拜林四处寻觅，意谓你们好友，无有不知之理。拜林无奈，往各美人家访问，直至月素家，方遇抱香，始知抱病在身。商量回复家中之事，抱香道："可说我在友人家，遇着了一个朋友，同至乡间看会，曾托人至家回复，谅其

① 梓潼帝君——道教所奉的主宰功名、禄位之神。
② 入泮（pàn）——古代学宫前有泮水，故称学校为泮宫。清代称考中秀才为"入泮"。

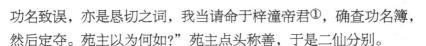

人失信。说你在某处看会打听确实，下乡会见，约在月初归来可好?"拜林道："如此说法，倒也使得。"于是叮嘱挹香保重，依言回复。铁山夫妇既得着落，稍稍放心，唯嗔怒其不别而行。拜林代为解释了几句而归。

再说挹香在月素家养病，幸有二十几位美人，终日过从服御，然病势终难遽轻，不觉已逾半月。月素无策可施，向丽仙道："妹闻白善桥观音大士仙方十分灵验，明日乃是月朔，妹欲同姊姊往求仙剂，未识我姐以为何如?"丽仙道："月妹之言是也。我们明日同去可也。"挹香听了，也十分感激。

不知服了仙方灵验否，且听下回分解。

第 十 二 回

花月客深闺患疾病　蜂蝶使梦里说因缘

却说月素因挹香病重，辗转难安，闻大士庵仙方灵验，欲约丽仙明晨同往虔求。次日，同丽仙备了香烛，乘了蓝呢中轿，往庵虔祷求了仙方。归来后，亲手煎与挹香吃了。说也奇验，挹香服了仙方，竟鼾入甜乡。我且住表。

再说蜂蝶使奉了月老之命，至吴中观其动静，询明当方土地，知挹香在月素家，乘云而至，已有三更时分。蜂蝶使寄一梦与挹香，乃道："吾乃月下老人座下蜂蝶使是也。兹奉院主之命，因前日尔有怨詈①之词，适院主蓬莱山赴宴而归，云端中闻得，故遣俺下界示尔。尔正室钮氏，现在舞榭中混迹。本要明春相会，因尔所言'贻误功名'一语，却也真切，特改于本月二十日就能得晤，但磨折尚多。若欲宜室宜家，还有二年之隔。侧室四人，现遇二人。其余在后日，不能预示。尔前生立愿要享艳福，故注定尔有三十六美相觑。唯院主怒尔谤毁神祇，过为狂妄，罚尔后年九月中受灾三日。虽有救星，尔其慎之。天机莫泄。千万！千万！"言讫，飘然而去。挹香嚷道："不要去，不要去，我还有话说！"大喊惊醒，却是南柯一梦。

四五个美人正在床前陪伴，忽听大嚷，吃了一吓，齐问道："可好些？为何又说此呓语？"挹香因蜂蝶使叮嘱勿泄天机，遂答

---

① 怨詈（lì）——怨恨咒骂。

道："众姊姊，我此时颇觉好些。因睡梦中来了一人，正与说话，旋即别去，我故呼他，哪知却是梦境。"众美见挹香言语清楚，精神爽健，俱各安心。挹香又闭目翻身朝里，细思方才梦中所遇之人，说什么正室钮氏，本月可会，侧室四人，现遇二人。又说有三十六美怜我，莫不是曩者①梦游月老祠，因缘册中偷觑见"三十六宫春一色"之意么？狐疑莫释，且记胸中，试看日后应验否。现下姑为清心涤虑，养好元神为上。月素见挹香服了仙剂，病体渐退，未及一旬，身子霍然，早喜得柳叶含春，桃花带笑。

翌日，挹香告归，父母责他不别而行。挹香赔罪了一番，即带了洋银数十番，复至月素家，向月素道："病躯昏蒙，不自检点。半月之中，蒙妹妹费心，愚兄十分过意不去，个中奉还药饵之资，日后再当拜谢。"言毕，将银递与月素。月素蹙然不悦道："妾与君友其情，非与君友其财。药饵资，妾非不能措置，今君固执而还，欺我耶？抑绝我耶？"挹香见月素如此，十分钦敬，只得收了道："妹妹芳情，愚兄尽喻，但我既蒙妹妹周旋，又蒙代偿药饵，我心何安？"月素道："既成知己，自然患难相同，纤介之事，何足挂齿？"言毕，二人又讲了一番闲话。挹香又往众美人处称谢，然后归家。因连日在外，功业废弛，自然要把书赋文章温习一番，在家住了五日。

十七日，有门公来报道："无锡过公子特来拜谒。"挹香看了名帖，大喜道："说我出接。"门公奉命而去。原来这过公子乃是一个旧绅子弟，名远程，字青田。父为教谕，辞世多年。挹香与青田在青浦倾盖，慕其恂恂儒雅，酷爱诗词，并知熟谙象棋势。

①　曩（nǎng）者——从前，以往。

七星一局，六门无敌，高头兵、低头兵、落底车三路，有出神入化之妙。为人谨厚多能，不吝教人，所以挹香与他十分相契，不啻师徒。今日听他到来，十分欢喜，整衣出接。彼此谦逊，同入厅堂。献茶毕，挹香道：“青翁一别，三月余矣。企慕之私，常形寤寐①。猥蒙枉顾蓬门，不胜幸甚。请教青翁，到苏几日了？”青田道：“自在青浦相晤后，正欲叙谈阔衷，吾兄又旋赋归与。今日到府，芝标复觌②，君之幸，亦我之幸也。若问至苏，还自昨日初到，寓金阊门外白姆桥弄内。因俗事倥偬③，故至今日到府，疏怠之责，兄其谅之。”挹香道：“未知青翁驾临，有失远迎，实为抱歉。”言毕，命家人排酒书房，邀青田首坐，自己主位相陪。

席间，讲诗论文，殷勤确尽。青田谓挹香道：“吾兄久居吴下，姐妹花定皆赏遍。昨日，友人邀仆往一处水榭饮酒，遇见一个校书，极称绮丽，更兼才思异人，非凡超脱。曾记诗草中有《锦帆泾怀古》一律，写得兴会淋漓，十分感慨，尚还记得，待我录出，与兄共赏何如？”挹香道：“好。”青田遂录出付挹香。挹香接着一看，见上写着：

锦帆泾怀古

闻说乘凉夜并肩，吴王苑里启清筵。

六宫谈笑看裁锦，一代兴亡误采莲。

月冷荒堤消粉黛，风凄古渡咽筝弦。

至今凭吊低徊处，去树苍茫水接天。

---

① 寤寐（wù mèi）——醒和睡。指日夜。

② 觌（dí）——相见。

③ 倥偬（kǒng zǒng）——指事情急迫匆忙。

挹香看毕，大赞道："巧思绮合，哀艳动人，不知这位小姐姓甚名谁？"青田道："这人姓王，名爱卿，乃是良家闺媛，因兵燹①至遭沦谪。然其为人，虽则青楼托迹，却是常怀堕混飘茵之恨，绝无倚门卖笑之腔。扫空心地，屏去俗态。心闲则喜读《庄》，聊寄幽情；心闷则喜读《骚》，以舒郁勃②。倒像寒素书生，闭门不出。凡遇客来，无非买文献赋，博几两银子度日。是以人皆钦慕，蹄毂③盈门。人咸知她青楼特拔，鹤立鸡群，苟与同席，亦不过于醽醁④翰墨之间，清谈雅谑而已。未识吾兄会过否？"挹香答以未见。青田道："后日偕兄同往何如？"挹香称善。二人拇战了一回，然后用膳。酒阑灯灺，青田告辞。

到了十九日，青田果来。挹香甚喜，更换新衣，随了青田，迤逦而行。未几里，早到了王家门首，只见几枝杨柳，一带粉墙，九曲朱栏，小桥流水。甫入门，侍儿迎接，向青田道："过公子连日不来了。"青田道："这几日我因俗冗羁身，不克来前。今日这位金公子欲来拜谒你家小姐，特地而来，烦你去通报一声。"侍儿道："原来如此，但金公子今日前来，却不凑巧。小姐于今日下乡去观竞渡了，明日方能回来，如何？如何？"挹香道："访美岂一到就能觌面，明晨再来过访可也。"言毕欲行。侍儿道；"小姐虽不在家，请二位公子里边坐坐不妨。"青田道："倒也使得。"二人遂入内，见轩窗精洁，花木参天，却是一座园亭。

---

① 兵燹（xiǎn）——因战争造成的焚烧破坏等灾害。

② 郁勃——郁结壅塞。

③ 蹄毂（gǔ）——借指车马。

④ 醽醁（líng lù）——是古代的一种美酒。

经典书香 中国古典世情小说丛书

花台月榭，玉砌雕栏，别开洞天，幽雅非凡。抱香赞道："有如此佳园，宜其人之风流倜傥也。"游罢，遂与青田一同辞去，定以明日再来。

抱香随青田至寓，不意无锡信至，促青田即日回家。青田无奈，对抱香道："才得相逢，又成离别。仆家中有要事，不能逗留吴下，明晨就要动身了。后会有期，君宜保重。"抱香十分扫兴，乃道："前与青翁匆匆赋别，今青翁又欲言归，相见之缘，何若是其浅耶？"青田又叮嘱了一番，两下相别。抱香回家，想道："如今过青田已去，幸得认那家住处，明日，我独去访这美人，倒也清净。"胸有成竹，反觉欢欣。

次日，抱香果然独至王家。适爱卿已归，抱香命侍儿通报。良久，侍儿出，谓抱香道："小姐尚未起身，请公子少待。"抱香唯唯。坐了半晌，又一侍儿出道："小姐现在梳妆了。"又有顷，见侍儿持白银烟袋出来道："小姐梳洗已毕，已在那里更衣了。"抱香此时心神已醉，双眸子罔不顾酸，只睃美人出来。

正睃之间，忽闻洞天中重门启处，呖呖莺声道："小姐出来。"言未毕，只见一人从绣帷中，莲钩窄窄，如轻燕般娉婷袅娜走将出来。抱香知是爱卿，便暗暗偷觑，见其衣杏红衫，束藕丝裙，脸晕微红，如芙蓉之发朝露；眉横淡绿，似柳叶之拖晓烟。仿佛嫦娥离月殿，依稀仙子下蓬莱。果称红闺绝色，实堪于众美中持拔一鼎。于是抱香兢兢上前，深深一揖道："仆慕芳名，如雷贯耳，欲思一觏，深恨无缘。昨遇友人过青田，论及芳卿奇才藻思，企慕甚殷。蒙渠挈仆登堂，未获觑及兰仪，而觌面宜迟，芳卿又有竞渡之兴，使楚灵均千古波涛涵泳乎。卿之性情愈觉其嚼然而不滓也。今日过青翁有事回家，仆冒昧登堂，猥蒙容见兰阶，得偿素愿，真三生之幸也。"爱卿道："妾村野陋姿，自惭蒲柳。昨蒙君子枉顾蓬门，自怪游兴太豪，致疏迎接。今君弗咎前愆①，草庐复践，妾不胜惭愧之至。"挹香道："仆素性痴狂，幸蒙诸姊妹常存青眼，故红楼翠馆虽亦物色一二，欲求爱姐之丰雅韵致、扫尽青楼脂粉气者，竟不可得，卿非阆苑②司花耶？真才不问可知矣。前者过青翁朗吟爱姐《锦帆泾怀古》佳作，令人歆服无已。吾辈须眉真欲愧死矣。然观卿如此韶秀，如此捷才，又加如此端丽，可惜误生门户，以致沉沦，不胜浩叹！"

爱卿见说，凄然道："妾非王氏之女，本籍松陵。父亲钮月泉，曾为处州巡检。后因兵戈扰攘，十四岁即失怙恃。伶仃弱女，何所靠依？乃被邻妇王氏诱入青楼。抚怀及此，言之痛人。每欲择一从良计，一则未得其人，二则假母处又不肯放，是以辗转难安，恨深骨髓。"言讫，泪珠儿扑簌簌流个不住。挹香道："原来爱卿姐是旧家淑媛，宦族才人。泥涂太璞，雪忌明珠，遭逢若此，良可悲叹。但所言未得其人，不知欲得何等人，方选入姊姊青眼？岂吴中极盛之人才，而竟无一人如愿者乎？"爱卿道："妾自堕焰火坑之后，阅人多矣，奈何欲得知己者，竟乏其人。或遇一二知心，总带纨绔习气，曷敢以终身遽订，致慨'终风且暴'之诗？是以落花无主，动辄俱难。"挹香听了爱卿这一席话，又可怜，又可羡，又可哭，又可喜，心中早已默契，乃劝慰道："爱姐安心静俟，勿悲伤玉体，待否去泰来，自然变灾为福。"爱卿见挹香举止端庄，语言诚实，大非轻浮子

---

① 愆（qiān）——罪过；过失。
② 阆（làng）苑——传说中神仙居住的地方。

弟所能，居然品高行上之士，心中也甚敬重，即命治酒相款。
正是：

　　　　红丝千里姻缘系，一见相怜情已深。

不知席间说些什么话儿，且听下回分解。

第 十 三 回

留香阁挹香初觌面　护芳楼月素愈添娇

话说爱卿见挹香儒雅风流，忠诚朴实，十分钦敬，倾心相待。片刻，侍儿来禀道："酒席已摆在留香阁里。"爱卿邀挹香同至阁中，见结构幽深，陈设甚雅，琐窗屈戌①，掩映绿纱，旁即爱卿卧室。挹香观看了一回，与爱卿入席，彼此逊让，互相斟劝。酒将半酣，挹香道："久闻爱姐高才，诗坛中可独立一帜，弟虽诵过佳章，已开茅塞。今夕萍水相逢，既蒙设樽醉我，荡我俗肠，还要请教。"爱卿道："街谈巷语之词，鄙陋不堪动听，潦草不堪入目。君如勿笑，妾方敢献丑。"挹香道："卿勿太谦，就此请教。"爱卿也不请题，挥成一首，双手递与挹香。挹香展开一看，见上写着：

> 有感偶成，即请教正。
>
> 九十韶光柳暗催，风尘几度费徘徊。
>
> 桃花命薄真堪叹，大半飘零雨里开。

挹香读了这首诗，不觉顿触悲怀，泪随声出，乃道："此诗一字一泪，芳卿之心事尽寓诗章，真非纸上空谈矣！"乃拈毫，也赋二律以赠之。诗曰：

> 从来红豆最相思，惆怅三生杜牧之。
>
> 南国天桃红旖旎，东风芳草绿参差。

---

① 屈戌——门窗、屏风、橱柜等的环纽、搭扣。

经典书香 中国古典世情小说丛书

娇当今日藏还易，恩到来生报已迟。

我未成名卿未嫁，二人一样未逢时。

其　二

绰约丰神绝艳妆，蹁跹小影怯风凉。

谪来仙子原幽性，看破人情尚热肠。

眉为善愁常减黛，衣因多病懒薰香。

韶华肯为春风驻，一样花开冠众芳。

爱卿见诗，不胜踊跃，大赞道："开府清新，参军俊逸；篇篇珠玉，字字琳琅。典丽矞皇①，烛天起云霞之色；措词雄健，掷地成金石之声。诗才如此，直堪媲美前人。"于是更加钦敬，曲尽殷勤，举杯相劝。

酒阑后，抱香告别回家。书馆无聊，徘徊良久，忽想着前日梦境，说什么二十日相逢正室，又说什么姓钮，莫非就是钮爱卿小姐吗？我金抱香若得钮爱卿为室，任他舞榭歌台之辈，我之愿亦足矣！只怕小姐心中未尝有我。辗转良久始睡。

明日，过郑素卿家闲谈一会儿。膳罢，又至婉卿家，适婉卿在房试兰汤。抱香嘱侍婢勿惊动，侍儿依命。抱香坐少顷，使开侍婢，悄躲在碧纱窗外，于罅隙②中偷看，见她一湾软玉，两瓣秋莲，褪露娇躯，斜倚朱盘中，手执罗巾在那里轻轻拂拭，如醉杨妃华清宫新承恩泽，暖试温泉。抱香看了一回，不觉春心荡漾，轻轻地推进纱窗，默默不言。婉卿认是侍婢添汤，及回眸谛视，谁知却是抱香！半惊半羞地道："金抱香！做什么？"抱香道："我也要想洗澡。"婉卿道："不要在这里没规

---

①　矞（yù）皇——形容艳丽。

②　罅（xià）隙——缝隙，裂缝。

矩。"挹香道:"婉妹何欺我耶?你试兰汤,便有规矩;我要洗澡,难道就没规矩?"一面说,一面竟将衣服卸下,跨入朱盘。婉卿无奈,只得与他同浴兰汤,拂拭了一会儿。挹香于浴盘中口占一绝云:

> 玉腕金环鸦鬓蟠,生香艳质浸朱盘。
>
> 灯光远近屏山曲,一树梨花露未干。

浴罢,唤侍儿倾去余汤,二人同至望荷轩纳凉饮酒。时届五月下旬,火伞张炎,天气渐多酷暑,幸此轩四面迎风,嵌空玲珑,堪消暑气。挹香坐了一回道:"我要去看月素妹妹了。"婉卿道:"你去,你去,本来这里留你不住的。"挹香见婉卿有些醋意,乃说道:"我为有件东西,遗忘在月妹处,我去拿了就要来的。"婉卿道:"本来叫你去,哪个叫你不要去的?"挹香见她如此言语,便说道:"你叫我去,我倒不去了。"婉卿道:"你去,你去,你不去,月妹妹要记念你的。"说罢,两只手扯了挹香至门首,开了门,将挹香推了出去,说道:"快些去吧。"竟将门闭上。正是:

> 闭门推出窗前月,吩咐梅花自主张。

挹香被婉卿推出了门,不得已至月素家。恰好月素在护芳楼午睡,挹香轻移慢步,悄悄然踱进房中,见月素酣睡在湘妃榻上,如西施舞罢慵妆,香晕酡①颜,海棠无力。身穿湖色罗衫,一湾玉臂做着枕头,秋波微合,春黛轻颦,蒙眬地睡着。挹香暗忖道:"侍儿们好不当心,小姐睡着,也不替她覆些锦被。"心中十分怜惜,即蹑前来推月素道:"月妹如此睡品,要受凉的,快些不要睡。"月素惊醒,见是挹香,便打了几个欠伸,复又朝里

---

① 酡(tuó)颜——饮酒脸红的样子。

而睡，因说道："你勿惊搅。我昨宵听黠①鼠相斗，响彻房栊②，闹了一夜，未曾稳睡，今日十分疲惫，拥被养神，不睡熟的。"挹香道："养神未免落寝，疲惫事小，睡而受凉事大。我与你闲谈片刻，就可忘倦了。"月素仍合着眸子道："我颇困倦，欲略养神，你往别家姊姊处去去再来。"挹香道："叫我往哪里去？即或去了别家，都要推我出来的。"月素听了，嫣然一笑，道："你既要在此，可坐在那边，不许吵我。"挹香听了，便拜下头去，偎着月素的粉脸道："不要睡，不要睡。"月素见他面含酒意，口喷酒气，遂问道："你又在哪里喝酒？"挹香道："才到婉妹家，适婉妹试兰汤，我也洗了一个和合汤。既而到望荷轩乘凉饮酒，我说要到你家来，她便拖我至门口，推我出来，你想该也不该？才得到你处，你又叫我到别处去，岂不是又要推出来的？"月素道："你在此没有什么好处，还是到婉妹妹家去，洗洗和合汤，饮饮和合酒，好得多哩！"

挹香听了这句话，也不回答，倒身向床上一睡，将衣袖只管拭泪，说道："我为了你，在婉妹妹处受了许多气，特来告诉你，你又是冷言冷语，我从此情禅勘破，要去做和尚了。"月素见他发愤，亦将娇躯斜靠在挹香身上，按着挹香笑道："我与你玩玩，你倒认起真来。你敢做和尚么？"说着，便拧挹香。挹香连忙讨饶道："好妹妹，饶了我吧，我不做和尚了。"月素笑道："你也会讨饶的么？"挹香道："妹妹，你要讥诮我，我自然要做和尚了。"月素道："你还敢说么？"挹香发急道："不说了，不说了。"月素道："你既不说，我与你讲：今日婉妹妹推了你出来，

---

① 黠（xiá）鼠——狡猾的老鼠。

② 房栊（lóng）——窗棂。泛指房屋。

你可知她的心里么?"挹香道:"有甚不知,她无非怀梅而已。"月素道:"你既知怀梅,今宵你必须过去,不然,我倒做难人了。"挹香道:"我不去,我不去。我若去,她做'泄柳闭门而不纳',教我焉能'投石冲开水底天'耶?"月素道:"包在我身上。她若闭门不纳,明日你来向我说就是了。"挹香无奈,只得重至林婉卿家。正是:

半生憔悴因花累,两地周全为醋忙。

却说挹香到了婉卿家,叩门入内,来看婉卿,见婉卿睡在榻上,在那里涔涔下泪。见挹香到来,便说道:"你到月姐家去,又到这里做甚?"挹香道:"好妹妹,你不要提了,方才对你说,去拿件东西就要来的,你倒忘了么?"婉卿道:"谁要你来?"挹香道:"好妹妹,你不要这等说。我若真个不来,你又要打听,又要说我到底无情。如今我来了,你倒说这些闲话。我金挹香不要说有你们二十几位美人,就是二百几十位美人,总是一样看待,雨露均调的。"婉卿听他一番软款温存的言语,不觉已有几分怜爱,因说道:"亏你说得出!你有多大本领?夸此大口!"挹香笑道:"只消行乎其所当行,止乎其所当止耳!"婉卿听了他一番痴不痴、颠不颠的言语,又好笑,又好气,只得任他住下。

两人闲谈片晌,已是上灯时候,吃了夜膳,共倚亚字栏杆,见月色穿帘,瑶窗明洁。俄而,垂髫小婢携香茗至,二人品月品茗,又酌冰雪佳酿数盏,以鲜菱雪藕嚼之,芬流齿颊。婉卿桃腮薄醉,挽了挹香。走履于留香之座,芳径漫穿;牵裙于响屟①之廊,花荫漫拂。携轻罗小扇,戏扑流萤一二,以寄芳怀。既而玉兔渐升,铜龙响滴,漏将三下,婉卿薄醒未醒,颊晕红潮,秋波

---

① 屟(xiè)——木板拖鞋。响屟之廊,指庭院长廊。

经典书香 中国古典世情小说丛书

慵转，鬟松钗乱，疲倦不堪，便向挹香道："夜凉深矣，湿露侵阶，我们到房中去吧。"便低垂粉颈，斜倚在挹香肩上，缓款而行。归房后，即傍着妆台，开了芙蓉镜奁，卸却鬟鬓，重挽云髻，酩酊默坐，天然妩媚。挹香又替她簪了些珠兰茉莉花朵。解秋罗衫，微闻芗泽；露出双腕，滑腻如脂。穿了一件时花的夏背褡，束一个腥红抹胸，换了一条皂色纨绔，宜嗔宜喜，斜倚纱橱。解罗袜，去鸳鸯履，穿好了软底睡鞋，唤侍儿捧了一盏凉茶。饮毕，向檀几剔起银灯，手持绛纱纨扇，向挹香回眸一笑，先入香帏。挹香本来看得心荡神迷，哪经得对他一笑，自然更生出无限柔情，即解衣就寝。正是：

　　　一种兰闺佳趣事，不销魂处也销魂。

　　明日清晨，挹香与婉卿起身后，吃了些莲子汤，挹香告别归家。父母问他昨宵住在何处，挹香托言在友人处饮酒。原来挹香一则父母溺爱，二则道他总在这几个通家好友处会文讲赋，所以也不十分穷究。

　　且说挹香到了书房，忽然又想起前日遇着的那位钮爱卿小姐，欲想就去看她，因昨日未归，到底有些过不去，只得在书房中坐了半天。欲想做两首诗去赠她，又想她是一个才女，只些腐儒之词，她必然看厌，必须做几首新诗方好。正想间，忽见案头置有《疑雨集》在，挹香想："《疑雨集》乃艳体之诗，不如集它成语，倒也新鲜。"于是翻阅了一回，集成四绝。诗曰：

　　　写得梅花绝代姿，一回踪迹几回思。
　　　由来心醉倾城处，天遣情多莫讳痴。
　　　　　　　　其　二
　　　云作双鬟雪作肌，蕙兰心性玉丰姿。
　　　阁中碧玉人谁识？画出娉婷赖有诗。

灯边调笑酒边嗔，色韵详看已醉心。

只为姣痴偏泥我，意中言语意中人。

其　四

玉人风格照秋明，单占名花第一名。

随意梳匀皆入画，偶然迷惑为卿卿。

吟罢入内庭，与父母闲讲了一回，天色已晚，吃了夜膳，又看了一回书，然后归寝。次日起身，即往爱卿家来。正是：

开到名花人尽爱，蝶蜂不必妒人忙。

亘古以来，为人有了这种情之癖，任凭素性简默的，也要静变为动，方变为圆。即如挹香，有了许多美丽蝶爱花怜，亦然十分劳碌。幸而姐妹行中都是羡慕他的，是以挹香虽日寻花柳，不与狂徒选色者同。今到爱卿家，却好爱卿正在梳妆，挹香看见道："爱姐，我来替你一梳可好？"爱卿道："你怎么会梳？"挹香道："我会梳。"遂替爱卿解开青丝，分为三把，将发儿轻轻地梳篦好了，即行挽髻。片时梳成了一个时样巫云，又替她簪了钗环，戴了花朵，拍手大笑道："如何？"爱卿笑道："你倒有此本领，他日娶了尊阃，可以省用一个梳头妈哩！"挹香道："我只愿替姐姐梳头，别人是不肯的。"乃口占一绝道：

水晶帘下正梳妆，替挽巫云兴转狂。

新月远山随意扫，画眉谁说尚无郎？

列位，你道这首诗，原是挹香随口而成，谁知却成诗谶①。后来爱卿与挹香成了夫妇，这句"画眉谁说尚无郎"竟是兆语，我且一言交代不表。

---

① 诗谶（chèn）——指所作的诗无意中预言了后来发生的事。

再说挹香与爱卿梳好了头，便道："小弟昨日想了姊姊半天，因做成四首集句在此，无以为赠，聊表寸心。"爱卿听了，十分欢喜，即索观之，称赞不已，命侍儿端整酒席，对酌谈心。两情缱绻，彼此倾忱，饮至下午，方才撤席。爱卿便同挹香到园中四处游玩，见榴花开得十分灿烂，挹香笑谓爱卿道："这花虽好，惜乎见了你有些妒意。"爱卿道："你哪里看得出？"挹香道："看是看不出的。曾记杜牧之有诗云：'红裙妒煞石榴花'。姊姊如此芳容，岂不要叫榴花妒煞？"爱卿道："你太觉谬赞了。"二人一面说，一面行，穿花度柳，抚石依泉，过荼蘼①架，入木香棚，越牡丹亭，度芍药圃，至蔷薇院，憩芭蕉坞。盘旋曲折，又是一亭，二人入亭而坐。挹香见上悬一额曰"醉花轩"，四围多是五彩玻璃，窗格中间挂着一幅"孤山放鹤图"，两旁悬小对云：

香气入帘花索句，清光当槛月依人。

挹香看罢，赞道："姊姊有此仙居，但不知园东是哪一家的？"爱卿道："那园本是通政使吴公所创，后来子孙卖与周氏。周氏无资，又典与愚姐，只得八百银子，言定三年为满。如今过期已久，要算愚姐的了。"挹香道："好便宜！若造它，只怕八千还不够哩！"爱卿道："这个自然。"二人一面说，一面出轩，绕过碧桃溪，穿过竹篱花障，见粉垣环护，绿柳周垂。进了门，尽是回廊相接，院中点缀几块山石，这一边种芭蕉，那一边种铁梗海棠，院中十分幽雅，上边题着"海堂香馆"。挹香谓爱卿道："这'香'字不通。"爱卿道："这也有个讲究的。'海棠自恨不能香'，名人句也。海棠本无香，人因爱它姿态秾丽，故下这个'香'字，亦寓怜爱之意也。"挹香点头道："不差。"于是出院，

---

① 荼蘼（tú mí）——落叶小灌木。

第十三回　留香阁挹香初规面　护芳楼月素愈添娇

又进一个轩中，收拾得与别处迥不相同。中间陈设俱是梅花式样，轩外有数十株梅花植着，上面一额题曰"宜春轩"。转过假山，见一荷池，池中蓄许多挂珠蛋种，细白花鳞。中盖一亭，周围俱有窗槅，旁有小桥，可通亭内。爱卿挽了抱香，同至亭内。

这亭八角式造成，其中一带栏杆，尽是朱漆画成，上面亦有一额曰"观鱼小憩"。爱卿道："我来钓个鱼儿玩玩。"于是竿垂月钓，试之片时，得一金色鲤鱼。爱卿道："这也奇怪，池中只有金鱼，没有鲤鱼，如何倒钓着这一尾金色鲤鱼来？"想了一想道："此乃君化龙兆也。"说着，荡下钓竿，将鱼依旧放入池中。又偕抱香从花木深处走进，便觉道路康庄，两边楼阁插云，偕上楼，观玩良久。这楼看山最好，因名"抱峰楼"。下楼至对照阁上一望，周围有许多竹树，翠叶参差，嫩凉含暝，悬一匾曰"迎风阁"，抱香十分称赞。复下阁，绕径而行，至一石洞，进洞未数武，豁然开朗。寻踪直上，又一小亭却踞在石洞之巅，中间亦有匾曰"拜月亭"。下亭，见柳荫中露出一个折带朱栏杆的板桥来。过桥，见五开间一只旱船，进内细观，四面皆是池沼，居中一额，上写"春水船"三字。抱香道："题得果然佳妙。"入坐片刻，旋即下船，从假山上盘迁而下。

甫行际，忽见崇阁巍峨，层楼高耸，抱香道："这是哪里？"爱卿道："此'听涛楼'也，阁曰'剑阁'。"抱香道："如此，不上去了。"说着又走。两旁俱是抄手栏杆，游廊曲折，委蛇而行。复见三间清厦，愈觉幽雅，此乃杏花丛处，名曰"杏花天"。又至"一碧草庐"，游了良久，复到"看云小舍"、"媚香居"、"绿天深处"、"红花吟社"，尽兴一瞻。

爱卿道："愚姐新盖一亭，在于桃花深处，你可要去一观？"抱香道："好。"二人迤逦行来，或茅舍，或清溪，或堆石为垣，或编花为门，绕遍了十二回廊，早到了仙源胜境。二人进亭遐瞩，见外边桃树成林，枚枚结实，亭内铺设甚雅，居中炕榻，四面悬挂湘帘。爱卿道："初创尚未命名。君可赐题一额，以光茅舍。"挹香道："'仙源分艳'为额可好？"爱卿道："好。"挹香又撰楹联一副云：

    唐苑霞蒸，斗艳当年娇越女；

    武陵春暖，问津今日引渔郎。

挹香尽半日之闲，畅游名园，已识大概，赞道："搜神夺巧，至此已极。"遂同爱卿缓步出园。

未识挹香回家否，且听下回分解。

第 十 四 回

吟艳诗才女钟情　宴醉花美人结义

　　话说挹香与爱卿出了园，回归留香阁，时已近晚，挹香道："爱姊姊，这园可有什么名字？"爱卿道："本名'环碧园'，愚姐改为'挹翠'，不知可好？"挹香道："'环碧'、'挹翠'，并皆佳妙，而'挹翠'较'环碧'更雅。吾想《石头记》中有大观园，十分宽绰，众姐妹多居其中，甚为艳羡。几时我欲借此挹翠园作一佳会，未识容否？"爱卿道："如此甚佳。须俟来春兴此佳会，庶几有致。"挹香称是。

　　正说间，侍儿排上夜膳，遂同叙宴。挹香道："今日已极壮观，若此时回家，只影孤灯，必然寂寞，不如剪烛吟诗，消其长夜吧。"爱卿见挹香一种绸缪，意颇亲爱，便道："君既欲吟诗消遣，我亦无不乐从，但俚词村语不足唱酬，如何？"挹香道："姊姊莫谦。"于是吃过夜膳后，挹香又道："今夕饮酒吟诗，必须立个章程。不用题目，须要富丽为工；不必拘韵，以牙签三十枚，编好平声全韵，随意掣签，见韵定韵，可否？"爱卿道："好。"遂写全平韵，命侍儿端整四簋精洁佳肴，烫好两壶酒。高烧红烛，两人酬酢芳樽。挹香道："我先来掣一签。"向筒取出看时，是十二文韵。挹香略微思索，即挥成一绝。爱卿接来一看，见上写着：

　　　　金炉香烬酒初醺，人影花光两不分。

莫笑书生多薄福，芳园今夕遇双文。

爱卿展玩良久，道："诗虽佳，太露色相。"遂掣一签，却是五歌韵，便想了想，写出来道：

凭栏今夕月明多，浴罢兰汤试薄罗。

欢及邻家诸女伴，隔溪解唱采菱歌。

挹香看了赞道："即景生情，言生意外。"便斟了一杯酒，与爱卿饮了，又掣签一看，却是八庚韵，便吟云：

一卮酒尽一联成，清韵声中协凤鸣。

明月爱花花爱月，卿须怜我我怜卿。

爱卿道："这首好了，俗不伤雅。适合香奁之体。"说着起签，见是六麻韵，爱卿道："这个韵倒有些难押的。"饮了一杯酒，凝神一想，便道："有了。"遂写出云：

居处红楼未有家，椟中美玉自无瑕。

小姑渐长应知识，云髻羞簪夜合花。

挹香听了，拍手大赞道："这首诗妙得很，薰香摘艳，秀色可餐，真杰构也！但这夜合花为什么有羞簪之故？"爱卿红着脸儿来拧挹香。挹香道："我明白了，为此花隐寓夜合之意耳。哈哈哈，这又何妨，我今日来替姊姊簪一朵可好？"爱卿一把拧住挹香道："阿香，你敢再说么？"挹香见爱卿来拧，连忙道："不说，不说。"复掣签一看，是十三元韵，说道："难韵来了。"便想了想，吟云：

画栏携手坐黄昏，绮语传来软又温。

带一分憨情更好，骂郎名字最销魂。

挹香吟毕，爱卿"嗤"的笑了一声，又瞅了一眼，自己掣签十一真，遂斟了两杯酒，与挹香吃了，便吟云：

疏窗竹簟①绝无尘，此夕豪情别有真。

郎自爱花侬爱月，半帘清影两闲人。

挹香笑道："如此闲暇，必要做些事儿才好。"爱卿又要来拧挹香，挹香道："好姊姊，饶了我吧，以后再不敢了。"爱卿只得停了，挹香起签，得二萧韵，复吟云：

相遇天台路不遥，独欹②鸳枕易魂销。

周南记赋房中什，莫负绸缪花月宵。

爱卿见诗中暗寓"君子好逑"之意，有意使她着急，掣签得一先韵，念云：

新诗题遍薛涛笺，花正嫣然月正圆。

如此良宵休辜负，语郎今夕莫贪眠。

挹香听了，呆了一呆，再掣签，得九青韵，便写了一首，递与爱卿道："我醉矣，我之心事在此纸上矣。"说罢，躺在炕上，伪装醉态睡去。爱卿见上面写着：

酒巳将酣月满庭，银缸花落撩银屏。

良宵玉漏沉沉滴，未可无卿拥髻听。

爱卿暗暗称赞道："我方才吟了'语郎今夕莫贪眠'之句，他回答我'未可无卿拥髻听'，果然才人手笔，针锋相斗。"心里十分钦爱。又见他颓然醉卧，钦爱中又生出一种怜惜，便轻曳莲瓣至炕边，附在挹香耳畔，低唤了几声香弟弟，挹香佯作不闻。爱卿道："如此睡法，要受凉的。"又唤了几声，挹香仍旧不答。爱卿只得顺着势儿，扶了他起来。挹香伪装似睡非睡的模样，倒在爱卿身上。爱卿只得扶至内房床上，替他卸衣睡好。

---

① 竹簟（diàn）——竹席。

② 欹（qī）——倾斜，歪。

挹香又喜又感，假睡了一回，不见爱卿归房，复装醉态，口中喃喃地念道："口渴，口渴，惜无茶吃。"爱卿听见，忙携茶瓯进房道："茶来了。"递与挹香。吃罢，挹香道："爱姊姊，我睡在哪里？"爱卿道："在我床上。"挹香道："姊姊为什么不睡？"爱卿低鬟半晌道："自然要睡的。"挹香道："姊姊不睡，我也不睡了，我一个人睡是怕的。"爱卿见他一派孩子腔，笑而答道："你睡，你睡。我来陪你。"于是也归寝而睡。正是：

鸳谱百年从此缔，红丝今夕暗中牵。

挹香一番诈伪，得爱卿陪了他，自然安心乐意。明日起身，挹香道："昨游姐姐名园，心神俱畅。今欲同一二位姊妹们来一玩，未识允否？"爱卿道："哪两位妹妹？"挹香道："一位朱月素，一位林婉卿。"爱卿道："妙极，不识她们肯来否？"挹香道："吾去相请，无有不来的。"爱卿道："君宜速去。"挹香大喜，遂辞了爱卿，往月素家去。

原来爱卿虽身傍歌楼，而性情忠厚，毫无拂醋拈酸之态，反叫挹香去邀姊妹们来游，所以挹香愈加感佩。既至月素家，恰遇婉卿、丽仙、宝琴、文卿在那里丛谈。见挹香，大家立起，"香哥哥"、"香弟弟"叫个不住。挹香道："好，好，好。你们都在这里，快同我游园去。"婉卿道："花园在哪里？"挹香道："此园人所罕见，其中颇属幽广。"宝琴道："得非钮爱姐挹翠园乎？"挹香道："你怎知道？"宝琴道："挹翠园我素知的。这位爱卿姐，为人十分要好，抑且忠厚为怀，我早有愿见之心，惜无人推毂①，你却如何认识？"挹香细诉毕，月素道："你如此有缘，我们姊妹行中，大半被你认识了。"聚谈良久，遂唤五肩轿儿，穿街达巷，

---

① 推毂（gǔ）——比喻荐举人才。

往爱卿家来。

爱卿接进五人，各叙一番钦慕的说话，遂偕进挹翠园中，联袂而行，游目骋怀，实足以幽情畅叙。七人信步寻芳，绕遍花台月榭，穿残石，登云楼。爱卿命侍儿排酒园中"醉花轩"宴集，款众位美人樽饮。宝琴道："我们闻爱姐藻思压人，葵倾已久。今日又搅扰郇厨①，小妹有一不知进退的话，欲与爱姐一谈，未识爱姐肯俯允否？"爱卿道："有言不妨请教，妹无不从之理。"宝琴道："我们欲与姐姐结一花前姐妹，恐鸦入凤群，是以未敢启齿。"爱卿道："妙哉！但小妹山野鸡雏，恐不足与众位同类，如何？如何？"挹香在旁道："大家不要谦，我来做盟主。"随命侍儿排了香案，六位美人俱拜跪案侧，对天立誓毕，以齿为序：朱月素最长，其次婉卿，又次爱卿、宝琴，最幼文卿，以姐妹定其称呼。始撤去香案。

爱卿先各敬一杯，又将肴核劝酒，众姐妹互相推让。挹香道："我来豁个通关，每位三拳两胜。"爱卿道："好。"七人轮流拇战。至月素，月素伸了兰指道："九莲灯。"挹香笑道："罚酒！你叫我伸六指头了。"月素只得罚了酒，重新再起。挹香伸五指道："七子圆。"月素亦伸五指头道："全家福。"豁毕，挨次而下。至爱卿，挹香输了个"直落三"，便道："如今我们要做诗了。"爱卿道："你动不动就要做诗，何诗兴如此之豪？"挹香笑对月素道："我是：半生诗酒琴棋客，一个风花雪月身。"爱卿便道："你既要做诗，快些出题限韵。"挹香道："现在共七人在此，可赋美人七咏，都要摹写美人情态的。"遂写了"美人足"、"美

---

① 郇（xún）厨——唐韦陟，袭封郇国公，其家饮食丰盛。后以"郇厨"称精美的盛宴。

经典书香 中国古典世情小说丛书

人眉"、"美人腰"、"美人眼"、"美人口"、"美人醉"、"美人梦"七个诗阄①，说道："你们各拈一阄为题。"婉卿信手取一阄，却是"美人眉"，即吟云：

> 香阁新妆远黛明，画成京兆笔痕轻。
>
> 入宫莫认人生妒，到底君王总有情。

吟讫，大家赞道："暗用故典，妙在流丽自然。"文卿拈得"美人醉"，想了一想，也吟云：

> 宴遍兰陵十里香，桃花晕颊兴偏长。
>
> 不胜娇态扶栏立，曲唱梁州别有狂。

吟毕，宝琴拈了一个"美人腰"，吟云：

> 洛妃约素最宜人，态度纤如柳摆春。
>
> 料得乐天歌舞处，小蛮相对有精神。

宝琴吟罢，挹香见好做的都被他们拈去，便对爱卿、月素道："你们为什么不拈?"丽仙道："还有我来，你为什么不叫我拈? 我倒要先拈了。"便笑了一笑，拈来一看，却是"美人眼"，便吟云：

> 秋水盈眸顾盼频，相思几度泪痕真。
>
> 嫣然别有撩人处，醉后朦胧睡后神。

月素大赞："妙极!"伸手来拈，挹香道："这三个都是难做的了。"月素不慌不忙，拈了一个"美人足"。挹香道："'足'字最难摹拟，易于伤雅。"月素道："你不要吵。"便吟云：

> 香尘浅印软红兜，生就莲花双玉钩。
>
> 纤小自怜行步怯，秋千架上更风流。

吟毕，大家称赞道："月姐姐果然诗才新隽，生面别开。如

_____

① 阄（jiū）——抓阄时预先做好记号卷起或揉成团的纸片。

今剩两个，爱姐来拈了。"爱卿拈了一个"美人梦"，略微构思，即吟云：

月明纸帐映梅花，一枕香魂蛱蝶①赊。

鹦鹉也如侬意懒，不惊人醒静无哗。

挹香大赞道："细腻熨贴，香艳动人，不愧作家！"众美人道：如今只剩一个了。"挹香道："不必拈了，里面是'美人口'了。"便吟云：

邻家少妇斗新妆，粉晕红腮语吐芳。

一种甜香谁领略，殷勤只合付檀郎。

挹香吟毕，大家笑道："你这个人，总说不出好的。做做诗，又要弄这许多蹊跷。"挹香道："必须如此，入情入理，方谓香奁。"于是七人畅饮一回，众美告辞。

不知以后如何，且听下回分解。

---

① 蛱蝶（jiádié）——蝴蝶的一种，幼虫身上多刺，翅膀呈赤黄色，有黑色纹饰。

第 十 五 回

扮乞儿奇逢双美 遇之子巧订三生

却说金挹香归家后，终日在书房读书避暑，瞬经月余。天气秋凉，炎威渐退。正在寂寞，忽邹拜林至。迎入书室，拜林道："今日之来，非无他事。我因昨日至阊门外留花院内，见有新来两位校书，是胡素玉、陈琴音，皆有十分姿色，且有慧眼识人。未知兄肯同一访否？"挹香道："林哥哥，你说姿色十分，容或有之，至于有识人慧眼，只怕未必。他们见了我们翩翩公子，岂有不奉承之理？今若访她，必须设法而去，当场就可试验。"拜林道："怎样试法？"挹香道："我须扮作乞儿模样，只说闻得有二位新到的小姐，与我素来相识，特来一见。你须换了新鲜衣服，要装得十分显赫，分作两起进去，看她们怎样相待，当场就可试验矣。"拜林拍手道："妙哉！"遂向家人借了几件破衣，与挹香着了。挹香对镜一照，道："肖极矣。"你道怎生打扮？但见：

褴褛不穿长服，旧罗衫子齐腰。芭蕉破扇手中摇，形状似萧条。人觑见，谁知道，还疑伍相国市上复吹箫。

挹香扮完，家人们哄堂大笑。挹香道："我先去，林哥哥就来。"出墙门，往留花院来。既到门，居然摇摇摆摆地进去。鸨儿见他十分褴褛，他们本来趋炎附势的，见了这般光景，便拖住他道："花子进来做什么？"挹香道："你们不要这般眼浅，我昔日也是显者，你们见了我，也要奉承的。如今为了寻花问柳，以致贫窘。闻你家新来两位姑娘，却是我素来旧识，你须进去向她说，有一个姓金的要见，她自然知道了。"鸨儿道："什么姓金姓银？我们院中小姐没有你这花子相好。快些出去！"

正在喧嚷，恰好拜林进院，有几个龟子连忙上前迎接，齐道："大爷，大爷，今日到吾们院子里来玩玩了。"拜林大模大样点了点头，问道："你们拖扯那人做甚？"龟子道："他来寻什么旧相识的。"拜林道："他既来寻旧相识，你们为何不让他进去？"龟子道："我们小姐并没有此花子相识。"拜林道："你不要管他，且进去问声，或者有之，亦未可知。"龟子见拜林一番言语，勉强进内告知素玉、琴音。拜林亦偕进内边。

原来这两位小姐，为人极其诚实，从无弃旧怜新之态，抑且心肠最慈，遇患难事，无有不肯周济于人。拜林方才说的慧眼识人，果非虚谬。那日二人在房闲话，见龟子进来，道："有一个花子姓金的，说什么与你们二位小姐素来相识的。我等正在赶他出去，因这位邹大爷恰巧进来，叫我们来问问小姐，到底认识不认识？"二人俯首沉吟了片晌，甚觉狐疑，忽起一恻隐之心，想道："我们所识颇广，安见得姓金的不认识？认识亦未可知。谅他此来，无非知我们慷慨，特来借些银钱的，我们趁了这些作孽银钱，理该做些好事。"主意已定，便道："这姓金的却是认得的，快去请他进来。"龟子无奈，只得出外，去请挹香。拜林见二人如此，十分佩服，遂与她们丛话良久，果然有巾帼丈夫之气。

不一时，挹香至。二人细细一看，并不相识，但见他眉目清秀，气宇轩昂，虽则落魄穷途，绝无寒酸之气。邀入房坐了，屏退侍儿，轻启朱唇，问道："公子贵姓是金，未识尊居何处？缘何落魄至此？适言与妾素来相识，妾思与君曾无一面之缘，倒要请教。"挹香见她谦谦有礼，心中暗喜，目视拜林，口占一绝，

绮红小史

经典书香 中国古典世情小说丛书

告其所由云：

楚馆秦楼势利场，金多金少见炎凉。

而今落魄吹箫市，有志痴狂莫逞狂。

吟毕便道："辱蒙下问，小生乃鸳湖人氏，小字揖香。为因恣意寻花，耽情问柳，以至落魄异乡，江东难返。昨闻二位小姐为人慷慨，有女孟尝之誉，是以托言相识，引见兰闺，意欲求借川资，得归故里。衔环结草之恩，我金某必不有口无心也。"拜林听了，忍不住要笑，便道："你这人倒也奇怪，他与你素不相识，开口便思借贷，倒也好笑。"揖香听了，也要笑出来，忍住了说道："我金某非草率启口，因知这里小姐素怀恻隐，故冒昧恳求的。"说着，又与素玉、琴音二人哀陈苦境。

二人见他谈吐斯文，日后必非凡品，遂进房取白银十余两，付与揖香道："君勿责妾直言，据妾看来，君日后必有一番事业。至于我们花月场中，虽不能十分效力，数金之助，亦可筹之，谅君衣履、盘川，借此俱可妥贴。早日归家，芸窗努力。至于舞榭歌楼，烟花转眼，本不可过恋的。"揖香听了这一席话，又见她慷慨成仁，心生钦敬，忙出位向二人鞠跽①，磕了两个响头，乃道："芳卿慧眼识人，果非虚谬，我金某岂真落魄哉？因这位拜林兄说，芳卿有识人之慧眼，故特一试其技。芳卿不以落魄为憎，反勖励②贫士，青眼另垂。二卿之义侠，小生多明白了。"说毕，倒使琴、玉二人莫明其故，直到拜林说出，方知就里。

恰巧邹府家人送揖香衣服至，龟子知道，发急进来叩头谢罪，揖香侃言劝诫了一番。素玉、琴音命婢治席相款，席间说起

① 跽（jì）——长跪，两膝着地，上身挺直。
② 勖（xù）励——勉励。

沦落之况，恐异日香愁玉悴，姊妹同声变作凰飞凤散，潘郎在座，愿赋国风二十一篇。拜林在旁得意，道："好，好，好，我来做冰人①。俟香弟弟娶了正室，来迎二位姊姊可好？"挹香本已钦羡，听斯言也，欢然应允。因梦中有正室钮氏之语，便道："既蒙二位芳卿降格下交，恐金某无福敢当。"拜林道："香弟弟，你也不必谦了。若再谦逊，我邹拜林要垂涎了。"说罢，俱各欢笑，复饮香醪。俄而红日衔山，二人始别。

路上互相谈论，挹香道："今日之举，不独使我碧海回头，更使我添出一番钦慕。从此，我金某决不以青楼为势利场矣！"拜林道："说虽这般说，然我观你，一则非前世修来，决不能享这许多艳福；二则你素性钟情，此施彼答，自然人人多钦慕了；三则你貌又俊秀，年又少壮，我做了姐妹们，自然也要爱你的。"挹香笑道："你真惯会诙谐也。"一路迤逦至邹家，拜林留了晚膳，挹香食罢辞归。

再说褚爱芳自遇挹香，见他言语卓荦，情致缠绵，且爱他诗词艳丽，姐妹间恒为啧啧。她有个义妹武雅仙，素性爱才，情耽翰墨，偶与爱芳论及诗词，见挹香投赠之句，十分钦服，欲晤挹香，莫能一觌，商诸爱芳。爱芳道："待我去约他来。"雅仙甚喜。

且说挹香与拜林别后，即归家安寝。明日，见门公持柬来禀，说什么就要请去的。挹香看了信面，笔迹甚熟，启视之，方知爱芳邀他去，见上写：

辱爱妹爱芳裣衽再拜，致书于挹香哥哥文座：久疏雅范，颇切遐思。月下花前，几度望风盼驾；吟边酒畔，恒教掷卜思君。

────────────

① 冰人——旧时称媒人。

何瘦腰郎弃妹如斯耶？今者，妹之闺中词友武雅仙者，见君佳作，心企已久，特嘱妹持柬相邀，欲亲尘诲。君是爱才，妹非无意，裁笺恭请，尚祈顾我蓬庐。妹当扫径迓迎，专盼文轩一过。勿却是幸！

挹香见书后，吩咐门公："说我随即就来。"门公领命而去。挹香即换了衣服，往爱芳家去。爱芳接进。献茶毕，爱芳道："金挹香，你好久不来了，何忍心如此？"挹香自然陈说了一番。爱芳道："今日邀君，因愚妹有个结义的妹妹，见君大著，不胜佩服，是以嘱愚妹相邀。乃蒙趾临，幸甚！"遂命侍儿去请武雅仙相见。正是：

> 未晤已教人企慕，个中艳福孰能修？

要知挹香与雅仙见面如何，且听下回分解。

第 十 六 回

痴生餂①目　美女倾心

　　说话爱芳命侍儿去请雅仙，不一时，雅仙已姗姗而至。挹香侧目偷觑，见其肌肤凝雪，云髻堆鸦，其容貌之妍丽，真如带雨梨花，笼烟芍药，吴绛仙秀色可餐，犹恐未能争胜也。尤可爱者，两瓣秋莲，纤不盈掬，挹香已暗生怜爱。雅仙即与挹香相见，序次而坐。挹香道："久慕芳名，未遑拜见。今蒙爱芳妹折柬相邀，始知芳卿垂顾鲰生，殷殷雅意，并蒙谬赞俚词，真令仆增颜赧②!"雅仙聆是言，便道："夙仰高风，早深翘企。又于爱姐处捧读佳章，心钦五内，回环雒诵，百读不厌，不但王辋川不能媲美，即韦苏州亦可与京矣。贱妾虽生企慕，未敢存愿见君子之心。昨日，因爱姐说及公子素性钟情，不肯视烟花为微贱，故特简相邀。今蒙降格而来，使妾好聆训诲，幸矣!"挹香道："鄙陋菲才，蒙芳卿奖誉，令仆抱愧无地矣!"

　　挹香说罢，雅仙即出《秋闺二绝》呈与挹香道："此妾之近作也，尚祈公子教正。"挹香展开一看，见上写着：

　　　　金风萧瑟动幽思，寂寞兰闺夜课时。

　　　　一种情怀难自释，徘徊独咏苦愁词。

---

　　①　餂（tiǎn）——以舌取物。

　　②　颜赧（nǎn）——因含羞而脸红；惭愧。

其　二

乌云慵整瘦纤腰，斜倚栏杆恨未消。

最是隔帘蛩①唧唧，断肠人听益无聊。

挹香看了一回，大赞道：“吟盐咏絮，不殊道韫风流。写景处，笔情绮丽；感慨处，音韵凄凉。芳卿不要动气，第一首收句‘灯前独咏苦愁词’，这个‘苦’字似乎不妥，若易一‘送’字，遂成完璧了。”雅仙听了，心中十分佩服，乃道：“公子奇才，可称独占，蒙改‘送’字，真堪为妾之一字师矣！妾更欲求佳作数章，公子肯见示否？”挹香道：“但是不堪入目，芳卿勿笑为幸。”便想了一想，挥成一律，递与雅仙。雅仙接来，铺在桌上，细细地一看，见上写着：

奉赠一律，即希郢政②：

绮思奇才别有真，怜卿飘泊涸风尘。

吟成柳絮原前慧，修到梅花亦凤因。

词藻流芳诗眷属，冶容绰约月精神。

多情偏解怜愚劣，许我兰闺拜玉人。

雅仙大喜道：“妾身陋菲才，蒙公子诗中谬赞，反觉汗颜。”于是相与剧谈，片晌，挹香始别。

流光如驶，节届题糕③。一日挹香至爱卿家，适爱卿患目疾，一目堆眵，竟至胶睫。其势甚重，挹香十分怜惜。继而渐渐失

---

① 蛩（qióng）——蟋蟀。

② 郢（yǐng）政——郢，指郢匠，楚国郢都的巧匠；政，正。郢正是请人修改诗文的客套话。

③ 题糕——《邵氏闻见后录》中说：刘梦得做九日诗，欲用糕字，因五经中无，故不复为，后宋子京有“刘郎不敢题糕字”之句。此处题糕指九日，九日即重阳节。

明，挹香益加惆怅。延医证治，药石无功，挹香朝夕在爱卿家周旋一切，已有一月之余。众姊妹知爱卿患目疾，又知挹香在彼服侍，所以都来问候。婉卿道："患目疾者，最觉讨厌。我闻清晨以井水洗之可愈；或令人于清晨以舌舐之，即可明郎。"挹香听了，记在心头。明日，挹香便住在爱卿家里，依婉卿之说，清晨替爱卿舐目。说也奇验，舐到三日，红已去大半，眵亦不胶睫。及七日，目已能开。至十天，则眸子瞭焉。挹香心既得意，爱卿意亦感激，乃道："妾自阅历风尘，遇人夥①矣，怜怜惜惜，非乏其人。然如君之爱妾，其真情良可见矣！"乃口占二句，谓挹香道：

　　　飘零泥淤谁怜我？阅历风尘乍遇人。

　　爱卿自从挹香与她舐目之后，心中万分感激，早有终身可托之念。唯恐挹香终属纨绔子弟，又有众美人爱他，若潦草与谈，他若不允，倒觉自荐。故虽属意挹香，不敢遽为启口。但对挹香道："妾混迹歌楼，欲择一知心始订终身，讵料竟无一人如君之钟情，不胜可慨！虽君非弃妾之人，恐堂上或有所未便。"挹香听是言，或吞或吐，又像茕茕②无靠之悲，又像欲订终身之意，甚难模拟。我若妄为出语，虽爱卿或可应许，似觉太为造次。万一她不有我金某在念，岂非徒托空言，反增惭恧？心中又是爱她，又想梦中说什么"正室钮氏"之语，莫非姻缘就在今夕么？又一忖道："既有姻缘，日后总可成就，莫如不说为妙。"便含糊道："我金某自遇爱姐以来，一见知心，即邀怜惜。方才所说终身大事。谅爱姐慧眼识人，必不至终身误托。如云我金挹香，亦

―――――――――――――

①　夥（huǒ）――指很多。
②　茕茕（qióng）――形容孤独没有依靠。

何敢妄为希冀？第卿惜我怜我，金某决不敢以多情为负。愚衷一切，谅卿早知之矣。"爱卿便道："君诚有意，妾岂无心？但君菁莪①奇质，大器易成，然须努力云窗，时加诵读，定当万里抟②云也，切不可暴弃自甘，至于颓惰。妾之终身，尚欲细筹良策。蒙君相劝，妾曷敢轻易托人？"挹香见爱卿如此说法，明知有意。又见她一番勖励，窥其意，大抵要我成名后，方许订盟，便道："爱姐良言金玉，自当谨遵。卿之心事，卿不言，我自喻之矣。"

正说间，林婉卿来，挹香与爱卿相邀婉卿入座。婉卿问了爱卿目疾，遂与挹香叙话。挹香道："婉妹妹，近日可有佳作么？"婉卿道："愚妹前日做得几首秋景诗，等我写出来呈教。"挹香笑道："你说呈教，是要写教弟帖子的嘘！"爱卿亦笑道："亏你厚颜，别人与你谦逊，你倒公然老实要起教弟帖子来了。"挹香道："这个自然。"婉卿一边笑，一边写，片刻已录四首，递与挹香。挹香接来，展开细看，见上写着：

秋 涛

奔腾万顷舞斜晖，初起还同一线微。

鱿穴喷花惊海立，鼍③宫卷浪骇江飞。

鲸回铁弩声逾壮，马逐银山势壁违。

八月枚乘诗思阔，广陵顿涨水间风。

秋 虫

天心地轴有神功，万物都生造化中。

螳韵叫酸棚底雨，蝉声嘶冷树间风。

---

① 莪（é）——一种草本植物。

② 抟（tuán）——盘旋。

③ 鼍（tuó）——一种爬行动物。

咽残秋露三更白，吟瘦斜阳半壁红。

飞去蜻蜓何处立，钓丝江上一渔翁。

秋 风

商飚潇飒起疏林，瘦骨先知冷气森。

松籁入琴流逸响，竹声敲户动凉阴。

故乡有味张翰①思，霸国空悲宋玉②心。

吹到庐陵诗梦醒，铮纵铁马和秋砧。

秋 月

瘦扶竹影上帘斜，千里怀人共月华。

佛印禅心空水镜，谪仙诗思寄江槎。

秋明坏塔疏清磬，冷逼征楼起怨笳。

羡煞凌云攀桂客，香分蟾窟③一枝花。

挹香看完道："描摹刻画，妙绪环生，真令人一字一击节！"说着，倒在婉卿身上道："妹妹如何这般聪巧？"一面说，一面勾了婉卿的粉颈，一同坐下。爱卿道："你这个人太没规矩了。"挹香道："什么没规矩？"爱卿道："婉妹妹受教于你，你又要什么教弟帖子。也该正言教导，怎反如此顽皮？"挹香笑道："这才叫风流才子呵。"爱卿道："亏你羞也不怕，自己矜张如此。"挹香道："不是我矜张，你想一个人劳劳碌碌，为马为牛，都是为名利所绊。如今我享了荫下之福，又得你们三十几位美人时常亲爱，又读了几句书，不与俗人为伍，你想，岂不是风尘中隐逸者

---

① 张翰——字季鹰，西晋文学家，吴县（今苏州）人。因政事混乱，托辞思念家乡的菰菜、莼羹、鲈鱼等物，辞官归乡。

② 宋玉——字子渊，战国时楚国人，好辞赋，为屈原之后辞赋家。流传作品有《风赋》《高唐赋》《登徒子好色赋》等。

③ 蟾（chán）窟——即蟾宫，指月亮。

绮红小史

经典书香 中国古典世情小说丛书

流，有须薄才的子弟么?"

爱卿与婉卿一齐笑道："伶牙俐嘴，真是可恶。"婉卿便推开挹香，挹香哪里肯放，愈加添出一副孩子性情，倒在婉卿怀里。爱卿道："你又不是孩子，又不要乳吃，在人家怀里做什么?"挹香听了，顺口道："正要乳吃。"便去解婉卿纽扣。慌得婉卿措手不及，两颊晕红，说道："金挹香，像什么样儿!"挹香道："像个小儿喂乳。"说毕，正欲再与婉卿胡闹，忽听外房门"呀"的一响，视之，却来了一个不认识的美人。挹香忙向爱卿说了，爱卿出接，那美人微微一笑道："不速客来矣。"爱卿道："我道是谁，原来是雪琴妹妹。里面请坐。"雪琴道："里边可有人在?"爱卿道："不妨，不妨。里面乃是一个风流才子。"雪琴方始同进留香阁，遂与挹香、婉卿见了礼，各通名姓。

原来这位雪琴姓吴，为人十分幽雅，最爱淡妆，无妖冶态。貌拟芙蓉，神如秋水，工绘梅花，然非所爱者不肯举笔。年十七，姣态可人，与爱卿最知己。今因绘成梅花四幅，欲求爱卿题咏而来，乃告于爱卿。爱卿道："金挹香，你好代为一题了。"挹香道："各题一幅何如?"爱卿道："倒也使得。"即向雪琴索画玩赏，见画得孤干横斜，天然苍老，于是各分一幅，搜索枯肠。不一时，爱卿先好，雪琴接来一看，其诗曰：

> 挥毫腕底尽生春，修到梅花亦夙因。
>
> 仗得画工清品格，和烟写出更精神。

雪琴赞道："丽句颖思，自是锦囊佳句。"正说间，挹香与婉卿的诗都好了。雪琴先看挹香的，见上写着：

> 一枝老干影纵横，写入丹青剧有情。
>
> 幽雅不随流俗竞，淡妆如此也倾城。

雪琴看了挹香的诗，十分称赞。又看婉卿的诗，见上写着：

报道罗浮梦乍醒，胭脂洗尽影伶俜。

不随处士同为伴，偏泄春光到画屏。

雪琴大为得意，便道："小妹也来献丑一首。"顷刻，已成一绝。三人共读毕，大家称赞。其诗曰：

关心春色到园林，相对忘言契早深。

知尔孤高谙尔性，故传冷淡结知音。

雪琴之咏，半为初遇挹香，心中眷爱而成，是以大家十分称赞。爱卿即命侍儿治酒款之，饮至日晡，方才分散。

不知散后如何，且听下回分解。

第 十 七 回

对雪景众美联诗　闯花国挹香闹席

　　话说挹香与婉卿等题了雪琴的画梅，与雪琴两情契洽，时常往来唱和。时光易过，又是腊月初旬。其时，爱卿同了二十八位美人，俱是挹香的知己，同赴雪琴家宴集。适六出花飞，世界尽装成琼宫玉宇，议聚消寒雅会，以雪为题，限四支韵，互相联句。爱卿道："待我先来起句。"众美齐道："请爱姐先咏。"爱卿笑了一笑，也不推辞，便云：

　　　　六出丰年兆，

说毕道："哪位姊姊续韵？"陆文卿道："我来，我来。"便说道：

　　　　豪情泛酒卮。

才吟完，爱芳说道："待我也来续一句。"便吟云：

　　　　吟盐谁共匹，

琴音道："爱芳姐诗意寓言，恰如题位。待我也来献丑一句。"便说道：

　　　　咏絮恰逢时。

雪琴道："好，好。我也来续一句。"大家道："不差，雪姊姊自己本身来了。"雪琴"嗤"地笑了一声道："什么叫做本身？"慧琼道："姊姊名为雪琴，如今吟雪，岂不是本身么？"雪琴笑道："原来这个讲究。但是慧姊姊，你取'慧琼'二字，只怕被人听错，要当作蛔虫。慧姊姊，你可是蛔虫本身么？"雪琴说着，大家多皱了眉道："雪姊姊说得太不堪了。"慧琼道："你真不肯饶人，才说了一句，你便想出这许多龌龊话来。"说着，大家笑了一回。雪琴饮了一杯酒，吟云：

　　　玉戏天公巧，

　　陆丽仙道："雪姊姊索性做起戏来了。"雪琴道："天公玉戏，不是切雪的么？"婉卿道："姊姊本身哪有说错。"雪琴道："你还要抄老文章么？"说着，伸手要打婉卿，婉卿发急道："方才一篇文字未完，此之谓落下文，什么抄旧卷？"丽仙笑道："你们不要嚷了，雪姊姊上联倒也别开生面，待我也来续一句吧。"便说道：

　　　银装世界奇。

　　丽仙念毕，爱卿道："巧云妹妹，你该联一句。"袁巧云听了道："我是不会的。"爱卿亦知巧云不善吟哦，便道："随意说一句，不失粘就是了。"巧云无奈，只管搔头摸耳，细想了许久，说道："有一句在此。"大家道："如此，快些请教。"巧云道："霏霏……"说了两字，又顿住了口。爱卿道："为何说了两字不说了？"巧云道："不好，不好。不像，不像。"又想了良久，复说道："霏霏霏……"大家听了道："为何又多了一字？"巧云道："下面再加'木屑'两字可好？"巧云说着，弄得大家捧腹而笑。巧云道："不算，不算。重说，重说。"便红着脸，又想了片晌，念道：

　　　霏霏如屑玉，

爱卿道："如此还雅。如今哪位姊姊说？"慧琼道："吾来，吾来。"便吟云：

　　　濯濯①似凝脂。

　　慧琼说完，吕桂卿道："如今我来了。"婉卿道："我来，我

────────────

　　① 濯濯（zhuó）——光秃秃的样子。

来。"桂卿道:"我来。"婉卿道:"让我说了一句,然后你说可好?"桂卿道:"你们都是老前辈,怎敢不依?但是你吟了,珠玉在前,奈何?奈何?"婉卿道:"桂姊姊,你如此说来,我也不敢献丑了。"大家笑道:"你们二人真个能言舌辩。婉妹妹,快些说吧。"婉卿只得笑说道:"如此,有占了。"便吟云:

> **诗客扬鞭过,**

婉卿说完了,武雅仙即接口道:

> **渔翁把钓羁。**

桂卿道:"仙妹,你不敢抢我。"雅仙笑说道:"有占,有占。如今不抢了。"于是桂卿笑吟云:

> **孤山螺黛^①壮,**

吟毕,胡碧珠道:

> **远道马蹄迟。**

胡碧珠念完,素玉道:"如今请众姐姐再续。"大家道:"素玉妹妹,你来。"素玉道:"你们众位来。"大家道:"你吟吧。"素玉笑道:"婉姐姐,你看我同他们客气了,他们倒让我说了,不然,可要争先斗胜矣。"婉卿笑答道:"你做了谦谦君子,他们自然做好好先生了。"说着,大家哄堂,素玉吟云:

> **鸿爪今留迹,**

素玉吟完,章幼卿饮了三杯酒道:"我自己罚了三杯,可让我联一句吧。"大家笑道:"幼姐姐,你做了诗翁之意不在酒了。"幼卿便说道:

> **虹腰此费疑。**

---

① 螺黛——古代女子用来画眉的一种青黑色矿物颜料。后引申为蛾眉的代称。

幼卿吟完，何雅仙接口道：

　　　蓝关添旧思，

蒋绛仙笑道："我来押了韵吧。"便吟云：

　　　玉宇谱新诗。

胡月娟听了道："对得工整非凡，如今我来说了。"便吟云：

　　　傍榭侵梅蕊，

孙宝琴拍手道："描情写景，工雅非凡。待小妹也来续一句吧。"
便道：

　　　当窗压竹枝。

宝琴吟完，陆丽春吟云：

　　　花飞缘冷结，

　爱卿听了道："丽春姊姊，这句与《石头记》上意思相同，
不胜佳妙。"丽春道："我正想着《石头记》上这句'花缘经冷
结'，所以有此一句。"张飞鸿听了道："我也来抄它一句。"
便云：

　　　色洁与霜宜。

爱卿道："好，好，好。抄得一些看不出。如今哪位姐姐来了？"
郑素卿道："我来，我来。"便念道：

　　　衰柳迷青眼，

　素卿吟罢，陈秀英接联云：

　　　红梅斗玉肌。

　秀英说罢，大众连声称赞。慧琼道："爱春姐姐，你来联一
句吧。"爱春道："我是不好的，不似你们诸位诗翁，就联了，也
要惹你们见笑，不如不要联了吧。"大众说道："不要谦逊，快些
请教。"爱春无奈，只得说道：

　　　文成蕉不绿，

陆绮云也联道：

> 景对兴宜痴。

绮云联完，爱卿道："如今还有几位姐妹们未联？"方素芝道："我未曾联。"吴慧卿、朱素卿、胡碧娟、王湘云俱道："我们都未联。"爱卿道："如此，快些请教。"方素芝便吟云：

> 上下铺阶砌，

慧卿接口道：

> 缤纷舞沼池。

朱素卿听了，便说道：

> 寒忘三尺冻，

胡碧娟道：

> 兆喜九重施。

胡碧娟说完，王湘云道："我倒也没有联过，可许我续一句吧？"大家笑道："湘妹妹真正缄默，方才不说，如今冷锅中爆一个热栗子出来。快些请教吧。"湘云"嗤嗤"一笑道：

> 风急云偏敛，

吟完，正要叫爱卿收韵，忽见侍儿报道："金公子来了。"大家欢喜道："金挹香来矣。"即命侍儿相请。正说间，挹香已立在爱卿背后道："不要请了，已经在这里了。"爱卿回头看见挹香，便说道："倒被你吓了一跳。"于是大家相见。你道挹香怎生打扮？见他头戴大红猩猩毡雨笠，身穿轻服貂裘，足登粉底乌靴，身上受了许多雪。婉卿、小素见了，十分不舍，连忙替他拂去了雪，便道："你为什么雨盖多不带，身上沾得恁般湿？"挹香道："都是爱姐不好。"爱卿道："为何又要怪我？"挹香道："我方才到你处，侍儿说你到宝琴妹妹家去，我便到宝琴妹妹处，又说什么遇着了众姐妹，一同到这里来饮酒赏雪，我故特地来看你们，

所以受了许多雪。你们到底在这里做什么？"爱卿笑道："如此，真对你不起了。幸亏你见了雪欢喜的。"一句话，说得挹香急了，便走过来道："爱姐姐，你忒煞欺人，竟当我为狗。"一面说，一面把手来拧，爱卿蹲了身，只管讨饶道："不敢了，不敢了。"挹香方才放手道："到底在这里做什么？"

婉卿道："我们在这里对雪联诗，被你来打断了。"挹香道："好，好，好。对雪联诗，《石头记》上有这个韵事。"说着，索诗观看，又见众美齐集，小素亦在其中，却无诗句，心中倒有些不乐，便问道："你们为何不许小素妹妹联句？我知道了，她乃一个村女，是不该与众芳卿联咏的。"说毕，面上有些不悦之状。众人知他溺爱小素，吴慧卿道："她本来不会吟诗的。"挹香道："素妹妹，你真个不会的么？"小素见挹香十分帮她，倒觉有些不好意思，便答道："真个不会的。"挹香道："如此，我来代你联吧。"便看了上句联道：

尘封絮屡吹。

大家听了挹香代联之句，知道他有些寓意，便说道："金挹香，你好厉害！"挹香道："有什么利害？你想下了雪，装成了玉宇琼楼，岂不是尘封？况且天地无尘，《事类赋》上有这切雪的古典。'絮屡吹'三字，谢道韫咏絮诗传之后，人皆称他为咏絮奇才，也是切雪的，怎么倒说我厉害？"爱卿道："你这利口，我们也不来同你辩了。"挹香道："如今素妹联了诗，与你们诗坛朋友了，以后要另眼相看才是。"慧卿道："香弟弟，你也不要多管，你去问声素妹妹，看我平日可是与她姐妹相看的？"挹香听了，方才欢喜道："是我不好，错怪莫罪。"即与众美各作一揖。大家俱捧腹而笑，便道："亏你做得出许多花样。"挹香道："如今哪位妹妹联了？"雪琴道："都联了。"挹香道："如此，爱姐

经典书香 中国古典世情小说丛书

姐，你说一句，我来收韵。"爱卿便吟云：

> 吟哦消永昼，

挹香道：

> 雅韵满香帏。

挹香湄了韵，大家重新饮酒。幼卿谓挹香道："金挹香，你的性情为何这般古怪？方才你见没有素妹妹的诗，看你换了一副体态。人家不做诗与你何干？"挹香听了道："好妹妹，不是这样讲法。我金挹香蒙你们众姐妹十分怜爱，但我金某生性欢喜一例看承，无分上下的。"幼卿道："你这人太觉疑心了。你可知我们与素妹妹，比你待得还好哩！"挹香道："我已陪过你们罪了，你们重翻旧卷，理宜罚以巨觞。"说着，斟了一杯酒，递与幼卿，幼卿只得饮了。

慧琼道："香哥哥，你自己尚有差处，不责己而求人，也该罚一杯。"说着，也斟一杯酒，奉与挹香。挹香道："我有什么差处？倒要请教。"慧琼道："这'一例看承'的话，方才是你说的么？"挹香道："不差。"慧琼道："既是你说的，怎独替素妹联诗，不代我们联呢？你想该罚不该罚？"挹香笑道："该罚，该罚。"便取杯去讨酒吃。慧琼亦笑道："幼姐姐，如何？我替你报了仇了。"说着，大家又饮了一回。天色已晚，爱卿见挹香有些醉意，恐怕又要耗神，便道："金挹香，不要吃了，我们要归去了。"挹香见爱卿当心照应，心中更加感激，便道："不吃了，不吃了。但是今宵如此大雪，不能归去，雪妹妹，你可留我住一宵吧？"雪琴听了，倒觉不好意思，便低了头，笑道："幸亏不吃酒了，若再吃酒，你又要罚酒矣。"挹香道："这是何故？"雪琴道："方才说的'一例看承'之语，难道忘了么？"挹香点头道："不错，我要去了。"于是雪琴唤了轿夫，送挹香归去，众美人亦纷纷告别。吾且不表。

　　再说挹香归后，有半月有余不曾出外。时光易过，又是除夕了，家家爆竹，处处桃符。到了晚间，挹香邀了邹、姚、叶三个好友在家中饮酒守岁，直到谯楼三鼓频催。挹香已有八分醉意，忽然又想出一桩韵事。

　　未识什么韵事，且听下回分解。

第 十 八 回

消除夕四友写新联　庆元宵众美聚诗社

话说邹、姚、叶三人，在挹香家内饮酒守岁，都有八分醉意。挹香忽想了一个消遣的雅事，便道："我想昔日有唐、祝、文、周四才子，做出事来都是奇怪。祝允明①在杭州，除夕无事，曾夜写对联，真谓别开生面。我们今日四人在此，不若往众美人家写几副春联，创新意而效旧法，可乎？"三人拍手称妙。拜林道："我正欲外面去看看世道贫富，香弟弟倒想得不错，大家去走走。"于是带了几支顶毫，几锭香墨，乘着金吾不夜，四人信步而行。不半里，已至爱卿家中。

四人与爱卿相见毕，挹香道："我们趁着酒兴，欲写几幅楹联为赠，不知姊姊可有现成的对儿么？"爱卿笑道："你们这几个人真会寻快乐。若说要对，是现成的尽有。"遂命侍儿取了一副粉红蜡笺。挹香甚喜，便落笔嗖嗖，如春蚕食叶般地写道：

> 爱此可人人可爱，卿须怜我我怜卿。

下面落了企真山人款，呈与爱卿。爱卿大赞道："果然下笔龙蛇，天然娟秀！"拜林亦道："好，好，好。如今我们到众姊妹家，都要写得别致。"遂辞了爱卿，至丽仙家去，也说了一番，仍请挹香写。挹香也不推辞，不一时已好。见上写：

---

① 祝允明——字希哲，因右手有枝生手指，自号枝山，长洲（今江苏苏州）人，明代著名书法家、文学家。

三径花香春酝酿，一帘鸟语韵缠绵。

写毕，大家称赞，又健步同行至陆丽春家。挹香请拜林写，拜林拣了一副银红小笺，落笔雪烟，顷刻已成。见上写：

枝头鸟语花姿丽，石上螺含黛色春。

看毕，送与丽春。辞出，迤逦而至王湘云家。拜林也撰楹联，写道：

湘管题诗春满座，云蓝写韵月三更。

写完，挹香等拍手道："妙，妙，妙！春联中嵌名字，时下颇宜。"于是又健行至何雅仙家。挹香又写云：

室雅须人雅，诗仙亦酒仙。

挹香写完，仲英等三人道："雅句欲仙，真不愧风流人物。"雅仙亦十分欢喜。又同至素芝家里，挹香道："如今梦仙哥哥也来写一副。"梦仙想了一想，便写道：

画到娇红宜后素，诗能颖秀讶餐芝。

写毕，挹香称赞道："书法又佳，笔情又远。如今我们到哪家去？"拜林道："到朱素卿家去。"挹香道："好。"遂辞了素芝，一同到素卿家来。相见毕，告知其事，仲英索笺写道：

镜里自应谙素貌，樽前我亦识卿心。

写毕，又往月素家。挹香便赠一副楹联，索笺写道：

窗虚月入邃，人淡素妆宜。

月素大赞道："好个'人淡素妆宜'！流丽自然，不独书法妙也！"于是又到陆绮云、孙宝琴两处，各赠一联。赠绮云道：

绮阁峭寒梅似雪，云窗春暖柳如烟。

赠宝琴道：

宝蕴诗书珠蕴色，琴边调笑酒边嗔。

写完了几家美人处，步履已觉跋涉，时又夜深，余兴未尽，竟往干将坊章幼卿家。恰好幼卿在那里接灶封井，赶些旧例，见挹香等四人至，十分得意，便道："金挹香，你们四个人可是来辞岁么？"挹香笑说道："一则来辞岁，二则我们在众姐妹家各赠楹联，如今特来替姐姐写了。"月娥听了道："你们做事倒也别致。小妹昨日购得黄蜡笺，正欲托你们写，如今你们走上门来，更加简便了。"说着，即命侍儿去取。挹香集唐人之句而写之，写罢，付与月娥。其联云：

千重碧树笼春苑，一簇红梅压女墙。

幼卿赞道："词意蕴藉，集唐如无缝天衣，不胜钦佩！还有一副在此，是我之契妹，名唤三声，要求名人写的，你索性挥它一挥吧。"挹香道："这个名字倒也奇怪。但我非名人，勿嫌字迹恶劣才好。"说着，略略构思，便道："我有副旧联在此。"便写云：

杨柳乍眠还乍起，芭蕉宜雨不宜晴。

挹香写了，递与幼卿道："被我涂坏了。"月娥接来，与三人一看，不但月娥称赞，连拜林等俱一齐拍手称妙，便道："杨柳三眠三起，正是春景，又暗藏一个'三'字在内；芭蕉宜雨不宜晴，暗寓'声'字，何等幽雅！何等韵致！"说着，挽了挹香的手道："我们再去写。"挹香只得辞了幼卿，出门而去。其时已黎明光景，街坊上来往之人依然挨挤。也有的裙裤经摺，讨账奔波；也有逋①负难偿，逢人借贷；也有乘舆②轩冕③，往四处烧香。仲英道："切目前情景，有两句。"梦仙道："请教。"仲英

---

① 逋（bū）负——拖欠。
② 乘舆——天子和诸侯所乘坐的车子。泛指车马。
③ 轩冕——古时大夫以上官员的车乘和冕服。

便道：

万户人烟团曙色，千林鸟鹊变春声。

挹香与拜林大赞，说说谈谈，早至雪琴家里。挹香道："如今，仲哥哥，你来写一副吧。"于是仲英便写云：

舞随柳絮诗吟雪，弹到梅花月满琴。

仲英写完，雪琴与三人大加称赞，然后各自归家。

元旦日，大家贺岁，到处锣鼓喧天。到了元宵佳节，挹香到爱卿家饮酒庆赏，又去邀了十几位美人，一同赴宴。席间，挹香谓爱卿道："我观《石头记》大观园中，立什么海棠吟社，众姐妹分韵吟诗，十分羡慕。我们曷弗借爱姐挹翠园，立一诗社，邀集众姐妹吟咏，不识可否？"爱卿道："极妙！但赋诗立社须要拟题限韵。"挹香道："不错。但是拟何等题为惬意？"慧卿道："挹翠园即景为题可好？"挹香道："无如姊妹颇众，即景题似嫌太易，恐致唐突。"婉卿道："就各人所擅，随意吟咏可否？"挹香道："随意吟咏，未免徇私。"爱卿道："春为一岁首，梅为百花魁。不若以梅为题，以见各人之新意，未知可否？"挹香狂喜道："爱姐所言，妙哉！妙哉！我们来拟题，翌日就兴此会。"爱卿便先拟了十题。却是：

问梅	赏梅	观梅	梦梅	评梅
咏梅	红梅	落梅	十月梅	瓶梅

挹香看了道："慧卿姊也来拟两个。"慧卿思索了良久道："你先拟。"挹香便拟了十题：

寄梅	庭梅	折梅	忆梅	探梅
簪梅	寻梅	盆梅	绿萼梅	傍水梅

挹香拟完了，便道："如今慧姊姊拟吧。"慧卿想了想，便拟了：

伴梅	栽梅	宫梅	灌梅

绮红小史

经典书香 中国古典世情小说丛书

孤山梅　　瘦梅

爱芳接口道："我也来拟几个。"随拟了：

　　寒梅　　杖头梅　　未开梅　　赠梅

　　爱芳拟罢，挹香大喜，数数已有三十，又数美人，除竹卿、碧娟，亦有三十人，连自己须要三十一题，乃对宝琴道："还缺一题，宝姊想一想吧。"宝琴道："何不拟了早梅?"挹香道："妙！我们翌日就兴此会。"遂录齐题目，命婢先去贴在宜春轩，遂辞归，十几位美人亦散。挹香遂命人往各家邀请，赴社吟诗，众美人个个乐从。明日大宴挹翠园，共叙幽情。

　　未知恁般欢悦，且听下回分解。

第 十 九 回

宴挹翠痴生占艳福　咏梅花众美拟诗题

经典书香　中国古典世情小说丛书

话说挹香与爱卿等拟了诗题，欲集梅花吟社，邀齐众美人赴会。翌日，挹香先至爱卿家，不一时，挹香所识众美，除竹卿在青浦，碧娟有事之外，俱陆续而来。挹香甚喜，即命厨下端整酒肴，摆在园中，自与众美人说了一回话，然后同至宜春轩来。只见环佩铿锵，香风喷溢，尽到梅花丛处。入轩，挹香请众人各拣诗题，月素道："先下手为强。我做《梦梅》。"琴音、素玉道："我们也来拣。"便拣了《伴梅》、《寻梅》。章幼卿上前一看道："我做《红梅》。"吕桂卿也道："我来做《早梅》。"方素芝踊跃争先道："我也来做一个。"便圈了《孤山梅》。郑素卿拣了《瘦梅》。雪琴拣了《十月梅》。慧卿拣了《庭梅》。挹香见慧卿拣了，便嚷道："小素妹妹，你也来拣一个。"小素道："我不拣。我诗做不来的。"挹香道："我来替你可好？"小素道："自己会做就做，不会做便罢，要人替做什么？"大家笑说道："金挹香，你会替做诗么？少顷，我们拣了题目，托你替做可好？"挹香大笑道："你们多是闺阁才人，不若小素妹妹是村俗之人，何必要人替做？"

大家道："你是舌上有刀的，不来同你说了，众姐姐快些拣吧。"于是，绮云说："我做《寒梅》。"孙宝琴道："我就做了《绿萼梅》。"褚爱芳笑嘻嘻道："你们多拣了，我也来拣一个。"说着，便圈了《折梅》。挹香道："好。"于是婉卿拣了《咏梅》

蒋绛仙、袁巧云拣了《庭梅》、《灌梅》，武雅仙、陆文卿拣了《寄梅》、《瓶梅》。胡碧珠、何雅仙道："不好了，题目要完了，我们快些去拣吧。"便拣了《盆梅》、《忆梅》。何月娟、陈秀英拣了《杖头梅》、《赏梅》。梅爱春、陆丽春拣了《栽梅》、《落梅》。王湘云对挹香道："你看哪个好做些？"挹香道："还是《赠梅》好做一些。"于是湘云便圈了《赠梅》。张飞鸿道："你们不要闹，如今老夫来拣了。"便拣了一个《探梅》。大家听此忘形之语，都掩口而笑。谢慧琼、朱素卿拣了《簪梅》、《对梅》。陆丽仙嚷道："我还没有拣来。"便圈了《傍水梅》。然后，爱卿不慌不忙道："你们都拣了，我来做《问梅》吧。"挹香道："如此，我做《评梅》。"大家一齐称妙。婉卿道："但是不可限韵，我生平最怕限韵，即有好句，被这韵拘住，反不惬意。"众人道"婉丫头之话是极，我们谁耐烦限韵。"于是论一回诗法，同至宜春轩饮酒。

　　饮至半酣，大家出席寻诗，也有的往花前闲步，也有的在轩外凝神，散得空空如也。剩挹香在轩饮酒。饮了半晌，便往各处去寻他们玩耍。出了宜春轩，穿芳径，度石策①，至海棠香馆，见丽仙同琴音、绮云在彼打秋千。挹香也不声张，躲在假山洞内偷看，见绮云将杨妃色绣袴扎紧在金莲之上，卸下了鬓边花朵，丽仙也将银红袴脚扎束。两人上架，坐于画板旋转，迎风飘扬，罗裙绣裾，如穿花蝴蝶一般，十分炫彩。琴音在旁拍手称妙。挹香在假山洞内忍不住道："好，好，好。你们倒有这本领！"丽仙等听了，下架道："你几时来的？"挹香道："来久了。"说着，忽生怜爱，便两手挽了丽仙、绮云的粉颈，旖旎了一番，又往别

---

① 石策——石桥。

处去。

　　行至剑阁，见婉卿与雪琴在彼啜茗闲谈。复穿小桥，入观鱼小憩，见宝琴、月素在彼荡桨。挹香道："你们这般伎俩是哪里学来？"月素道："技从心发，要学就不奇了。"挹香道："不错。但是你们为何不做诗？"月素道："我们游戏归游戏，心内原在做诗，何必定要放做诗的式样出来？"挹香笑道："你们说的话都是，凡我的话总差。"说得大家笑了一回。挹香又到四面去看美人，见有的在亭中模拟，有的在轩外徘徊，看来看去，独不见爱卿一人，疑惑滋甚，复往四面找寻。

　　忽听柳荫中一派清声，余音袅袅，挹香随着那声，穿过芍药圃，度松荫，至听涛楼，见爱卿在彼独自抚琴。见她一种幽雅，真与众美人不同，愈加钦爱，轻将一手搭在她肩上道："爱姐，你为何独自在此？可知大家都要交卷了。"爱卿道："你不要来混我。弹罢一曲，再做不迟。"便依旧抚琴。挹香下楼，往别处游玩了一番，始回宜春轩饮酒。忽见月素携着诗笺，从梅林中冉冉而来，挹香忙出位，笑道："莫非妹妹诗成，先来交卷了么？"月素道："正是。"便将诗笺呈上。挹香展开一看，上写着：

梦　梅　　　　　　　护芳楼主人朱月素稿

　　　玉堂清梦契精神，蝴蝶香中幻亦真。
　　　卧雪浑疑探雪景，爱花应让护花人。
　　　五更星散缘初断，半席风流恨转新。
　　　纸帐俨然成伴俪，多情怜惜枕边春。

　　挹香看了，有些不悦，虽然月素诗出无心，但"缘初断"、"恨转新"二语，似非吉利，口虽称赞，心觉芥蒂，正说间，只见雪琴与陆文卿也来交卷，挹香接来一看，见上写着：

十月梅　　　　　拜石侣者吴雪琴拜稿

孤山暖煦小阳春，林下遥来策蹇①人。

枫叶红随双本瘦，菊花黄让一枝新。

雪风动处添纲韵，潭影清时印洁尘。

庾岭南枝偏独早，爱他骨格最精神。

瓶　梅　　　　　浣花仙史陆文卿待删草

殷勤折得一枝梅，供向铜瓶淑气回。

此日知寒因雪冻，平生守口为花魁。

香凝清韵成诗律，梦徒罗浮傍镜台。

玉骨冰肌欣自赏，春前遣兴酌新醅。②

挹香看了，赞道："志和音雅，玉润珠圆。"正说间，见十二位美人一齐来交卷，挹香从头看去，乃是：

咏　梅　　　　　佩兰室主人林婉卿草

春风连日费寻思，忽报孤山挺一枝。

处士③襟期④高士梦，骚人丰韵美人姿。

性情冷淡寒偏耐，骨格清癯⑤弱不支。

自是几生修得到，巡檐巧笑索新诗。

伴　梅　　　　　凝露馆主陈琴音未定草

折得奇葩梦欲迷，移来供养画屏西。

情深逸品甘为友，癖爱名花愿作妻。

---

①　策蹇（jiǎn）——骑驴。

②　新醅（pēi）——新酿的酒。醅，是指没有过滤的酒。

③　处士——古时称有才德而没去做官的人。

④　襟期——抱负；志趣。

⑤　清癯（qú）——清瘦。

大好访仙成眷属，也曾探胜到清溪。

小窗此夕狂应纵，绛雪红云尽品题。

寄　梅　　　　　惜春使者武雅仙偶成

江南又见一枝春，折得芳葩寄赠频。

问信莫疑花著未，探春好信梦为真。

昔增驿路连番感，今报乡园无限春。

珍重使君须致语，铜瓶供养赖骚人。

赠　梅　　　　　烟柳山人王湘云稿

如此幽怀性颇温，赠卿特地到孤村。

无双品倩人争慕，第一香推君独尊。

佳觊晏王劳致信，相思陆范暗牵魂。

笑侬狂放怜侬癖，如缔深盟古道存。

栽　梅　　　　　怡红使者梅爱春稿

山隈①几度费徘徊，玉颊檀心着意栽。

明月半锄和露植，新诗数首乞花开。

生成冷淡谙君性，不惮辛勤惹客猜。

为望来年春事早，一枝先逗暗香来。

赏　梅　　　　　红杏轩主人陈秀英草

喜看孤山又放梅，风标如此合推魁。

吟将新句酬琼树，沽到芳醪泛玉杯。

数点有情延客赏，一枝无意向人开。

癯仙此日逢青眼，付与林逋②供养来。

---

① 隈（wēi）——指山、水等弯曲的地方。

② 林逋——北宋著名诗人，终生不仕不娶，唯喜植梅养鹤，自谓"以梅为妻，以鹤为子"，人称"梅妻鹤子"。

绮红小史

经典书香　中国古典世情小说丛书

灌　梅　　　　　　　铁笛仙袁巧云草

乘醉归来兴转狂，养花心事慕东皇。

栽培乍喜仙姬晤，护惜频劳处士忙。

春雨半帘葩酝酿，朔风几日梦惧徨。

痴情不惮辛勤甚，待到花时好佐觞。

探　梅　　　　　　　小雅主人张飞鸿草

关心庾岭一枝春，也学渔郎去问津。

竹外昔年怀吉士，陇头今日到高人。

枯肠几度搜诗尽，檐角连朝索笑频。

芳讯江南如到早，好凭驿使报时新。

绿萼梅　　　　　　　金铃待系客孙宝琴草

梦随鹦翅曳雕廊，洗尽铅华尚淡汝。

金钏恍疑赠羊侃①，绿衣原不妒庄姜。②

莒黏蝶拍偏多兴，色晕蜻头别有方。

漫入罗浮惊翠羽，碧窗供养更痴狂。

杖头梅　　　　　　　梅雪争春客何月娟稿

郊原携屐亦风流，韵事还堪记杖头。

三径昔时怀旧约，百钱此日趁清幽。

好扶诗老寻春去，要访花魁带月游。

处士多情狂更纵，桥东吟咏兴悠悠。

瘦　梅　　　　　　　探梅女士郑素卿草

玉削烟瘭别有神，天生傲骨觉嶙峋。

愿将峭崿清其品，勿使痴肥俗了人。

---

①　羊侃——疑指桑弘羊和陶侃。

②　庄姜——疑指庄子和姜子牙。

淡月暗笼窗上影，微风欲动雪中尘。

怜他羸弱持坚节，护此纤腰几度频。

早　梅　　　　吟风榭主人吕桂卿稿

春初消息报斋前，风月精神早斗妍。

索笑西窗原冷淡，题诗东阁亦缠绵。

暗香漫度微风后，疏影刚逢淡月天。

造物有权留不住，一枝偏占陇头先。

挹香看完道："众芳卿诗才卓荦，我金某甘拜下风。"正说间，爱卿飘然而至。挹香道："爱姐可是来交卷么？"爱卿道："我来读你们佳作。"说罢，便讨诗来看。挹香道："爱姐，你为何不做诗？如今要完卷了。"爱卿也不言语，便提笔在手，写出一首诗来，递与众姐妹。大家观看，见上写：

问　梅

为探芳讯自携筇①，冷淡交情一笑逢。

同梦可容高士伴，点妆知否美人慵。

那将庾岭春来早，怎把罗浮秀独钟。

和靖当年曾有癖，作妻何事曲相从。

大家看了这首《问梅》，呆上加呆，惊而又惊，齐声道："我们搜索枯肠，颇为不易，极欲双关，而琢句总难融洽。今爱卿落笔成诗，一挥而就，警句奇才，令人拜倒。"爱卿连忙谦逊道："随口俚词，不当大雅，刻观众姐妹佳作，奇警处想入非非，真个珠穿——"正谦逊间，又见花荫里面有两个美人来了。

不知何人，且听下回分解。

---

① 筇（qióng）——古书上说的一种竹子，实心，节高，适宜做手杖。

第 二 十 回

钮爱卿诗魁第一　金挹香情重无双

却说挹香也把爱卿的《问梅》一看，果然比众姐妹更加别出心裁，心中十分欢喜。俄而又见两个美人也来交卷，却是陆丽仙、章幼卿。挹香立起来，接了诗笺，细细一看，见上写着：

傍水梅　　　　　媚香楼主人陆丽仙稿

一枝开傍水之涯，寂寞清溪避世哗。

倒影川流空色相，侧身天地傲名花。

横斜老干争凡卉，冷淡奇葩异绛霞。

明月小桥人静后，暗香浮动到渔家。

红　梅　　　　　锡山旧侣章幼卿草

一枝冷艳斗精神，几使渔郎误问津。

砥节欲猜持拂女，占魁还讶点头人。

娇添杏靥三分晕，态异桃花万种春。

东阁而今开烂漫，珊瑚树树作芳邻。

挹香看罢，见众美人陆续而来。挹香俱细细地展看，见上写着：

落　梅　　　　　风尘偶谪人陆丽春草

关情连日落花红，多少春归一夕中。

玉树歌残愁莫遍，红霞舞尽色全空。

沾泥心事孤芳品，流水年华冷淡衷。

处士山林休问信，美人今已嫁东风。

忆　梅　　　　　　　秋水词人何雅仙稿

管领群芳君独尊，经年一别暗销魂。

诸番宛转寻孤岭，几日徘徊到小园。

有约东风葩尚酝，关心春信梦无痕。

一枝它日先传腊，报到园丁笑语喧。

寻　梅　　　　　　　栖霞小隐胡素玉草

瑶台乍报返仙姬，好买醇醪泛玉卮。

扶杖踏残三径雪，跨驴吟遍一村诗。

携壶挈榼游初到，越岭穿山意欲痴。

芳讯幽林如探得，折来供养瞻瓶宜。

折　梅　　　　　　　醉月山人褚爱芳求是草

策驴灞岸不须猜，芳讯冲寒已早开。

名士雪中添宛转，美人林下更徘徊。

露粘玉瓣香盈手，春压铜瓶粉作堆。

此日陇头如遇使，一枝好寄故乡来。

寒　梅　　　　　　　一碧女史陆绮云稿

谁从冷处着精神，疏影凄然欲泄真。

色到清严方绝俗，香兼惨淡愈宜人。

北风山外初抟雪，南玉枝头迥绝尘。

莫为闭藏无妙用，寒威彻骨为催春。

簪　梅　　　　　　　传春使者谢慧琼草

一春憔悴为花忙，今日奇葩助晓妆。

约隽嫩红娇欲语，欹鬟轻晕蕊含芳。

清癯顾影同卿瘦，冷淡传春惹客狂。

膏沐玉人添雅韵，生香活色费评量。

绮红小史

经典书香 中国古典世情小说丛书

盆　梅　　　　　浣春居主人胡碧珠稿

不与孤山鹤共俦①，小斋供养足清幽。

盆池藻暖香初逗，钵雨泥松春渐留。

顾我无心歌艳曲，愿君有梦到罗浮。

青枝绿叶频频护，待到花时契更投。

对　梅　　　　　爱雏女史朱素卿草

霜天月夜独精神，相狎相亲有夙因。

美酒一尊酬冷况，新诗几句动幽人。

临汝风格清癯甚，索笑情怀旖旎真。

心契孤山谁与共，天然气谊好相亲。

孤山梅　　　　　霞凝阁主人方素芝稿

一番花事韵清幽，有客寻芳到古邱。

枝上狂蜂飞宛转，林间小鸟语啁啾。

春归庚岭鹃啼血，梦醒罗浮鹤共俦。

人世繁华何足羡，好扶竹杖赋优游。

　　挹香看到素芝诗十分惨切，替她暗暗慨叹了一回。数之，已有二十七首了，唯吴慧卿、蒋绛仙未曾交卷。正说间，见那首月洞中，二人冉冉而来，挹香接诗一看，乃是：

未开梅　　　　　佩秋居主人吴慧卿草

东风待嫁尚含葩，龆女髫年②未有家。

底事琼姿犹酝酿，关心芳信渐繁华。

肌如梨蕊将经雨，态似桃花欲吐霞。

端整新醅东阁里，明朝延赏兴应赊。

---

①　俦（chóu）——伴侣。

②　髫（tiáo）年——幼年，童年。

庭　梅　　　　翠琅闲人蒋绛仙初稿

相对幽芳契早投，如卿标格几生修。

草堂春到花能笑，茅舍诗成韵欲流。

愿与一帘明月伴，不随三径暗香浮。

开樽莫负良辰去，何逊吟怀未肯休。

挹香道："如今诗齐了，待我评来。通篇看来，各人有各人佳句。今日公评，众位姐妹莫怪为幸。"大家都说道："不错，自然从公而论。"挹香道："我看《问梅》第一，《傍水梅》第二，《绿萼梅》第三，《瓶梅》第四，《赠梅》第五，《梦梅》第六，《咏梅》第七，《探梅》第八，《簪梅》第九，《栽梅》第十，《伴梅》第十一，《寻梅》第十二。余者胜场各擅，众姐以为何如？"大家多称公极。爱卿道："只恐香弟弟谬赞，乱评了。"众美道："评得很是。"琴音道："'同梦可容高士伴'这七字出自天然，使梅花无言可对。"婉卿道："爱姐姐真个厉害，拿这句话问他，不顾他不好意思的么？"说着，大家都笑。挹香道："如今我来做《评梅》了。"于是便挥做成一首。其诗云：

果然无雪不精神，竟比袁安①耐性真。

傲骨何妨资月旦，仙姿讵碍论花晨。

灞桥端合停鞭访，苔石宜教点笔频。

倘得斡旋天地手，要分三十六宫春。

爱卿与众美读了挹香这首《评梅》，不胜击节大赞道："弸中彪外，雄健浑成，妙语环生，风流雅赏！"爱卿又细细一诵，喟然叹曰："此诗在我们三十人之上，真可谓'天下才一石，子建

---

① 袁安——汝南汝阳人，东汉人，为官清廉，不畏权贵，以治政严明著称。

绮红小史

经典书香·中国古典世情小说丛书

独得八斗'。此君笔底真个厉害也!"说罢,复又饮酒,直到谯楼二鼓,挹香与众美人始各散归。

　　流光如箭,忽又春暮。那日挹香至留香阁,见爱卿粉腮凝泪,姣面含愁,甚属难解,遂婉诘之。爱卿涔涔泣下,不发一言。忽见案头有高粱一瓯①,爱卿取而狂饮。挹香素知爱卿素不善曲蘖②,心益疑甚,又诘之。爱卿唯云:"为抑郁故饮耳。"挹香见言语支吾,愈加着急,便夺去酒杯询婢媪,始知与假母反目,已哭了竟日。挹香熟思之,兼知爱卿固执,恐有他变,盘诘之,爱卿竟秘而不言。挹香遂踞跼于爱卿身畔,请其说,爱卿仍不肯言。挹香见她面色泛青,牙关咬紧,珠泪涔涔,向床中睡下,连忙立起来,陪她睡下,再四盘诘,见她蒙眬睡去。挹香见事愈奇异,附耳急唤,又在她面上一试,已无温气,鼻际忽冲出一阵阿芙蓉膏气来。挹香惊绝,便大哭道:"好姐姐,你为什么要寻短见?好姐姐,你若寻了短见,我金挹香也不要活了!"擗踊③大哭,惊了假母、侍儿都来动问。

　　挹香道:"你们这般没良心的禽兽,终日与她淘气,如今要寻死路了,你们还不管账么?"大家听了,惊得手足无措。挹香告诉了服阿芙蓉膏之语,命众人往各处去取解救药来。挹香便用力扶起爱卿,要她开口,她哪里会开,遂以牙箸撬开了口,将指撅起上腭,细向里边一望,见无数烟灰滋粘在咽喉之下。挹香也顾不得了,自探舌尖入内,卷了三四钱烟灰出来,复以手指蘸水洗之。爱卿见挹香救她,复将牙关合紧,将挹香两指咬碎。挹香

----

① 瓯(ōu)——盆盂之类的器皿。
② 蘖(niè)——疑为蘗之误,蘗为酿酒的曲。
③ 擗踊——捶胸顿足。形容极度悲伤的样子。

第二十四回　钮爱卿诗魁第一　金挹香情重无双

忍着痛道："爱姐姐，你便将我指咬掉，我金挹香只要你活，决不畏疼而缩手的。"说着，见侍儿取了些金鱼浆、广东丸来，灌与她吃，爱卿哪里肯吃，挹香看了这般光景，不觉又哭起来，乃道："好姐姐，你看我金挹香面上，也该怜我些儿，回心才是。你若执性，我也陪你死了吧。"说罢，复命侍儿灌药。一时，你灌我救，爱卿倒醒了些，无如原不呕吐，但姣啼流泪而已。

挹香见事不妙，便对侍儿道："你们去取些洋油来。"侍儿依命，取了奉与挹香。挹香便将左手三指沾了些洋油，送入爱卿口里。这油气味难闻，食之必呕，过多了，又要呕吐不止，至呛肺胃，故用三个指儿沾了一些，洒向口中。说也奇怪，见爱卿头摇几摇，腹中一响，忍不住大吐起来，阿芙蓉膏顷刻吐尽。挹香心稍安，替她覆了锦被。夜已深，挹香在房中照应一切。到五更时分，爱卿方才复原，挹香之心始定。正是：

　　生是多情客，为花担尽愁。

不知以后如何，且听下回分解。

第二十一回

情中情处处钟情　意外意般般留意

　　话说挹香见爱卿复了原，便轻轻地问道："好姐姐，你为何这般没主意？究属什么事？可为我细告之？"爱卿泣道："我昨与老虔婆斗口，后追思往事，清白家误遭匪类，致污泥涂。此时欲作脱身而反为掣肘，即使回乡，亦无面对松陵姐妹。与其祝发空门，不若洁身以谢世。今蒙君救妾，虽得余生，然仍复陷火坑，奈何？"挹香婉转劝道："否极泰来，总有出头之日。若视性命如鸿毛，姐姐慧人，何愚而至此耶？"爱卿被劝，嘿然良久，挹香又述人事天心之语，始略略回心。言罢，辞爱卿往众美人处，言论间说起爱姐轻生之事："几乎令人骇煞！幸我昨在她家救治，不然已入夜台矣！"众人又骇又喜，俱诣留香阁问安。

　　流光如驶，瞬届中元①，邹拜林至金宅辞行赴试。挹香饯酒清谈，既而同拜林诣留香阁辞行，爱卿亦设席祖饯。挹香谓爱卿道："林哥与你远别六旬，我与你也要别几天，如何？"爱卿呆了半晌，询其故，挹香道："缘问业友过青田，馆于金阊马大箓巷，亦欲南京乡试，委我代课，路虽不远，第不能朝夕相见了。"爱卿方慰，便道："妾前番至乡看龙舟，君同来顾我不遇者，是此人耶？"挹香道："正是。"爱卿道："此人所嗜好何事？"挹香

---

　　①　中元——农历七月十五。

道："若说过青翁，文章诗赋，自不必言，岐黄①之道，亦知一二。所最擅者，七星象棋势是也。昔日曾见他在棋摊争胜，人人惧敌。爱姐不信，到几时我同他来面试一盘如何？"爱卿道："使得，使得。"遂劝拜林吃了一回酒，又叮嘱路途当心之语。二人欲别，爱卿又嘱挹香道："你明日往马大篆巷代馆，须要多带衣服。天时不测，寒暖自珍。"挹香甚为感激，乃口占一绝以报之。诗曰：

> 几回叮嘱岂无因，寒暖当心二字珍。
>
> 自叹生平人惜少，解怜偏出绮罗身。

二人别了爱卿，挹香送拜林登舟，挥泪而归。翌日，便往马大篆巷代馆。旬日后，挹香解馆归至留香阁，倾谈了十天的积懑，即止宿。蝶谱复通，鸳盟重订，因成即事诗二首。诗曰：

> 风景兰闺别有真，天台重又到刘晨②。
>
> 此生愿作司香尉，保护幽芳烂漫春。

其　二

> 如兰香气自氤氲③，无限娇痴迥出群。
>
> 最是令人心醉处，玉钗斜亸④卸巫云。

嗣后二人愈加情重，凡解馆，必至留香阁谈心饮酒。一日，爱卿适买双螯，见挹香至大喜，遂命婢煠⑤之，陈以姜、醋、木樨香酒，又移蟹爪菊一盆，二人持螯对菊。席间谈及拜林，挹香

---

① 岐黄——指岐伯和黄帝，相传为医家之始祖。此指中医。
② 天台重又到刘晨——天台，山名，在浙江省境内。古神话有刘晨、阮肇入天台，采药遇仙的故事。
③ 氤氲（yīn yūn）——烟云弥漫的样子。
④ 亸（duǒ）——下垂。
⑤ 煠（zhá）——同炸。

绮红小史

经典书香　中国古典世情小说丛书

道："我与拜林哥别后，终日无聊，每逢解馆，无非在姐姐处消遣。林哥哥在苏，恒共饮酒论诗；如今林哥不在，只得劳姐姐一身作两役矣。"爱卿笑道："蒙君辱爱，我无非以礼待人，至于代劳林哥之说，谬矣！夫人各有性，拜林之待君，异于妾之待君；妾之待君，岂能较拜林之待君耶？"

挹香笑道："姐姐与林哥皆我生平第一知己，故发此语也。前日，我呼姐姐，你为何不应？"爱卿道："没有听见。"挹香道："馆中诸人尽皆听见，何姐姐竟未之闻耶？"爱卿笑盈盈打了一下道："狡狯如君，亦为至极！我前夕梦中打君，君知之否？"挹香道："知虽知，不疑姐姐打我，且感你之情也。"爱卿便询其故，挹香道："疑你为我捶背耳。"爱卿大笑道："君本不善戏谑，何今日令人笑煞？"挹香道："兴之所发，安得不喜？"爱卿笑叩之。挹香道："我与林哥哥饮酒谈心，往往喜而莫遏。今日与你杯酒清谈，而又是生平知己，不亦悦乎？"爱卿道："你与众姐妹交好，计有三十余人，难道都不是知己么？"挹香道："承众美人皆相怜我，我岂肯存薄幸之心？然终不能出姊姊之右耳。"说着，携了爱卿的手，更加狎爱。直至二鼓频催，挹香始归家里。翌日，仍旧到馆。

转瞬间，金粟飘残，授衣①欲赋。一日，挹香至留香阁，爱卿适发胃气，饮食不进。挹香十分不舍，忽想着过青田著有《医门宝》四卷，尚在馆中书架内，其中胃气单方颇多，遂到馆取而复至。查到"香郁散"最宜，命侍儿配了回来，亲侍药炉茶灶。又解了几天馆，朝夕在留香阁陪伴。爱卿更加感激，乃口占一绝

---

①　授衣——制备寒衣。古代以九月为制备冬衣之时，以备御寒。这里指时间。

以报挹香。诗曰：

落叶萧疏秋已深，支离病骨懒长吟。

药炉茶灶劳君伴，分却云窗多少心。

爱卿自服"香郁散"，由渐而愈，挹香方始至马大箓巷。越二日，又往看视，爱卿已复原了。膳于留香阁，与爱卿长谈，不觉下午时候。挹香因昨日夜课过深，十分疲倦，即在留香阁睡了一觉，醒时已是酉①牌。爱卿亦睡得钗軃钿横，鬓边木樨尽堕枕畔。挹香便替她挽好云髻，簪好钗钿，又将木樨拾纳袖中，携之欲去。爱卿道："这残花要它何用？"挹香道："我之惜花与他人异，若残花便弃，我金挹香即是无情之辈矣。况此花曾沾姊姊鬓泽，曷敢轻弃之耶？"爱卿见他言语中露出无限深情，更加爱慕，便留挹香道："今晚不要归去了，我们联诗消遣吧。"挹香称善，于是排酒同饮。到上灯后，吃了晚膳，再命侍儿泡了龙井香茗，点了寿字贡香，设了文房四宝，二人顷刻吟成七排十二韵。录毕，细细吟哦，盖以《秋夜联句》为题。诗曰：

漫卷珠帘引兴长，爱卿　金炉乍爇麝兰香。

恍邀红拂吟新句，挹香　笑对青衫搜旧肠。

愧我无才歌柳絮，爱卿　羡卿问字写鸳鸯。

诗逢狂处因贪酒，挹香　菊到秋深尚傲霜。

气谊相孚能有几，爱卿　萍踪遇合岂寻常。

浮沉世事棋千局，挹香　阅历人情纸一张。

近况自怜多惨淡，爱卿　深恩未报总彷徨。

天边鸟语添幽恨，挹香　槛外虫吟倍惨伤。

桐院月明风写怨，爱卿　莲塘宵静蕊生凉。

---

①　酉——旧时计时法，指下午五点到七点的时间。

鹭鸥不忍芙蕖尽，挹香 蜂蝶偏知兰蕙芳。

有福得偕名士伴，爱卿 钟情宜侍美人旁。

兰闺拈管书衷曲，挹香 嗤我俚词失大方。爱卿

二人联完，互相称赞，谯楼三鼓，方始就寝。

明日，挹香正待起身，忽拜林突然而至。挹香见了拜林，不胜踊跃大喜，抽身与叙积愫。爱卿亦然，与之丛谈良久。挹香与拜林辞爱卿，邀到家治席接风，又述留香阁一切前事。拜林亦频频慨叹，席散而去。

一霎光阴，满城风雨，重阳令节近矣。挹香闻蔚门南园村隆寿寺大兴佛会，有活佛升天之谣，轰动五门，男女都往烧香。挹香好动不好静，听得天花乱坠，便杂了闲人往隆寿寺。一路熟思之，意谓这些头陀①骗人财物，妖言惑众而已。既至山门，挹香站定一望，见人山人海，挨挤不开。

原来这寺是昔日一个有道和尚，独募创建的，后来圣上也曾到过，曾赐"隆寿寺"御书匾额。兵燹后，被十几个游方僧强占此寺，又设几般蛊惑人心的秘法，如木人开药方，眠佛口目动。乡愚颇信而敬重，已被他骗了许多财帛。当家名唤智果，手下众徒弟都有些膂力。智果极好淫，凡烧香妇女，只要有些姿色，可以图到手者，便令小徒弟诱入秘室，关锁于内，智果夜来犯之。事极秘而人不知。

再说挹香站了片刻，昂然踱进山门，见寺颇轩昂，上悬一匾，蓝地金书，题的就是"隆寿寺"三字，两旁哼哈二将，居中王大天君，背后弥勒佛端坐神厨。至大雄宝殿，见中间供着三世如来，两旁五百罗汉尽是金身塑就。士女如云，游人蜂拥。挹香

---

① 头陀——指行脚乞食的僧人。

看了一回，见不甚好看，复从后宰门出去，却是一个方丈，门首供一架莲花，即造言活佛升天之用，居中摆焰口台，闲人在彼，看大和尚施放日夜的瑜珈焰口。挹香竟不去看，便进了方丈，见陈设华丽，名人书画，博古炉瓶。旁一洞门，进去更加幽雅，都是红木镶嵌玳璃石桌椅，中央挂一幅松老成龙图，两旁楹联云：

　　　弥天雪月空中色，寒夜霜钟悟后心。

　　挹香此时倒觉清心悦目，默座良久，却无人至。复出洞门，转了几个湾兜，信步而行，到了一个所在，四面粉墙，毫无陈设。挹香谛视了一回，忽闻有女子哭声，不觉大疑。听之好似就在室中的光景，便站定了，复向一听。却有一墙之隔，便将耳附在墙上细细地一听，这一听，有分教：

　　　才子几乎餐白刃，美人方得现红鸾。

　　不知听出什么事来，且听下回分解。

绮红小史

经典书香　中国古典世情小说丛书

第二十二回

菊花天书生遇难　题糕日美女酬恩

话说挹香因妇人之哭，竟附耳向壁细细一听，也是他该受几天磨难，所以鬼使神差，到这个所在。原来那间空室四面粉墙，墙以内即是智果的秘室，墙间暗做一门，用粉染，一些看不出。挹香合当有事，附耳细听之际，却巧身靠假墙，只听粉染门"呀"的一声，筋斗直跌进去。复审视之，乃三间不甚亮的房屋，见一个和尚揪住一个青年妇人，要逼她行事，那妇人哀哀求告。那和尚正欲用强，见挹香跌进，吃惊不小，连忙起来，变了脸道："吠！你是何人？敢入我佛爷之室！"挹香见势头不好，也觉慌了，正要逃走，却被和尚扯住。

挹香心中着急，恐淫僧恶念，难保性命之虞。正想间，那头陀拉了挹香，又到一个所在，比方才那处更低，四面皆无台凳，仅排数块石几，屋外有一线之光的天井。那头陀拉了挹香，壁上取了宝剑，谓挹香道："你是何人？为何到我这里？你可知到了这里有死无生的了？"便举起剑儿，向挹香砍来。挹香惊绝，只得按定六神道："师父慢来，刚刀虽快，不斩无罪之人；况寺院中是十方所在，难道不许游人进内的么？今我已到这里，你的勾当已被我觑破，你欲恶心谋害，只怕昭然皇法，天地无私，你自己去想来。"头陀正欲回言，只见一个小沙弥走进，说道："有蒋檀越立请要见。"头陀只得弃剑，整好袈裟，至外迎接，便向挹香道："我且饶你多活一时，少顷来与你算账。"命沙弥关了挹香，大踏步而出。原来蒋檀越与这和尚最相契，特来请到家中去做法事。老和尚无可推辞，只得同行，也是挹香命不该绝。

且说挹香见和尚去了，心虽安了些，观其室中，竟一无生路，倘头陀进来，仍复性命不保。想了又想，真觉无计可施。倘若我一旦不测，父母劬劳①未报，众美人情义未酬，白白将这性命送与头陀，岂不可恨！思想及此，不觉涔涔泪下。徘徊良久，天色已晚，不见头陀进来，心又放下了些。奈何又无夜膳，又无灯火，又无床帐，又想平日在家中，或在美人处，吃的是膏粱美味，睡的是罗褥锦茵，如今独在这里，受此无穷之苦，性命且不能保。自怨自恨之时，谯楼三鼓，只得挨过一夜。明日仍不见头陀至，也没有茶汤水进来，肚中十分饥饿，挨到了金乌西坠，仍不见有人至。

挹香喟然叹曰："英雄末路，有计难施。不作餐刀鬼，仍为饿殍身。天呵天，你绝我太苦了！"想了哭，哭了又想，哭道："众美人只知我在家中攻书窗下，父母只道我在朋友家论赋会文，怎知我在此受这许多苦楚？如今与你们长别了！"又哭道："我金挹香如此一个人，死得这般不明不白，枉为了六尺男儿！"想到此处，竟放声大哭起来。

其时已有四鼓，也是挹香合当有救，这一番大哭惊动了一个美人。看官，你道是谁？原来就是昔日挹香同梦仙黑夜里救的吴秋兰。她蒙二人救了回家，对父母说了，父母便问："救你者是何名姓？"秋兰道："是两个隐名的侠士，不肯留名，唯他们二人的面貌声音尚记在心头，日后欲思图报。"这秋兰家正在隆寿寺之西，秋兰卧房却与关挹香的所在只隔一个天井。那夜秋兰睡

① 劬（qú）劳——劳累，劳苦。

后，听见有人在隔壁十分痛哭，这个声音却十分熟识。又细细地听了一回，忽然听出似昔年救我的那位壮士声音，倒有些揣摩不出，沉吟良久道："待我到天明时，楼窗上搭个走路，在墙上扒过认他面貌，如果恩人，问他为何在寺中痛哭未迟。"

胸有成竹，甫黎明即起，将板搭过墙上。秋兰轻跨楼窗，鸟行雀步，至板上向下一望，见一书生席地而坐，昏蒙情状不知何故。又一望，却正是恩人。她也难顾嫌疑，轻声唤道："公子尊姓大名？何昨宵在此恸哭？"时抱香又饥又倦，疲乏不堪，意谓决无生路的了，倒反昏昏睡去。惊闻"公子"之呼，猛抬头观望，见一个美人在墙上低唤。谛视之，颇面熟，欲躬身立起，可怜两足疲软，挨到墙边道："小生姓金，名抱香。前日误投秘室，被禁于此，有死无生的了。姊姊尊姓芳名？"秋兰便通了名字。抱香兜的想上心来道："曩昔黑夜遇强，就是姊姊么？"秋兰道："正是。公子是我恩人，今恩人罹难，妾安敢坐视，公子放心，少顷妾有援君之计也。"抱香甚属感激。秋兰遂回房，思出一计，随即告知父母，父母称善。

其父名家庆，素来耕种糊口，今蓄田产，央人耕种，居然是乡间财主了。唯此一女，极其钟爱。闻知抱香之事，忆曩时女遇恶棍，幸亏恩人相救，如今以恩报恩，正该竭力一援，便命雇工数十同到隆寿寺来。众和尚不曾防御，便道："做什么？"众人道："你们莫管，少顷自知。"遂各动手，将众和尚个个缚牢。虽有几个力大的，究竟寡不敌众，也被捆住。留小沙弥，要他领至秘室，搜有六七个妇人，打开粉染门，放了抱香。复到外边，将十几个头陀送到县中，将六七个妇人带去作证。后来，县主往蒋家捉了智果，细细审明，将隆寿寺封起。随即发僧纲司，立时火化，将众头陀递解回家，肃清了地方上一桩恶事。其余六七个妇人，夫家愿领者领；不愿领者，发官媒婚配。吾且一言表过。

再说众人扶了挹香至吴宅，秋兰出谢昔日相救之恩，挹香也谢了他们父女之情，又见秋兰贞娴幽雅，言语端庄，暗暗钦敬。家庆见挹香恂恂儒雅，欣慕非凡，命仆端整酒肴，为挹香压惊。挹香两天未膳，也顾不得了，曲从叨扰。家庆谓挹香道："老夫有一言要与公子商量，望公子勿罪。"挹香道："不知有何见教，小侄唯命是从，决无推却。"家庆道："前者小女蒙公子途中相救，此身皆公子所赐，感恩不浅。今又重逢，不胜缘巧。小女荒僻村陋，故犹待字闺中，欲为公子作一小星①，老夫之素愿亦可毕矣。"挹香答道："辱蒙老伯救出罗网，已心感无既，但小侄幼聘钮氏，不能应命。"家庆道："公子差矣，小女本村野之姿，颇繁之躯，焉敢轻期？若抱衾与裯，君其无违我命，我亦心感无既了。"挹香见吴公殷勤若是，想道："蒙他们如此救我，秋兰也颇稳重，至于愿作小星，我也不能不允。"便道："老伯垂情，我金挹香虽有糟糠，决不敢以令爱视为侧室，是当以正室待之。"说罢，便深深一揖，双膝跪下，口称岳父大人。弄得吴公倒反局促，连忙扶起。席散后，遂唤鱼轩送挹香归。

再说家中见挹香三天不返，初意在朋友家，及去问，尽言三天未至，邹、姚、叶处形迹杳然。第三日，已命家人四处寻觅，二老十分着急。正在忙碌之际，见挹香乘轿归，方始惊定，便细诘行踪，反弄得惊喜交集。挹香述吴秋兰愿作小星之语，父母倒笑他正室未谐，小星先备，只得允了。挹香又诣众美人家及诸友处诉之，也有替挹香称恭喜的，也有怜惜挹香的，纷纷嚷嚷，闹了一日。

---

① 小星——指小妾。

明日，挹香到馆，恰好过青田已至，挹香便问了场中诸事，又问道："青翁在金陵可曾遇棋摊否？"青田道："曾遇一个棋摊，摆两局势儿；一是野马，一是七星。我上前问他如何起彩，他云'起彩五分'。我便与他着七星，遂拣红棋起手，划炮将。他兵吃炮，我挺卒将，他踱上吃卒，我三路车冲将。他踱下，我升车看将门。他眼睛对我一看。便夹兵将我。车吃兵，一车抬两兵。他拿士角上兵挺下叫将军，我踱上。他拿象底车划至三路，我划卒盖住。他再开至一路，我提高车。他将车冲至兵右，我车临头将。他踱进，我退车吃兵，已把帽子头廿一着探脱。他眼睛又对我一眇，想了一想，竟下落底车。我暗道：'任凭你上中下三路来皆不怕，落底车更不怕。'便变了一招双撇车。哪知他只会着官和，不会着双撇。论理应落象，他竟夹兵，被我连杀棋，叫了几个将军。但见他面孔只管变，眼睛只管眇道：'再着，再着。'我道：'我倒不高兴了。'赢了他三十五文。越一日，又去，连胜两局，以后便不肯着了。若论他之棋，失着还多，不及元妙观内常州老也。"挹香道："青翁可曾遇见敌手？"青田道："间亦有之，只好着成和局。若要胜我，无其人也。"言论一回，见学徒渐渐到馆，挹香交卸了馆事，然后归家。

　　一日，忽念爱卿，想道："未知她可有我之念？梦中言正室钮氏，如果是她，为何竟不肯订我？而我又难启口。我金挹香不娶钮爱卿，枉为聪明人也。"心里胡思，口中乱语，适逢拜林至听见，便站定细听了良久，知为爱卿事。拜林素滑稽，听出挹香心事，便迎着挹香的意儿生出一计，轻推双扉入书室。挹香见而接进，略谈寒温。

　　茶罢，拜林佯说道："香弟弟，你好福气。我昨到爱姐处曾提及你，她请我来代劝你勤习举业，巴图上进。考期在迩，倘你明岁入庠①，她就……"拜林说到此际便住口。挹香听了什么好福气，触着心事，便扯住拜林道："她就怎么？"拜林笑道："她没有什么。"挹香见他狡狯，盘诘之。拜林道："你博了一领青衿，她就欢喜了。"挹香道："欢喜便怎么？"拜林道："今日匆匆，要访一家新来校书去饮酒，少顷对你说吧。"挹香哪里肯放，竟随了拜林到院子里来。又遇了三个名妓：一为钱月仙，一为冯珠卿，一为汪秀娟，都生得风雅宜人，天然娟秀。拜林即命排酒畅叙。

酒半酣，挹香道："方才的话如今好说了。"拜林道："且慢，我被你催昏，方才没有回去取银。你可去代筹几两银子来，然后替你说，可好？"挹香明知拜林要他会钞，便道："我也知你狡狯，酒钞算我的就是了。"身边摸出一锭花银，付与鸨儿，便道："如今好说了。"拜林道："破了你的钞，可要肉疼？"挹香道："这也叫没法。要听你的话，也顾不得肉疼。"拜林道："今日蒙你会了钞，我也不得不对你说了。"拜林正要说，哪知做书的人偏不肯说。诸公要听其说，吃杯茶来，下回再说。

---

① 庠（xiáng）——古代称学校。

第二十三回

幻变真痴生思爱姐　恨成喜好友作冰人

话说拜林对挹香道："如今你破了钞，我也不能不说了，方才这些话都是假的，因听你在书房自言自语，所以与你玩玩。若说爱姐，尚有一个纪君与她挈好，你也知道，只怕终身之事，未必全有君意。"挹香听说，急得他骨软筋酥，不觉泣下。又想纪君果然与爱卿笃好，曾记有赠句云：

> 若果芳心能许我，再祈半载耐风尘。

如今被拜林提及，心中恍然大悟，灰了八分，又难掉他，顷刻间，百绪丛生，也不饮酒，也不辞拜林，独自闷闷而归。拜林与三美人谈了一回，也是归去。

再说挹香回归，坐在书房，觉得百绪纷来，千愁毕集，心中如有所失，长叹了数声，挥泪成诗一律，以寄其慨。诗曰：

> 情重应推巾帼尊，教人怀念暗销魂。
>
> 此身倘负三生约，拼死甘酬万种恩。
>
> 翠袖多愁怜薄命，青衫有意恨难言。
>
> 夙缘犹恐修来浅，未克常为花下幡。

吟罢，又忖道："爱姐虽有情与纪君，然论待我，亦似钟情于我；况梦中有'钮氏为室'之言，其中或有前缘，亦未可晓？但须早为说合，迟不得了。谁人可为此？"想了片时，只得要求拜林去说，庶几成事。

明日，竟诣邹宅。拜林接入，笑道："昨日不别而行，莫非舍不得钱么?"挹香道:"非此之谓也。弟之心事,兄也素知,初道果有好音,所以随兄细询。后兄以假明之,弟故怅怅而归。如今到府非为别事,特欲央兄作一冰人。那爱姐虽有纪君,或有口非心,其意在我。小弟想,若再迟延,恐绝代名姝,要入他人之室矣!望吾兄凭三寸不烂之舌,代弟一探其情,再筹良策。"说着,深深地几揖。拜林倒好笑起来,便道:"痴弟弟,你也太觉心急了,爱姐果有心于你,你也不必着急;爱姐若有意纪君,即竭力说之,也是没用的。"挹香道:"林哥哥,你的话虽不错,可知妇人心肠最活?此时间,于事齐事楚,俱未有定,若不早图,只怕难了!"拜林点头道:"设使爱姐允了,你们二老不知可肯否?"挹香道:"不须虑得,一则父母有爱子之心,二则爱姐的事,我也吐过几句,决无不允,只消吾兄从中帮助几句,就可成就了。"拜林道:"如此说来,仔肩倒在我身上了。日后事成,何以为谢?"挹香道:"事成之后,弟当叩头为谢。"

拜林道:"香弟念头倒想得十分全美,倘爱姊不允怎样?"挹香道:"若说爱姐不允,我也柔情看破,色戒①参开,弃绝尘缘,向深山学道去了。"拜林笑道:"我邹拜林自谓情痴无比,哪知道你更强爷胜祖,可谓双绝矣!"挹香道:"你讨我便宜么?"拜林道:"不是,不是。"又道:"但是叫我到爱姐那里如何说法,倒要想个法儿,又不好开口就说做媒之事。"挹香点头道:"不差。"想一想道:"只消如此这般,就可上场。"拜林拍手称妙,道:"如此说法,易见其情,这个媒人谅可成就的了。"挹香便催拜林

---

① 色戒——佛教语。佛教三界之一,在欲界之上,无色界之下。为无淫、食二欲的众生住所,谓身体与宫殿国土的物质,皆极精好,故称色界。

绮红小史

经典书香 中国古典世情小说丛书

往留香阁去，又叮嘱拜林察言观色，见机而行，早些回来，与我细说。正所谓：

眼望旌旗报，耳听好消息。

拜林依了挹香，往留香阁来，不一时，已至爱卿家中。爱卿相接殷勤，寒暄细叙。茶罢，拜林道："这几天香弟弟来否？"爱卿道："他已好几天不来了。"拜林道："我看他是从去年起始，心里万分不乐，我去问他，他总支吾相对。姐姐，你可晓得，他到底为着何事？"爱卿道："果然他时常到吾处，见他总带不悦之状。究竟他为着何事，你们好友总该知道，为何倒来问起我来？"拜林见爱卿唇枪舌剑，便留神说道："我有时问他，他说什么姐妹行中，他有一个最相契者，甚怜惜她难趋苦海，又爱着她生就多情。又说什么有意许终身，难以启口的话儿。及至问他哪位姊姊，他又不肯说了。我想他三十几位姐妹中，唯有姊姊与着月素妹妹、素玉、琴音、林婉卿、陆丽仙几位姐妹最相知己。如今素玉、琴音与小素妹妹俱订小星于香弟，余者几位姊姊中，不知他心注何人？所以特来与姊姊谈谈。或者姊姊知道，没待我来做个冰人，替他们成全了好事，免得他们两造难以启齿。"

拜林说罢，默视爱卿，见爱卿低了头，沉吟不语。盖听了拜林这番或吞或吐的话，明知有意而来，又想道："我正欲与挹香订盟面谈，到底草率。他这番言语必香弟叫他来探我的，我将计就计，露些口风，待他在中间撮合了，再与香弟订盟未晚。"胸有成竹，便道："我想香弟若果为此事，也不好怪他，婚姻原不能当面自求自允的。但我看香弟此时也觉应接不暇，功名倒反懈怠，我也几次劝他，他总迷而不悟，所以我也替他不悦。至于他的性情，果然忠厚，我也阅历多人，可共患难者，应推他为第一。我素来也是忠厚的，是以极其钦爱。"

拜林听说"钦爱"二字，便迎机道："香弟弟忠厚人，姊姊亦忠厚人。是然姊姊钦爱他，他也钦爱姊姊了。"爱卿听了这尴尬话儿，面庞一红，乃道："香弟此时不乐，君当善言相劝，叫他竭力功名，自然姊妹们肯终身相托了；他若这般闲荡，自然姊姊们不敢终身相订了。"拜林听罢，了然明白，便道："姊姊所言甚是。吾去问他一个明白，到底为哪位姊姊？问明白了，我再来同姊姊说可好？"爱卿见拜林能言善辩，心中十分称赞："不愧聪明的读书公子。听他说话，一无差错，或真或假，拿把不牢。"便道："君言诚是。但问明香弟，要来对我说的，不要隐瞒。"拜林道："姊姊正主，岂有不来相告的？"遂饮了一杯茶，辞爱卿归。正是：

> 全凭三寸生花口，探得人情彻底明。

一路得意洋洋抵金宅。挹香接见，喜得手舞足蹈，如获珍宝，便道："林哥哥来了，所托之事如何？"拜林笑道："痴郎有福。"挹香便问："如何？"拜林一一细告，又说道："古人云：要知心内事，但听口中言。听她这番言语，明知托我探听，她有意露出口风。再去做媒，有嗣可说了。"挹香道："谢天谢地！这个媒人索性要君去做的了。"拜林道："这个自然。"挹香又鞠跽道："我先请媒人，后日事成，再当叩谢！"拜林看挹香一付痴心，倒好笑起来，挽起挹香，挹香遂命家人治席相款。二人饮到二鼓，方才撤席，拜林辞归。

明日，挹香不见拜林来，便自去看他。拜林便道："你为何这般性急？你可知欲速则不达？如今爱姊已有意于你，你还要性急做甚？"挹香道："我非性急，你可知定而后能安？如今徒托空言，未曾妥帖，你须再去，之后或长或短，吾可放心。"便对拜林作了几个揖。拜林只得同他出门，送了他，自己往留香阁来。

绮红小史

经典书香 中国古典世情小说丛书

再说爱卿昨日听拜林一席话，明知挹香使来。听他言语奇异，我便露了几句，谅已对挹香说过。今日他必要来说起姻事，我将什么言语去答他？便细细摹拟了一回道："有了，他若说起终身之事，我只消如此如此，虽非显言，宛如终身相托了，日后再与挹香说明未晚。"

正想间，拜林已到，爱卿接进。拜林道："昨日与姐姐谈了半天，我便去看香弟。待他酒后，被我几句话，他却和盘托出尽告于我。姊姊，你猜猜看，他为着何人这般不乐？"爱卿见拜林言语蹊跷，想道："要叫我猜，但我哪有猜不着的道理。他无非为着我，托你来巧言说合。你既来问我，我怎好说是为我。"只得说道："君乃一个极聪明的才子，昨日尚且不曾猜着，直至问了他方才知道，教我一个女流，虽与他性情相契，究竟哪里知他为着何人？倒是请君说了吧。"不知拜林说些什么，且听下回分解。

第二十四回

留香阁美人论义　挹翠园公子陈情

话说拜林见爱卿如此说法，本来知道她不肯猜的，但不过以此开场，便道："姊姊，你道他朝朝抑郁，日日无欢，为着何人？却就是为着姐姐。"爱卿听了，脸泛芙蓉，低头不语，想道："你这人要算刁顽极了！我道你如此说，不道你竟这般说。"正想际，拜林又道："我想香弟为着姐姐这般光景，真可谓有眼识人，不好算他情痴的；况他是个忠厚人，姐姐也是忠厚之辈，我看这段姻缘堪称佳话。"爱卿便道："君是解人，我也不敢隐讳。若说香弟这人，蒙他十分爱我，患难中他必挺身而出。即终身之事，我亦有心两载了，为他遨游嬉戏，荒废举业，是以不敢轻许。今既说起，我敢不直言相告？望君不可泄漏，劝他努力诗书为要。"拜林道："姐姐有所未知，他平日抑郁者，为爱姐名花无主，所以他动辄俱愁。欲问你，恐你推辞反增惭恶，故存诸中未尝现于外也。如今姐姐许订终身，须想一缓转之词去复他，他方肯专心文赋。"爱卿道："此言诚是。君可对他说，我终身事，须俟他来年功名成就方妥，谅他定肯用功。"拜林称妙，辞留香阁而望金宅去。

且说挹香托拜林去了半天，十分盼望，下午见拜林来，忙接进问道："林哥哥，托你平生第一吃紧事，如何了？"拜林道："事情大都是你的姻缘了。"挹香大喜道："何以见得？"拜林道："我方才至留香阁如此说法，她吐语出言都心注于你，但说你终朝游戏，不肯用功，她所以十分不乐。又说你隐瞒不肯直说，特嘱我劝你用功，入泮后包你一无抑郁。你想，岂非有心于你么？"挹香点头称是，心里也安慰了。拜林道："如今你也该去一次，有言总宜直说，有何颜赧？况日后就是夫妇，无妨真心相对，不必藏头露尾。"挹香允诺，复治酒相款，酣而散。

明日，挹香竟往留香阁。爱卿接进，叙谈良久，命侍儿排酒于宜春轩。席间，挹香谓爱卿道："昨日，林哥说及姐姐劝我竭力诗书，良言金玉，心感无涯。我金挹香并非自甘暴弃，实因众位姐妹们格外相怜，又相及姊姊终身事，深为不乐，是以顿灰其志。今蒙姊姊劝我努力云窗，我也姑且撇情，勤心书史。至于人事天心，只得付之于命的了。"爱卿见挹香言语有意，但他是个忠厚人，不可用巧言而说，须安慰他，免得有心无意。便道："你的心我岂不喻？所言为我生愁，我也早生感激；况遇君之后，蒙君宠爱有加，我虽阅历风尘，君可谓第一知己矣。但君总须勤励为贵，名场中自有乐地，月地花天，讵宜过恋？宠柳骄花，究属烟云一瞬。我之终身，我自有一定不移之念，君且勿忧。"挹香听爱卿说到这两句，明知是暗许着我，便接口道："姊姊既有'一定不移之念'，我心中也安慰了。实对姊姊说了吧，我为了姊姊的事，不知愁闷了几十次，焦灼了几十次，姊姊若不说'一定不移之念'，我仍要心中不乐的。如今说了这句话，犹如你与人订了姻娅，终身有托，我更快活。非金某耽情恋色，缘姊姊待我这般好处，我不得不为姊姊念了。"

爱卿见他根牢果实，抱"一定不移"之句，又说什么如订姻娅一般快活，便道："既然你晓得我心事，你也何须抑郁？快些安心书馆，努力云窗，明年求取功名，倘得一衿，我也与有荣施了。其余花月事也该稍撇，众姐妹中知你用功，必皆欢喜，决无怪你之情。就是我这里，你既曲喻我情，我处亦可不必常来，难得来看看我就是了。"挹香十分恭敬，便说道："姊姊良箴，不啻膏肓药石、性命灵丹。我之耽情花下，无非也为姊姊的事情心中不悦，所以借此消其抑郁；况众姊妹也曾劝我几次，我当暂抛花柳，勤习诗文，倘侥幸青衿，亦可报命于姊姊了。"爱卿心中暗想道："香弟这人果然忠厚，做事根牢果实，又补这句'报命'之语，意谓你可订我了。"又想道："痴郎，痴郎，你道我必要你入泮后许你，哪知我已许君两载了！"便道："能若是，自然最妙。"说罢复饮。是夕，挹香宿于留香阁。

明日，挹香别爱卿到邹家，将昨日之言细诉拜林。拜林笑道："明年吃你的大小登科喜酒了。但是爱姐做了你夫人，却是弟妇了，我要易个称呼方好。"挹香摇手道："不可，此时虽有其意，未有其实，若易名而呼，反令我要颜赧的。"拜林道："你也太不讲究，就使此时未订婚姻，你在她处保护名花，也是弟妇了。"挹香道："是虽是，到底不要叫的好。"说着，二人都笑起来。

挹香又至众美人处，备述要用功读书。大家道："金挹香为何倒发起愤来了？"挹香笑道："书中自有颜如玉，岂可不加温习？"其时在吕桂卿家，恰好章幼卿到来，便问道："你们在这里说什么'颜如玉，颜如玉'？"挹香道："我晓得姐姐要来，故先在这里说：'座中来了颜如玉。'恰被姐姐听见。"幼卿啐了一声。桂卿道："你不要听他，他如今是成人了。他说今日来与我们叙叙，明朝要发愤读书，闭门不出了。"幼卿道："这也是理该的。金挹香，你不要口是心非，歇了几天，依旧置之度外，可知'温故而知新'，正是文人之要务；况且试期在即，不可再行荒废。我曾记有诗二首云：其诗曰：

滋味深长孔孟乡，几希操守异平常。

知新即在能温故，学博还须要说详。

鱼跃鸢飞皆妙道，兴诗立礼是文章。

果然造到逢源地，运笔何愁没主张。

其　二

读书无了又无休，最忌心粗与气浮。

人若闹时吾自静，不关春去岂知秋。

学纯即在能温习，功密皆因少应酬。

若果往来由你意，天资虽好也难求。

以此二诗为君诵之，君亦可自勉矣。"挹香连称："是极。"便道："人以花前月下为无益之交，如今你们众芳卿多是良善诱掖，真我金某之幸也！"说罢，又至各美人处一行而返，从此发愤用功。

要知后事如何，且听下回分解。

第二十五回

进良言挹香发愤　告素志拜林达衷

话说挹香自与众美人别后，发愤书斋，闭门不出，日夕将诗赋文章潜心默会。凡聪敏之人，加以一番努力，定然容易进境，况有志竟成。即素来愚钝的，只须专心致志，亦能渐进修途。倘平时聪敏不肯用功，即百倍聪明，也难有获。古人说得好：

若要工夫深，铁杵好磨针。

其时适逢县试，挹香即应试入场，试毕出场，十分疲倦。恰巧过青田自无锡来，挹香与谈场屋①之苦，青田笑道："我昔日也曾阅历此境，曾有《县试竹枝词》十首，待我来写与你看。"于是便取纸录出，递与挹香。展开一看，见上写：

租　寓

行李挑来费苦辛，今朝客舍暂安身。

炮声更点分明记，细嘱厅前寓主人。

定　桌

择定房科又惜银，方台恰坐两三人。

同俦吩咐齐齐摆，当户犹生背暗瞑。

进　场

惊心月到画檐西，布袋筐篮手自提。

我是长洲尔吴县，相逢邂逅莫相低。

---

①　场屋——科举考试的地方，也叫科场。引申指科举考试。

点 名

头门号炮放三声，大令公然坐点名。

字异音同容易误，诸君浮禀认分明。

封 门

亲师散去各东西，四处封皮验不迷。

听到扃①门三个炮，虽经久战也心齐。

出 题

高牌挂出几行书，截搭兼全法自如。

已冠多难未冠易，令人回惜幼龄初。

作 文

清真雅正合文衡，下笔春蚕食叶声。

我胜人耶人胜我，前茅定许名相争。

交 卷

案头佳卷积纷纷，优劣须教慧眼分。

访得邑尊真笔路，榜花开处妙香闻。

放 牌

头牌直送到三牌，簇簇灯笼满六街。

时值四更人渐少，亲朋得意一声皆。

出 案

高梯陡觉倚高墙，太极图中姓氏香。

好与同人翘首望，十名超拔喜洋洋。

挹香看毕，大赞道："细腻熨帖，有景有情，然非久历此境者，不能道也！"说着，挹香命治酒相款。青田道："我弟场事辛苦，不必劳动了，改日再来畅饮吧。"说罢，即辞以出。吾且

---

① 扃（jiōng）——从外面关门的闩、钩等。扃门，即关门。

不表。

　　再说挹香俟县试三场覆毕，又值府试，接连忙忙碌碌，又是两月过了。其时葭灰应节，添线良晨。那日恰好拜林到来，挹香即出县府考作请诲。拜林看毕，大喜道："香弟果然用功，两月不见，你的文字如今好得多了。来春泮宫芹藻必采无疑！明日，我去告知爱卿姐，她自然也要欢喜。"说着，拣了一篇文字、一首试帖，拟明日诣留香阁报喜。挹香听见去对爱卿说，他正有许多言语，要托拜林去说，见拜林说了这句话，便道："林哥哥，你真去说么？"拜林道："有此喜事，焉得不去。"挹香道："你若真去，须再将我之素志，并钦慕的说话，为我一陈。"拜林允诺，挹香甚喜。拜林与挹香说了一回，又道："不要荒了你的功课，我要去了。"挹香又叮嘱道："如至留香阁，必要替我说的。"拜林遂别。

　　明日，拜林竟诣留香阁。爱卿见了拜林道："林哥哥，好久不来了？"拜林道："正是。今日是特来报喜的。"爱卿笑道："有什么喜事可报？"拜林道："我昨日至香弟家，见他十分勤苦，文字诗词俱胜前十倍了。照此用功，不患不能入泮。我昨日携了他的诗文，姐姐，你去看看就知他近来进境了。"遂出诗文递与爱卿。爱卿细细一看，见文题是《唯我与尔有是夫》，诗题是《冬山如睡》，然后展开放在桌上，细细地鉴阅，见上写：

唯我与尔有是夫

　　圣人有自信之心，相契者独许大贤焉。夫子固可自信者也，相契者更有颜渊。则用行舍藏，子能不深许之乎？若曰我自杏坛设教以来，而终日与言，亦尝嘉尔之不愚矣。乃素愿终虚，谁慰栖皇？于列国而赏音可订，早深契洽，于同堂行为而多拂乎？不谓吾两人随遇而安者，殊觉心心相印也。用行舍藏，我有是，我未尝明告诸尔也；即尔有是，亦未尝明告诸我也。则且默证诸尔，则且还审。夫吾半生来，周流无定，道将行而道将废，未知天命之何如，强以持之，徒自苦矣。气数升沉之理。推移自妙。其权衡独喻之者，还当共喻之也。而共喻者有几人也。数十国行止靡常，不怨天而不尤人。早觉寸衷之有在，迫以求之，太自拘矣。遭逢否泰之常，显晦不劳于固执，独证之者，还期共证之也。而共证者，殊难觏也。唯我与尔性情适合，不竞流俗之穷通，而得相在隐微。此外，何堪同调？去就无心，未贬平生之操守，而同堂徼遇合抚衷，孰是知心？且夫疏水自安者，我也；箪瓢亦乐者，尔也。我固自信其为我，不必显示诸尔也；尔亦独成其为尔，未尝明告诸我也。我与尔若隐相合也，我与尔且默相契也，然而我与尔无容心也。轩冕泥涂，人事之迁流无定，乃天民大人之运量何？我勉之者，尔亦与我共勉之乎？进与尔酌为邦之具，而时辂冕，乐集其成；退与尔深克已之功，而视听言，动详其目。毕世之知音莫订，竟于一室，追随之下，默证渊源，吾何幸而有尔也！合志而稀逢也！天壤寥寥，谁赓同调？唯我与尔有相融于心性也夫！然而吾与尔无成见也。山林廊庙，生平之境遇，何常顾乐天知命之襟期，何我安之者，尔且与我共安之乎？偕我而登农山，可与尔商治平之略；从吾而问蔡，复与尔参德行之微。毕生之大道莫容，乃偏于一堂。坐论之余，适符隐愿，尔亦何幸有我也！解人而难索也，吾徒落落，孰慁衷藏？唯我与尔有相贶于神明也夫。

赋得冬山如睡　得如字五言六韵

绘出冬山景，依稀暗态如。千峰偏爱我，一觉竟怜渠。料峭霜钟绝，朦胧冷月疏。嶂迷青黛远，雾碧黑甜初。得意频回首，痴情倒跨驴。饱看饶逸趣，粉本个中储。

爱卿道："文笔清新，措词宛转，诗律工细。这'嶂迷青黛远'一联，将'睡'字虚神描摹殆尽，果然好得多了！"拜林道："照此做去，岂非功名可望乎？他从前所忧郁者，倒也细诉过我，说幸亏姊姊许了'终身隐订'、'一定不移'之语，方能用功，否则仍要无心诗史。又说爱姐深情非他人可及，怜怜惜惜，五内心铭。见你无主名花，时增抑郁，如今隐订后，方始慰心。我曾探他心事说：'你焉知爱姐隐订终身？怎见'一定不移'之念就是为着你呢？设爱姐心注他人，你便如何？'他道：'爱姐是忠厚之人，言语无诈，这一定不移之语，明明是隐订终身。设使她别有所托，只要是钟情之辈，日后不至轻弃爱姐，我也心中安慰了。况才子佳人，亦古今之佳话，我也决无怀梅之意。我不过为爱姐深恩未报，能得共赋宜家，则朝夕镜台相待，或可得酬万一。若日后有甚艰难，或增白发红颜之感，我金挹香百折不回，历久如故，原是怜怜惜惜，决不作负心薄幸之徒也。'姐姐，你听他这般言语，可笑不可笑？可怜不可怜？如今他来，姐姐不必半吞半吐了。"爱卿听了，十分心服，本来要与他相订，今他既肯用功，我就订了他也不妨，况富贵功名，总属天命。一头想，便道："林哥之言诚是，如今俟他来，我明说便了。"拜林称善，便向前一揖道："如今是嫂嫂了，待我邹拜林见个礼儿。"爱卿红着脸，也回了一礼，便道："全仗大才训诲，倘香弟博得一衿，不但他见情，愚妹亦心感矣！"拜林道："香弟天资素敏，进益不难。我有所知，敢不尽心相告？嫂嫂放心可也。"遂辞留香阁而归。

流光如箭，已届腊月。那日，挹香偶思散步，即至马大篆巷，候过青田未遇，询及馆中，方知家中有事，已解年节。挹香遂出阊门①，信步而行，竟至虎丘山前，便上山往真娘墓上凭吊良久，又与寺僧谈禅，理颇高妙。日晡②下山，行至冶坊浜，忽见一只灯舫，挹香想道："如此严寒，哪个在此游玩？"正想问，只见舱中走出一个美人，谛视之，却是张飞鸿，盖与林婉卿、琴音、素玉在此看枫叶，饮酒游玩。飞鸿瞥见挹香，连忙叫道："金挹香，你为何一个人在此？快些下来！"挹香见是飞鸿，便笑道："你们好！瞒了人在此游玩！"说着，便步上船来，问道："里面还有何人？"飞鸿道："就是琴音、素玉两位妹妹，此外无人了。"挹香道："如此同你去看。"他二人挽手进舱。

　　林婉卿听见飞鸿骗挹香说不在，便躲入帐中，绝不作声。琴音、素玉起身相接。挹香见席上摆四付杯箸，便嚷道："你们三个人，为何排四付杯箸？"飞鸿笑道："我袖里阴阳一算，知你必来，预备在此。"挹香乃是个鉴貌辨色的人，听了飞鸿这话，便道："原来如此。但我倒也有阴阳一算之法，知你船上还有一位姐姐来。若不信，可要我来搜一搜看！"挹香说罢，帐内婉卿不禁好笑起来，便道："不用搜了，我自己出来吧。"挹香拍手道："如何？我之阴阳比你们还算得准哩！"大家笑而入席。

　　正饮间，忽听水面上"拍"的一声，挹香道："什么响？"素玉推窗一望道："是一个龟儿。"飞鸿道："原来这一响，却是个龟儿。"众人初不解，细细一辨，大笑道："金挹香，你吃了亏了！"挹香带着笑饮了一回酒，只管向飞鸿呆看，飞鸿十分不好意思。众皆不懂，便道："金挹香，你为何对飞鸿姐姐只顾呆看？"金挹香笑道："我在这里目送飞鸿。"大家听了，都大笑起

---

① 阊（chāng）门——城门名。在江苏苏州城西。

② 晡（bū）——即申时，下午三点到五点。

来。飞鸿便打了挹香一下道："你编我。"遂将手伸入挹香颈内来拧挹香。挹香连忙讨饶道："不是编姐姐，因为方才姐姐说了我龟儿，我是还报的。"飞鸿道："你还敢说么？"将挹香不住地乱拧。挹香道："不说了，饶了我吧。"飞鸿见他要跌下去了，恐怕跌痛他，只得放了手，便道："如今你再说我，我是不放的了。"大家齐笑，尽欢而饮。酒阑，始理归棹，而后各散。

明日，挹香诣邹宅，恰好拜林与梦仙在彼饮酒下棋。挹香道："你们好，瞒了我在此饮酒！"拜林见挹香到来，忽又想着一个诡计，知爱卿要订姻于挹香，趁他未晓，且吓他一吓，待他吃一小惊。便向梦仙丢丢眼色，长叹一声道："香弟弟，你也不要快活了！"挹香忙问道："为何？"拜林道："你留香阁可曾去过？"挹香道："没有。"拜林又叹了一口气，乃道："妇人家口是心非，说煞不错的，我邹拜林如今也学了一个乖了。"挹香直跳起来，问道："莫非爱姐的事情不妥了么？"拜林摇首道："不要说了。"挹香道："为何不要说呢？究属为着何事？"拜林道："不要说了，说了你要惆怅的。"挹香道："有何惆怅？我头绪都无，你可略略说些。就是要惆怅，也叫没法。"拜林道："我总不说。你要知，你问梦哥哥便了。"挹香只得来问梦仙。

梦仙明知拜林狡猾，要他做难人，便道："这事唯林哥晓得，方才正欲说起，恰好你来，所以不曾说出，大抵总是你心上第一吃紧事。"挹香听了，狐疑不决，复向拜林道："林哥，说了吧。你恐我惆怅，哪知你不说，比说了愈加十倍惆怅。"拜林道："只怕未必。我若说了，包你比未说时，更加十倍惆怅。"挹香道："不必管了，尽管说吧。"拜林被催再四，便道："如此，我说了。你听着：这几天，我书斋无事，日以吟诗饮酒作消遣之计，有时焚炉清香，有时歌曲艳词；或看天边雁字，或除架上蠹鱼……"。

绮红小史

经典书香 中国古典世情小说丛书

挹香见拜林缓缓说着，心中早急得暴跳如雷，便道："林哥哥，你为什么说这许多不关紧要的话儿？"拜林道："凡事有始有终，总要从头讲起。我原说你要惆怅的，不要说了，你又必要我说；如今说了，又要嫌迟道慢，倒不如不要说了。"挹香见拜林如此说法，只得耐着性儿道："你说，你说。"

拜林道："虽则除除架上蠹鱼①，看看天边雁字，歌词梦香，着棋饮酒吟诗，虽可消遣而究竟寂寞。吟诗又没有什么好句，饮酒又没有良朋。其余焚香读曲，剪烛歌词，踽踽凉凉，一个人也没有什么佳趣……"挹香听了一回，心痒难搔，便道："林哥哥，你到底肯说不肯说？不说么也罢了，不要这般难人！"拜林见挹香发急，便道："你不要性急，方才的名为上场白，如今正书来了。"不知什么正书，且听下回分解。

———————

① 蠹（dù）鱼——虫名。蛀蚀书籍、衣服等，又称衣鱼。

第二十六回
装诈伪巧施诡计　酬情义允订丝萝①

话说拜林一番慢吞吞的说话，弄得挹香十分难过，甚至向拜林发急。拜林道："你不要发急，方才是上场白，如今正书来了。话说这几天在家无事，欲想到外边去玩玩，所以驾言出游，以泻吾忧。哪里知道惹了一腔愤懑而归，本欲来告诉你，恐你抑郁，所以今日邀了梦仙弟，在此商量一个婉转劝导之法，再来告你。恰巧你来，如今只好对你直说了。昨日我至留香阁，爱姐拿一张签诀与我看，却是下下签。其签句云：

　　姻缘五百年前定，岂有无端系赤丝？

　　寄语汝曹休错意，重歌却扇有新诗。

我看了这签，便问她什么用的，她说为你求的。我说此签正合姻缘，神明果验，姐姐可以放心了。她说此签君谓之佳，只好君一人之说。本来我看香弟弟这人虽称忠厚，究欠诚实，而且耽情花柳，日事邀游。他到我处虽浪挥了许多缠头，我也与他零用不少，他之情义也算酬还的了。如今烦君婉语对他说，叫他莫要望我终身相订了。我听此言连忙替你辩的，说道：'此签正合香弟姻缘，姐姐解误了。那第一句是说，姐姐与香弟的姻缘，乃五百

---

① 丝萝——菟丝和女萝。它们均为蔓生植物，缠绕于草木，不易分开，故古诗文中常用以比喻结为婚姻。

年前预定的；第二句是说，岂有无端遂能系红丝之意；第三句明叫姐姐与香弟，莫要错过订姻主意；第四句是说，你们旧好新婚，岂非重歌却扇，而可谱入新诗佳话耶？'代你如此解说，如此出力，哪知她固执不通，坚词回绝。我又说：'凡事三思为上，姐姐固执如斯，我也不好苦劝，但愿姐姐慧眼，也能得香弟这般人相订，我邹拜林心也平了。'如今对你说了，你也该觉悟，花月闲情究竟是出岫①之云，不可作准的。痴郎如今把这个痴念绝了吧。用功读书，诗书中岂无美质？不必痴心妄想了。"

挹香听罢，宛如冷水淋头，如木偶般绝不作声，眼中的泪不住地淌将出来，停了半晌，想道："爱姐这人不至薄情如此，但拜林却说得十分真切；况且妇人家最信神佛，莫非果有其事么？"又想道："决无此事的。我且试他一试，就可解我疑了。"胸有成竹，便叹道："林哥哥，此事果真么？"拜林道："哪个来哄你！"挹香道："事若果真，我也不要做人了。"说罢，眼中流泪，向梦仙轻轻地附耳说道："梦仙哥，我如今看破尘缘，不要做人了，芒鞋竹杖，情愿飘泊四方。家中诸事，你们二人如念旧情，尚祈照拂。林哥哥，我也不同他说了。"言毕，将衣一洒，竟飘然而去。

急得梦仙手足无措，忙对拜林道："都是你不好，同他嬉戏，他竟信以为真，说什么不要做人，托我们照拂家事，扯也扯不住，竟是去了。倘若果真看破红尘，遨游学道，一则对不住爱姐，二则有何言语去对他二老？"斯时，拜林也吓得目瞪口呆，

---

① 岫（xiù）——山洞；山。

又不舍好弟兄遽然分别，自悔千不该，万不该，将他至要紧的心事骗他。如今事已如此，便扯了梦仙没命地赶来。

再说挹香心里打谱，意谓果有此事，他必要来相劝；无其事，亦要追来说明。且于巷口酒店饮酒相待，倘他们不来，我再回去细问未迟。正饮间，只见二人气喘不住，急急地奔来，看见挹香如获珍宝一般，便掰住了，道："好弟弟，我是骗骗你，你为什么认起真来？"挹香道："林哥哥，你也莫来安慰我了，妇人家本来水性杨花的。"梦仙接口道："真个不是。"挹香道："可真个不是？"拜林道："自然。"挹香拍手大笑道："我看破红尘也真个不是。晓得你们骗我，我甚疑惑，故设此巧计。林哥，我倒未被你哄信，你反堕我术中了。"拜林指着挹香道："狡猾如你，亦为至矣。如今实对你说了吧：明日你须往留香阁，爱姐要与你亲订终身。"挹香道："这话真乎？"拜林道："如今不来骗你了。"挹香早喜得手舞足蹈，遂又吃了一巡酒，然后归去。

明日，挹香至早抽身，往留香阁来。爱卿见而甚喜，便道："你三个月不来了，闻你日夕用功，已臻妙境，我甚钦慕。"挹香听了，接口道："我自蒙姐姐说了'一定不移'之语，又加善言劝诱，是以努力云窗，欲思报命。说起这句'一定不移'之语，昨日，我几乎要去做和尚了。"爱卿笑道："这是什么讲究？我倒不解。"挹香道："我自从姐姐许了这句'一定不移'之语，曾与拜林哥说过。昨日林哥与梦仙哥饮酒，我去看他，他说什么姐姐求了一张签，十分不得意，叫他来回复我，'一定不移'之语要易去'不'字，换一'要'字上去。我听了此语，苦得如木偶一般，又想姐姐非如此之人，是以托言为僧而出。他们信以为真，竟频频追赶。我知他们要来追赶，于巷口酒铺中俟之，后来追至，方始说明是假。我想姐姐真有此言，我也真个要去做和尚了。”

爱卿听了，暗笑他果以"一定不移"之语竟做了媒人。今他既肯用功，我趁此时就面许了吧。便带笑道："痴郎，天下钟情之辈唯君首矣！你不知我之钦慕于君已有二年之久，但见君终朝游戏，所以不敢订君。君既肯安心书馆，我可直言相告了。我虽蒙君宠爱，未识府上能从君所欲否？这也不可不虑。"挹香见有允许之情，便道："仆患姐姐不注鄙人，是为可虑。若说家事，但请放心，待我善告二亲，定可应允。"爱卿道："吾辈既堕曲院，恐未免有狭邪之嫌。"挹香道："姐姐勿忧，昔关盼从张尚书①，千古传为盛事，亦是舞榭歌台之辈，但求立放屠刀，即成善果。"爱卿点头道："如此么……"说了半句，便低头不语。

挹香知爱卿不好出口，也顾不得了，便老着脸儿道："算数就是了。"说着，自己也觉惭恶，便将身子蹲倒，将脸儿垂向爱卿怀内，说道："是不是？"爱卿道："妾事君子，固所愿也，但望君奋力云窗，早游泮水，一则姐妹行中亦可箝口；二则妾本欲从于你，犹恐你堂上不依，倘君博得一衿，不唯堂上欢喜，就是我到你家里，也可有颜了。不然日事遨游，终朝嬉戏，既不能功名成就，偏将花柳关心，焉能博堂上之欢哉？"挹香道："姊姊放

---

① 关盼从张尚书——关盼即关盼盼，唐代徐州名伎，被礼部尚书张建封收纳为妾，特为筑燕子楼，封死后，楼居十五年不嫁，因白居易曾赠以"感故张仆射诸妓"一诗，讥讽她的不死，便绝食自杀。

心，我明年求得功名，来迎姊姊便是了。"爱卿大喜，命庖人①治席相款。二人愈加亲爱，彼此欢心。

爱卿又道："府上二亲之前，你勿自陈，须托一人去说方妥。"挹香道："仍托林哥方妙。"爱卿笑道："林哥哥倒是你的说客。前者为了我，你又托他来探我；及至我露了口风，你又托他来作伐；如今我允了，又要他到家中去陈说。"挹香笑道："非是我要他费唇费舌，就是前探姊姊之事，也是恐姐姐不念鄙人。我若草率而言，未免大家羞涩，幸亏他从中撮合，方有今日面订。倘不央他，只怕姊姊不言，我也不问，各注心怀，不知何时方就。况且我家有许多人来作媒，因为姐姐，尽行回绝，倘不再订良缘，吾心更闷矣。"说罢，二人传杯弄盏，多饮得酩酊大醉，爱卿则玉山双颓，挹香亦两眼模糊。挹香道："姐姐，我今日不回了。"爱卿偏令挹香回去，及至挹香要回，爱卿又叫他勿回，挹香反不肯听而偏要回。闹到后来，挹香究竟宿于留香阁而未曾回。明日，挹香始回，心中喜甚，因得诗一绝：

不弃寒儒眼顾青，几回密订碧纱屏。

痴情愿作司香尉，从此花前常系铃。

吟罢，诣邹宅述订盟事，复央拜林作说客。拜林道："我不去的了，前者尊嫂一个女流，尚且说她不过；何况你们伯父，何等谦谦有礼、善为说词的人，只消两三语，必受下风。"挹香道："这便如何？"拜林道："你若必要我去，你须再央一人，同去帮助方好。"挹香道："姚梦兄倒也来得，不如托他同去可好？"拜林道：

① 庖（páo）人——厨师。

"使得。"挹香复诣姚宅，邀了梦仙至拜林处，吃了午膳，又坐了一回。拜林道："香弟弟，你不要造次，须想一番言语如何，方可前去。"梦仙道："林哥之言诚是。万一说错，反为弄坏，岂非佳话不成么?"挹香道："大都说法只消如此这般，余者见景生情，察言观色，就不妨了。"二人称善，各自抽身，挹香在邹宅候信。

不知二人到金家如何说法，且听下回分解。

第二十七回

告父母邹姚竭力　酬媒妁金钮欢心

却说邹、姚二人为挹香去做说客，不多时已诣金宅，铁山接见。叙罢寒温，拜林道："香弟今日到哪里去了？"铁山便答道："前几天倒肯安心书馆，自前日起，始看他坐立不安，今日又不知往哪里去了。究竟他为着何事，二位贤侄可有些知道？"拜林道："伯父听禀：香弟前日与小侄说起，因为一事，十分不乐，今特来禀明伯父，欲图商酌。"铁山道："却是为着何事？请说不妨。"拜林便深深地一揖道："如此，小侄直说了，望伯父勿责乃幸！"拜林这一副装腔，倒使得铁山狐疑莫释，以为他与挹香干了什么大错事，所以这般着急，便道："贤侄请说不妨。"拜林道："小侄本不敢冒昧而陈，实缘再不说明，恐累香弟性命，有关伯父的后裔，故特偕梦仙来，与伯父恳情的。"铁山不悦，道："畜生干了何事？望请直言。"拜林道："事虽不大，谅情总可与伯父恳情的。奈香弟性颇固执，意谓我不代陈，彼总心中惆怅。说了，或者伯父容情，赏光侄等，他就可安心书馆矣。若说了不允，他有些憨的，说什么为僧为鬼，情愿取义舍生。伯父试猜一猜，看他究系为着何事？"

铁山道："这畜生的勾当，莫非为花月场中的事么？"拜林道："知子莫若其父，一些不错。伯父索性猜他一猜，他为什么要为僧为鬼？"铁山暗想道："这畜生心里必为钮爱卿之事。"便道："畜生做事瞒得我得如聋瞽①一般，我虽略微探听，究未深悉，教我哪里猜得着？"拜林道："香弟耽情花柳，小侄初亦不知，后来他自对我说，有一钮爱卿小姐，十分眷恋，是巾帼中罕有之俦。据他说，已通鸳牒，未有鸠媒，因娶妻必告父母，是以心中焦灼。小侄也曾劝过他几次，他说舍生取义，视死如归，设若双亲不允，情愿短见亡身。这句话虽是他无意说出，然不测之虞，讵可不防？况痴男呆女，古往今来亦复不少。小侄因香弟说得天花乱坠，曾偕他一访其人，见这位爱卿小姐果然端庄流丽，稳重幽娴，绝无青楼习气。为人极伶俐，女红之暇，诗赋是她专门。若与香弟成了伉俪，不愧才子佳人。不知伯父大人意下如何？可许小侄做个现成媒人，成全了这段美事？"拜林说罢，对梦仙丢个眼色。梦仙道："林哥之言极是。伯父允了吧？一则赏了小侄辈的薄面，二则使香弟也好安心书馆了。"

铁山听了二人说词，又气又笑，气的是抱香不习上，笑的是干出许多奇事。若说不允，倘若真有不测，我又是唯此一子，如何是好？踌躇良久，便道："承蒙两位贤侄美意，我诚感佩不谖。所恨者，畜生做事，瞒得我如聋瞽一般，我却暗中探听，早有几分知晓。"拜林道："伯父这倒不好怪他，此原非正大光明之事，本不能自陈于伯父之前。今求伯父看小侄薄面，万勿责他，让他成了这件美事吧。"铁山道："贤侄，你只知其一，不知其二，我们虽非大族，却是清白传家，若娶水榭花筵之媳，难免旁人讥议，如何？如何？"拜林道："伯父勿虑。昔关盼盼亦彭城校书，后从张建封归燕子楼中，传为佳话。况这钮小姐虽偶堕曲院，而其守身如太璞一般，卖文为活，从无苟且之情，自订香弟后，已

---

① 瞽（gǔ）——盲人，瞎子。

今两载闭门辞客矣。"

铁山被拜林一番唇枪舌剑，略有回心，便道："据贤侄的意思，是要老夫答应的了。"拜林见铁山栽他身上，连忙道："并非小侄必要伯父允许，不过这段佳话倒也罕有，且香弟性情固执，恐有意外之虞。"说罢，佯装拭泪。铁山见拜林如此，心中暗暗称赞：他自己出清，日后好不至怪他。复一想，又是他们好意，便说道："贤侄，我也闻古来痴男怨女各殉痴情，往往怪父母之不谅，此达者之所以不遏阻也；况承二位美意，老夫自宜应允，但我要畜生努力云窗，俟入泮后，方始容得。倘不撷泮宫芹，教他莫望河洲荇。"拜林见已允，便偕梦仙立起，深深地四揖，乃道："既蒙伯父赏光，小侄当竭力以劝香弟用功便了。"遂告辞。梦仙同至邹宅。

挹香见了，急问道："其事如何？"拜林摇头道："不成，不成。"挹香道："为什么不成？"梦仙道："成的，成的。"挹香道："究竟成不成？"拜林道："成与不成，闻于两大。你用功就成，你荒功遂变不成。"遂细述一遍。挹香方喜，遂作别回家。铁山见了，自然责罚一番。挹香只要允许，况看爱卿面上，无不唯唯是命。

明日至留香阁说明后，欲邀邹、姚二人到来饮酒，以作谢媒之举，爱卿称善。于是写了两张名柬，往二处邀请。不一时，二人俱至，挹香道："历蒙二君大力，美事得全。今日聊设一樽，以谢高情万一。"拜林笑道："这是必须要的，但少几位侑①酒人，如何？"挹香道："前者院中所遇三美人却是你的心爱，我去请来一叙可好？"拜林拍手称妙，挹香即差人往请。顷刻间，三

————————

① 侑（yòu）——在筵席旁助兴，劝人吃喝。

美人齐来，相见后，与爱卿通了名姓，丛谈久之。爱卿邀到园中听涛楼饮酒，七人传杯弄盏，逸兴遄飞。

挹香道："林哥哥，我历遍花筵，可称欢伯了。自曩昔与你同仲英哥访幼卿姐的时节，所识尚鲜，意欲遍访名花，求一佳侣。曾几何时，花围翠绕，已遇三十三美。今日又遇月仙、珠卿、秀娟三位妹妹，已成都是春之数，又蒙爱姐如此情挚，岂非欢伯乎？"拜林道："香弟，你可见梦中'三十六宫春一色，爱卿卿爱最相怜'之句么？"挹香道："应了，却难全信。"拜林道："何故？"挹香道："尚有秋兰一人不在其中，倒反多着一人了"。拜林道："不多。三十六宫春一色，是连秋兰指众美而说，爱姐主人，不在其内。只着末句，岂非超出于众美之外，是个做主之人？"爱卿听了，一些不解，便问道："你们说甚？"挹香道："如今众美人已全，姻缘已定，也不算泄漏天机了。"便将前梦陈明。爱卿始知姻缘天定，愈觉欢喜。席上分曹射覆，行令飞花，至上灯时候。

爱卿见拜林与珠卿十分眷恋，早猜着他的心事，便笑道："今夕，我也要来做个媒了，三位姐姐家我去回复，你们三人也不要回去，各邀一美，剪烛谈心，未识可否？"拜林道："好虽好，但香弟在姐姐这里，只怕唯他不肯。"爱卿道："我去说，不怕他不肯。"拜林道："如此甚好。"爱卿即便去寻挹香，恰遇挹香于松荫之下，便道："你在此做甚？"挹香道："我在此看这个月儿十分圆好。你来做甚？"爱卿道："为此月圆之夕，特来与你作媒。"挹香道："你甫谢媒，为何又要做媒？"爱卿道："并非别事，因见你们林哥哥与着珠卿，十分眷恋，是以替你们三人做媒？"挹香道："使不得。弃旧怜新，我金某决不干此勾当。"爱卿道："谁来咎你弃旧怜新？"挹香道："即姐姐不咎，我总不可。"爱卿道:"今夕任你什么法儿,我如月老一般,红丝已系定你的了。"挹香笑道:"姐姐红丝本来系定我的了。"爱卿红着脸打了一下道:"油嘴!"便扯挹香上楼,谓拜林道:"我向他说过了。"拜林色喜。

席散漏沉,爱卿命婢张灯,送拜林与珠卿入醉香亭,送梦仙与秀绢入剑阁中。剩月仙一人,爱卿谓挹香道:"你同月妹到海棠香馆去吧。"挹香道:"我不去,我不去,我要到留香阁的。"爱卿道:"哪个说!"扯了挹香,不由分说地就走。挹香已有些醉意,一手搭在月仙肩上,一手挽了爱卿,步履欹斜,往海棠香馆而来。爱卿送了二人入内,回身出,反扣其门道:"月妹妹,明晨会了。"言讫,飘然往留香阁而去。正是:

> 巢安翡翠春云暖,吩咐梅花好护持。

明日,拜林起身,方知挹香果宿海棠香馆,便往看之。挹香尚未起身,拜林以指在门上弹了几弹道:"不要鸳牒频翻了,少顷狮吼而来也。"挹香道:"都是你不好,蜂狂蝶恋,使我如斯。"说罢,抽身同至留香阁,适梦仙已在,用了点膳,方各辞别,三美亦辞归院。从此挹香书馆勤攻,咿唔不辍。

流光如驶,万象更新,燕语莺啼,别开丽景,挹香笃志功名,下帷勤读。转瞬杏花时节,学宪按临,各文童四方来归,静候临期院试。挹香赁了考寓,诸亲朋都来送考,爱卿也盼挹香入泮,端正酒席以及三元汤、连贵汤诸物。挹香俱领了情,然后等候试期。正是:

> 天开文运求贤士,个个争先望采芹。

未知挹香可能入泮否,且听下回分解。

绮红小史

经典书香 中国古典世情小说丛书

第二十八回

采芹香儒阶初进　赋宜家旧好新婚

　　话说挹香专候试期。到进场之日下午，文字已完。交卷讫，头牌出场，亲友都来接考。三天后出案，挹香进了第五名。锣声报到，家中父母大喜。几位至交先来称贺，拜林道："香弟如今青云得路，就能红袖添香矣！"忙了几日，挹香至留香阁，爱卿欣然称喜。挹香道："我今择入泮日来迎姊姊了。"话别后，又往众美人处，众美人咸以新贵目之，家中亦十分欢喜。拜林复来说起姻事，铁山允之，就择于三月望日，人月双圆，赋宜家而赓芹藻。

　　挹香便到留香阁与爱卿说知，又道："假母处必须与她说明，付些脂粉钱与她才好。"爱卿称是，便启箱，取了一包金叶，递与挹香道："老母处千金可了其事。妾素蓄赤金百两，君携之往谈可也。"挹香道："爱姐不必费心，我已带在此了。"爱卿笑道："日后终是一家人，何必如此？"挹香始允，遂商诸假母。假母见有许多财帛，又且金公子为人忠厚，女儿从了他，亦可有靠终身；我有了这宗银子也可度日，便允许，立了收银笔据。挹香也甚感激，复向爱卿说明，又道："我欲姐姐迁个住处，他日相迎，亦可以避人耳目。"爱卿称善。挹香遂别去，寻好住屋，将箱笼一切进新居。假母得了这宗银子，是然宾主分开，别寻生计。挹翠园暂时关闭，以后再用。吾且表过。

　　再说到了正日，金宅闹热十分，亲友们多来贺喜。挹香命人收拾，新房极其华丽，一额曰"伴花居"，陈设亦颇清幽。堂前亲友来贺者，络绎满座，邹、姚亦至。到了吉时，排齐执事，发轿迎亲，鼓乐喧天，人人争羡，并有赞爱卿慧眼识人，传为佳话。众美人都往爱卿处帮理一切，外面事情，挹香早托叶仲英安排，故礼帖往来，以及开销六局，一无错乱。俟至花轿临门，众美替爱卿装束一新。上轿后，一路上笙歌细乐，早至金府。乐人奏乐，宾相吟诗，三请登毡，参天拜地，拜见翁姑，送入洞房，成合卺礼，饮交杯酒，如斯艳福，真是前世修来。佳话流传，耸人动听。邹、姚、叶三人各出贺新婚诗相赠。如叶仲英诗云：

风流年少美丰姿，佳遇如君亦罕之。

蟾窟桂枝攀可待，鸳衾兰麝梦非迟。

芹香满袖分红袖，柳叶双眉画翠眉。

料得来年秋更好，鹿鸣先赋弄璋诗。

姚梦仙诗云：

翡翠帘前笑语频，鸾俦凤侣早如名。

奁开桂月原无价，眉画巫山洵有情。

锦浪鸳鸯通一谱，春风蝴蝶订三生。

华堂簇拥笙歌沸，遮莫新娘半喜惊。

邹拜林诗云：

玉郎才貌玉人知，腼腆羞歌采芹诗。

蜡凤灯融春黯黯，铜龙漏滴夜迟迟。

大千世界三生福，欧九闺情两字师。

他日镜台添蕴藉，茂漪词藻日纷披。

事毕，挹香诣学，谒见老师，归后，款宾待客，极尽忙碌。几个好友俟至晚上，仍有闹新房之兴。拜林命家人移酒一席，摆于新房中，扯挹香坐下。梦仙道："香弟，我们要劝你一个酩酊大醉，方可谓蝶醉花香。"挹香道："既得小红①，宜浮大白②。"
拜林道："不差。"相与猜拳行令，闹至三鼓，兴尚未倦。

拜林道："我们要看看新人才好。"挹香笑道："新人即是旧
好，你们难道还不认得么？"梦仙与拜林嚷道："香弟，你太觉小
气了，才到你家，你就如此保护。你可知我们做了媒人，是要包
你养儿子的，哪有不见之理。"挹香大笑道："你们如此能言善
辩，我就叫她出见，看你们如何？"拜林道："见了么，叫嫂嫂替
我们做个媒人，我还想醉香亭的佳话来。"梦仙道："不错。我叫
爱嫂嫂再关你海棠香馆去受用。"挹香见他们闹个不休，便向拜
林道："林哥哥，你是有情之辈，如今时候不早，理该使人家共
赋百年，不该阻我的好事。"拜林道："新人即是旧好，难道你还
没有尝过么？"挹香见拜林一团高兴，只得命侍儿替新人撤去冠
裳，易了衣服，出帏相见。拜林与梦仙等至此，也无可狡猾了，
只得上前相见，坐了一回，对梦仙道："我们出去吧，不要误他
们佳期。"挹香道："再请宽坐，时候还早哩！"拜林道："你也不
要如此了。倘若我等果坐一回，只怕你又要无可如何了。"说罢，
同归书室安睡。

再说挹香见他们去了，便闭上房门，来与爱卿相叙，说
道："三载花前，蒙卿辱爱，今又不弃鳏生，得偕伉俪。姐姐
深情，待我先行拜谢。"说着，双膝跪下，倒使爱卿十分局
促，便挽起挹香。挹香又道："前者初遇姐姐时，我心早已钦
慕，因思姐姐与纪君莫逆，况又在我之先，所以卧寝难安，
时深辗转。乃不意姻缘预定，月老相怜，姐姐竟钟爱小生，

---

① 小红——人名。原为宋范成大侍婢，有才色。
② 大白——大酒杯。

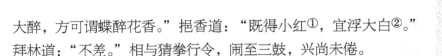

得成佳话！哈哈哈！素愿已偿，三生有幸！夜深了，姐姐请睡吧。"爱卿见挹香一种温柔，更加心悦，便道："妾久有心于你。你乃有志功名，得游泮水，不弃烟花，视为正室，我亦感激靡涯矣。"说罢，同入销金，共赋琴耽瑟好。明日问安姑舅，俗例毋庸细述。

时光易过，弥月又临，挹香命人往新屋中搬运了箱笼物件，又雇人看守挹翠园，以备月夕花晨之游。其时正是四月，清和养花天气，园丁来报牡丹盛开。挹香大喜，便对爱卿道："园中花事正兴，我欲邀众美人赏花一叙。"爱卿道："使得。唯恐堂上见你有许多姐妹到来，要生不悦。"挹香道："不妨，我只说同你到园，不说众美人就不妨了。至于众美人，仍订她们集于挹翠园，岂不稳妥？"爱卿称善。挹香各处简邀，订期十八日齐集园中。我且住表。

却说青浦王竹卿与挹香久隔，虽鱼雁常通，究属蒹葭①遥溯，且素慕吴中胜景，所以唤一叶篇舟，飘然而至。到了胥门，便命舟人通信挹香。挹香知竹卿至，喜出望外，即往舟中相见，积愫频倾，又将爱卿于归事细细说明。竹卿深为欣喜，便道："君负多情，宜有多情相遇。"挹香又道："姐姐，你来得正巧。后日宴集挹翠园赏牡丹，三十几位美人都要来的，恰巧姐姐也来，更加有兴。"遂唤轿送竹卿至月素家耽搁。月素与竹卿相见，亦甚莫逆。是夕，挹香住在月素家中，明日同月素陪了竹卿游沧浪亭、留园、虎丘、狮子林诸胜。

十八日，挹香同爱卿先至园中守候，又命园丁端正酒肴。顷

---

① 蒹葭（jiān jiā）——两种生长在水边的草。本指在水边怀念故人，后泛指思念异地友人。

刻，姗姗莲步，众美人齐来。挹香细数之，宫中春色一个不少。挹香大喜道："本少一人，恰好竹卿姊姊到来，真个天遂人愿，今日之举要算极盛的了。"便命排酒于一碧草庐，恰与牡丹相对，众人谦逊入席。席间不知又作什么韵事，且听下回分解。

第二十九回

卅六美重宴挹翠园　闰五月再集闹红会

却说挹香、爱卿邀齐大会，三十五位美人宴集于挹翠园中一碧草庐，品花饮酒，逸兴遄飞。但见牡丹开得果然灿烂，姚黄魏紫，斗丽争妍，人面花娇，愈觉光华灼灼，真个是无双艳品！一枝枝多标名目。有为"洛阳春"、"杨妃醉"、有为"西子妆"、"汉宫春"，真天香奇艳，国色名葩！挹香一顾名花，一顾众美，都是丰神绰约，雅度宜人。又众美人随带侍婢约略七十余人，亦甚婷婷袅娜。挹香狂喜道："你们看这个挹翠园，仿佛美人国无异！花团锦簇，恍登百美图中，我何修而有若是之艳福耶！但今日宴集，斯为极盛之事，席间酬酢，我们也不要飞花行令，射覆猜拳，不如说个笑话。"爱卿道："使得。"

挹香道："我来开谈。"便道："前年夏里，有个朋友借住在我书馆，他最爱听无稽之谈。我为畏蚊早入纱帐，他执定要我说笑话。我说：'你先讲了，然后吾讲。'他竟说出一个老笑话来。乃道：铁拐李喜吃白食，人人怕他。一日，曹国舅与汉钟离二人瞒了他，驾舟至海外饮酒，意谓他总难寻着。孰知拐老不见二人，明知避到海外去了，遂解葫芦以身隐入，竟浮海相寻，恰巧浮至二仙船侧。二仙见了葫芦，捞起一看，开其盖，拐老即从葫芦中跳出，二仙大笑。拐老道：'你们不该瞒我在此饮酒。如今被我寻着了，又有酒吃矣。'二仙见他如此说，便道：'我们今日饮酒，须要行令，行不出休想吃酒。'拐老遂道：'如此，你们先说。'曹国舅便道:'天未雪,糊糊涂涂;天已雪,清清楚楚。雪变水,容容易易;水变雪,烦烦难难。'说毕,举杯饮尽。汉钟离便道:'墨未成字,糊糊涂涂;墨已成字,清清楚楚。墨变字,容容易易;字变墨,烦烦难难。'说罢饮酒,谓拐老道:'你说来。'拐老便道:'我隐葫芦,糊糊涂涂;我出葫芦,清清楚楚。我看你们,容容易易;你要瞒我,烦烦难难。'"挹香正说着,席上美人已笑得不住。挹香道:"还未说完,哪个朋友道:'如今你说来。'我便装足势儿,说道:'我有个极好听的笑话在此,你可去倒杯茶来,待我润润喉好讲。'他便倒了一杯茶,恭恭敬敬与我吃了。吾说,你听着,便道:'我避蚊帐,糊糊涂涂;掀开帐儿,清清楚楚。差你倒茶,容容易易;听我笑话,烦烦难难。'"挹香说完,引得众美人捧腹而笑。

挹香道:"如今哪位姊姊说了?"蒋绛仙道:"我来说。"于是想了片时,又道:"我不说了。"林婉卿道:"让我先说。"便道:"笑话不说,糊糊涂涂;说了笑话,清清楚楚;听挹香说,容容易易;要绛妹讲,烦烦难难。"大家抚掌大笑道:"见景生情,随口解颐,妙甚!"

爱卿道:"我也来说一个。昔日,有一人海外封王,经过许多崎岖危险方至一国,果异中原,其地都植檀香为业。那人住了十余年,任满归时,别无奇货可带,唯带了几百斛檀香。谁知海中舟覆,逃其性命外,仅存五六两一枝檀香带回中国。一日,在家中焚热,室中忽堕一个狐狸下来,又焚之,见一只六七斤的耗子精立时而毙,那人方知宝贝,从此珍藏。遇人家兴妖作怪,唯此便可驱除,是以此香甚为郑重。"月仙问道:"这不过一块檀香罢了,为何如此珍贵?"爱卿道:"这就是海外奇檀,怎么不珍贵?"说着,大家都好笑起来。

笑止后，挹香道："丽仙姐，你也说个笑话吧？"丽仙道："我说了笑话，你们不准笑的哩。"大家听了，又不禁大笑起来，乃道："哪有说笑话不许人家笑的？教人哪里忍得住？"挹香道："你们不要管她，听丽仙姐说就是了。"丽仙道："方才我说的难道不是笑话么？"大家抚掌大笑道："随口解颐，令人绝倒。如今哪位说了？"月素道："我没有什么笑话，有一副对在此。"飞鸿道："什么对儿？"月素道："歪嘴丫头，歪嘴、歪嘴、歪嘴。"章幼卿听了，笑道："月姐姐真会解颐，索性弄出许多歪嘴来了。"说着，众人多笑个不住。挹香道："下联是什么？"月素道："下联是：搭脚娘姨，搭脚、搭脚、搭脚。"月素说完，笑得一个章幼卿如痴子一般，笑了许多眼泪出来，说道："对虽巧，不怕笑死人么？如今不准说笑话了，笑得肚子多疼哩！"

挹香道："不说笑话，做些什么？"幼卿道："叫侍儿们舞一回，唱一回可好？"挹香大喜道："颇好。未识他们可会歌舞？"幼卿道："莫管他会不会，教她们两边站开，一个个挨次歌舞，只要好看好听。"众人齐声称妙。挹香道："必须立一花名册，逐一点名，下去歌舞方妙！"众人称善。挹香便将侍儿写齐一册花名，请爱卿点名。见上写着：

吴慧卿带来：

    碧春、月儿、春莺、剑花

朱月素带来：

    小燕、蕊香、翠珠

章幼卿带来：

    菓香、春梅、碧桃、小云

袁巧云带来：

霞碧

武雅仙带来：

六儿

何月娟带来：

莲蕊、阿碧

朱素卿带来：

小翠

吴雪琴带来：

爱官、瘦云、绮春、阿怜

林婉卿带来：

金桃、阿梅

张飞鸿带来：

绿云、雪姣

谢慧琼带来：

蕊芳

胡碧娟带来：

娟月、林烟

钱月仙带来：

又兰

陈秀英带来：

阿秀

王秀娟带来：

抱琴、无声

郑素卿带来：

阿馨

褚爱芳带来：

　　绮绮、莺儿、雪素、琴音、丽珠

王湘云带来：

　　桂香、玉兰

梅爱春带来：

　　麝月

冯珠卿带来：

　　绣春、凤云

陆文卿带来：

　　石榴、芙蓉

胡碧珠带来：

　　银瓶、飞花、月珠

方素芝带来：

　　紫霞

王竹卿带来：

　　苹儿、红红、翠翠

陆丽仙带来：

　　小梅

孙宝琴带来：

　　媚春

吕桂卿带来：

　　紫莺、花燕、兰香

蒋绛仙带来：

　　银宝、巧巧

张雪贞带来：

素霞

何雅仙带来：

　　茶卿、桂枝

陆绮云带来：

　　慧儿、小棠、秋花

陆丽春带来：

　　小翠、迎春

叶小素身边：

　　又馨、玉箫、佩芸

爱卿身边：

　　湘儿、韵香、韵姣、春云、

　　碧芙、袭香、素霞、蕊珠

陈琴音身边：

　　小妹、小碧

胡素玉身边：

　　花卿、梨云

爱卿点完，竟有八十二个侍儿。挹香便命都至阶下，四十一个一边，两边立了。望将下去，犹如蝴蝶一般翩翩可爱，红衣翠袂，极尽大观。挹香大喜道："今日之筵，真可谓花浓雪聚，无以复加的了。"便命她们挨次歌舞。只见一个个舞袖蹁跹，歌声宛转，真个是霓裳之奏不过尔尔。闹了一回，挹香看舞得目眩神迷者，听唱得出神入化者，便在花名底下加几个圈儿；间有歌舞平常者，密点了几点以分甲乙。舞罢进轩，俱各赐以酒菜。挹香带醉道："我们几个知己得能如此畅叙，真不易得。如今趁竹卿姐姐也在这里，今年闰五月，闻说有重兴竞渡之佳会，龙舟斗胜益胜

第二十九回　卅六美重宴挹翠园　闰五月再集闹红会

当年。我欲再集闹红会，同往虎丘一叙，不识众位可否？"众人俱道："愿往。"挹香大喜，又饮了一会。时候不早，各自散席而归。

　　有事即长，无事即短。到了闰端阳，挹香备了画舫，邀集众美人复往虎丘。要观闹红复集。且听下回分解。

第 三 十 回

金挹香南闱赴试　褚爱芳东国从良

　　话说重集闹红会，三十六美依旧乐从，因此番人多，唤了十五只灯舫。金、钮为主，月素、小素、慧卿、竹卿、丽仙、绛仙坐了三舟，二十九美分坐十二舫，柔橹轻摇，鸣锣齐进，真个花围翠绕！河梁上人多逛瞩遥观，尽皆艳羡。片时抵山塘，龙舟争胜，在着冶坊浜夸奢争华。挹香即命停桡，重新各处分派，一只船上俱带丝竹，使美人毕奏清音，一只船上使几位美人度曲。斯时也，月媚花姣，笙歌沸水，不胜欢乐。一只船上吟诗作赋，一只船上按谱评棋。那一边船上角艺投壶，这一边船上双陆斗彩。玻璃窗紧贴和合窗，舱中美人隔舟问答，如比邻然，人愈众而兴愈多焉。靠东那一只船上，彩衣扮戏，巧演醉妃；着西那一支船上，射覆藏钩，名争才女。船头与船头相接，或疑纵赤壁之大观；舵尾与舵尾相连，仿佛横江东之铁锁。爱卿与竹卿、月素诸人讨古论今，以致往来游人尽皆驻足争观。

　　过青田那日从白姆桥盐店街而来，也至河滨一望，喟然叹曰："金挹香何多若是之艳福也！"挹香因忙忙碌碌，未见青田；青田因新得洞泾馆地，亦匆匆而去。挹香或往丝竹船上，与美人弹琵琶，拨箜篌①，品箫吹笛，鼓月琴；或往度曲船上，与美人拍昆腔，翻京调，唱南词；或往吟诗船上，与众美人分韵拈阄，

---

① 箜篌（kōng hóu）——古代一种弦乐器。

限题联句；或往斗彩船上，与美人碰替和，教吃张，戳台角，借牌闯，来来往往，真个风流推首，潇洒出群！闹至下午，方始开筵，十五船，十五席，席席珍馐。

席间，挹香谓众美人道："今天如此畅快，斯称极盛之游，虽吴秋兰尚在南园，而赴会者连我已三十七人，会集十五灯船，盖可隔窗呼应，河滨上声息相通，真为难得。只怕再隔几年，这些兴致就要减了。但我金挹香艳福虽多，不知可能趁你们都在之时，忽得一病而死。你们自然都要怜惜，你也哭香哥，我也哭香弟，把你们这许多情泪哭了成河一般，待度凡子撑了慈航，渡我到极乐国去，斯为艳福中之全福。"众人道："为何出此不吉之语？"挹香道："何不吉之有？恐不能，倒是真的。"说罢，欢呼畅饮。

船上复将玳瑁①灯、碧纱灯、排须灯、花篮灯照起。闹至薄暮，水面风生，挹香复命人将自己船上点起二十四孝灯、渔樵耕读灯。一霎时，灯光映水，水色涵灯，俯视河滨，有熠耀星球之势。挹香狂喜道："乐哉斯游也！斯时尚早，我们滚藤牌可好？"爱卿道："滚藤牌，舟船相隔，恐多舛错，倒是拍七为妙，十五舟都能拍到。"竹卿道："何谓拍七？"挹香道："容易。除明七暗七要拍，余者可以开口说的。"月素道："从哪只船起？"爱卿道："就自我船先起便了。"乃谓挹香道："你写'拍七'二字，先从窗中通个蚂蚁信，使众人知之方好。"挹香称善，遂支会②各舟。然后，爱卿起头喊一，挹香喊二，月素喊三，竹卿喊四，慧卿喊五，丽仙喊六，小素正要喊，挹香做了手势，小素拍了一拍，绛

———————————
① 玳瑁（dài mào）——一种爬行动物，外形像龟。
② 支会——知会，通知。

仙喊八，第四只船上琴音听见，连忙喊九。三十七人拍了三个转头，计得一百十一之数。天渐夜凉，挹香方命归棹。

自后，内与爱卿伉俪极笃，外与众美人亲爱非常，终日绮罗队里作为领袖。竹卿在城盘桓二十余天，始归青浦。

流光如箭，又届乞巧良辰。其年正逢大比①，爱卿劝挹香亦赴南闱就试，挹香亦欲往南京乡试。到了中元前二日，约了邹拜林，雇了船只，端整动身。挹香与爱卿添出许多别绪，爱卿教挹香寒暖当心，场事毕后，早日归来。又别父母，继别众美人，他们都送许多程仪。然后同拜林登舟，向南京进发，一路无辞。第五天，金陵已抵，即寻了考寓。因试期尚远，二人访寻胜景，或秦淮放棹，或移屐钟山，桃叶渡头，莫愁湖畔，逍遥山水，不脱名士风流。吾且慢表。

再说众美人自从挹香去后，倒觉冷静非凡，少了一个有情的公子。褚爱芳有个知己，欲替她赎身作室，同赋归欤。其人姓郑，休宁县人氏，为人诚实，初断鸾弦，欲娶爱芳为室。爱芳因与他契洽非凡，竟慨然许订，择八月初旬共赋好逑之什。爱芳因挹香不在，倒有些不忍遽去之意，后来迫于归期，只得留书于月素处志别。其书曰：

相聚多年，一朝遽别，非妾所愿也。奈妾沦落风尘，花钿将谢，若不再筹后策，尤恐剩粉残脂，空叹韶华之不再也！有休宁郑氏子者，恂恂儒雅，初断鸾弦，愿委家禽，置妾为继室。其人性情似乎可托，是以从其所命，同赋归欤。第与君久叙，蒙君辱爱良深，本欲面诉离情，再亲雅范，缘就道匆匆，不得不遵妇随之礼。留书代面，聊表寸心。诸祈自玉，不尽依依。妹爱芳检衽

---

① 大比——指每三年一次的乡试。

再拜。

爱芳留书讫，即同郑君旋里。

再说挹香与拜林到了试期，俱进场考试。三场毕后，归心如箭，即整行囊，同归故里。家庭重聚，欢乐如常。到了明日，即去问候众美人。及至月素家，月素道："香哥哥，你可知失其所爱么？"挹香一些不解，便道："什么失其所爱么？"月素即出爱芳之书道："爱芳姐从良东去，有书留别，岂不是失其所爱么？"挹香忙接书细看，觉得一种凄凉，青衫泪湿，便道："我金某赴试南闱，悔之晚矣！如今别无两月，一美杳然。花晨月夕，你们众姐妹饮酒谈诗，独不见了爱芳妹妹，你想心中能不惆怅？"说罢，不禁堕泪。月素道："你也太觉一己之私了，反怪赴试之误，就是你不往金陵，也要分别的。"挹香道："我若不往金陵，尚可与爱妹面谈分别。如今人面桃花，不教人添崔护①当年之感耶！"月素见挹香一往情深，十分钦慕，只得婉言劝慰了一番。于是，挹香归诉之爱卿，爱卿也劝了几句，挹香稍稍丢开。

其时秋风萧瑟，木落天空，众士子都望大魁天下，名列贤书。独有挹香与拜林二人，功名心十分淡漠，是以日夕醉乡花坞，消受清闲。

一日，挹香来到素玉、琴音处说道："二位姐姐终身之事，约在十月中同来迎娶，预先替二人赎了身，赁屋而居。倘秋闱②得捷，父母处更可进言了。"他是五美团圆，得偿素愿，素玉、琴音也甚感激。越一日，至小素处约定了，与慧卿商榷一番。慧

---

① 崔护——字殷功，唐代诗人，曾作《题都城南庄》诗，该诗以"人面桃花，物是人非"为诗人赢得不朽的诗名。
② 秋闱（wéi）——秋天的乡试。闱，考场。

卿本知挹香有心于小素，也便允了。吾且住表。

　　再说挹香、拜林终日逍遥，或游虎丘，或往灵岩。其时已至重阳，报人纷至，锣声一棒，拜林与挹香都皆高中。拜林点了解元[1]，挹香中了十二名经魁[2]。两宅十分欢喜。爱卿心愿得偿，暗喜道："不枉我之慧眼识人也。"铁山夫妇格外欢喜，挹香便禀父母欲举娶姬之事，父母只得允了。悬匾日，亲朋及官绅俱来贺喜。顷刻间，门庭大振，邻里皆钦，忙忙碌碌了几天，方才得空。

　　挹香已得功名，愈加潇洒风流了，便于挹翠园东北两旁购宅，开通园内，重加修饰，增筑无数亭台：宜春轩之旁筑一亭，额曰"怡然亭"，亭南又造三间旱船式样，俱是雕梁画栋，净几明窗，名之曰"还读庐"。叠假山，栽树木。剑阁之旁又造两间书室，一名"宜勤轩"，一名"耐寒居"。观鱼小憩四旁造了一带水阁，周围共有十二间，每间多题匾额：

　　　　一曰"醉春风"；

　　　　一曰"藕花居"；

　　　　一曰"花月吟窗"；

　　　　一曰"临流雅赏"；

　　　　一曰"琴言室"；

　　　　一曰"绿天深处"；

　　　　一曰"绕翠"；

　　　　一曰"鸳鸯榭"；

----

①　解（jiè）元——科举时，乡试第一名。
②　经魁——明清科举考试分五经取士，分别于五经中各取其第一名，称为经魁。

一曰"留莺枝上啼";

一曰"鹦鹉轩";

一曰"面水居";

一曰"餐霞阁"。

这十二个匾都是挹香叫爱卿题的。园中又盖一厅,对面造了戏台,以备宴客之用。厅名"逸志堂",戏台上亦有一额,曰"云璈①竞奏"。又于醉花亭之西,造了三间新室,两旁又造了四间,以备爱卿与四位美人所居,其中亦有匾额。爱卿所居正中之室,名曰"梅花馆"。其余四室,一曰"沁香居",一曰"步娇馆",一曰"媚红轩",一曰"怡芳院"。庭前栽许多竹叶芭蕉,名花异卉,两旁曲折回廊,可通正宅。又于挹峰楼之西开了一门,能通拜林之宅,以便朝夕过谈。纷华靡丽,土木大兴,直要至十月杪②,方能告竣。

再说挹香南闱捷后,修造花园,已有一月。择了十月望日,别了父母,同爱卿到灵岩山祖茔祭扫。又至洞庭二山亲戚处候安。亲戚中因他得中高魁,都来送礼称贺,并与爱卿相叙。爱卿则以礼款迎,众亲族十分称赞其贤。挹香开筵相款,又忙碌了五六天,便同爱卿驾舟至青浦。

且说竹卿自别挹香,到九月中,在题史录上,见挹香高掇巍科,心中欣甚,正欲写信称贺,恰好挹香到来。竹卿益加喜跃,便留爱卿小住。挹香往姑丈处请安,入见姑母与素娟表妹,又与小山细倾积愫。小山道:"闻得表兄娶得表嫂甚贤,又闻与众美

---

① 璈（áo）——古代乐器。

② 杪（miǎo）——树枝的细梢。这里指月末。

人相叙，如此艳福，小弟不胜欣羡。前次本欲造府，恭贺燕喜，奈俗冗羁身，十分抱歉。"挹香便谦逊了一番。小山命人治席书斋，细谈衷曲。挹香因娶姬心急，住了两天，即便告辞。小山深知有事，也不过留。挹香到竹卿家，偕了爱卿，别了竹卿，一同归去。

　　要知四美人之事，且听下回分解。

第三十一回

掇巍科才人驰誉　作幻梦美女飞仙

话说挹香与爱卿青浦归后，依旧与众美人相亲朝夕。挹香本风流才子，如今中了高魁，又娶了爱卿，所以名誉重振，遐迩咸闻。况挹香为人慷慨，又喜扶弱锄强，虽则翩翩公子，却比老成练达者高胜一筹。所以人有艳羡之心，而无嫉妒之意。其时新屋造成，邹、金二家俱择了吉日，迁入华居。顷刻间，门庭显耀，比前更加宏敞了。正所谓：

> 莫忧陋巷箪瓢苦，欲振家声在读书。

一日，梅花馆伉俪谈心，挹香述及陆续遇美之事，又忧日后不知怎样了局。谁知日有所思，夜有所梦，是夕，蒙眬睡去，忽见一白须老者，道家打扮，手扶藜杖前来。挹香却不认识，乃上前请见。那道人却不回答，但道："你的艳福应将享满。常言道：'否极泰来，乐极悲生。'如今众美人要与你分别了。"挹香大惊道："你是何人？怎知我鸾离凤散？"老者道："我乃氤氲使者便是。你若不信，你看众美人来了。"挹香抬头一看，果见三十七美联裳接袂而来，爱芳也在其中。挹香见了爱芳道："好姐姐，你为什么不别而行，仅留书札？如今你既复来，我再不放你回去的了。"爱芳默然。挹香又向老者道："我志乍偿，欲娶四美，究为何事要分别起来？"那老者道："天机不可泄漏，你日后自明。"说着，把手一招，便见半空中飞下了无数青鸾，即对爱芳道："你快些去吧。"爱芳硬着头皮与挹香分别。挹香道："且慢，且慢。你既来了，又要向哪里去？"爱芳泣道："后会有期，我也顾不得了。"说着，将衣一洒，跨上青鸾，望东而去。老者又令武雅仙、章幼卿二人跨鸾而去。

　　挹香见三美人升空，环佩已杳，又急又闷，又苦又恼，扯住老者道："你是何人？弄此妖术，敢将我三美人摄去？若不叫她们回来，我与你势不两立了！"挹香说完大哭。老者道："后会有期，你休惆怅。"说着，又命孙宝琴去。挹香忙对宝琴道："宝姐姐，你不要上他的当。"宝琴挥泪道："天数如此，焉能违拗？君其保重，我去也。"说着，亦乘鸾而去。俄而，月素亦欲辞去，挹香道："月妹妹，我金挹香受恩深处正欲相酬，你们为什么忍心别我？"言讫，晕去了半个时辰。醒来，不但月素杳然，连那吕桂卿、郑素卿、吴慧卿、林婉卿、朱素卿、陆文卿亦是断踪绝迹。正要与老者吵闹，忽见谢慧琼、方素芝、陆丽春、陈秀英、王竹卿等比肩连臂而来，与挹香相辞。挹香大恸道："老贼，你擅敢以左道摄人，使众美人多堕你术中耶？"老者道："此乃天数，你勿怪我。"挹香此时语塞咽喉，良久，发愤对六人道："你们去吧。"六人亦升空而去。

　　挹香突然嗔怒，便夺了老者的禅杖，来与老者拼命，一禅杖望面门飞来。那老者不慌不忙，撇去禅杖，口中念念有词，作一个定身法，弄得挹香动弹不得，如木偶一般，见其余美人尽被老者使之跨鸾而去。顷刻间，红愁绿恨，昙现霎那，那三十七美人中独存一个爱卿，老者方始收了定身法。挹香愤极，挣开身子，握住了爱卿的手道："爱姐姐，千万不要被他惑了！我来与这老贼算了账，同你回去。"正说间，谁知老者忽尔也不见了。挹香一边握住爱卿，一边望空呼唤众美。谁知寂静云霄，苍茫宇宙，不觉呼天大恸，将双足一顿道："罢了！罢了！"握了爱卿同出，在门槛上一绊，忽然惊醒。淋漓香汗，四顾无人，夜漏沉沉，香帏寂寂，却是一梦。见自己偎着爱卿，觉泪痕渍枕，无限凄凉。

爱卿也被他惊醒了，便说："你为何如此？莫非梦境中又有离鸾拆凤之事么？"挹香道："一些不错。"细将梦境一一述与爱卿。又说道："姐姐第一多情，不我遐弃。"爱卿笑说道："常言'日有所思，夜有所梦'。"挹香道："是虽是，究属有些奇怪。"伉俪相谈，不觉天明。

挹香起身梳洗后，便向众美人处一行。询悉无恙，挹香方有喜色，乃说道："昨夜，我梦见你们都被一个妖道摄去，弄得我跌足哭醒。如今见你们红妆依旧，绿鬓如常，方才心帖。"说罢告别。

其时已届十一月初三，挹香要备嘒彼之事①，趋庭直告父母，一无诘责。择于初九日迎娶四美，预先布置杂务，十分忙迫。一面使人通知吴秋兰家，自己到小素、琴音家，几处关照了。到了正日，居然蓝呢四轿，旗锣伞扇，绝无妾姬之状。一则因爱卿也是风尘中人，二则挹香素性钟情，不肯轻待美人。少顷，一样参拜天地，仅不过名分嫡庶而已。

再说轿子到了吴宅，秋兰装束一新，不以妾服，而以冠裳，俟了吉时上轿，一路上耀武扬威，流星花炮，向金府而来，此莳门之一家也。

再说轿子又至吴慧卿家来，小素的冠裳也是金宅送去的，都是一色无二。慧卿见挹香如此作事，愈加佩服其钟情，便替小素装束，俟吉时上轿，此吉由巷之一家也。

---

① 嘒彼之事——嘒，明亮。《诗经·召南·小星》有："嘒彼小星，三五在东。"这里是指纳妾的事。

再说两肩彩轿至琴、素二人家，挹香已央邹、姚在彼照应，里面一切托袁巧云、蒋绛仙、吕桂卿、陈秀英四人端整，所以甚是舒齐。片时轿子临门，四美替琴、素二人装束，俟吉时上轿。

再说金宅端整了宾相乐人，专候新人轿到，厅堂上悬灯结彩，闹热十分。停了一会儿，小素的轿儿已到，早喜得挹香心醉神迷。俄而，鼓乐宣天，又传陈、胡轿至，厅堂上已停三肩彩轿。邻里们尽皆称羡他风流艳福，又赞他做事古怪，娶姬有如此排场，所以，一人传十，十人传百，苏城内借为美谈。不一时，吴宅轿来，四姬毕集。然后，等了吉时，宾相吟诗，乐人奏乐，一才四艳，并立红毡，先拜天地，继拜椿萱。父母见了如此，倒觉好笑，原来一向溺爱独子，又况美人们情愿相从，不要挹香费什么，所以一任他们。见过了礼，然后送入洞房，琴音住媚红轩，素玉住步姣馆，小素住沁香居，秋兰住怡芳院，一样坐床撒帐，合卺交杯。

事毕，挹香至外邀众友饮酒，邹、姚亦到。挹香谢了一回，款入筵席。拜林道："今晚又要闹新房了。但是有四处新房，如何闹法？"梦仙道："我们和仲英三人往三处，再邀几个人一同而去，留一处叫香弟弟自己去闹。他若不闹，罚以巨觥。我们各闹一处，闹到疲倦，便与新人同睡，免得香弟弟应接不暇。"说着，都大笑起来。仲英道："不通，若教香弟弟自己去闹一处，他反得其所哉了。不若我等先到秋兰嫂房中去闹，况且我与林哥都没有见过新人的。闹过了，再至三处去闹，众哥以为何如？"众人齐道："妙极！香弟，你今日可端整多少酒儿？好待我们来闹房饮酒？"挹香应道："十瓮。"俄而四处悬灯，众人皆醉，拜林便作领袖，同了周纪莲、徐福庭、屈昌侯、陈传云、周清臣、姚梦仙、吴紫臣、叶仲英几个人，一拥地往怡芳院而来。

却说爱卿因秋兰从未识面，正在怡芳院要与她说话，忽见拜林同众人哄然而来，忙避归梅花馆。拜林便伪装醉态，步入怡芳院，众人随后而入。谁知挹香先躲在梅花馆，只作不知。拜林不见了挹香，便道："香弟弟哪里去了？"梦仙道："大约怕我们吵，所以躲了。"仲英道："必定在爱嫂嫂房中。"周清臣道："他方才说端整十瓮酒，必须去寻了他来问他。"纪莲道："只好你们三个人去寻，我们没有见过，究属客气的。"拜林道："我去，我去。"便一个人闯到梅花馆来。爱卿迎着，问道："林伯伯何事？"拜林道："特来捉一个贼儿。"爱卿笑道："伯伯捉贼，为什么捉到这里来啊？"拜林道："这个贼一定躲在嫂嫂房中，还望嫂嫂当心。"说罢，闯进房中，果见挹香在房中。拜林连喊捉贼，不由分说，一把拖了就走。挹香只得随了拜林，往怡芳院而来。

屈昌侯、周清臣、陈传云、吴紫臣、徐福庭齐道："亏你好意思，竟躲了出去？如今我们要讨些喜果吃吃。若无喜果，只消请嫂嫂见一见，吩咐一声，我们好往哪首去。"挹香道："这却容易。"命侍儿每人处送两盒果儿，便道："如今好往哪边去了。"拜林看了，便笑道："这些果儿好算了么？我们这几人非千盒不可。"周清臣道："若无千盒，请给十瓮，否则请秋嫂一见亦可。"挹香道："果儿明日送来就是。要见她们，也容易得极的，但是她们不肯见，如何？"紫臣道："只要你跪着相求，嫂嫂是怜惜为怀的，就肯相见的了。"拜林与梦仙二人听了道："不差，不差。"于是，二人掀倒挹香，对着香帷跪了。

陈传云道："我们来替他讨情。"便说道："小生金挹香，今日蒙众好友盛情，要与夫人一见，犹恐夫人不能从愿，又难却众哥哥之情，是以拜倒妆台，乞夫人裁夺。"纪莲接口道："想夫人恻隐为怀，惜怜为念，定不使我金挹香长跪妆台的。"说着，多

绮红小史

经典书香 中国古典世情小说丛书

笑个不住。旁边侍儿们也十分好笑。挹香跪在地下，也笑说道："我今夕跪在妆台，莫说你们掀我跪，就是叫我自己跪，也该跪的。前者隆寿寺粉壁门遇灾，若没得她救我，我也没有今日了。"众人听了，暗暗称是。拜林本是多情人，想着救挹香之事，暗道："不要与他吵了。"遂谓众人道："香弟弟跪了长久，嫂嫂不生恻隐，我们且到那边去一回再来吧。"众人只得应诺，扶了挹香起来，蜂拥往沁香居小素新房而去。

拜林等三人虽然尝见，余却未曾识面，依旧大闹，甚至闹到挹香命小素相见后方罢。众人见了，暗暗称赞道："无怪香弟弟要如此钟情，果然娇媚。"坐了一会，竟往媚红轩琴音处来。不知闹些什么，且听下回分解。

第三十二回

备列小星团圆五美　折磨中道疾病旬朝

　　话说拜林等九人出了沁香居，又往媚红轩、步娇馆琴、素两处大闹，闹得六缸水浑，豁将台醉了。周纪莲呕吐而归，余人仍复闹之不休。后来，倒是梦仙出来做了好人，方才各散。挹香然后到梅花馆来，谓爱卿道："今夕五美团圆，得偿所愿，但是住在哪处好？"爱卿道："自然报恩要紧，当进秋妹房中。"挹香点头称是，命侍婢张灯，往怡芳院而来。哪知秋兰已命侍儿关好了门矣。

　　挹香叩了几下，忽听侍儿里边答道："小姐吩咐，请老爷往梅花馆去，以表前后之序。"挹香在门外笑说道："燕尔新婚，况今夕三星在户，你去对小姐说，快些开了门，莫误佳期。"侍儿道："小姐已睡了。倘老爷不往梅花馆，请往别院去吧。"挹香无奈，复至沁香居，只见小素房门亦然紧闭。挹香复叩铜环，里边侍儿也传语道："请老爷今夕住在梅花馆或往别院，这里小姐已睡了。"挹香倒觉得好笑起来，便道："你们莫非会同的么？怡芳院不让我进去，这里又是睡了！"一头说，又往琴、玉两处，谁知皆是一般回绝。弄得挹香无计可施，只得重往梅花馆告知爱卿。爱卿笑道："新郎今夜难矣！我这里也要睡了。"竟将挹香推了出来，将门闭上。

　　挹香没了主意，复至怡芳院陈说一番，她们都只作不知。又至沁香居恳开门，也是漠然不答。东跑西走，踯躅无定，徘徊了良久。心知她们为嫡庶之分，所以今夕闭门不纳，我也顾不得了，还自去恳爱姐开门为是。于是，复身至梅花馆，便轻轻弹了四弹道："爱姐姐，还望你开了门吧，那边春色都已深藏，不肯开的了。"爱卿听了，便答道："我也睡的了。"挹香听了，着急道："好姐姐，你不要作难我了，我日间忙了一天，其实疲惫不堪。姐姐，你开了吧！"爱卿听了此言，心中倒也有些怜惜，只得开了让挹香进内。挹香方才安身有所，乃笑说道："不料今日之佳期仍在姐姐身上。"爱卿啐了一声，安睡不表。

明日，四新人往堂上问安，然后回归香阁。挹香设宴梅花馆，邀集五美人同饮。挹香道："昨日你们四位宛如约齐一般，使我进退趑趄①，今日看你们如何？只怕躲不来了。"说得四人满面羞红，良久道："我们俱是初来，第一夕，你该住在爱姐房中。"挹香笑道："你们昨日知我疲倦，所以概施巧计。今夕我打足精神，与你们一逞其技，才见手段。"四人听了挹香这一番打趣，愈觉惭赧。幸亏爱卿在旁用别话支开，挹香方始不说。

酒阑后，日色西沉，各院张灯结彩，挹香恐她们再蹈故辙，预到怡芳院坐定。半晌秋兰至，挹香上前，深深四揖道："前蒙芳卿相救，出死地而得生，又蒙令尊以妹妹终身相许，如今鱼水得谐，实出于仆之意外也。"秋兰见挹香一种温柔，便回了四福，答道："贱妾村姿陋质，本不敢存事君子之心，乃蒙途路锄强，心铭既久，继而隆寿寺君遇恶僧之害，妾自宜以德报德。后来家父妄思高对于君，自知颜赧，乃蒙君不弃，允订丝罗。'今夕何夕，言念君子，云胡不喜！'"秋兰说罢，挹香喜甚，丛话了一番，然后替她除了冠带，同赴罗帏。

---

① 趑趄（zījū）——向前进又不敢的样子。

明日，挹香至沁香居，小素接入。挹香笑道："自从在慧姐家得蒙姐姐相爱，愿亲枕席，相订终身，迄今二载有余未亲芳泽，今夕好与妹妹叙叙旧情了。"小素羞红晕颊，答道："君果钟情不忘旧约，但妾自愧鸡雏，不足凤凰并列，如何？如何？"挹香便道："妹妹，你说错了，宇宙间生美人难，生有情人更难。小生蒙你一片芳情，殷殷眷顾。曾记得那夕在慧姐家，你却不避嫌疑，有情于我。如今四美毕合，小生总是一例相看，决无贵贱悬殊之念。"二人谈谈说说，到了更深，方才共赋高唐。

　　明日至媚红轩琴音房中，琴音笑道："昔日亏你做得出！扮了乞儿，前来试我们心迹。幸亏我与素玉姐本来最恨欺贫重富，不然早被你看轻了。"挹香听了，笑说道："好妹妹，不是我做得出，只因那日林哥哥说起你慧眼识人，欲来拜访。吾说：'花前月下，往往欺贫爱富，既称慧眼识人，我今扮个乞儿前去，看她们待我如何？倘若看得出来，就是真慧眼了。'谁知妹妹一见多情，便出洋银助我，方知名不虚传。所以，此时舞榭歌台，人谓无情，我金挹香终谓有情之地；况我所遇的众姐妹，也没有几何挥霍，尽蒙她们另眼相看。你想，世情虽薄，其中岂无清洁之流？唯人自鲜觏耳。如今五美团圆，虽曰天假奇缘，其实半出于众姐妹之情也。"说着，便挽了琴音的手，一同安睡。明日至步姣馆素玉房中，自然也有一番绸缪的情景。嗣后，挹香或往梅花馆，或往各院，都是雨露均调，不存偏爱。

　　光阴迅速，又到了腊月寒天。挹香乐极悲生，清晨冒了些风，竟生起病来。卧床不起，已有旬朝，急得父母与五位美人计无所出，延医看治，药石无功。爱卿与秋、素、琴、玉四人，俱衣不解带，轮流地服侍。谁知日复一日，病魔愈深，三焦灼热，六脉芤①空，竟不知人事，饮食渐渐不能进喉。清楚的时候对父母说道："孩儿不孝，顾复未酬，如今谅不能久存人世的了。儿死之后，望二亲不要过悲，譬如未曾养我这不肖孩儿。犹幸爱卿媳妇腹中有孕，金氏宗祧不至无继。儿死之后，这五房媳妇自然影只形单，倘有不到之处，望两大人善言教导她们，孩儿虽死，亦瞑目矣！还有一桩事情：儿有几个好友，必须与他一别。更有几个知己美人，蒙她们俱十分怜惜，儿欲去邀她们来诀一长别，望两大人格外之恩，容孩儿一见，更加感恩不浅。"

铁山含泪道："我儿且安心静养，这是年灾月晦，否去自然泰来。明日，我叫人去请邹贤侄等，以及你的心爱美人到来就是了。"挹香方才欢乐，又向爱卿等五人道："爱姐姐，天之忌我，无可如何。方与你们五个人叙无一载，遽欲长离，你们须要孝养翁姑，替我克全子道。倘日后有幸生了一子，须要尽心抚育，可知我金氏香烟全靠你一人身上。如可抚养成人，我冥冥中亦见你情了。再者，我死之后，你们五位姐妹也不要十分苦楚，须知人生一世，本来是个幻梦，就是与你们叙首百年，仍旧要死的。况我金挹香是个风流潇洒的人，就是死了么，也不与他们浊鬼入淘，依旧风流潇洒的，你们千万不要苦楚。至嘱！至嘱！"说罢，又昏昏睡去。爱卿等见挹香如此说话，大家都哭得几乎晕去。到了明日，铁山命人往邹、姚、叶三处去邀，又往众美人家去请。众美人知挹香病重，又是他父母来接的，所以个个趋往金家看视。

---

① 芤（kōu）——中医脉象之一。芤空，指中医诊脉时，脉搏浮大而软，按之中空如葱管。

却说邹拜林新著着一部《耐烦斋笔记》，所以好几天杜门不出。那日正在钞胥①，忽闻此信，早急得心乱如麻，眼中垂泪，飞也一般开了园门，到挹香家里，急忙至床前一望，见挹香病骨峻嶒②，奄奄待毙，口中呓语喃喃，十分可怕，爱卿等五人俱垂泪相伴。拜林看了这般情形，不觉放声大哭起来。爱卿见拜林至，含泪道："林伯伯，为何好久不来？你香弟弟为你眼多望穿了！"又将病源一切告诉了拜林。又道："如今或清或晕，不知可还认得你来？"拜林便走到床前，连唤香弟。谁知挹香睁着眼儿，还在自言自语。

拜林见唤他不应，便立在床前，听他说些什么。只听挹香说道："你们这些人不要这般催促，我尚有许多事情没有了结；况我金挹香是视死如归的人，不比那偷生怕死之徒。因我有几个美人、几个好友未曾一别，你们且等几天。"停了一会儿，又说道："半天是不够的。难道我一榜经魁，倒受你们节制么？至少三天。你们若怕受责，我到森罗殿上，替你们说个情儿就是了。"说着，哈哈大笑起来。

拜林知是鬼卒勾人，不觉惨然欲绝，便大喝道："何物揶揄，竟敢胡闹，我邹拜林在此！"说罢，见挹香顿时清楚，连忙起身，扯了拜林道："林哥哥，我想得你好苦啊！不知梦仙与仲英哥哥来否？"拜林道："没有来。"挹香道："为何不来？我为要与你们别一别。"说着，便洒泪道："林哥哥，我与你相识以来，蒙你心心相印，真个胜于同胞。如今归期已促，特邀哥哥一别，并欲奉托数事。"拜林洒泪道："香弟弟，什么事情。"挹香道："家中一

---

① 钞胥——专事誊写的胥吏、书手。这里指誊写。
② 峻嶒——骨节显露貌。多形容人体瘦削。

切，吾哥哥在于比邻，况与我宛如一家，我死之后，千万托你照料照料。余外，众美人我也不能保护她们了！但月素妹妹与我最为知己，我死后，你可替我劝她，教她不要苦楚，早作从良之计，这是第一桩要事。再者，寄语诸君子，说我金掯香迫于行矣，勿责不别之罪，这是第二桩要事。再者，日后生了侄儿，长成后，必须费你的心，训以诗书，责备苛求，必要犹子比儿的看待，这是第三桩要事。再者，我还有《读庐丛书》一部在着书馆中，日后你向爱姐取了，付诸梨枣①，以表我一生心血，这是第四桩要事。再者，望哥哥自己保重。花前月下，如念故人，只要望西呼三声'香弟'，或者我一灵未泯，再能与君魂梦相亲，这是第五桩要事。哥哥千万勿忘，我无言矣。"说罢，泪如雨下。拜林听了，十分惨恻，便道："香弟宽怀，吉人自有天相，少不得灾退身安，不要说这许多不吉之语。"

正说间，忽报林婉卿、蒋绛仙、何月娟、陆丽仙、孙宝琴、陈秀英、胡碧珠、吕桂卿、吴慧卿、谢慧琼十位美人到来，掯香道："来得妙哉！来得妙哉！我之素愿毕矣！"即命相请进内。掯香泪汪汪说道："仆蒙众姐妹深情，怜爱了几载，惜金某无福，不能再叙。望众位早择百年之侣，混迹歌楼终非了局。身子大家保重，切弗为我金某悲惋。我虽身死，性情不死，必不与俗鬼为伍的。"说罢，目视众美人，淌了无数泪儿，竟昏昏睡去。众美人与拜林一齐挥泪。

拜林对爱卿道："我看香弟有时清楚，谅无大碍。唯恐天有不测风云，可替他冲冲喜，以寿衣靴帽，设案拜之，或者能痊，

---

① 梨枣——古代刻书多是用梨木或枣木，因此称雕版印刷的版为梨枣。

亦未可卜。"拜林说罢，爱卿早哭得噎塞咽喉，哭都哭不出了，一跤跌倒，猝然昏厥，惊得众美人与侍婢连番呼唤，方始醒来，复又大哭。众美人无一个不两眶流泪，梅花馆中，一片哭声沸处。恰好仲英、梦仙到来，听见哭声，吓得小鹿乱撞，冷汗直淋，直至到了梅花馆，方始心定。正欲动问，忽报章幼卿、陆丽春、张飞鸿、陆文卿、郑素卿五位美人到来。爱卿接进众人，便去看抱香，见抱香还是昏昏睡着。不知可能再与他们说话否，且听下回分解。

第三十三回

金挹香抱疴①沉重　钮爱卿祷佛虔诚

话说众美与姚、叶二人见挹香人事不知，昏然睡去，梦仙附耳叫了十余声，挹香忽然睁圆了眼，对众人直视一回，依旧睡去。梦仙忙唤道："香弟弟，我姚梦仙在此看你。"挹香重新张眼一看，便说道："梦仙哥，你为什么此时才来？"梦仙道："我因不在家中，归来得知，特来看你。如今你可好些？"挹香流泪道："不济的了，所以特地邀你们一别。"说着，眼顾诸美人欲语，可怜气若游丝，摇了几摇头，竟又闭目睡去。

其时，朱月素、王湘云、胡碧娟、何雅仙、冯珠卿、钱月仙六人到来，知挹香昏沉，同至床前观望。月素更加苦楚，便去偎住挹香耳畔，呼唤了一回，挹香终是漠然。众美人复至床前看了一回，又向爱卿劝了一回，辞出梅花馆，订明日再来看视。唯月素、丽仙、婉卿、宝琴四人住在金家，相伴挹香。到了明日，众美人复来。晚上，郑素卿、蒋绛仙、何月娟三人也住了，轮流服侍，衣不解带。第三日，挹香病势益剧，众美人齐来相伴。曩日，挹翠园宴赏名花，十分欢洽；如今弄得不是嗟叹，就是悲哭，真个万种凄凉，千般悲惨！秋、素、琴、玉四人有十余天未睡，爱卿嘱令休息道："四妹且去安睡片刻。想香弟不病时，若

① 抱疴（kē）——抱病。

见你们十余天不睡，不知又要生几多怜惜矣！"说着，又大哭起来。

那日，挹香又清楚了些，见床前立着无数美人，心中十分感激，便问道："月妹妹可在此？"月素听了，连忙道："香哥哥，我来了三日了。因你不省人事，等候至今。如今可好些么？"挹香含着泪道："不会好的了。妹妹的终身大事，望你自己早些留意，不要误了。一切事情，我曾与林哥哥说过。如今我也说不动了，你去问他就知底细。众芳卿也不要陪侍我了，早些回去吧。"说着，拱拱手道："我金挹香与你们长别了。"言罢，又垂头闭目昏然睡去。众美人睹此情形，愈加悲切，苦塞咽喉。

到了晚上，爱卿无计可施，命侍儿排了香案在着月庭，诚心虔祷，唯求挹香病痊，芳心默默，上祝苍穹。祈罢，复拜叩了一回，方归梅花馆，告知众姐妹。众姐妹也往园中求祷，情愿每人借寿与挹香，早求病好。奈何病势日笃，终难相救，虽日夕请了五六个高明的医士，竟毫无奏效。梅花馆里，明灯被鬼火荧青；挹翠园中，彩雾为愁云变黑。时闻鹏鸟拂阴飙，渐听奇鸧①叫残月。爱卿又往各庙求神拜佛，依旧奄奄莫救。

到了十六日，挹香又清楚了一回，便唤众美人到床边，一个个吩咐。先向爱卿道："我虽蒙你十分优待，如今是：'夫妻本是同林鸟，大难来时各自飞。'我也顾不得你许多了。你自己千万不要悲伤，替我抚子成立，孝养二亲，我就感德靡涯矣！家中设有疑难之事，可请林伯伯商议，他与我谊若同胞，无不出心照

---

① 奇鸧（cāng）——即鬼车鸟。传说中的九头鸟。

绮红小史

经典书香 中国古典世情小说丛书

料。你又是个姣弱之人，寒暖须要自己珍摄，我死之后还有谁来怜你？"说罢大哭。爱卿哭得一句话都回答不出。

抱香又谓小素道："妹妹，我与你才得团圆，忽成诀别，花晨月夕，万勿时常想我。你们姐妹和和睦睦过了一生，我若一灵不散，他日到抱翠园来看你们，如果欢欢喜喜，我亦放心，设若悲苦而思我，我冥冥中反不快活。"说罢，又与琴、素二人道："两位妹妹，前蒙花前相遇，一见钟情，愿订好逑，得偕鱼水。哪里知道是我害了你们了，如今使你们青春空负，红粉可怜，我金抱香造孽太深了！"二人含泪答道："香哥哥，且请放心，吉人自有天相，少不得身安灾退，病去福临，就可再叙。若果弃了我们去么……"说着，眼中流泪不住。又说道："妾等未亡人，当亦趋随地下矣。"抱香道："使不得，我已经害了你们的终身，不安之甚；若说这'死'字，使我益发不安了。"说罢，又对秋兰道："妹妹，你也实命不犹，才到我家，便成长别，你的许多好处，许多恩处，只好来生答报的了。你也不要苦楚，譬如我死于隆寿寺中的恶僧智果剑下。"说罢，泪流不住。又与朱月素、林婉卿等众美人说了一番，已是气促不堪，喘息无定。正欲再与别位美人说话，看他一阵悲酸，眼珠一迸，竟昏厥去了，慌得众美人手足无措，连忙呼唤，方始醒来。可怜唯此一番诀别，抱香已形如槁木，面若纸灰，无言无语，昏昏睡去。真个是烛当尽处，泪痕犹渍淋漓；蚕到僵时，丝缕尚牵缭绕也。

且说勾魂使者与催命判官，奉了冥君之命，前来勾摄，本于十一日就要勾拿人犯，因被拜林厉声一吓，避遁他方。十六日晚上，又来勾摄，时方三鼓，见只有众美人围绕床前，并无男人立侧，二鬼便将挹香的魂魄勾摄了。众美人正陪挹香在床前耳畔，忽听得一阵阴风，鬼声四起，见挹香登时色变，喉间命痰几响，眼中犹是有泪，吓得众美人一齐大唤，哭声震地。顷刻间，惊动了拜林与挹香父母，都哄至梅花馆，看见其势不佳，十分苦楚。又一瞬间，挹香两眼一张，双足几迸，竟一命归西。可怜一灯惨火，满室阴风，四围齐立着美人。霎时间，铁山夫妇与爱卿、拜林、秋、素、琴、玉众美人，一齐大哭起来。正是：

阎王注定三更死，并不留人到五更。

其时梅花馆中悲声震地，铁山夫妇捶胸跌足，放声大哭，爱卿与四位美人哭得死去活来，拜林也抚床大恸。铁山大哭道："黄梅不落青梅落。家门不幸遭此逆事，天其绝我乎！"即命停丧堂上，到了天明，料理一切衣衾棺椁。众美人辞归，要去易了素服，到来视殓，此挹香平昔钟情所致也。拜林就在金宅相帮料理丧事，延了僧道在东西两厅做些功德，开了丧报目，往本城官绅以及挹香的亲友家去报知。爱卿与四位美人都成了服，披麻戴孝，家人们也穿素缟。吾且住表。

再说挹香三魂缥缈，六魂悠然，随了鬼卒，飘荡而行，觉漫天黄雾，四野阴风，如落沙天一般，一派凄凉景状。触目难禁，怀念家中，怆然下泪，因想道："家中爱姐姐与着四位美人，不知如何苦楚了。"正想间，已至一处，见一牌坊，造得十分崔巍，上书"阴阳界"三字。进了界，更觉可怕了，神号鬼哭，往来的人多有一股冷气。也有斯文之辈，口中犹嚼字论文；也有的酒鬼打混，说十句有九句骗人。正行间，又见许多妇女哭哭哀哀地过来，挹香倒吃了一惊，只道美人们殉身来寻，便留神地一看，却是三个无首的妇女，手中自拎首级，一路哭来。挹香不解，便问勾魂使者，方知昨日点刑的奸情妇女。挹香看罢，频频叹息。

又随鬼卒行走，过了恶狗村、孟婆亭几处，挹香道："可好去游玩游玩？"鬼卒道："此时交差已是嫌迟，哪能游玩？"便扯了挹香往森罗殿而走。

不知挹香见了阎王说些什么话，且听下回分解。

第三十四回

药石无功挹香归地府　尘缘未断月老赐仙丹

话说挹香被鬼卒扯了，行走了一回，远远望见宫殿巍然，及至近前，见一座牌坊，上写"生死关头"四个大字。行至殿上，见居中端坐一位垂旒①王者，两旁马面牛头，果然威灵显赫。鬼卒带了挹香上殿，交差道："长洲金挹香勾到了。"那王者便怒道："为何逾限而至？"吩咐阶下看杖伺候。挹香见鬼卒要受责了，曾许为说情的，连忙趋步上前，打了一恭道："因我家事未了，是我叫他等了几天，以致逾期而至，伏望不要责他。"

冥君见挹香一介儒流，谦谦有礼，便问道："你是常州府金益乡么？"挹香又打一拱道："我乃苏州府长洲县金挹香，非常州府金益乡也。"冥君听了，便唤鬼卒问道："金益乡，——你从哪里勾来的？"鬼卒禀道："奉差往苏州长洲县，查明土地，然后勾来的。"冥君拍案大怒道："叫你常州府去勾金益乡，为何往长洲县，勾了这金挹香来？"鬼卒听了，吓得面如土色，叩头如捣蒜一般，伏地哀求。冥君便命判官细查生死簿。不一时，来回复道："金挹香乃月老祠金童，因为与玉女思凡，故上帝怒谪下界，寿元尚久。"冥君又问道："如此可能还阳的了？"判官奏道："人死一天，脾肺已溃，不能还阳的了。"冥君听了，十分大怒，便命将二鬼卒重责一百板，革去差役，罚入地狱。复修成一札，另

---

① 垂旒（liú）——古代帝王礼帽前后悬垂的玉串。

差两个鬼卒，送挹香到月老祠去，候吴大仙定夺。

挹香至此方知被鬼卒误勾，便拜别了冥君，随了鬼卒而行，心里想道："我被鬼卒误勾至此，如今送我到吴大仙处，不知可能重回故里，再见父母妻孥的了？"一面想，一面随了鬼卒而行，早到奈何桥畔。挹香望见，讶道："阳世传说奈何桥峻险非凡，至此方知不谬。"便问道："我们可要从那桥上走的？"鬼卒道："凶男恶妇方走此桥，我们另有路走。"挹香道："如此，待我去看。"便同鬼卒往桥边一望，只见下边血浪滔滔，许多妇女在河中，随波逐浪地求救。挹香看了，倒有些不忍，便问道："阴间为什么用此极刑？"鬼卒道："这是他自作自受，你也不要去怜他。"挹香道："这些妇人犯着何罪？至受此苦？"鬼卒道："有的忤逆翁姑，有的欺凌夫婿，有的桑间濮上触怒神祇，有的以污秽之物亵渎三光，死后多要入此池中受苦。"挹香听了这一番话，十分嗟叹，也不要看了，又随鬼卒而行。

至一项仙桥，却是十分开阔，见居中一亭，有许多人在那边，挹香近前一看，见众人拥着一个女子，在那里洗剥衣服。顷刻，身上剥得赤条条，一无所有。挹香见了，忽然大怒道："阴间如此无礼的！为何好端端将人家女子剥得如此地位？"鬼卒道："此名剥衣亭。凡妇人阳间不孝父母，都要剥下衣服，令她改头换面去为畜类。"鬼卒一面说时，见那女子趴在地上，一鬼将一张羔羊皮替她披上。俄顷，人头畜体，啼哭哀哀。又一鬼将一个铁铸羊面印子，往那女子面上一印，只听得几声羊叫，面目已非。挹香看了，嗟叹了一回，怪她阳间为什么如此行为，以致阴司受苦。

俄而又至六道轮回之所，见也有的紫袍纱帽，也有的甲胄戎装，又有全身缟素的妇人。挹香看罢，不觉凄然泪下，想道：

"我家中五位美人，可怜她寡鹄孤鸾，形单影只，与她们无异。"又见许多鳏独之人，孑孓无依，许多黄口小儿，呱呱啼泣，挹香叹道："鳏寡孤独，怪不得文王发政施仁，而先以先穷民为急务也。"又见一处聚虎豹猪羊，一处聚鼋①鼍②蛟龙，又一处都是鸡鹅鸟雀，又一处却是蚊蚋蚯蝇，胎湿卵化，布满其中。挹香看罢，十分惊畏。鬼卒道："不要看了，且去请了吴大仙定夺，或往阳间，或居阴府，依旧要由此经过的，再来游玩罢。"说着，扯了挹香，一路而行。

也不知走了许多崎岖险路，过了许多峻岭荒山，方到一个所在，清凉悦目，异草名花，非是尘沙拂面、惨雨凄风之境了。挹香谛视之，觉似曾经过一般。又随之行不数里，见屋舍俨然，近前视之，却像一所庙宇的样子。挹香入庙，见匾上书"有女如云"四个大字，蓦然惊讶道："我记得阳间曾经梦游此境，为什么如今又到这里来了？"问道："这可是月老祠么？"鬼卒点头称是。

正说间，忽见一个垂髫童子出来，对挹香一看，便说道："故人无恙，可还认识五年前的童子否？"挹香连忙一揖道："久阔多年，时深企念，有什么不认得？如今我被鬼卒误勾，冥君以我阳寿未终，不能回阳，所以特来此地，求院主裁夺的。"说罢，叫鬼卒将冥君信札呈与童子。童子道："今日幸院主在，你们等一等，待我去通报。"挹香大喜，欲往几处去看看美人，恐遭院主呵责，不敢擅自行动。未片刻，童子出道："院主传见。"挹香即随童子行过了许多仙境，觉都认识的，直至走了一回，方才

---

① 鼋（yuán）——一种鳖科爬行动物。
② 鼍（tuó）——一种爬行动物，又称鼍龙、猪婆龙。

不熟。

不一时，又至一个所在，上书"清虚中院"，童子导之入。挹香侧目而视，见中间坐着一位老者，童颜鹤发，道貌清奇，两旁立着许多使者，甚是威赫。挹香便兢兢上前道："弟子金挹香叩见。"说着，便双膝跪下。又说道："金某幼采芹香，得邀鹗荐①，在家侍奉椿萱，怡颜绕膝。不料昨日被鬼卒误勾，冥君因我阳寿未终，送我至此。欲求院主裁夺，恩放我金某还阳，家庭重叙，恩德难忘。"院主听罢，命使者册上查来。

顷刻间，册子查明，呈与院主。院主便问道："你家中共有几人？"挹香心中想道："你也不必查了，你的册子，我五年前早已偷觑，'三十六宫春一色，爱卿卿爱最相怜。'背多背得出了。"便答道："弟子家有二亲一妻四妾，正室钮氏。"院主又问道："除外认识几人？"挹香道："本来有三十六人认识，如今娶了四位，又分别了一位，现剩三十一个人了。"院主听了道："不错。你本是我座下的金童，因与玉女思凡，故谪向凡间，尚有数十年尘缘未尽。虽则凡胎已溃，我当赐汝仙丹，尚可回世。"挹香听了，十分欢喜，便口称旧主，拜谢了一番。院主便命童儿往丹炉中取了一颗"梅花起死返魂丹"，与挹香吃了，又嘱道："凡事正身立德，日后好重登仙界。不要作福行骄，致遭地狱之苦。只此数言，牢牢记着。你可同鬼卒仙童一同去罢。"

挹香连忙叩谢，随了童子来寻鬼卒。因吃了那粒仙丹，觉得精神强壮，步履轻松，心中快活可以还阳，便问童子道："此时有什么时候了？"童子道："将及巳②牌。"挹香道："时候尚早，

---

① 鹗（è）荐——推举贤才。

② 巳（sì）——用于计时，指上午九点到十一点。

且去游玩片刻，这里是难得来的。"于是扯了一童一卒，遍历名山，所见者尽是奇花瑶草，所闻者尽是虎啸龙吟。清游良久，挹香道："我们可要再到冥间，然后还阳?"鬼卒道："这是必须要的。你虽奉吴大仙命，必须要转轮王处禀过，然后好回阳世。"挹香道："去是不妨，倒是崎岖难涉。"仙童道："这倒不消虑得，你合着眼，我来助你。"挹香大喜，遂合了眼。顷刻，风涛声耳边澎湃，此身飘荡如飞。俄而声息，童子道："如今不妨启目。"挹香睁眼一看，依旧阴风惨惨，鬼哭神号，仍至黄泉路上了，大喜道："如此之速，怪不道仙家有趣!"

行至一个宫殿，见上书"赏善罚恶"四个金字，入门，又有一竖额曰"十殿转轮王"，两旁挂着一副楹联道：

在阴司中，唯有恶人受苦;

到阳间去，做些好事为宜。

进殿，见居中坐着一位冥君，十分严肃，判官小鬼站立两旁，廊下又有楹联道：

你来了么，恶事几端须直说;

我秉公者，善人此地不轻亏。

看罢，点头暗记，又见冥君在那里判发投生之案，一件件的批发。又见批到一情案，一男一女都是婴孩，男者发投杭州沈氏为子，女者发投湖州李氏为女，日后却有一番情案。那一对婴孩便谢了恩，两个人勾了颈儿，一路上喃喃地说话，两小无猜，居然情种。挹香倒不觉好笑起来。见他们去了，冥君案也判完，鬼卒上前禀明还阳之事，冥君批准。鬼卒又同挹香各处游玩不表。

却说阳间，金宅已弄得哭声震天，悲呼抢地，连那婢媪丫头、管家童仆等都一齐洒泪。盖金大少爷平日御下有恩，十分循理，如今殁了，无一个下人不惋惜，无一个下人不垂泪。铁山夫妇与爱卿等更加悲切。到了明日，一样照长子之礼成丧。顷刻间，府县各官都来祭吊，盖一榜秋魁，官绅们尽皆敬重。其时孝帏中一妻四妾，娇滴滴大放悲声，旁人亦为之凄婉。正所谓：

万斛愁肠万斛泪，一声夫主一声天。

到了辰牌时候，忽报三十一位美人都来吊祭，爱卿接入孝帏，一同伴尸痛哭。

要知怎样还阳，且听下回分解。

第三十五回

众美人登堂视殓　诸亲朋设祭助丧

话说三十一美同进灵帏，号啕大哭。哭了一回，然后个个易了白布裙衫。一片白衣如雪，孝帏中挨次坐下，犹如白蝴蝶一般。三十六位美人守着挹香，挹香虽则中年摧折，也算有艳福的了。件件可办，唯有众美人一齐到来视殓，这却难得之盛事。外边官绅亲友们都啧啧称盛。

到了巳牌时候，诸亲朋都来祭奠，邹拜林也备了祭文到灵前祭奠。上香献爵毕，读祝者便捧了祭文，高声朗诵道：

维年月日，通家兄邹拜林致祭于挹香亡棣台灵前：呜呼！吾棣①台温恭笃厚，忠孝克全，兰盟得缔，鹡鸰同游。方期地老天荒，永作吟哦之侣，不料雨飘云散，又来离别之乡。十年梦醒，摧残杜牧之魂；一旦襟分，空吊钟期之魄。想吾棣台，非天宫代笔，即地下修文。赴召玉楼，迹悲黄鹤；甘抛金屋，梦断乌衣。怅此日之音容莫睹，一腔愤懑向谁论？怀昔时之笑语常存，万种痴狂犹可溯。予怀若此，君恨何如？卿备杯羹一滴，九泉可到；附呈楮帛寸忱，微意敢存。呜呼！临奠神伤，伏维尚飨！

读祝者正在朗诵祭文，拜林望孝帏前一看，见叶仲英与姚梦仙撰着一幅挽联在那里。拜林拭目视之，见上写道：

抛父母，弃妻孥，无可奈何君去也。叹廿年，壮志旋销，竟

---

① 棣（dì）——弟。棣台是对弟的敬称。

使英雄气短。

别美人，离好友，百般惆怅我伤哉。恨旬朝，微疴忽变，空嗟儿女情长。

拜林看罢对联，读祝者祭文诵毕，忽听得孝帏中悲声更切。拜林又对遗容看了一回，叹道："香弟，你在生何等风流！为何此时默默无言耶？"言讫，不觉一阵凄凉，竟奔入孝帏中放声大哭。爱卿见拜林如此情形，更加凄切。俄而，叶仲英、周纪莲、姚梦仙、陈传云、端木探梅、吴紫臣、徐福庭、屈昌侯八友都来祭奠，然后端正成殓挹香不表。

再说挹香同鬼卒四处游玩了一番，又到了一个所在，见一年老犯人与着一个犯妇并旁侧立，两人都是拖枷带锁，链条番索。挹香道："此是何犯？"鬼卒道："此即风波亭陷害岳家父子者，罚令永坠地狱，不复超生。"挹香不听此言犹可，听了此言，不觉三尸神暴跳，七窍内生烟，勃然大怒道："莫非是秦桧等么？"鬼卒称是。挹香大踏步上前，指定二犯骂道："你们这般禽兽！阳间恶不可恕，屈害忠良，十二道金牌矫诏少保班师，以致金兀术复进。奸贼吓，奸贼！你良心丧尽，擅敢东窗设计，陷少保于风波亭！你在阳世任你作为，以为忠臣可尽去，奸相可得志，如今问你这狐群狗党，可能再使些奸谋么？我尝读《宋史》，而见你们屈陷忠良，欺君负国，恨不得啖汝之肉！如今适逢其会，奸贼吓，奸贼！你敢饱我老拳？"挹香虽是儒流，斯时怒恨已极，便挥拳将秦桧夫妇打得面青颊肿。旁犯窃窃相语。秦桧道："此人不过一个秋魁罢了，有什么稀罕？"挹香听见，火星直逗顶门，不胜大怒，便回转头来骂道："我之一榜秋魁却是十年窗下辛苦中换来的，不若你们这般狗丞相，谄媚求悦，走狗权门，求来的钟鸣鼎食！"挹香越骂，无明火越提，抢拳乱打了一回，举足乱踢了一回，方才息怒。

复同鬼卒迤逦而行，心中倒觉十分爽快。猛抬头，见一座高台，约有十丈，四面窗槅齐全，上写"望乡台"三字，挹香道："上去一看如何？"鬼卒道："你要还阳的，去看他什么？况为善之人不登此台。"挹香道："我仍只算游玩，看看何妨？"鬼卒只得同他上去，挹香见台前悬一额曰"回首已非"，两旁楹联道：

> 阴律本难逃，向鬼卒哀求，哪复容汝返也；
>
> 阳间原不远，看妻孥啼哭，谁能替你生乎？

挹香正在徘徊，鬼卒开了南窗道："你要看家乡，这里来看。"挹香便至南窗一望，果见家庭十分忙碌：门墙上都扎了青布彩球，自己的尸首停在承志堂，灵前绿烛高烧，东西两廊，僧道们在那里做什么功德。挹香想道："什么僧道可以超度亡灵，经忏冥中有用？如今我家里做功德，我也并无什么应用处。此所谓淫僧妖道，无非骗人财物而已。"又看孝帏中，钮爱卿在那里揩抹尸身，见她泪涔涔，十分苦楚。又见四妾都是披麻戴孝，哀哀啼哭。又见许多穿白裙衫的妇女，也在那里悲啼，挹香倒想不出是何人，细细一看却原来都是他的心爱美人。数之，恰好三十一位。大喜道："我曾在虎丘灯舫上说过：'有一日死在你们众美人之前，待你们都来送我，斯之谓全福。'如今果应了那话了！蒙她们虽死不改，仍旧十分情重，却也难得。"又见孝帏东首有一男人，在彼搏踊大恸，视之乃好友邹拜林也，心中更加感激。又见孝帏之外，姚梦仙、叶仲英、周纪莲、陈传云、端木探梅、吴紫臣、徐福庭、屈昌侯许多好友，一个个都在那里祭奠。又见省亲堂中父母十分悲惨，哭泪如珠，幸有旁边侍儿们劝慰。挹香看到其间，不觉凄然泪下，想道："幸亏要还阳的，不然叫我哪里丢得下？"便对鬼卒道："我要回去了。"鬼卒笑道："如何？你上了此台，自然要想回去了？既如此，你可看定自己臭皮囊。"揾香听了鬼卒的话，便看定了自己臭皮囊。鬼卒便将他两足一抬，一个反签筋斗跌下台去。揾香大喊道："啊呀呀！跌死我也！众美人快些救我！"一声大喝而醒。

却说众人正在哀哀啼哭，六局人正在端整成殓，猛听见一声大喝，尸首坐了起来，吓得六局人等都逃了出来，嚷道："活鬼出现！"吓得众美人如飞散白蝴蝶一般，纷纷乱窜。端木探梅、陈传云、徐福庭、屈昌侯素来胆小，吓得都逃回家去。姚梦仙素来刚勇，全无畏惧，谓叶仲英、周纪莲、吴紫臣道："君勿惊怕，有我在此。"众亲戚逃往省亲堂，与铁山说话。此时，承志堂上霎时走空，孝帏中仅剩一个爱卿了。

爱卿见尸首坐了起来，她哭多来不及，哪里还有畏惧之心，便抱住尸首大哭道："香弟弟，你还有什么丢不下？替我说个明白，不要去吓他们了。"揾香笑道："爱姐姐，我还阳了！"爱卿又哭道："我也极欲你还阳，只怕阎君不让你还阳，仍要催你去的。你有什么说话，快些说罢！"说着，又哭将起来。

揾香道："爱姐姐，我真个还魂了。我前日一魂不散，随鬼卒见了阎王，道明姓氏籍贯，孰知要勾常州府金益乡，鬼卒误勾我长洲县金揾香！冥君查我寿数未终，又说我是月老祠金童下世，奈凡身已溃，不可还阳，着鬼卒送我到月老祠请旨。所历处尽是昔日梦境。月老查明一切，赐我仙丹，故得复还阳世。望爱姐不要哭了。"爱卿听罢，心中快活得如梦里一般，笑多笑不出，忽又想到，前日揾香死后，不料今日重生，重新哭将起来。

众美人蓦听哭声，认道揾香仍死，俱来窥探，见揾香已上了灵床，与爱卿说话，急欲退出。揾香连忙追出来道："众姐妹勿慌，我还阳了。"众姐妹方安慰了些，动问爱卿，方知底细，大家欢喜。秋兰、小素、琴音、素玉至省亲堂面禀翁姑，弄得铁山夫妇犹如梦里一般，十分不信，直至见了挹香，方才大喜。挹香复于父母之前，细说一遍，便命人至外说明其事，令六局们一齐回去，请诸亲朋内堂相见。

此信传出，外边人人称异，都一齐来看挹香。挹香道："今日与众位相见，事事见，事出再生，情如隔世。蒙众位至此凭吊，我心感激非凡，众位请上，待我拜谢。"众人道："此时身体亏弱，不可劳动。你既还阳，我等还要贺喜，何必言谢？"挹香道："我今不比从前了，服了吴大仙返魂丹，不觉精神充足，较未病时更加强健了。"说着，便向众人拜下。众人连忙扶起，口称："不敢当。"一个个也替挹香贺喜。

挹香四顾不见拜林，心中想道："方才我望乡台上，曾见他在我灵帏擗踊大恸，为何此时不见？"便问仲英道："林哥为什么不在？"仲英道："他因你要成殓了，知你生平所著的《碧草庐词钞》是得意之作，又有《文章游戏》一部，你平生爱看的，所以他到你书馆中去取来，要替你放在棺中的。"梦仙道："少顷，林哥哥知你还阳，不知他要何等快活！"周纪莲道："可笑端木探梅等四人吓得逃回家去，林哥哥现在书馆未出。"吴紫臣道："待我去请林哥哥来。"挹香喜道："林哥哥真个知心！我死了，他犹如此当心，真不愧我的知己！"便向紫臣道："待我去看他。"径往书馆中来。

且说内堂早命人将承志堂上一切灵床衣椁，收拾一空，合家欢乐称贺。如今宅中只剩得一个邹拜林未知挹香还阳，在书馆中检点挹香的书稿。一头寻，一头哭道："香弟在日，我与他何等欢乐，何等莫逆！如今我一个人，弄得独行踽踽，替他收拾残

绮红小史

经典书香 中国古典世情小说丛书

稿，好不凄楚！"一个人垂头丧气，自言自语。收拾好了，正欲出来，恰巧挹香步入书房，将拜林对面撞了一撞。拜林蓦地里不曾防备，抬头一看，吃吓不小。不知二人如何说话，且听下回分解。

第三十六回

悲中喜挹香魂返　意外望诸美心欢

话说拜林收拾残稿已毕，正待出来，忽见挹香撞进书房，心中十分吃吓，按定了神，想了一想道："他在生与我知己，情若同胞，死后谅来总是一样的，大约恋故人，是以一灵不泯，来与我叙旧的。"想到此，便放大了胆上前相见，乃道："香弟，愚兄正在这里检你心爱的诗词，要替你放在棺木中，以表你平生所爱。你敢是丢不下愚兄，一灵不泯，重来看看我么？你前者五桩大事，吾日后无有不从，弟请放心可也。"说着，抱了挹香大哭起来。

挹香倒亦一阵心酸，涔涔泪下，本要告诉他还魂之事，如今听了他如此说法，趁着泪下的时节，倒要骗他一骗了。便答道："弟自前日弃世之后，终日思兄，被这许多夜叉小鬼押解冥司，不由分说欺侮。夜台这一般苦况，真是不可言宣。最可畏者，遍地泥涂，终朝风雨，神嚎鬼哭，举目无亲。冥君又十分威赫，不肯容情，幸查得弟之生平，所以将功抵过。如今在冥司无飘无荡，或在奈何桥晚眺，或登枉死城遨游，哪里有阳世的偕了二三知己，饮酒吟诗之乐？"说着，又佯装下泪道："今日因鬼卒们不在，偷至家庭与兄一叙，不知以后又要何时相见的了。"说罢，放声大哭。

拜林便挽了挹香的手，正欲开言，忽然大讶道："鬼是冷的，为什么香弟两手十分温暖？"便对挹香谛视之。挹香恐拜林疑心，便向地下一蹲，嚷道："鬼卒来寻我了，从此与君别矣！"说着，立起来，睁圆了两目，伸出了舌儿，摇了几摇头，顷刻间，披发踉跄。拜林十分着急。又见挹香往门后避了片时，重复出来道："好了，好了，鬼卒被我躲过了。林哥哥，我同你去看爱姐与四美人去。"不由分说，扯了拜林到宅中来，拜林只得随之行。走到厅堂，见众人不在，拜林大讶道："做什么？做什么？"对挹香看看，又看看房屋，说道："莫非我在这里做梦不成么？"挹香见拜林发急，乃道："弟因夜台无伴，欲邀你去聚首聚首，我们且到梅花馆看了爱姐，然后同往如何？"拜林听了，大叹道："原来如此，你为何不早一天把个信给我，我好料理料理未了的事儿。如今要我去作伴，我也决不推辞的。生既同淘，死亦不妨同伴，如此方为知己朋友。不过我家事未曾料理，心中有些不安。罢，罢，罢，同你去见爱姐，一同去就是了！"挹香听了，大笑道："好，好，这才是生死之交！"迤逦行来，已至梅花馆，挹香先叫拜林进去。

拜林步进梅花馆，见爱卿一身艳服，笑嘻嘻相接。拜林此时倒弄得木偶一般，一些头路多没有。见爱卿又不带孝，又无悲苦之状，心中大异，暗道："爱姐莫非做了蝴蝶梦中庄周之妇了么？"又想道："不要放屁！爱姐岂是这般人？"又想道："既不是，为什么这般艳妆快活？"却未想到挹香还阳。正要启口，又见秋、素、琴、玉四人，皆浓妆吉服而来，拜林此时忍不住了，便向爱卿道："嫂嫂，香弟的灵柩停在何方？何以成殓得如此之速？为何嫂嫂穿着艳服？可知丈夫的服制乃是终身服制？如今香弟弟鬼魂在此，说什么来看了你，要逼我去阴司作伴。"说着，便唤挹香，哪知挹香的形迹毫无。拜林道："方才明明同我到梅花馆来的，为何此时不见了。"拜林说罢，爱卿方晓挹香没有说明还阳之事，反去骗他，不禁笑将起来。拜林益发不懂，便道："嫂嫂为什么好笑？"爱卿道："你们香弟弟已活转来了。"拜林道："有这等事么？我却不信。"爱卿道："他不还阳，为何我们穿着吉服？"便细将挹香还阳之事一一诉知。拜林抚掌大喜道："谢天谢地！我原说香弟非夭寿之人，方才书馆中说得十分苦楚，扮了许多鬼脸，又扯我来看你，说什么生死之交，要我阴司作伴。我怎一时糊涂，想不到此？"说罢，便出了梅花馆，来寻挹香。

　　却说挹香扯了拜林到梅花馆，明知爱卿要说破的，自己便往园中去寻众美人。众美人已在春水船守候挹香。看他来了，三十二美你也香哥哥，我也香弟弟，因为死而复生，更加亲近。挹香听见，连忙趋入轩中，挽了两个美人手道："今日与众芳卿再叙园中，真是出人意外的了。"吕桂卿道："香弟，你既到阴司，究竟如何式样？"挹香道："阴司的景象与阳间大不相同，阴风拂面，鬼哭惊人。我见了两殿冥君：一乃第一殿秦广王，一乃第十殿转轮王。游遍枉死城、剥衣亭、六道轮回之所。最可怕者奈何桥，高有百丈，阔仅三分，下面血污池中有许多男女沉溺其中。问其所由，说男者是奸臣逆子、污吏贪官，女者是不孝翁姑、不避三光①、触怒神祇之辈，堕入此池，永难超出。你们千万听听，不要犯着。"众美听了，都毛骨悚然。挹香又道："后来我又至望乡台，见你们毕集孝帏，引动我思归之念，被鬼卒推我下台，大呼而醒。"众美人听罢，摇头伸舌，个个称奇。

正说间，忽见拜林走到，不由分说，一把扯了挹香道："我同你到阴司作伴去。"挹香道："去，去，去。"弄得众美人愕然不解。拜林道："如今叫你去，只怕不肯去的了，倒是我拖你在阳世做了伴吧。"便说与众美知之，一齐大笑。

拜林又谓挹香道："今日相逢，实出意外。且问阴间之事，究属如何？"挹香复细细述与拜林，又道："更有一桩极爽快事。"拜林道："何事？"挹香道："遇着秦桧夫妇，万俟、张二贼，被我骂了一回，拳打脚踢了一顿，你想爽快不爽快？"拜林拍手道："好，好，好，正合我意！"挹香又说道："前者与你梦游的月老祠，冥君又着我往那处请旨。幸亏院主赐我仙丹，方得回阳，否则仍旧不能相见。"说罢，众人称异。

拜林道："方才爱嫂嫂说，众亲朋在着省亲堂贺喜，你可去应酬应酬？如今丧事变为喜事，千古难逢。我想不如趁众亲友在此，替你供个寿堂，改作寿事，唤几席酒肴相款，以博一乐，你想可好？"挹香拍手大喜道："林哥之言诚是，但依旧要劳你的了。"拜林点头应允，一面命人端整寿堂与着酒席，大家称善。

俄而，酒筵已到，正厅上摆了八桌，挹香陪众宾朋饮酒，曲尽殷勤。挹翠园中摆了六桌，爱卿陪众美人饮酒。省亲堂上摆了

---

① 三光——指日、月、星。这里是古代制礼。

一桌，请父母一同欢饮。家人仆妇等，俱有酒肉厚赏。一门喜气，合宅欢娱，到了晚间，方才散席。邹拜林胸中万分乐意，是日住在挹香书馆中，与挹香联榻深谈，所以挹香未至梅花馆安睡。

明日，挹香吩咐省亲堂排酒两席，要与父母、妻妾同宴家庭，且听下回分解。

第三十七回

省亲堂合家欢乐　梅花馆五美诙谐

　　话说那日，挹香吩咐治酒于省亲堂上，便同拜林往内请了父母相见，重宴家庭，十分欢喜。又命侍儿往梅花馆以及各院，去请五人到来。顷刻间，环佩叮当，香飘兰麝，爱卿同秋、素、琴、玉等至堂上，见了翁姑，又与拜林见礼毕，一同入席。挹香与父母、拜林坐了一席，五位美人坐了一席，传杯弄盏，欢乐非凡。拜林道："今日香弟弟得能重生阳世，再庆家庭，与伯父母及众位嫂嫂一堂欢宴，亦是伯父母素来好善所致也。"小侄奉敬一觞。"铁山夫妇十分欢喜，举杯领了拜林的酒。挹香道："孩儿喜得余生，重亲色笑，望爹爹、母亲开怀畅饮一杯。"便斟上两杯，奉与父母二人饮了。五位美人俱上前劝酒，真个满堂喜气，欢乐非凡。饮至日晡，方才散席。五媳辞了翁姑，各自回房。拜林别了挹香，也归家去了。人知挹香还阳之事，互相传说，街谈巷语，当作异闻，咸称曰："此金翁平日乐善好施所致也。"

　　挹香送了拜林，便往梅花馆而来，恰好秋兰与爱卿在彼叙谈，小素亦在，手中还做自己绣履。挹香笑道："如此天寒，还要做什么针线？"便夺去鞋儿，替她藏好了。小素笑道："你何苦与人吵闹？我们无聊，故在此做些针黹①。"挹香道："如此，我来同你们消遣便了。"便勾了小素的粉颈，在醉翁椅内亲近了一

――――――――――

　　① 针黹（zhǐ）――针线活。

回。小素红着脸道："为什么不好好地去坐，来与别人胡闹?"挹香便嚷道："与别人胡闹，不干你事，你也不必发急。"小素道："我不来与你这般小人说。"挹香道："我与你消遣消遣，你倒当我小人? 你忒煞欺人了。"小素道："既不是小人，为什么捕风捉影地胡闹?"挹香道："妹妹，我实在爱着你，惜着你，所以叫你勿做针线，与你说说笑话。"爱卿与秋兰看见挹香与小素游戏，倒觉好笑，便道："挹香，你这般滑稽，我们哪里说得过你，只合素妹妹来制服你的。"

　　正说间，恰好素玉走来听见了，便问道："你们在这里说我什么?"挹香连忙接口道："在这里说你。"素玉道："说我什么?"挹香道："不对你说了。"素玉一把扯了挹香到外房道："你说不说?"挹香道："我不说，你去问爱姐。"素玉便放了挹香，来问爱卿。爱卿笑道："没有别话，不过说你善于滑稽。方才他与小素妹妹滑稽，小素妹吃了他亏，所以我说：'你的伎俩，只有素妹妹制服的。'只此一说，别无他语。他倒说了你许多。"素玉道："说我什么?"爱卿道："你去问他。"素玉见爱卿不说，复身来问挹香道："爱姐说你还说我许多话儿，你可实对我说。不说，我却不肯干休。"挹香听了，又好笑，又好气，连忙道："我从未说你，你不要去听她海市蜃楼，无中生有。"素玉听了，便说道："你还要瞒我，今天定要说的。"挹香道："我其实没有说你。不信，你问小素妹就明白了。"

　　素玉正要去问，恰巧小素走来，便接口道："姐姐不要听他，他说了许多，倒要赖了。"素玉道："如何? 此时你也赖不成了。快些招吧，究竟说我什么?"挹香弄得十分好笑，便道："我何曾说你? 你怎听她们胡言乱语?"素玉道："你还要抵赖!"便揿倒挹香在炕上。挹香道："说是说的，不过说你是个可人，我爱煞你。好妹妹，今日还阳，必须先到妹妹房中叙叙旧情。就这几句话，你想快活不快活？"素玉听了道："你嘲诮我。"便揪住抱香，以小栗子拳将他额上轻轻地点了几下，又拧住了不放。抱香道："真个是这几句话，并无别说。"素玉见他不说，便生出一个妙计来，说道："你不说，我倒早已听见了。方才我到这里，听见你说，五美之中唯我最恶，出言吐语，往往不知轻重，一种假情假义，故而你也假意待我。如今你也不必说了，我替你代说了罢。"说着，放了抱香，顷刻间，怒色生于翠黛，嗔霞飞上红腮，装作万分动气，独自一个，坐在椅内不言不语。急得抱香手足无措，连忙起来，向素玉分辩道："我金抱香蒙你们十分相爱，我哪里有什么你善彼恶之语？你不要堕入他们二人的猾计，反来怪我。"说着，连连的好妹妹长，好妹妹短，只管讨饶，素玉只是不理。

　　抱香又去对爱卿道："都是你无中生有，害得我分辩不清。"小素笑道："你是善于说辞的人，有什么分辩不明？"爱卿道："就是分辩不明，只要素妹妹那里讨个饶，下个跪，他自然就饶你了。"抱香摇摇头道："都是你们不好。如今就是讨饶，素妹妹也要怪我的了。"爱卿道："痴生，你且先去讨饶，然后我替你说情可好？"抱香道："要来的哩。"于是，又至素玉面前道："好妹妹，你不要错怪了，我真个没有说什么。就算说了，没我金抱香赌个重咒儿，以后我待妹妹总胜别个三分可好？"说着，双膝跪在素玉面前。素玉本来诡计，见他以假作真，如此发急讨饶，倒好笑起来，便立起身来一洒，走向爱卿内房而来。

　　抱香看见素玉去了，连忙道："素妹妹，你不叫我起来，我是不立起来的。"说罢，仍旧跪着。素玉走到爱卿内房，轻轻地笑说道："我与他说说笑话，他竟认起真来了。如今还在外房做矮人。"爱卿听了，不觉好笑起来，便挽了素玉与秋兰、小素出房，见挹香犹是跪在那里，爱卿道："痴郎起来，素妹妹同你说的多是笑话儿。"说着，来扶挹香。挹香道："我要素妹妹自己叫我起来，我方才肯起。不然，我情愿一天做矮人。"素玉听了，满面堆欢，只得扶起挹香。小素见挹香跪了长久，有些不舍，便扶了挹香到榻上坐定，说道："她们都是骗骗你，你为什么当起真来？"挹香道："原来爱姐骗了素妹，素妹反用诡计冒我，你们好狡猾也！"正说间，琴音走到，五个人闲谈了良久，极其欢洽。

挹香道："我们久未做诗了，今朝必须吟咏吟咏。"爱卿道："六个人在此，倒不如联句吧。"挹香道："好。"小素、秋兰连忙道："我们两个人是不会做诗的。"挹香道："你们字多认识的，焉得不会做诗？"二人道："真个不会的。"挹香道："这也不能勉强的，你们明日为始，可拜投爱姐为师习学；况做诗一道是极容易的，不道要佳句为难。你们资质秀灵，只消半月，包你们会得做的。"秋兰、小素听了，大喜道："明日一准拜投爱姐门下。"爱卿道："不来，不来。我自己做诗尚且不佳，怎样好收徒弟？还是夫婿作先生。"挹香道："但是我做先生是要打的哩！"说罢，大家多笑。

挹香又道："今日联句，你二人先做两句，如有不通，我来更改。"爱卿道："不错。"秋兰道："我平仄不谙，古典没有。"挹香道："只要读来顺溜，就不失韵。古典没有，写景可也。"爱卿道："即景为题，先让秋妹妹起句，我们依她韵脚续下，不知可否？"挹香道："好。"便对秋兰道："你先想一句出来。"秋兰红着脸道："不知可像的。"便细细地想了，又想小素尝看南词唱本，七字言见过颇多，尤恐做出不像，所以十分发急。想了良久，方想着了一句，便道："有是有一句在此，你们不要好笑。"琴音道："不妨，秋妹妹，你说就是了。"于是秋兰停了半晌，道："挹香，你要替我改的哩！"挹香道："你说，你说。决不有人笑的，况且做诗由渐而来，有谁驳你？"秋兰道："如此，我说了：寒讯连朝水结冰。"秋兰说罢道："可是不像诗的？"挹香道："虽只初吟，句调平仄与着用意倒也不甚大谬。"爱卿道："秋妹妹初次吟诗，就有如此之句，他日必能于诗坛中独立一帜。"挹香对秋兰道："水结冰的'结'字，似嫌不雅，须易一'冱①'字，'冱'字也便觉雅了。"秋兰点头听训。挹香即续下云：

> 图消九九宴良朋。

挹香吟罢，便道："琴妹妹，你来续一句看。"琴音不假思索，便云：

> 放歌拈管狂初纵。

爱卿便接一句云：

> 笑语围炉候正应。

挹香道："小素妹妹，也来想一句。"小素道："我是不会的，如何？"挹香道："随你念一句，我改就是了。"小素无奈，想了俄顷，只得说道：

> 白雪未飘寒冷淡，

挹香道："倒也有些诗意，不过'寒冷淡'三字似乎不妥，只消用"偏料峭'三字，就觉妥适了。"说着，又叫琴音押韵。琴音便云：

> 青山如睡觉峋嶙。

琴音吟完，挹香道："秋妹，又请你来了。"秋兰摇手道："不来了。方才一句，已经想了半日，哪能再做得出！"挹香道："如此，爱姐你说一句，待我来收韵罢。"爱卿便云：

———

① 冱（hù）——冻结。

第三十七回 省亲堂合家欢乐 梅花馆五美谈谐

·239·

　　　　　南枝即见春回早。

挹香结一句云：

　　　　　从此家园乐事仍。

　　六人联罢一律，复闲谈欢笑，极尽绸缪。到了黄昏，六人都在梅花馆用了晚膳。挹香欲宿沁香居，不好启齿，便对爱卿道："时候尚早，你们谈谈。我要到沁香居去取件东西，就来的。"说着，往沁香居而去。坐了一回，命侍婢去请小素，只说已经睡着了。侍儿奉命，到梅花馆来说知。爱卿便道："小素妹，他已睡熟了，你可回房去吧，看他不要冻了。"小素便辞了四人，回沁香居去。挹香见小素到，便道："好妹妹，我等你长久了，所以特设小计来邀你的。"说着，二人笑了一回，方才安睡。

　　不知以后如何，且听下回分解。

第三十八回

夫作先生二乔受业　妻操中馈众美钦贤

话说挹香次日起身，众人仍集梅花馆说话。挹香道："今日秋、素两妹从事门墙①，理该执贽拜师才是。"小素与秋兰听了，多好笑起来，便道："请先生教诲，我们洗耳恭听。"挹香道："如此，你们二位贤契听着：凡作诗，宜先知平仄，继而要知锻炼。《袁简斋诗话》中说得好：'吟成一字稳，耐得半宵寒。'又要日将诸大家的诗集时时翻阅，熟读深思，参其如何起，如何转，如何合。诗贵用意，不贵词华对仗，却要工致。即景诗要做得诗中有画，咏史诗要做得慷慨激昂，香奁诗要做得温柔敦厚，感慨诗要做得兴会淋漓，此皆做诗的法则。其余押韵、选韵，俱要切当。有倒韵，有虚韵，有叠韵，俱不可草率。倒韵如'是时山水秋，光景何新鲜'。虚韵如'黄鸡催晓不须愁，老客世人非我独'，一无生敲杂凑，熨贴非凡。叠韵如'废砌翳薜荔，枯湖无菰蒲'，天然工妙，绝不硬装。凡此皆宜留意。"二人听了，便问道："平仄如何说法？"挹香道："待我抄些式样与你们，便可体会了。"于是写了一张，付与二人。二人接来一看，见上写道：

七言律诗式　　平起平收式

平平仄仄仄平平　　仄仄平平仄仄平

仄仄平平平仄仄　　平平仄仄仄平平

---

① 门墙——指老师之门。

　　　　平平仄仄平平仄　　仄仄平平仄仄平

　　　　仄仄平平平仄仄　　平平仄仄仄平平

又　　　　仄起平收式

　　　　仄仄平平仄仄平　　平平仄仄仄平平

　　　　平平仄仄平平仄　　仄仄平平仄仄平

　　　　仄仄平平平仄仄　　平平仄仄仄平平

　　　　平平仄仄平平仄　　仄仄平平仄仄平

五言律诗式　　　平起平收式

　　　　平平平仄仄　　仄仄仄平平

　　　　仄仄平平仄　　平平仄仄平

　　　　平平平仄仄　　仄仄仄平平

　　　　仄仄平平仄　　平平仄仄平

又　　　　仄起平收式

　　　　仄仄仄平平　　平平仄仄平

　　　　平平平仄仄　　仄仄仄平平

　　　　仄仄平平仄　　平平仄仄平

　　　　平平平仄仄　　仄仄仄平平

七言绝诗式　　　平起平收式

　　　　平平仄仄仄平平　　仄仄平平仄仄平

　　　　仄仄平平平仄仄　　平平仄仄仄平平

七言绝诗式　　　仄起平收式

　　　　仄仄平平仄仄平　　平平仄仄仄平平

　　　　平平仄仄平平仄　　仄仄平平仄仄平

　　两人看完了，挹香道："六个式样，法已备矣。调四声之法亦有分别，总诀听我道来：

　　　　平声哀而安东韵至咸韵

上声厉而举董韵至琰韵

去声清而远送韵至艳韵

入声直而促屋韵至洽韵"

两人又问道："一首诗中，必须照你的平仄，不可移动一些么？"挹香道："这也有法则的：'一三五不论，二四六分明。'诗中第一、第三、第五，或用平用仄，不必拘定；唯第二、第四、第六，用平仄不可移易。如五言律，只论第二、第四两字。"两人听了，已有四五分明白。爱卿道："可要出几个题目？"挹香道："自然要的。"便想了一想，将两张诗笺写了几个题目，递与二人道："限明晨交卷。"爱卿与琴、玉二人都看那题目，见小素的却是《积雪》七律一首，《腊梅》、《水仙》七绝两首；秋兰的却是《待雪》七律一首，《梅妻》、《鹤子》七绝两首。爱卿道："先生倒也会出题目的。"挹香笑了笑，向小素道："妹妹，你这《积雪》，须要刻画'积'字。秋兰妹妹的《待雪》，亦要双关'待'字。《梅妻》、《鹤子》两题，能刻画更佳。"二人唯唯听训，坐了一回，各自回房。

她们两个人究属初次吟诗，见了题目倒难下手，便来求教爱卿，爱卿便与细细讲究。两人把两首律诗托爱卿作了，各将两绝自做，自午至夜，方才脱稿誊正。明日挹香在梅花馆起身后，小素先来交卷，接来展开一看，见上写着：

积雪七律

万里缤纷入望赊，江山点缀十分华。

花飞远浦迷樵路，絮满荒村失酒家。

孤岭老梅添冷淡，小窗翠竹愈欹斜。

灞桥有客徜徉去，诗思频搜兴更加。

腊梅七绝

朔风连日暗惊人，报道梅花点缀新。

疏影横斜水清浅，暗香浮动景清真。

水仙七绝

多情作伴小窗前，丰格翩翩似少年。

冷艳疏香推第一，棱棱态度似神仙。

挹香看了便道："《积雪》一律，巧思绮合，刻划入神。腊梅误解为《梅花》，且抄袭古人之句，不合题旨。考《梅谱》，腊梅本非梅类，以其与梅同时，香又相近，色酷似蜜腊，故名腊梅。考《宾朋宴语》，腊梅原名黄梅，故王安国熙宁间，有咏黄梅诗。至元祐间，苏黄始名为腊梅。《水仙》一绝，错乱无章，措词亦谬。吾今替你们从浅近改之，你们就可进境。"说着，将两绝改了递与小素。爱卿等也一同来看，见上写着：

腊梅改原作

朔风连日暗惊人，报道黄梅点缀新。

冷艳疏香凡卉异，岁寒别作一家春。

水　仙

多情作伴小窗前，风格翩翩合受怜。

尘世谪来原负尔，如卿不愧直呼仙。

爱卿等看了道："果然改得好，不愧先生！"正说间，秋兰交卷至，挹香接来一看，见上写着：

待雪七律

欲吟佳句望檐前，耳畔风声万壑连。

卜得天公将戏玉，谁为地主预开筵。

红梅未冻香初动，黑树全迷絮蔓延。

待到来朝重赏处，茫茫空际讶花旋。

梅妻七绝

竟把花来当作真，如鱼似水共相亲。

美人高士情如许，索笑孤山几度频。

鹤子七绝

遨游孤岭自西东，性与仙禽约略同。

好鹤笑他真有癖，痴狂自号阿家翁。

挹香评道："《梅妻》句法欠佳，《鹤子》尚称平稳，唯《待雪》一律，清新可爱，若无葫芦依样，则日后必臻妙境。"大家听了，倒好笑起来。挹香道："什么好笑？"素玉道："诗中有什么葫芦不葫芦？"挹香道："依样画葫芦，不是有的么？"大家听了，笑之不休。挹香道："如今变了掩口葫芦了。"说罢，就将《梅妻》一绝改了，递与秋兰。秋兰与三人一同细阅，见上写着：

梅妻改原作

处士孤高迈俗人，闲寻风月到山滨。

罗浮有迹甘同梦，好倩霜媒作伐频。

挹香改完了两美之诗，二人十分钦服，日夕揣摩，终朝锻炼。闺中人究竟比须眉心细，容易进境。不及半月，二人的诗已罗罗清疏了。

其时乃是十二月初五，铁山夫妇因为年纪大了，欲将家务托付爱卿，便命侍婢去请大少奶奶到来。俄顷，爱卿至，见了翁姑。铁山夫妇便将一切家务章程调度，细告爱卿道："嗣后要烦贤媳操持，我等老年人好省些力了。"爱卿唯唯听命。自此以后，操持一切，竭力尽心。挹香与众美人俱钦其贤孝，十分欢喜。

十三日，爱卿忽然腹中疼痛，将欲临盆。急得挹香十分忙乱，一面叫四美人陪了爱卿，一面遣人去唤稳婆。复至梅花馆，见爱卿一阵一阵，更加疼得紧了。挹香无计可施，便向家堂灶司前点烛焚香，祈求早产。到了二鼓，挹香也在梅花馆守候，忽听得半空中仙乐盈盈，床上爱卿几声"嘎唷"。要知贵子临门，且听下回分解。

绮红小史

经典书香 中国古典世情小说丛书

第三十九回

天赐麟儿爱卿生子　诗联雁字素玉推魁

　　话说挹香听了爱卿"嘎唭"之声，进房看视，恰遇着稳婆到来，报喜道："乃是一位状元官官。"挹香十分大喜，连忙到内房来看爱卿。见她娇喘无力，云鬟蓬松，挹香甚是不舍，便命侍儿端整粥汤与爱卿吃，然后看稳婆替小儿洗浴。包扎好了，挹香抱来细看，小儿却生得十分端正。琴音道："你可替他取个名儿？"挹香道："有父亲在，还须请来命名。"便命侍儿去请太爷、太太到来。

　　铁山夫妇到梅花馆，见了小儿，十分欢喜，便抱在手中玩了一回，便道："乳名唤他元官，字取吟梅。"众人齐声称好。琴音便道："梅花为魁，乃状元之兆；乳名元官，其意适符。公公命名，真有意也。"铁山笑道："这也不过偶尔名之，有什么讲究。"坐了一回，铁山夫妇回归省亲堂，挹香便在爱卿房中照应一切。嗣后，日在梅花馆陪伴，一连约有三四日不出。

　　翌日，秋、素、琴、玉四人谓挹香道："你连日不吃酒了，我们今天可要吃酒吧？"挹香点头称善，就命侍儿端整了几样酒肴，摆在梅花馆，五人同饮。饮至半酣，琴音至庭前瞻玩，忽见天边许多寒雁一队队飞来，便扯了挹香道："你快来看，天下的雁成群结队，甚属可玩！"挹香看了一回道："此乃雁字。即此为题，你们可要作他一首诗，倒是个韵事。"琴音点头道："倒也使得。"挹香道："你们四人各吟一首，不拘韵可也。"小素与秋兰道："我们初知音律，这'雁'字诗却难刻画，不作，不作。"挹香道："诗须勤作为佳，何必如此胆小？"二人只得静心研求。琴音已成一律，付与挹香。挹香接视之，见上写：

雁字七律不限韵

> 凌霄笔阵转纵横，系帛曾传万里情。
>
> 天半一行原草率，云中几字自分明。
>
> 衡南鸟迹书曾寄，塞北鸿文篆恰成。
>
> 最是秋风斜照里，乱鸦点点共相迎。

挹香看了，点头称妙，又问小素道："你的诗如何了？"小素红着脸道："没有，没有。"挹香见她如此，便道："终该有几句了？"小素道："只有三句在此，却难觅对。"挹香道："就是三句，你可写出来我看。"小素无奈，写云：

> 一群孤雁度窗前，嘹唳声中剧可怜。
>
> 两翅划开征塞路，

挹香道："只此三句，下面却未曾对就，何不对了：

> 半行写入楚江天。"

小素于是又搜索枯肠，吟成四句呈与挹香。挹香取来一看，见上写着：

> 不同虫篆思行草，若拟龙文倍断连。
>
> 八月书空无限景，羽禽翰墨有姻缘。

挹香看罢道："诗虽不甚大谬，惜乎总有强欲求工之意。"正说间，素玉诗成，挹香取来一看，见上写着：

> 音书何处到天涯，旅梦年年感岁华。
>
> 忽见凌空开笔画，果然落墨绕云霞。
>
> 盘旋扫去朱曾点，潦草飞来白亦斜。
>
> 撩我心清添客梦，几行人字掠平沙。

挹香拍手大赞道："素妹妹，你的诗近日愈加精警了！"便挽了素玉的手道："为何你做出如此出色之诗？"素玉道："你不要恶赞。这首诗有什么好处？"挹香道："怎么不好？句句双关，而且细腻非凡。这'果然落墨绕云霞'一句，即置之《剑南集》中亦不为愧。"三人见挹香称赞，多趋往视之，果然十分熨贴，不禁啧啧称妙。爱卿在房中听见，便道："素玉妹，佳作可肯把我一读？"挹香忙拿了诗到房中，与爱卿观看。爱卿看了道："果然刻画摹神，无字不炼。"

挹香复出外来催秋兰道："妹妹，就剩你一人了，快些作吧。"秋兰道："我不做了。"挹香道："为什么呢？"秋兰道："珠玉在前，我何敢自忘鄙陋，贻笑大方？"挹香道："你太愚了，你们都是幼时所学，得有如此妙境。你与小素妹乃是后学，她们有十分才学，你有五分也算好的了。你只管放心，我做先生，总是从公而论，一无私弊的。"秋兰倒好笑起来，只得将诗录出，交与挹香道："你们不要笑才好。"挹香道："不笑，不笑。对了此诗，不论好不好，向他哭一场，可好？"秋兰听了，又好恼，又好惭，便将挹香打了一下，乃道："你总这般利口？"三人拍手道："如今打先生了，打得好！打得好！"挹香只得由她们说笑，拿来一看，见上面写着：

> 抉到天中云汉章，楚江秋信自苍茫。
>
> 蓼滩掠过成三折，荻蒲挥来列几行。
>
> 咄咄书从空际认，翩翩阵看塞边长。
>
> 应劳著笔翻鸦墨，缺处还须点夕阳。

挹香看了这首诗，也赞道："秋妹妹说什么做不出诗，据我看起来，只怕此时这些假斯文、酸秀才，还没有你这几句诗来。"于是细将四律评论一回道："第一应让素玉妹妹。第二本拟琴妹，然秋妹初学如此，应排第二。第三琴音妹妹。第四么，小素妹妹。你不要动气，只得排你了。"小素笑道："有什么动气?"挹香笑道："不错，不错，好妹妹，你是不动气的。"于是，五人复饮。

正饮间，忽见邹拜林从园中走来。挹香一见，连忙出迎，四美人亦一同相见。拜林道："刻闻爱嫂新添了一位侄儿，特来贺喜。"挹香道："有劳哥哥。"便道："残肴在此，可饮一杯?"拜林道："好。"四美人正欲辞去，挹香道："林伯伯与自己伯伯一般，有什么客气?"四人只得也坐了。拜林道："弟嫂身子谅必平安的?"挹香道："多谢哥哥，尚称安适。"拜林道："你的嫂嫂也产了一个女儿，日后又是一番空事。"琴音接口道："原来林伯伯也添了一位令爱，我们没有晓得，倒失贺了。"拜林道："这倒不敢，但是我们拙荆①与着三个小妾，时时思念你们四位嫂嫂，本欲过来相叙相叙，奈这几天有了产育之事，所以分身不开，你们几位可到隔壁去叙叙吧。"琴音答道："如此极妙，我们正欲与嫂嫂们贺喜来。"于是又饮了一回，方才撤席。秋、素、琴、玉四人带了侍婢，随了拜林，从园中走至邹家。

见了拜林的夫人与三个姬妾，大家欢喜，也莫逆非凡。拜林的夫人道："香叔叔真是个有福之人，遇着你们几位婶婶，又添了新侄儿，父母又双全，真是人间不易多得的了!"琴音笑着答道："这是哪里及林伯伯，林伯伯是三代祖孙同堂共乐，姆姆又内助称贤，不比我们蠢俗无能之辈。"拜林在旁听了，笑道："你们都不要谦，我来公断了吧，大家好。"说着，引得大家都笑个不住。琴音等抱了拜林的女儿，细细地看了一回，见其面貌丰

---

① 拙荆——旧时谦称自己的妻子。

盈，眉目清秀，都啧啧称赞。琴音便向身边解了一个翡翠和合佩儿，以作见面之礼。素玉等也送了许多物件。拜林夫妇称谢一番。

琴音又问道："不知侄女可曾取名否？"拜林道："名唤佩兰。"琴音道："兰为王者之香，佩之者，幽洁可知。"拜林道："又承嫂嫂谬赞。"于是即命设酒相款。四美人固辞欲归，拜林夫妇哪那里肯放。不一时，筵席已到，一同畅饮，直至玉漏沉沉，方才宴罢。拜林命四个侍儿掌灯，送四美人归。四人谢了拜林夫妇，穿芳径，步回廊，回归梅花馆。挹香犹未安睡，各又坐了片刻。挹香同素玉往步娇馆安睡，三美始散。

嗣后，挹香终日在家陪伴爱卿，不是与四美谈诗，便是到园中游玩。他本是个潇洒之人，得了一妻四妾，心愿已偿，况且外边还有三十一位美人相怜相爱，所以无忧无虑，真个神仙也不能比他。

时光易过，那日已是二十一日了，拜林来约挹香会试，挹香只得要往。雇定船只，择于二十四日动身，预先三日往各亲友家辞行，又与众美人话别，十分忙碌。到了启棹之日，辞别了父母，又别妻妾五人，又嘱爱卿当心吟梅，然后带了家人，同拜林登舟，往顺天进发。

要知会试中与不中，且听下回分解。

第 四 十 回

武雅仙订盟洪殿撰　章幼卿于归①张观察

话说挹香自从二十四日同拜林进京会试，先在保和殿复试，却考了一等三名，拜林亦列前茅。到了会考正场，正欲打点抢元，谁知路上受了些风寒，竟生起病来。挹香本来功名心淡泊，如今复过了试，也算交代了，便告病回吴。拜林命家人们留心一切。河梁送别，挹香驾舟而归，拜林依旧在京考试，吾且不提。

且说挹香一路上就地延医，服了几剂风寒药，渐渐复原。二十一日，舟抵吴中，登岸回家，禀知父母。铁山道："功名迟速，是有其时，不可强求也。"重新替他延了医生，服了些补药。到了二月朔，挹香强健如初。

是日天气温和，出外闲步，迤逦而行，已至武雅仙家。进门不见雅仙，心中疑甚。入内遇假母，询其故，假母道："自从老爷会试去后，腊月底来了一个洪大人，榜名匀金，却是新科状元。他从学宪任上回来，要娶一个绝色姬人到京作伴。见了我家雅仙女儿，十分情挚，彼此倾忱，愿出白银千两。老身要他二千两，他说什么，如此美人，不要说二千两，就是四千两也不为贵；但我此时因看她沦落花前，十分不忍，我本欲纳一姬人②，故而与你商量一千两银子。我也不算你女儿的身价，无非偿你数

① 于归——出嫁。
② 姬人——古代称妾。

年抚养之意，你既不允，也就罢了。嗣后，我也不放在心。熟知停了三日，洪大人命家人来传语道：'大人今日动身，特来邀你们小姐一到。'我想他们如此知己，又不好故拂其情，只得命女儿码头上去。谁知去了良久，家人又来传语道：'你们小姐，大人带往京中去了。白银千两即便送来，不食前言，特来告尔。'"

挹香道："有这等事么？"假母道："老身一闻此信，连忙赶至码头，已人舟俱杳。无计可施。只得回来。如今老爷要会女儿，没有仙术，恐不能再见她了。"挹香听了，便道："雅仙妹妹竟去了么？"说着大哭。哭了一回，又道："罢了，罢了。雅仙妹妹得了护花铃，我也心安了。"假母又同挹香到雅仙房中坐了半晌，心中更加凄楚，只见庭前花木如常，雅仙妹有志从良，芳姿莫晤，倘今日尚在，她又要与我谈今论古，饮酒吟诗。如今凤去台空，我金某其将何以为情耶？想到此，不觉怆然泪下。乃向案头拈了一支笔，题诗一道于壁上云：

蓝桥曾忆谒云英，才得相逢心便倾。

此日桃花人面杳，顿教渔父触离情。

挹香写完，读了一遍，泪流满面，假母殷勤劝慰。挹香又坐半晌而别，信步而行，已至干将坊，便往章幼卿家。幼卿接进道："为什么京中已回来了？"挹香含泪道："都是进了京，以至如此。"说着，不觉掉下泪来。幼卿见了如此光景，心中十分不解，便道："我问你京中几时回来，为什么不会试呢？"挹香便将害病之事告诉了幼卿。幼卿道："今日君来却也巧甚，我正有言欲告于君，为何你先向别人垂泪？"挹香揩了眼泪道："总归书生福薄，艳福无常。我蒙你们众姐妹相爱相怜，亦是前生之福，奈何不能久聚，令人惆怅顿生。前者爱芳妹东国从良，我已心中不乐，乃不料如今又是……"挹香说着，不觉哽咽流泪。幼卿见他如此，疑他知道而来，便问道："莫非你已知其事了么？"挹香道："我初不知，直至今日方知。"说着，便坐在榻上潸潸泪下。幼卿又想道："不知为着何人？还是为我？"便问道："香弟弟，你为着何人这般惆怅？"挹香道："你想为着何人？"幼卿道："莫非为着我么？"说着，便坐在挹香身边，拿手帕儿替他拭泪。

挹香道："姊姊又没有什么离情诉我，我有什么惆怅？"幼卿只道挹香怪她，忙分辩道："你也才得到来，我正欲告你，你自己先在那里自悲自切，叫我也不能进言，为什么倒怪起我来？"挹香道："怪你什么？就是你不说，我也知道的了，总归我金挹香福薄就是了。"幼卿道："香弟愚矣！君不闻，人生于天地间，为须眉①者，必期显亲扬名；为巾帼者，亦望芳流千古。即如我等误谪风尘、青春辜负，就是有志从良，你也不好怪人怨己的；况你虽知大略，底细未明，先是一番哭泣，使我十分凄恻，要说底细也说不出了。"挹香道："我已明明白白，怎见不知底细？"幼卿道："我问过何人而知底细？"挹香道："雅仙妹妹假母向我细说，难道还不知底细么？"幼卿道："雅仙妹妹家假母虽则知之，她究竟不晓从中底细。"挹香道："如此说来，姊姊得明底细，倒要请教。"

幼卿道："这个人虽是初交，倒也情厚，温文秀雅，卓识多闻，动作行为不像负心之辈。虽则蒙君相待，辱爱有加，然久逗花前，亦非了局。如今遇此机会，亦可为天假奇缘，你也不可这般悲切；况君之姐妹交尚多，花晨月夕仍可寻欢，亦何必形恻恻凄凄之色？"说罢，不觉下泪。挹香道："姊姊所言，其人既是多情，日后不至辜负，我也可放心了。所悲者，月地花天少了一美

①　须眉——胡须和眉毛。这里指男子。

人作伴，你想可悲不可悲？可恨不可恨？"挹香说罢，泪珠儿扑簌簌流个不住。幼卿道："君言诚是。我岂忍与你分离，但此事出于无奈，望君宽怀。"挹香听了道："若说姊姊他日与我分别，我更加要悲切了。"幼卿道："但是吉期在尔，后日就要于归，所以今日为君告之。"挹香道："姊姊，你又来了。你说知其底细，真真谬极了！她还是去年岁底去的，什么后日不后日？可是你弄错了？"

幼卿听了，便问道："你说何人？"挹香道："你说何人？"幼卿道："你说何人？"挹香道："我说的是武雅仙妹妹。你说的何人？"幼卿哭道："我说的就是我自己！"挹香听了这话，不觉大哭道："为何姊姊你也要去了？那人是何等样人，有福与姊姊作伴！"幼卿道："此人姓张，筮仕①云南，羁身沪渎②。近因奉催军糈，小憩金阊，到了我处。蒙他青眼相看，愿订偕老。观其风稚志诚，似乎可托，是以托人探听了几日，订于后日成嘉偶礼，共续鸾盟。第不过与君相聚多年，未忍遽焉分别，唯望君勿念葑菲，妾心亦慰。"言讫，泪落如珠。

挹香亦挥泪道："我与姊姊多年心契，正图相聚，怎说要弃我而去？得毋增我把袂牵襟之感耶？虽姊姊梅将迨吉③，青春不可再负，但不知张君筮仕滇池是何官职？籍贯何方？可是钟情之辈？不要仅贪姊姊之色美，兼瞰姊姊之金多，到日后，终身无靠，依然为弃旧怜新者。那时，姊姊入此室处，即不能越其范

---

① 筮（shì）仕——古人将出外做官时，先卜问吉凶。这里指初出做官。

② 沪渎——古水名。指吴淞江下游近海处一段（今黄浦江下游）。

③ 迨（dài）吉——迨，及；吉，善。迨吉是指嫁娶皆合时宜。

围，又不能别筹良策，致遭妒花风雨，狂暴相摧，我金挹香讵能偕往保护芳卿？凡人性情不测，设一二欺凌姊姊，我金某不知犹可，倘若知之，我将何以为情耶？望姊姊细心防备。后日要去，我也不好强留姊姊的。"说着又哭。幼卿道："你的言语诚为金玉，但愚姊久混风尘，早有从良意，苦无可意人。这个张家公子乃是白门望族，职为观察。一切情形，愚姊已为探听，大约不至误订，君请勿忧。"挹香道："籍贯白门是南京人了，但南京人是不善者多，咸以刁诈成风，奸谋为念，世俗有'南京拐子'之谚，姊姊更宜慎之。"幼卿笑道："挹香，你太愚了！世俗之言，岂可作证？"挹香道："姐姐慧眼，自然善能择人，亦何须我言之喋喋。"二人说了一回，天色已晚，挹香因幼卿归期在迩，不忍分离，那夕就在幼卿家剪烛谈心，共陈衷曲。正所谓：

　　　　世上万般愁苦事，无非死别与生离。

　　后日，挹香复至幼卿家。挹香谓幼卿道："卿今去矣，仆之思慕何时能已？卿去后，务望诸事留神，我金某是'从此萧郎是路人'，不能再为卿护了。今日姐姐于归，我也不敢以俗物赠夌，聊赋催妆数什，日后姐姐言念鄙人，不妨对此俚词一唱，亦如与我见也。"说着，袖中取出诗笺，递与幼卿。幼卿和泪展开一看，见上写：

　　　　愿遂求凰竟赋归，惜花蝴蝶尚依依。
　　　　鳏生恨未生双翼，常伴卿卿作对飞。
　　　　　　　　其　二
　　　　谢却歌衫舞扇缘，韶华不再负年年。
　　　　宓妃①岂肯常居洛，有客钟情解惜怜。

────────────────

　　①　宓（fú）妃——伏羲氏女，相传溺死洛水，遂为洛水之神。

其　三

卿去离怀客独痴，百年嘉礼趁良时。

从今香国狂应减，人面桃花系我思。

其　四

骊歌一曲作催妆，卿意侬情两不忘。

从此蝶蜂休问信，名花今已嫁东皇。

幼卿看罢道："蒙惠佳章，铭心拜领。所嘱一切，我已知道，不要说了。若再说时，使人更加凄楚了！"便向身边解下一个羊脂玉龙玦，递与挹香道："愚姐无以为赠，这玉佩乃我平素心爱，今日赠君，寸心聊表，君其纳之。"挹香听罢，心如刀割一般，含泪接了道："蒙贶佳珍，多谢姐姐，仆当佩之于身，以表不忘之意，但是他日见物怀人，又要多增惆怅。"幼卿听了，摇摇手道："不要说了，我心碎矣。"挹香亦语不成声，二人无非泪眼相看而已。

俄而，张家彩舆临门。挹香无可奈何，与幼卿抱头大哭一场，幼卿方才上轿排踏，由干将坊往曹家巷而去。挹香追至门前，眼睃睃地犹是探望，直至轿子转了弯，看不见了。方才……要知后事如何，且听下回分解。

第四十一回

未免有情宝琴话别　谁能遣此月素分离

话说挹香看幼卿轿子去远了，方才回家，一种凄凉无从解释。爱卿等劝慰他一番，虽稍稍丢开，究竟总有些介介。那日已是杏月初三了，挹香在书馆中，忽报叶仲英到来。挹香接进后，献茶毕，仲英道："香弟，你这几天为何十分憔悴？看你面上有无限愁思，却是为着何事？"挹香道："仲哥哥，你有所未晓，我前月到武雅仙妹妹家去，谁知道人面桃花，杳然不见！后来询及假母，方知订盟，洪殿撰设计娶去。其时我已惆怅，谁知到得幼卿姐处，她又要于归张氏，前月十六日已赋宜家之什。我想，昔日三十六美相叙挹翠园，何等欢乐。如今已三美杳然，日后她们多年及摽梅①，恐不久也要分离，所以在此愁闷。"仲英道："怪也怪你不得。如此艳福占了常久，一旦分离，未免惆怅。但是闻得宝琴妹妹亦已订盟于陈氏之子，郑素卿妹妹被鸨母允许湖州朱氏为妾，你倒没有晓得么？"挹香听了，大讶道："仲哥哥，这句话可是真的么？你从哪里得来的？"仲英道："我来骗你做什么？是我慧琼姐姐向我说的。"挹香听了，大叹道："一事未曾解释，哪知二位美人又要离别了。仲哥哥，我要去看看她们，又不要如雅仙妹妹一样，不别而行。你可同我去走遭？"说着，不由分说，把仲英扯了，一同出门，先至宝琴家来。

---

①　摽梅——梅子成熟而落下。指女子已到结婚年龄。

宝琴见挹香一副不悦的脸儿，倒也不解，便道："你可是爱姐做了孕妇，所以不到这里来？"宝琴尚未说完，挹香已含一眶眼泪，扑向宝琴怀中，大哭道："好姐姐，你竟肯舍我而行，从良志决？如今幼卿姐与着雅仙妹妹、爱芳妹俱忍心别我，你又要弃我而去，郑素卿妹妹又被假母鬻①向湖州。你也去，她也去，你们索性去吧！你们去完了，我也看破世情，深山中去修道了。"说着，又大哭。宝琴见他如此模样，不觉一阵心酸，也垂珠泪，乃说道："你不要哭，好好的，我与你说。"于是将鲛绡帕替挹香拭干了泪，扶挹香坐在身边，又替他拭了一回泪，然后说道："我之从良亦出于无奈，实缘'日月逝矣，岁不我与'。倘日后剩粉残脂，犹恐终身有误，是以辗转熟思，苦无良策。如今蒙一个陈君相爱，不弃葑菲，因他初断鸾弦，愿娶妾为继室。我也岂忍弃君而去，实迫于不得不然耳。"

挹香道："好姐姐，你的话虽则不错，然而我将奈何？就是所云'日后终身'，我金某已有正室，虽则你们三十六美都到我家中，我非不可支持，不过不忍以你们屈为侧室而耽误终身。如今姐姐说的陈君，可是常来的这个陈又梅么？"宝琴道："正是此人。如今约在三月中于归。"挹香道："姐姐其志已定，我也不好挽留的。但我必须于便中来拜托又梅，替他说：'君作护花使者，须要知姐姐是多病工愁的人，千万要善为保护。'我托了他一番，方可放心。"宝琴听了挹香这一席话，又是感激，又是凄惨，二人哭做一团。仲英见他们恁般苦楚，便道："香弟，你何必如此？此时宝姐姐尚可聚首，我们且到外边去走走罢。"便扯了挹香出来。

---

① 鬻（yù）——卖。

挹香道："我还要去看素卿妹妹。"仲英道："不要去了。你去，无非又添许多惆怅，许多眼泪。"挹香道："我要去的。"仲英见他如此，只得随他而行，不一时，已至素卿家。素卿接进二人，挹香一事不管，便向素卿道："妹妹，你可是被鸨母许于湖州朱氏？这句话真乎不真？"郑素卿含着泪道："妹命不辰，确有其事。至于其人之性情动作，却一些不知。如今事已如此，总为妹之命薄。他日到了湖州，倘若遇人不淑，我总拼以一死而已。"挹香听了，大哭道："妹妹，你为何说这许多伤心话？叫人不要痛煞？"便命侍儿去唤鸨母到来。

　　鸨母至，挹香怒道："妈妈，你不该将素妹妹变卖湖州，不择人品。你只知唯利是图！你可知她是个执性的人，若有一二不对，寻了短见，岂不是白白地害她一命？你要银钱，尽不妨向我说，为何将她变卖？"鸨母道："金公子不要错怪老身，容我细说。我因女儿年纪大了，就是这个倚门卖笑的生涯，亦非长策。老身亦欲弃此行业，别寻活计，所以将女儿许与湖州朱公子为侧室。虽曰侧室，无异专房。这朱公子的夫人却是未曾生育，要女儿去替他生几个儿子，接续宗祧的；且此人十分情重，金公子放心便了。"挹香叹道："据你说来，这朱公子是个有情之辈，但是日后素妹妹有什么三长两短，哼！老妈妈，你不要怪我，我金挹香不与你干休的！"鸨母道："公子放心，多在老身身上。"挹香道："这就罢了。未识他几时来迎？"鸨母道："总在三四月间。"挹香只得劝了素卿一番，订以明日再叙。

　　出门后，仲英与挹香分路，挹香径至月素家来散闷。谁知愁恨一齐来，才到月素家，月素即告以订盟甪直①陆茂才之语。挹

————————

　　①　甪（lù）直——镇名。在今江苏吴中区。

香苦上加苦，便说道："月妹妹，你们可是会齐了，来苦煞我金挹香么？前日，雅妹与幼姐去了，今又知宝姐姐与素卿妹妹俱有从良之念，欲到你处来散散闷，谁知你也有从良之意！咳！金挹香吓，金挹香，早知今日，悔不当初了。我蒙众姐妹相怜相爱，月妹妹，你是更加相看格外。我昔日患病你处，蒙你陪侍，药炉茶灶，延医祈佛，衣不解带者几天，又蒙代出药资，虔求仙剂。如此隆恩，未酬万一，如今遽焉欲别！哈，哈！我金某也没有人趣了！妹妹，你不要去的好。"说着，也哭不出了，只管徘徊搔首，仰面呼天。月素道："我也岂忍与你分别？但思叙到日后终归要别的，不过多聚几年。如今陆某乃在庠秀士，儒雅多情，细窥底细，似乎可托终身。你呢，知己者幸有爱姐与四位妹妹在家，愚妹亦替你稍稍放心了。"挹香道："妹妹之言诚为恳切，但我哪里舍得你去？"月素道："事已如此，总归是孽缘所累。我若不遇着你，我也没有什么惆怅，如今遇着了你，弄得我万斛愁肠，莫能解释；你若不遇我，你也可少此一段离愁了。"正所谓：

　　当初若不逢君面，无此分离一段愁。

　　月素说罢，挹香点头称是，那夕就在月素家住了。后来，因众姐妹分离在即，终日在外边相叙。自来好景无多，转眼间又是桃花逐浪，柳絮化萍之候。宝琴择定三月望日从良陈氏，素卿择于十八日启棹湖州，月素择于二十四日于归陆宅。挹香到了那时，心如醋捻的一样，苦楚异常，十三日整日在宝琴家话别。

　　到了十五正日，陈宅轿子来迎，挹香恨不能留，又恨未曾面见又梅，托他保护。徘徊良久，忽然想着，便在桌上取了两张书笺，修了一封书札，嘱宝琴带去，交与又梅，以表寸心。其书曰：

　　愚弟金挹香稽首顿首，致书于又梅仁兄大人阁下：

花前得晤芝标，三生有幸！并知阁下素性知情，惜花念切，心心相印，正无殊仆之私衷也。钦美！钦美！迩者宝琴校书，风尘久混，拊膺①无人，仆虽欲特拔红尘，苦无大力。兹闻阁下愿惜名花，茑萝结好，三星在户，正迓迎百两时也。从此校书终身有托，孽海能超，仆亦为之欣欣。所虑者，渠乃善病工愁之辈，非曲为保护者不可。然君本多情，无庸鄙人琐琐，奈仆真痴者，苦不能不喷喷多言也。裁笺奉达，肃贺双喜不尽！

写完封固，付与宝琴，便道："姐姐，你到了那里，可将此缄付与又梅，我可稍稍放心些。"二人正在牵衣话别，外边宾相催妆，宝琴只得装束而出。挹香到此时无限伤悲，独自一人在着房中流泪，直到轿子去了，方才对房中作了一个揖道："我金挹香这里不来了，与君长别矣！"说着，揩干了眼泪，大踏步而归。

停了两日，又想角直将来迎娶，预先几日，在月素家里替她收拾箱笼，一件件检点，一桩桩安排。检到一支紫竹箫，挹香流泪道："这支箫，素来你心爱的，带了去。"又见镜奁中二方汉玉的拱璧，挹香又说道："这也是妹妹心爱的，旧年叫我去买的，也带了去。"挹香一头说，一头收拾。月素十分苦楚，泪落如珠，便扯了挹香道："不要去收拾了，使人心中难过。"挹香也挽了月素，坐在炕上。月素道："我前日绣成一个香囊在此，只此微物以赠君。君见此物，如见我矣。"说着，便向妆台抽屉内取了出来，递与挹香。挹香和泪接来一看，却是月白缎做成的一个锦囊，上面用真金绣成的花朵，便喷喷称赞。称赞中又生出一种钦爱，钦爱中又添出一种悲况，想道："如此美人，如此才学，又添出如此温存，如此女红，我金某仅能相亲相爱几年，如今仍旧

---

① 拊膺——捶胸。表示哀痛或悲愤。

要入他人室。想陆君之艳福，高出于我金某万倍也！"于是向月素道："蒙妹妹所赐，我当领谢。我也别无所赠，带得一件碧霞的扇坠在此，聊表寸心，敢云'琼瑶之报'？"说着，身上解下，奉来与月素。月素接来一看，见是一块一两多重、双桃红的碧霞，上面雕两个瓜儿，枝叶上雕着一对蝶儿，暗寓瓜瓞绵绵①之意。用品蓝京缧穿着一颗浓绿的翡翠珠儿，又用小圆珍珠盘绣，十分可玩。月素收了，也称谢了一番。

抱香道："明日是你吉期，我也不忍来看你了。你此去之后，千万自己保重。角直离城不远，倘遇便鸿，务望平安慰我。"月素道："你明日真个不来了么？"抱香道："来了，倒更加悲切，倒是不来的好。"月素听了，大哭道："香哥哥，再不道相叙多年，分离竟在今日！我看天下的人，就是有情之辈，只怕再不能遇着你一般体贴温存、知心契意的人了！"抱香道："我金某幼负痴情，得占艳福，只怕再歇七八年，都要风流云散。虽解多情，我将奈何？"说着，大家哭个不住。坐了良久，方才诀别，月素直送至门首，一块手帕儿揸得来宛如水浸一般。抱香行行回首，见月素犹在门首。向她摇摇手，月素点头答应。抱香又行了一回，回首看，月素仍在门首，又向她摇摇手。月素直到看不见了抱香，方才进去。正是：

流泪眼观流泪眼，断肠人送断肠人。

抱香到家后，与爱卿等说知，爱卿虽十分劝慰，抱香总觉伤心，一夜无眠。明日一早，抱香仍往月素家来，月素见了抱香，便道："你说不来了，为何又来？"抱香道："妹妹，分别在此半天，日后咫尺天涯，岂能再见？叫我哪里熬得住！"正说间，轿

---

① 瓜瓞（dié）绵绵——比喻子孙昌盛，相继不绝。

子已到，月素只得与挹香分别。挹香苦得开口不来，停了良久，对月素看着，挣了一句出来道：“妹妹，你竟去了么?”方说完，看他眼泪直迸，昏然跌倒。惊得月素手足无措，连忙扶起，命侍儿掐人中的掐人中，呼唤的呼唤，挹香竟不醒转。月素吓极，便命侍儿取姜汤灌救。忙了半晌，挹香方才醒转，又哭道：“妹妹，你不要去。好妹妹，你千万不要去!”月素只得含着泪道：“我不去。”便同侍儿扶到内房榻上睡着，又安慰了他一番，然后瞒了挹香，硬着心儿上轿而去。

挹香因一苦一厥，十分不爽，昏昏地倒睡了一觉，醒来方知月素已去，也无可如何，大哭一场而返。一种凄凉莫释，幸亏五美人殷殷相劝，始稍稍丢开。

不知后事如何，且听下回分解。

绮红小史

经典书香 中国古典世情小说丛书

第四十二回

五卿成诀别　众美劝离愁

　　话说抱香自从月素分离之后，终日无聊。一日，忽有人递来一柬，却是陆文聊的，见上写着：

　　　　愚妹陆文卿含泪再拜，致书于抱香哥哥文几：

　　红颜薄命，侬是可怜；碧海深情，君诚钟爱。方期世世生生，同登不老之场，讵知老母心狠，私订小星于巨室，终朝负气，逼妹言归。窃思始入泥涂，终遭局骗，人生之趣，更何有耶？本欲白绫三尺，了此残生，唯与哥哥数年聚首，不别而行，忍乎？是以苟延残喘，以待哥哥。务祈玉趾一临，使妹妹苦衷曲诉，则亦目瞑泉下也。临池泪涌，不尽欲言。

抱香心中本来惆怅，看了这信，更添无限凄凉，乃叹道："彩云易散，月不常圆。我原知这几年中姐妹都要去了。早知如此，昔日应该不要与她们认识。如今认识了，到这个地步，我将何以为情？"心中想着，便出了书房，一路上悲悲切切，欲往文卿家去。

　　行至半路，忽遇林婉卿家的侍儿，对抱香道："我家小姐请公子过去，为有婚姻大事面商。"抱香道："你们小姐难道也要从良了么？"侍儿道："大都为此。"抱香道："好，好，好，你们都去吧！我金某纵属多情，也只得看你们一个一个的去，不能强留的。"说着，同侍儿先到林婉卿家来。

　　婉卿接进便道："金抱香，今日请你来，非为别事，欲与你商量一件要事，君试猜之。"挹香含泪道："更欲何猜？无非为终身之事而已。"婉卿见他这般情形，不觉触动凄凉，拭泪道："挹香，你猜得不差。有个复姓欧阳，字又修，乃是前科的副车，年约二九，人极钟情。蒙他见我之后，怜爱十分，今欲娶为正室。我想，若不早图良策，再混风尘，只怕日后更非了局，故而含糊答应，邀你商议，你想此事可行不可行？"挹香听了道："妹妹终身大事，我也不敢妄为计议。今既遇欧阳又修，只要妹妹自存慧眼，也就罢了。不过我金挹香又要与你分别了。"婉卿含泪道："君莫再言，令人酸鼻。所幸者，你姐妹们尚多，花台月榭，谈笑诙谐，不至寂寞。"挹香喟然叹曰："幼卿姐已从张观察，雅仙妹又随洪状元，月素、宝琴二位姐妹又赋归与，郑、陆两位又被鸨母鬻与人家，你又要去了。日后众姐妹都是嫁杏及时，你说不寂寞，只怕非但要寂寞，且要添无限凄凉之感！"说着，便大哭起来。婉卿虽则自己也心如刀搠，只得忍着泪来劝挹香，又说了些闲文。挹香说明要去看文卿，订以明日再来，始别。

一路上迤逦而行，早至文卿处。文卿见挹香至，便一眶眼泪，情不自禁，挽了手，同进房中。挹香道："文妹妹，我一月不至，竟遭此变！究属如何？可细为告我？"文卿含泪道："愚妹自遭沦落，怜惜者竟乏其人。后幸识君，蒙垂青眼。原拟荐衾裯，恐妹之菲菲，不足以事君子，是以为之箝口，未敢轻言。讵料'母也天只，不谅人只'，竟将妹卖于鸳湖蒋氏，逼妹后日于归。妹岂忍以蒲柳之姿，金夫①复适？况其人品一切，毫无头绪。观鸨母之动作云为，明明置我于死地。妹辗转熟思，与其后日死在鸳湖，不若今日死在你金挹香知己之前，亦可鉴我之苦衷，怜

①　金夫——指多金而无爱情的男子。

我之薄命也！"说罢，大哭一场，拔出佩刀，竟欲自刎。吓得挹香六神无主，一把扯住道："好妹妹，不要这般无志。可知每事必要三思而行，或者鸳湖蒋氏也是有情之辈，亦未可知。宜先使人探听消息，然后再作道理。我挹香甚欲挽回其事，若偕你到家，又是迫于不可的了。若蒋氏果亦多情，妹妹你一则脱离苦海，二则可靠终身，我金某愁心亦释。此时底细未明，徒欲以短见捐身，妹真愚矣！"文卿听挹香言中有理，心稍挽回，便道："依你便怎样？"挹香道："去唤你母亲来，待我来责罚几句，叫她回复蒋氏，再停几日接你，我便使人去探听，可去则去之，不可去则别筹良策，何必如此之造次耶？"文卿点头答应，挹香便命侍儿去唤鸨母到来。

不一时，鸨母至。挹香怒说道："你这老虔婆该死！为什么将女儿造次许人？今日幸亏我到这里，否则你女儿已作夜台①之物矣！如今你快去回复前途，叫他停几天来接，我来善言劝你女儿。但是这家蒋氏是何等样人家？其人有多少年纪？可是有情之辈？你可以实而言。若有藏头露尾，我探听了出来，哼！你不要后悔！"鸨母便答道："金公子听禀：前日老身有个结拜的姐妹来，说嘉兴蒋少峰乃富家公子，初断鸾弦。因女儿往圆妙观进香，被他在三清殿觑见，便托我结拜妹子到来说及，愿出白银三千两娶为继室。老身因思女儿年已如此，不可再待；老身有了三千银子，也可度此一生。况其人甚是钟情，年纪差长我女儿五岁。二十五岁也不为大。至于家中过度，不要说今世用不尽，就是来世也不用不尽哩！我句句真言，公子不信，去探听可也。"挹香道："能得如此，

————————
① 夜台——墓穴。也指阴间。

也就罢了。"鸨母辞出，挹香对文卿道："据她所说，尚可去得。你且放心，待我差人往嘉兴探听确实。望你万勿轻生。"文卿点头答应。挹香始别。

路经朱素卿门首，正欲进去，忽见假母出来迎着挹香道："金公子，你好久不来了。如今，我们素卿女儿，已从了一个杭州的陈老爷去了。有两方手帕、两首绝诗在这里。叫我对公子说，因为离别有牵襟之惨，未免增难舍之心，是以绣诗于帕，留赠公子，并嘱公子自己保重。"挹香大讶道："妈妈，这话真么?"假母道："老身怎敢骗公子?"挹香道："素妹妹想是想得不差，但我情何以遣耶?"说着流泪，随了假母入内，替她讨诗。不一时，假母取出呈现与挹香，却是一方白素的帕，一方银红的帕，上绣绝诗两首云：

> 堕溷飘茵感落蕤，章台柳色亦堪悲；
> 而今尚幸逢芳侣，一棹西湖款款随。

其　二

> 情天情地觅情真，钟在君家第一人；
> 君太钟情情太挚，忍教杜牧暗伤神。

挹香看了诗，又流了一回泪，便问道："陈君是何许人？素妹妹几时去的?"假母便答道："前月十三。这陈老爷乃是一个礼部主事，在京授职，如今已同女儿进京去了。"挹香道："你们女儿难道做他的二夫人么?"假母道："虽是侧室，却比众不同。"挹香道："这是何故呢?"假母道："陈老爷伉俪素来不睦，所以在杭州，不同进京。女儿到京中去了，居然与正室一般的看待，岂不是比众不同的?"挹香听了稍慰，又嗟叹了一回，藏了手帕归家。

明日午后，又至婉卿家来。婉卿接进道："昨与你商量之后，

晚上他来，我已许了订期，后日迎娶。"挹香道："好妹妹，你真个要去了么？我想昔日挹翠园三十六美同叙，何等快活！何等热闹！如今水流花谢，都要分襟，言念及此，曷胜怨恨？"婉卿道："金挹香，你的心我也明白，但此时节，亦迫于势之不得已耳。"说了一回，见天色已晚，婉卿命摆酒与挹香同饮。席间，说不尽分离之态，描不尽悲切之情，直饮到月上花枝，星移斗转，方才撤席安睡。

到了明日，婉卿忽然想着吕桂卿亦有从良之念，已定于出月初三于归，便对挹香道："你可知桂姐家的事么？"挹香道："什么事？"婉卿道："她也定了归计了。"挹香道："什么说？"婉卿道："她已订盟汪幼兰了。"挹香道："有这等事？汪幼兰是何等人，何艳福若此？"婉卿道："闻得这汪君乃是一个极钟情的人，与桂卿姐姐倒也契洽十分。如今她的假母已经先嫁人了，桂卿姐姐定于出月初三成宜家之礼，你倒没有晓得么？"挹香听罢，呆了半晌，十分着急道："我去看她。"别了婉卿，径向干将坊而来。

到得桂卿家，果见门前冷落，车马杳然，像个闭门辞客的情景，便至内庭。桂卿见挹香到来，心中想到："我若以直而告，他是个钟情的人，悲悲切切，又要惹出许多惆怅，添我许多惆怅，反不如与他寻气一番，或抢白一番，待他怪了我，免得添这许多悲切，日后亦免他忆念不休。"想定，便坐在榻上。挹香进内，见了桂卿，泪流满面，上前抱住了桂卿道："好姐姐，你为何要弃我而去？这汪幼兰好福气吓！"桂卿暗忖道："怎么？他已知了。"便假装怒容，将挹香一推道："你这负心薄幸之徒！我待你也不薄，你为何影儿子不到？我也晓得的，我之荆菲陋质，不合与你交契①。如今你也不要认识我，我也不来认识你。我本来要从汪幼兰作归计去了。"说罢便哭。

挹香听了，十分不解，暗思她为何出此不情之语。又一想，恍然大悟，莫非她恐我悲伤，作此伎俩骗我，使我好怪了她，免此一番悲切？咳！桂姐吓，桂姐！你的伎俩只好骗别人，哪里骗得过我。便大哭道："好姐姐，你也不要这般了，我知道你恐我悲伤，故说此话。我素来深知姐姐多情，哪里肯信你？"桂卿听了，不觉情随感发，珠泪频流道："金挹香，你真我之知己也。如今既骗你不信，只得实诉你了，还望你不要惨伤，我心亦安。我所订之汪幼兰，人甚钟情，家亦富足，现择于出月初三于归。适因恐你悲戚，故以小计骗君，使你怪了我，庶免你一番离别牵裾之痛。"挹香道："我本茫然，昨于婉妹处得闻此言，心中十分懊恼。我想，昔日众姐妹浓雪聚，何等欢娱！如今一个个分襟判袂，叫我怎不悲伤！"说罢，含泪归家，一面饬人往嘉兴打听蒋少峰，一面备几件助妆之物。

十八日，婉卿与郑素卿俱是吉期，挹香先至素卿家，说了一番诀别之言，滴了万斛凄怆之泪。继至婉卿家，见欧阳家轿子，心中十分痛苦，恨不得将那轿儿打烂才好。于是进内，见了婉卿，也无别说，唯道"妹妹保重"四字。说罢，也不忍看她上轿，便对婉卿做了一个揖道："妹妹再会了。"说着，大踏步而行。可怜婉卿哭得肝肠寸裂，珠泪千行。

再说挹香自从褚、武、章与宝琴、月素、郑素卿离去，已是不堪，又加朱、林、吕、陆也是分襟，曾几何时，十美人芳踪缥缈，所以弄得一个人如痴如醉，日夕在梅花馆，不是昼寝，便是

① 交契——结交，交好。

经典书香 中国古典世情小说丛书

绮红小史

闷饮。爱卿与四位美人竭力劝慰，望他稍释愁肠。挹香有时忘怀，则勉强欢笑；有时怅触①，则涕泪飘零；总不能扫尽相思之念矣。数日之间，心境也不开了，形容也憔悴了。那日，爱卿与四美人劝他到园中宴赏红榴，舒览清和景色，挹香去游了半日，席间亦无心吟诗，唯抢三拇战，聊饮数杯。轮到素玉，正在不定输赢，将一只象牙箸在杯子上搁上取下。忽园丁来报，嘉兴探听人归。挹香唤进，细询其事，方知与假母所言无异，心中又快活了些，席散便往文卿家告知其事。

初一日，拜林会试归来，挹香急至邹宅相会。拜林接进书室，道："林乃不才，莫报吾弟盼望之心，言之恨恨。"挹香道："英雄自有经纶志，得到逢时始上坛。荆山至宝，必不久藏石中，再献之，连城倍价矣。大都显晦有时，一飞冲天者，非三年前铩羽②者耶？林哥哥又何必作刘蕡之故态而恨恨也？"说罢，又告诉众美人分离之事。拜林治酒相款，吾且不表。

到了初三、初四两日，乃桂卿与文卿于归之期，挹香托拜林往二家去，说道因不忍再与她们分别，特嘱她们自己保重，并赠古玩奇珍以作催妆之助。自己在家中，同五位美人，连日在醉花轩饮酒解闷。挹香叹道："昔日，我与你们在此醉花轩，真不愧'醉花'二字！如今竟变了'醉心'了！幸有你们五位作伴，否则，难矣！惨矣！"正说间，拜林来，口中念道："无可奈何花落去，美人已嫁莫相思。"挹香听了，悲切不堪，便邀拜林入席饮酒。挹香愁肠莫释，带醉衔杯；拜林会试不得意，借此痛饮。俄而，两个人不约而同，颓然大醉。爱卿命侍儿送拜林回去，自己

---

① 怅（chéng）触——感触，感动。

② 铩（shā）羽——翅膀被摧残。比喻失意或失败。

与四美人扶了挹香，踉跄而返。嗣后，挹香终朝不乐，虽家中有五美谈心，外面有飞鸿等聚首，而无如万斛愁肠，终难消遣。

　　时光易过，半年来，风流云散，姐妹们陆续从良，弄得挹香怨天天无柄，恨地地无襻①矣。其时已是中秋，月光皎洁，桂蕊敷荣，爱卿见挹香十分不乐，命家人端整酒肴，在挹翠园中赏月。未知可有韵事否，且听下回分解。

①　襻（pàn）——系衣裙的带子。引申为系上或缝上。

第四十三回

赏中秋挹香怀美 开夜筵素玉劝夫

说话那日中秋，挹翠园设宴于拜月庭中，爱卿邀了四美人与挹香饮酒。抵暮，六人同到园中，只见月色如银，满园遍耀，天空云净，万籁无声。挹香一手挽了爱卿，一手搭在小素肩上，趁着月色，慢穿芳径，林间桂蕊扑鼻芬芳。过了海棠香馆，兜入荼蘼①架，穿出芍药轩，上假山，到拜月亭。六人坐定，爱卿道："挹香，你看那边，这株金桂开得十分灿烂，映着月色，尚且色若黄金，想日间看时，更要繁盛些哩，明日命侍儿来采些做球带倒好。"挹香微笑称善。秋兰道："多采些儿，做几缸桂花梅儿，亦未始不可。"爱卿点头称好。素玉拍手道："挹香，你是最喜吃梅的，我们来做些与你吃可好?"挹香道："好，好，好。"说了一回，家人摆上菜来，六人饮酒。

俄而玉兔腾辉，比初倒愈加皎洁。挹香举杯畅饮，四面观望，只见观鱼小憩那边，一带回廊曲折萦迂，十分好看，便道："爱姐，我想自从观鱼小憩新创了十二间旱船，我们尚未进去游过，缓日必须一玩。但是每阁中要一人凭栏而立，各举一韵事，倘有粗俗者，罚酒三杯。"爱卿笑道："你这人，想出来的事情总是离奇古怪，请问：你自己做些什么?"挹香道："我嘛，端坐于观鱼小憩中，看你们献技，评定甲乙后，酌加奖赏。"爱卿打了

---

① 荼蘼（tú mí）——落叶灌木。也作酴醿。

挹香一下道："你这人太会讨便宜了。我们举韵事，你没看着，还要惹你做试官，评什么甲乙，加什么奖赏，哪个来依你?"挹香笑道："不然就不好玩了。"

小素道："你说奖赏，将什么东西奖赏呢?"挹香听了，想了一想道："你若考了第一么，我赏你一个来意可好?"小素听了，杏脸微红，打了挹香一下道："你这个精油嘴!"爱卿与秋兰听了不解，爱卿道："什么来意?"挹香笑道："你不懂的了。"爱卿道："你说不说? 不说，我要喷酒过来了。"挹香笑道："这来意么，就是我来陪你之意。"爱卿啐了一声，呼了一口酒，来喷挹香。挹香慌了，一躲却跌在琴音怀里。小素看见挹香跌了，恐怕他跌痛，连忙去扶挹香，自己在桌上一绊，倒跌了一跤。大家倒好笑起来，于是，复归坐位。素玉与琴音问道："你们说这许多口号，到底什么讲究?"挹香笑道："你们不要问了。考了第一，自然总有好处。"爱卿与小素听了，俱掩口而笑。大家仍旧一些不解。

正在闲观，忽闻一阵香风从木樨林中拂来，座上六人齐声道："趣极矣!"又见半空中起了无数彩云，衬得这个月如水晶球，仿佛耿耿秋宵，十分绚烂。挹香见月色团栾，美人围绕，不觉又想起月素来了。曾记那年青浦归来，月妹妹开筵相待，宴赏中秋。如今是明月仍圆，美人已杳。想她此时对此一轮皎洁，也在那里念及我了。想着，泪如泉涌。素玉见他泪下，便道："为什么好端端又要哭起来了?"爱卿道："她必是又在那里想众姐妹了。"挹香道："我不想别个，只想月妹妹。记得昔年今夕，我到她家，蒙她款酒殷勤，十分情重，况平素间常存怜爱。我患病她家，她又随侍药炉茶灶，又替我代偿药钱。我病痊之后要还她药资，她反蹙然不悦，说什么患难相同，理当如此。待我金挹香亦为至矣！恨只恨我金某未曾酬其美意，遽尔分离。如今对此月圆，佳人何在？你想可恨不可恨？可悲不可悲？"

素玉便劝道："你也不要悲伤了，从来孽缘易尽，好事多磨。就是月姐姐于归甫里，盟订陆君，你说也是多情之辈，你也可放心些了。其余众姐妹们，这也是势之所迫，美人易暮，年华有不再之嗟。你虽作花铃，究难保护她们一世的。"挹香道："你话虽是不差，你可知，人生知己难为别？就是你们五位姐妹，幸得不弃我金挹香，得联燕好。若说你们都不以鲰生为念，只怕我更加要无趣了。"说着，又取出月素所遗锦囊，细细瞻玩道："你看，月妹妹临别时犹不忘我，绣此锦囊相赠。如今见物怀人，我能不增秋水蒹葭之感耶？"说着，又大哭起来。素玉见挹香如此牢骚，只得又善为解劝，爱卿与众人也殷殷相慰，挹香方才收泪。

琴音道："爱姐姐，我们倒不如来联句吧。"素玉接口道："妙。"爱卿道："今日我们联句，不用自出心裁，须借古人名句吟之，即景成诗，限古风一首，可好？"挹香道："倒也使得。不知可能使我稍释怀人之念否？"便道："谁人起句？"秋兰道："自然爱姐先来。"爱卿道："就是我先说。"便吟道：

　　月到中秋分外明，

挹香道："这句诗害我又要牢骚了。"爱卿道："这是何故？"挹香道："'月到中秋分外明'，人到此时更惆怅。岂不是愈加添人感慨么？可要我来续一句？"爱卿道："不要你续。"琴音嚷道："吾来续，吾来续。"便说道：

　　醉边闲把旧诗评。

爱卿道："好，好，好。这句诗可是黄庚的么？"琴音道："正是。上句乃'佳客相遇慰岑寂'。"挹香道："如今是'夫妻中秋多抑郁，酒边闲把旧诗评'了。"琴音笑了一笑，打了挹香一下道：

"哪个要你多嘴。"挹香道："如此方好解我抑郁。如今吾来说了。"爱卿道："不要你说，要秋兰妹说来。"挹香道："吾就不说，但别人讥诮了河东狮吼①，那时你悔之晚矣。"爱卿打了挹香一下，道："偏不要你说，秋妹快说。"挹香又笑道："你情愿做胭脂虎了么？"爱卿瞅了一眼，又催秋兰说。秋兰便想了一想道：

> 天街夜色凉如水，

素玉道："我也想着一句在这里了。"小素道："我也有了。"挹香道："如此，你们哪个先说？"素玉道："我先说。"小素道："让我先说。"挹香见小素争先，知道她诗句不甚熟的，便对素玉道："让她先说吧。"素玉听了挹香，让小素先说。小素便道：

> 小醉何妨倒玉罌。

小素说完，素玉道："方才被你抢说了，如今我来说了。"便道：

> 桂气满阶庭，

素玉说完，爱卿谓挹香道："如今容你说了。"挹香道："你们不让我说，我也不说了。"素玉道："说，说，说。"挹香道："不说的了。"爱卿道："你不说么？"立起来要扯挹香，挹香只得说道：

> 冷光翠色入疏棂。

素玉说："如今又是爱姐来了。"爱卿便说道：

> 云头艳艳开金瓶。

挹香听了道："这句诗是你杜撰的。"爱卿道："什么杜撰？亏你一榜秋魁，难道这句诗都不晓得的么？这是苏舜庆《中秋新桥对月》诗，下句乃是'水面沉沉卧彩虹'。历历可考，怎说杜撰？"挹香笑道："好姐姐，我同你说说玩话，你为何发起急来？

---

① 河东狮吼——比喻悍妒的妻子对丈夫大吵大闹。借以讥讽惧内的人。

如今待我来续一句吧。"

　　银烛秋光冷画屏。

爱卿道："又被你抢了一句。如今哪个说了?"小素道："我来说。"便道：

　　一醉东风费万金，

挹香道："好虽好，惜乎东风不切此时。"便续一句道：

　　花仙夜入广寒宫。

　　爱卿道："为何又要你联？理该罚酒。"挹香道："兴到即吟，不妨罚酒。你斟来我吃。"爱卿便斟了一杯酒，递与挹香。挹香道："我要学学昔日闹红会的吃酒法子了。"便将嘴去受爱卿手中那杯酒。爱卿见她这般情形，又好笑，又好恼，只得递与挹香吃了，然后对琴音说道："你快些说吧。"琴音便说道：

　　开樽细说平生事，

挹香又接道：

　　东皇费尽养花心。

　　爱卿道："为何又要你说？如今要罚跪了。"挹香听了道："对此嫦娥，理该下拜。"便起身出位，对月跪下，使得大家倒好笑起来。挹香跪了良久，众人叫他起来，挹香道："爱姐之命，岂敢妄起。"爱卿见他如此，又好气，又好笑，只得出位来扶他。于是，各将月饼吃了一回。素玉道："如今，秋兰妹妹，你说一句，我来续联。"秋兰点首想了一想道：

　　微风动清韵，

素玉见小素已有些醉意，便道：

　　浅潮半醉流霞晕。

素玉吟完，挹香道："爱姐，你快些说，又要轮着我了。"爱卿便说道：

　　　　花有清香月有阴，

　　挹香道：“这十三问韵中，诗句甚少，我不来说了。”爱卿
道：“岂有此理，方才不要你说，你偏要说；如今轮着你，你又
嫌难，这是不能的。”挹香无法，只得细细地搜索一回，便道：

　　　　洗杓开新酝。

素玉续道：

　　　　一半秋光此夕分，

琴音也说道：

　　　　睡鸭香浓换夕熏。

爱卿道：“小素妹，你说一句，等挹香收句吧。”小素便想了一
想道：

　　　　如此良夜何？

爱卿道：“为什么说《诗经》上句子？”小素笑道：“也是古人诗
句吓。”挹香道：“虽则违例，用意颇佳，就算了吧。待我来收
句。”便道：

　　　　不可一日无此君。

说着，便抱了小素，小素倒觉十分颜赧。爱卿笑道：“亏你好意
思？偏做出这许多惹笑的事情出来。”挹香一头笑，一头挽了小
素，踏月而行。爱卿等亦命侍儿扶了，各自归房。那夕挹香便睡
在沁香居小素处。

　　不知以后如何，且听下回分解。

绮红小史

经典书香·中国古典世情小说丛书

第四十四回

吃寡醋挹香增懊恼　制美酒小素醉糊涂

话说挹香宴赏中秋之后，终朝惆怅。那日正在书房，忽有人递来一信，见上写道："寓洞泾浜胜塘桥弄寄，名内具。"挹香一时忘怀，便问来人。那人道："是过远程师老爷之命寄来的。"挹香方知是青田之书，便赏了来人，拆开视之。书云：

挹香仁弟：青及，前烦大马篆巷代馆之后，不晤芝仪，瞬经两载矣。山川间阻，鸿雁亦疏，念念。前闻吾弟名标蕊榜，艳羡殊深。本拟到府恭贺，缘为疾病所磨，不克如愿，为歉！仆去年就馆洞泾，幸敝居停亦风雅一流，颇相投契。又于是处立一汇诚坛斗会，同集者共有六人。每逢朔望，虔礼朝真玉斗。暇则与敝居停饮酒围棋，楸枰①画拂，联诗分韵，笺牒夜摩；且仆又医门涉迹，带览药经，绘事经营，兼穷花稿。近又觅得《天地人三元》以及《海岛算法》诸书，所以终日研求勾股弦开方。竖表杆以测高低，立八线以望远近。故近著《勾股弦捷说》一本，约商处有用筹算，有用笔算，较之一掌金画地乘，更为简便。暇时吾弟可来一阅否？盼甚！盼甚！

挹香看罢，暗暗称赞道："过青田真多能多艺人也，我正欲为父母保祈福寿，想既有汇诚坛斗会，俟双亲寿诞之辰，可以虔礼朝真一部矣。"正说间，邹拜林至，挹香接进书房。拜林道：

---

①　楸枰——棋盘。古时棋盘多用楸木制作，故名。引申指围棋棋盘。

"方才闻尊管说，有一人寄信到来，莫非又是哪一位校书从良的信么？"挹香道："非也。"遂将信与拜林看了。拜林道："勾股弦筹算开方，我也久欲一习，闻得甚为便捷。今过青田著有捷说，几时好去一借了。"挹香道："好。"说了一回，挹香命摆酒，二人开怀畅饮。

斯时正是九秋天气，庭中菊花开得颇盛，挹香道："林哥哥，你看这一种名'蟹爪菊'，那一种名'西施菊'，以此为题，颇费双关之意。"拜林道："如此，与你各吟一律何如？"挹香道："可要拈卷？"拜林道："我来做'西施菊'便了，何用拈卷？"挹香道："如此我做'蟹爪菊'。"二人在席间略略构思，不一时两律俱成，各把诗笺誊出。其诗云：

蟹爪菊

蕊开黄甲散金英，骨相离奇眼倍明。
彭泽疏花霜十里，秋江旧梦月三更。
横行老圃寒无力，怒攫西风夜有声。
湖海客来同把玩，橙香酒熟费闲评。

西施菊

西风踯躅画廊深，堕瓣浑无响屐音。
草榭飞香惊鹿走，霜姿倚水误鱼沉。
叶扶嫩绿愁鬈黛，蕊孕娇黄媚捧心。
一棹镜湖秋载处，淡妆浓抹拓胸襟。

二人看罢，交赞不休。挹香道："你诗细腻。"拜林道："你诗圆浑。"互相称赞了一回。二人直吃到杯盘狼藉，方才撤席，拜林辞去不表。

流光如驶，又是十月初旬了，枫林丹染，篱菊霜残。挹香忽想出外一游，信步至碧珠家。见两个侍儿在那里斗草，挹香问道："你家小姐在么?"侍儿道："小姐在内。金公子,你好久不来了。"挹香道："正是。"便至里边,行到碧珠卧房,听见里面唧唧哝哝,似乎有人言语,走近纸窗格内一张,不觉十分不乐。见一人,年约二十五六,身穿月白棉袍,银黄背褡,头带宝蓝心帽儿,足穿京式镶鞋。最可怕者,面似钟离再世,凶眉猴眼,一口髭须根根直起,两只招风大耳与猪儿无殊,居然抱了碧珠在膝儿上旖旎。挹香不见犹可,一见了如此情形,不觉突然忿怒,心中不服,想道:"碧妹妹为何与那人并肩叠股,如此绸缪?"想到此,心中大为忿忿。

原来挹香乃是一个达人君子,就是众姐妹朝秦暮楚的事情,俱是漠不关心。意谓她们沦落烟花,未免有此勾当,只要是才子佳人,他终不有拂醋捻酸之念。如今见了那人如此恶劣,如此丑陋,不禁妒意频生,醋心陡起,意谓如此美人,不该与如此蠢物作伴。又想道:"这是鸨母不好,谅情她逼令相接,叫碧妹妹也无可如何;然而碧妹妹不该如此糊涂,随他调戏。岂不知名花乍放,怎当蝶劣蜂顽;嫩蕊初舒,须顾云粗雨暴。纵卷花之鲸浪虽狂,而荫叶之莺身宜稳也。"

挹香辗转难安,便到中堂咳嗽了一声。碧珠连忙走出房来看他,慌慌张张地道:"你几时来的?"挹香道:"才得到此。闻得这里新来一位王伯操,所以特来一谒。"碧珠听了"王伯操"三字,不觉脸泛芙蓉,低了头道:"没有王伯操在此。"挹香听了,便笑道:"没有王伯操,谅情也滚了,也就罢了。"碧珠道:"我房中在那里收拾箱笼,座头都僭,我们可到西书房去坐吧。"挹香便佯说道:"我就要去的,倒是你房中坐坐吧。"碧珠道:"房中堆得历乱,坐地俱没有在那里。"挹香尴尴尬尬地说道:"如此就是西书房去。"于是,二人挽手而行。

到了西书房，二人坐下，碧妹启口道："你常久不来了，家中爱姐与四位姐姐都好？"挹香道："多谢记念。她们都好，叫我问安妹妹。"碧珠又道："闻得月素妹妹已经出嫁甪直，你又少一个知己了。"挹香道："原是。但久堕风尘，也非了局，如今从了陆公而去，倒也罢了。不过，我金某惆怅些儿。就是妹妹终身，我也望你早些择一个标标致致、怜怜惜惜的人从了他去，我也放心得下了，免得在这花前难以自主。设使遇着几个文人墨士，自然惜玉怜香，我也替你欢喜。倘遇着了乡愚村稚、俗物蠢奴，只知悦色，不知钟情，你又不能违假母之命，阿意曲从。不是我金某拂醋捻酸，定要替妹妹代为不平的。"碧珠听了这番话，又惭又敬，知其见了此人，所以有此一番言语，不觉凄然泪下。便道："你话虽确切，奈此时苦海难超，你可替我想个法儿才好。"挹香点头称是，说着，假意放了一只豆蔻的匣儿在桌上，即辞以出。

到了上灯时候，挹香重至碧珠家，仍在窗格中一望，见那人仍在，暗恨道："碧妹妹太觉不聪明了！方才我说了这席话，原是不许渔郎问津之意，谁知道她竟不达予怀，仍旧与那人恋恋。她也太不惜了！"便重复走进，唤道："碧妹妹，我忘了一件东西在这里了。"碧珠连忙出来说道："忘的什么东西？"挹香道："是一只豆蔻匣儿。"于是复同碧珠到西书房。挹香取了匣儿藏好，便装作行路疲乏之状，倒身卧在榻上，说道："妹妹，我方才别了你，到沧浪亭去游玩了一番，走了许多路，好不腿疼。你可有什么事情，你自请便，待我歇息一会儿。"碧珠道："没有什么事，我来替你捶捶腿儿可好？"挹香道："不要，不要。待我睡一会就好的。"于是二人谈谈说说，已是吃晚膳时候了。挹香故意延挨，碧珠道："今日可在这里用了晚膳去吧。"挹香道："好。"

碧珠道："我去叫他们端整。"挹香道："如此倒劳动妹妹了。"碧珠只得去吩咐鸨母备酒。

不一时，酒席排在西书房，碧珠一同陪饮。半酣，挹香又佯问道："妹妹，你可有别的事情？可要去停当了，然后再来畅饮？不要耽误了。"碧珠看他如此，明知微含醋意，有意来的。本来那人，心中十分恶他，只为假母处不能违拗。如今挹香来了，正好顺水推船了，便道："没有什么事儿，只消叫假母去调停便了。"挹香便命侍儿唤假母到来，身边取了二十几两银子，递与假母道："诸多搅扰，心甚不安。这里些些微礼，望妈妈勿笑是幸。"假母见了这许多银子，便欢天喜地谢道："如何又要公子破费。"挹香道："说哪里话来。但是小生今日醉了归家又晚，欲恳老妈妈假一空榻，与我一睡最妙。"假母笑了笑道："公子又来了。这也何须向老身说得？只消向女儿说就是了。"挹香笑而点首，见碧珠扯了假母喁喁地嘱了一番，又见假母去了，遂复饮酒不表。

再说假母依了碧珠的话儿，来到房中，那人见了假母便嚷道："你们女儿为何去了不来？方才来的是什么人？"假母连忙说道："贾大爷，方才来的乃是女儿最契洽的旧好，他每月贴助我们薪水的金挹香公子。女儿因他在那里，所以陪他饮酒。"那人道："莫非就是前科新中、人称风流孝廉金挹香么？"假母道："一些不错。他家中一妻四妾都是花月场中娶来的。舍此之外，连我们女儿，还有三十几位美人知己。为人甚是多情，又慷慨，又不会拂醋捻酸，所以姐妹们都十分敬重的。"那人道："既是他在此，也就罢了。若说别人，吾就不依了。"说着，便辞了假母而去。看官，你道这人是何等样人？原来是个市侩之徒。父亲贾必清，他叫贾宁，家中开着一爿纸扎铺儿，倒想寻花问柳，你想可笑不可笑？我且一言表过。

再说挹香与碧珠谈谈说说，直饮到玉漏沉沉，方才撤席。挹香对碧珠道："我醉极了，要睡了。"便在榻上横下。碧珠道："为什么不到房中去睡？"挹香道："就是这里倒也幽雅。"碧珠道："哪个说的！"便扯了挹香到房中安睡，一夜无词。

明日归家，至梅花馆，见爱卿在那里制什么酒儿。一见挹香，便问道："你昨夜在于何处？"挹香道："在碧珠妹妹家中。"便将昨夜之事告诉一遍。爱卿笑道："想你秋闱已捷，为什么还有许多酸秀才气？"挹香笑道："不是我酸意如此，因见了这个人与碧珠妹妹旖旎，心中甚是不平，所以有此一举。"爱卿道："你总做许多不成人美之事。"挹香道："什么不成人美？回绝了一个锅脸的，换了一个金挹香，只怕好得很哩！"爱卿笑道："真是虾蟆跳在戥盘①——自称自赞。"二人说了一回，挹香问道："你在这里做什么酒儿？"爱卿道："昨日林伯伯送来一坛十年陈的绍兴酒，及至开坛，只剩五六斤了。所以，我在这里加些冰糖、松肉、橘红在内，浸几天吃时，其味更加酽②了。"挹香道："好，好，好。"便至怡芳院、沁香居、媚红轩、步娇馆四处讲了一回闲话，又至省亲堂与父母言笑一回，便归怡芳院安寝。

明月清晨起身，先至内庭问过父母的安。正待出外，忽报陆丽春、王湘云来，挹香十分得意，邀至梅花馆与爱卿等五人聚首，谈了一回，命备酒席。不一时酒席已备，家人来禀道："排在哪里？"挹香想了一想道："排在观鱼小憩之中。"于是挹香同了七位美人步进挹翠园，游玩片刻，偕至观鱼小憩。席上坐定，

---

① 戥（děng）盘——小型的秤盘。

② 酽（yàn）——形容汁液浓，味厚。

挹香便向爱卿道："我与你中秋夜说的，可惜今日旱船上没有十二位美人在此，不然倒也是件韵事。少顷酒后，你们可要上去玩玩。"众人道："好。"

于是，八人饮了一回，爱卿邀了六位美人同登水阁，挹香独是一人，在下边。看她们齐登阁上，比肩联袂，莲步轻移，一个个凭栏而立，观看游鱼唼①藻，宛如锦屏风一般艳丽，又如花假山一样鲜妍。鬓影衣香，婵娟斗媚，令人十分可爱。俄而，见爱卿以口中豆蔻吐入池中，池内金鱼争唼之，翻来绿水之中，斗到青萍之侧。又见丽春对着那鱼儿嘻嘻地笑着，王湘云亦以豆蔻喂之，引动了几个挂珠蛋种，细白花鳞，争先夺后，甚为可观。众美人尽以豆蔻喂之，金鱼掉尾而齐来，正遇一阵微风，约定半池萍藻，水底天光，划开一线。秋兰以香津吐下，激动水痕，圆到岸边而没。小素亦以香津吐去，吐得不巧，恰吐至金鱼头上。那鱼摇了几摇，悠然而逝。挹香见了，哈哈大笑。又见琴音、素玉二人斜倚雕栏，也不吐香津，也不喂豆蔻，默默地看着一对比目鱼儿。爱卿道："我们下去吃酒吧。"便同六人下阁。

挹香忽然想着，对爱卿道："你做的酒浸了一宵，可以吃的了。今日趁丽春姐、湘云姐俱在，正好一尝佳液。"爱卿点头称善，便命侍儿往梅花馆取来，另用琥珀杯盛之，每人一盏。各人饮之，果然味甘香而带酽。吃了一杯，各向爱卿讨第二杯。爱卿道："此酒一杯要抵旨酒②十杯，你们须要慢些吃才是。"大家点头称是。独有小素尝此佳酿，甚是滋滋有味，众人才饮得半杯，她已一杯饮尽，又向爱卿讨酒。一杯一杯复一杯，连吃了五杯，

---

① 唼（shà）——指鱼吃食。

② 旨酒——美味的酒。

顷刻间，脸泛芙蓉，颓然酩酊。挹香笑说道："妹妹，你醉了。"小素道："我不醉，我还要酒吃。"说着，立了起来，足几逗，险些跌倒，幸亏扶得快，扶住了。小素便倒在挹香怀内，口中只管讨酒吃。七人齐声大笑，挹香便同侍儿扶至房中。小素对挹香看看，又说道："香哥哥，我要酒吃。"挹香道："你吃得这般了，还要讨酒吃。"说着，命侍儿取了醒醉汤来与她吃了，扶她到床上睡好，又坐了良久。恐她要吐，命侍儿陪了她，自己又至园中与众美人饮了一回，方才散席。湘、丽二人辞了挹香与爱卿等归去。吾且不表。

　　时光易过，冬去春回，转瞬间又是三月艳阳天气了。桃红柳绿，鸟语花香，挹香又要追寻一件韵事出来。不知什么韵事，且听下回分解。

经典书香　中国古典世情小说丛书

第四十五回

寄闲情支硎山拾翠　添幽恨虎阜浜伤春

　　话说挹香见园中春光明媚，万卉争妍，忽然想着明日乃是三月十一，支硎①范坟不胜热闹，今日初十，何妨先去一游？便从园中走至拜林处。恰巧叶仲英、姚梦仙、吴紫臣俱在，见挹香大喜，接入书房。坐定，挹香谓拜林道："今日欲邀兄到支硎一游，未识有兴否？"拜林道："正合我意。方才梦仙说及，在会几人，同往一游，船已唤定，舟内和牌。但我和牌不能及你，正欲命人到来，你今来了，真是适逢其会！"叶仲英道："时候不早了，快些下船吧。"于是五人登舟，柔橹轻摇，出阊门而去。

　　吴紫臣道："如今好和牌了。"挹香道："和什么倍头？"拜林道："自然十二倍八京四梦。"挹香道："何不加一倍断磕碰碰？十三倍似乎好玩一些。"梦仙道："好。"于是用天地人和排了位次：拜林拾了天牌，天勿动，紫臣拾了人牌，梦仙拾了地牌，仲英拾了和牌，梦仙与紫臣换了一个坐位。紫臣道："今天我要输了，坐在梦仙下家，他是紧长牌的人。"梦仙道："我的上家也是不甚熟谙的，藏死斗活，硬碰硬吃，我比你更加不好来。"说笑了一回，挹香道："我来看和牌，替你们派码子可好？"于是两人四两码子，么二行闲闯不算。紫臣碰了四圈庄，和了两次，立直六长断不同。拜林见自己输了，便向挹香道："你来代几圈吧。"

---

　　①　支硎（xíng）——山名。在今江苏苏州市西郊。

于是挹香坐下。

拜林往船头观看，见一路上桃红柳绿，春色如画，往来行舟，丽姝颇盛。正看间，听见舱内叶仲英大笑，拍手道："做了一副大牌了。"拜林往上家一看，却是一副血九和的七碰头同。仲英拿了四张梦张，摸了第一张血九碰梦。仲英哈哈大笑道："算不清了。"挹香道："本身六副，加顺京庄七碰头，同连子共十四副，血九碰梦作十二副，又三张六梦，并作三十二副，作八不过二百五十六副，怎么快活得算都算不清楚？"遂收了筹码，和好了牌。挹香向仲英道："你还错去八倍来，难得庄闯八倍不要钱的么？"仲英悔道："错把你们了。"众人齐道："只好如此。不然我们要搀光了。"正说着，梦仙说道："不好，不好。六圈庄和了二次，如何？如何？"挹香笑道："梦哥哥，你捉恶棍时，颇有勇力，为何此刻碰和用不出了？"

笑说了一会，到了吴紫臣做庄。挹香摇了一个七蠹，与紫臣换了，便将牌儿竖了十张，却是三个磕子。挹香道："怪不得要输。俗语云：'三磕勿开招，输得鼻头焦。'"口中说着，又将那十张竖起，又是三个磕子，挹香暗暗欢喜。拜林见竖手等四六碰满，乃是立直断长七碰断不同，喜得手舞足蹈，便向上家仲英处一看，乃是一个宕八张，便往下家梦仙处一看，也是宕八张。梦仙道："林哥哥，你看两家牌，是不准开口的嘘。"拜林点头答应，兜至对家，看紫臣起了一张四六，心里一跳，又看他东搭西搭，四六却是死子，便斗了出来。拜林道："闯祸了。"挹香便摊下牌道："飞地立元七碰头，同长吃子十六副，加京磕两副。"又把梦张看了七副，共二十五副，一作六十四副，共一千六百副一家。紫臣是庄，要输双倍。大家道："我们多搀光矣。"挹香道："林哥哥，如今你返本出赢了。"拜林欢喜，便将赢的会了船钞，另外又赏了他一两，船家欢喜称谢。

　　舱中诸人说了一番闲话，舟已抵支硎。梦仙命舟人摆饭。五人饭罢，各自登岸。仲英道："我等都脚健的，不必山轿，随意畅游几处。"拜林道："好。"于是着屐登山，穷探胜迹。游了一回，见天起阴霾，紫臣道："不要遇雨，回舟去吧。"四人点首下船，重新设席饮酒。舟抵洞泾，拜林道："香弟，前面胜塘桥不远，你可同我去一访青田，把他前日信中说的《勾股弦筹算捷说》著作，去借来一观？"挹香称善。

　　二人即登岸往访之，问了一个信，始知吕姓馆中，至门，即命通报。青田闻挹香来，十分欢喜，即忙出接。谦逊了一回，青田引二人至书室，先与拜林通了名姓，始问适从何来。挹香道："今日游玩支硎，舟中碰了半日和。刻间舟抵洞泾，前日青翁信中所言《勾股捷说》一书，今拜林兄欲思一假，不知肯否？"青田称好，即检出付与挹香道："此是副本。但是算时廉筹要多，不能以九根为限。"拜林看了一回，然后藏好。挹香道："青翁汇诚坛斗友何人？"青田道："一为燕墨绥，善于游戏；一为周子鸣，好饮疏狂；一为易菊卿，善唱大面；一为计宝卿，精绘墨蟹；更有一个守树生，弹得一手好月琴，共五人。后日清明，我要返舍几天，十五一期斗会，不能到了。"拜林又问几时到馆，青田道："要二十边矣。"谈讲了一回，二人辞别。回船后，再整杯盘，重新饮酒。不片时，舟挂顺帆，城中已到。天色已暮，各人登岸回家。

　　挹香至省亲堂，见五美人俱在，便见了父母，告知一切。又道："明日支硎必盛，爹爹、母亲可去一游。"铁山道："我辈老年人，没有什么兴致的了。明日，你同五位媳妇去游吧。吟梅幼小，不可带去。"爱卿等道："如此，婆婆何不同去？吟梅可交乳母的。"铁山道："好虽好，但是我二人近来游兴颇少，你们去便了。"说了一回，各自告退。挹香亦归书室，晚膳后，至梅花馆安睡。

明日起早，唤了一只画舫，又去请父母同去，父母仍云不去，又云我等老年人宜乎守家。挹香唯唯听命，便至梅花馆，催五美人梳妆好了，又命乳妪领了吟梅，叮嘱当心，便一同下船。榜人启棹，缓缓而行。

挹香道："我们在船中甚是寂寞。"素玉道："寂寞便怎样？"琴音道："和牌消遣可好？"挹香道："我昨日代林哥哥碰了几圈庄，十分讨厌。今日再碰，不甚有兴。"小素道："如此，何以消遣？"挹香道："你们和纸牌，可会？"琴音、素玉齐道："会的。"爱卿道："如此，你们去和纸牌，我来与秋兰妹下棋。"

闹了一回，舟已抵支硎山。挹香即雇了六乘山轿，缓缓游来。先至观音山，果然胜景不凡，幽闲各具。四面峭石为山，涌泉为池，苍松翠柏，异草名花，别饶胜境。又至石观音、转上殿许多胜迹，游玩了一番，然后下山，乘轿向天平进发。游人见了挹香的六肩轿儿，都蜂拥来观，有的羡慕，有的称扬。认识挹香者，都说他是个风流孝廉公，后面是一妻四妾。

俄而，过了童子门，不数里，已至天平。六人出轿，先往范公祠瞻仰了一回。挹香谓爱卿道："文正公忠义一生，名标千古。'先天下之忧而忧，后天下之乐而乐。'至今俎豆馨香，犹传当世。"爱卿点头称是。小素观看一回，低低地向挹香道："文正公之眉为何生得如此？"挹香道："这名火义眉，又名三角眉。文正公一生爵秩①，全在此眉。"小素点头暗记。游了一回，挹香命侍

① 爵秩——官爵和俸禄，也称爵禄。

儿扶了五位美人出祠，至九曲桥，又至二松轩、高义园许多胜迹处慕访。复至下白云晤方丈，即在吴中第一泉品茶小憩。众人都围住挹香们六人观看。

挹香道："你们可要到山上去了？可还走得动否？"爱卿道："既有此游，宜遍寻胜景，安得不去？"挹香道："如此甚好。"茶罢，别了方丈，步行上山。上了一线天，过了山坳，看不尽名花瑶草、怪石奇峰。走了半晌，山径模糊，挹香道："如今不好上去了。"爱卿道："我却不信。"便独自扶婢而行。转了几个弯，峰回路转，有路可通，爱卿便唤道："素妹妹，你们快些来，有路可行了！"挹香听了，即同四人绕径而行。爱卿笑道："这里更加幽雅了。"但见悬崖泻瀑，松老成龙。正行间，忽闻深林中钟声隐隐，六人心志俱清，寻声而往。

未半里，忽见丛林中露出一带短垣，又行数步，见上书曰"云中院"。挹香道："中白云了。我们进去接接力。"遂同入寺，小沙弥接进。晤见住持德中，邀入石室献茶。挹香谓爱卿道："你好题一首诗了。"爱卿笑道："你替我写。"挹香点头答应。爱卿便吟成一首，将草稿递与挹香。挹香即扫去绿苔，题于石上，下书："松陵女史钮爱卿偶题。"其诗曰：

> 偕伴兴偏殷，行行到白云。
>
> 峰高天不让，地峻路难分。
>
> 古洞堪藏俗，深山早绝氛。
>
> 吟哦添逸趣，游览志纷纷。

挹香写完，读了一遍，大为得意。良久下山，挹香道："无隐庵颇近，可要游玩了？"琴、素二人道："既来之，则游之。"便又坐轿至无隐，六人畅游一过，始兴尽言归。轿至船边，六人始登归棹。挹香道："今日如此胜游，不可无诗。待我来首倡，

何如?"众美人道:"好。"挹香便吟云:

> 慢移游屐访名山,俗恨闲愁一例删。
>
> 愿与野僧为伴侣,几时跨鹤出尘寰。

爱卿道:"好虽好,惜有厌绝结尘之意。"于是也吟云:

> 节届清明景色佳,红罗先绣踏青鞋。
>
> 兰桡桂桨轻移去,探尽山巅与水崖。

爱卿吟完,含笑递与挹香道:"不甚好,不甚好。"挹香接来一看道:"好,好,好。秋妹妹,你也来吟一首。"秋兰想了一想,也吟云:

> 三春游屐闹如云,到处奇花馥又芬。
>
> 啼鸟一声听宛转,桃林红雨落纷纷。

挹香赞道:"按声合拍,洵是佳章。如今哪个来了?"琴音道:"我也有一首不通的在此。"便念云:

> 桃已成荫柳乍匀,春来丽色一番新。
>
> 昨宵买得游山屐,愿与峰岚气味亲。

琴音吟完了,挹香便下去捏她莲瓣,慌得琴音道:"你做什么?"挹香笑说道:"看你这双纤不盈掬的小足,如何穿那游山之屐?"琴音"嗤"地笑了一声,把小足踢了挹香一下道:"还不走开。"爱卿笑道:"不要吵了。如今素玉妹,你来吧。"素玉便吟云:

> 黄鹂频唤画桥东,新雨才过淑气融。
>
> 柳色横塘春水绿,杏花村店酒旗红。
>
> 随人戏蝶穿芳径,抱絮狂蜂逐午风。
>
> 兴尽一番游赏后,溪头归路问渔翁。

挹香大赞道:"诗中有画,宛如绘出辋川佳景。前次雁字诗被你占了头等,如今你做了律诗,只怕又要让卿居首矣。"说着,又教小素吟咏。小素搜索了良久，吟云：

> 困人天气惜芳辰，闲约同俦效问津。
>
> 记得画桥红雨下，夕阳箫鼓最宜人。

小素吟完，挹香又说道："如此佳景，我当再续以诗。"于是又吟云：

> 晴日轻云景足幽，闲游移屐到山陬。
>
> 掠风雏燕浑无赖，糁径杨花不自由。
>
> 赢得杖头寻旧约，拼将蒌尾破新愁。
>
> 剧怜南浦魂销处，芳草萋萋碧水流。

不多时，舟已进城，轿夫等已在那里伺候了。五人乘轿而归不表。

且说明日乃是清明佳节，挹香独是一个人，乘着一匹骏马，往虎丘而来。是日天气晴和，游人毕集，往来画舫，雪聚花浓。挹香一路观瞻，扬鞭得意，及至回忆前情，不觉又添出许多惆怅，因想道："昔日两次闹红，何等欢乐！如今在会的人去了一半了。"想到此处，眸中盈盈欲泪，勉强忍住了。到了山中，复至真娘墓上瞻拜了一回，便题诗一律于墓上云：

> 重临古冢玉骢①停，为溯芳名泪暗零。
>
> 无意竹枝横个个，有情春草护青青。
>
> 凄看皎洁亭前月，愁听叮咚塔上铃。
>
> 怪煞往来游屐众，几人凭吊落花灵。

题毕下山，吩咐马夫在半塘伺候，他独是一人，唤了一只绝无遮盖的小舟，命舵工缓缓而行，在画舫两旁穿来穿去。也有人见他落拓诽谤的，也有爱他面庞俊秀的，交头接耳地说着。挹香

---

① 骢（cōng）——青白色的马。

见了这许多佳丽，心中又宽慰了些，便成集古一绝云：

> 绿绮声中酒半消，玉人何处教吹箫。
>
> 画船转过垂杨外，花不知名分外娇。

于是一声"欸乃"，复向前行，见无数兰桡桂桨，错杂其间，真个是如入众香国里，目不暇接。

正看间，那边一只画舫唤道："金挹香，你为什么落拓至此，莫不是要饱餐秀色么？"挹香一看，却是陆丽仙，便笑说道："思学渔郎，不知访得桃源否？"丽仙也笑道："快到我们船上来吧。"挹香即付了几百钱与舟人，过丽仙船上，只见里面吴雪琴、方素芝、陆丽春、蒋绛仙、何月娟、何雅仙、袁巧云、谢慧琼八个美人亦在其内，挹香大喜道："你们多在这里，我若不泛扁舟，岂不负此佳兴？"正说间，又见房舱中三美人姗姗而至，挹香细细一看，却原来是梅爱春、陆绮云、陈秀英，都与挹香相见。丽仙道："金挹香，你为什么常久不到我家里谈谈？"挹香正欲开言，忽月娟接口道："如今爱姐与四位妹妹在家，他哪里肯到外边来谈谈？"大家笑说道："不错，不错。"挹香道："非也，前两日因许多俗务，所以羁住了身子。如今是有暇了。"

说着，只见舟人摆上菜来，十二位美人连挹香十三人，摆了一桌圆台，团团坐下。挹香道："可要想些侑酒雅令？"雪琴道："这个必须要的。你做令官，我们听令就是了。"陆丽仙便斟了一觥酒，奉与挹香饮尽。挹香想了一想道："是令先说一灯谜，打《四书》一句，下用谚语两句作收，俱要贯串。说错者，罚酒三觥重说。不说者，罚酒五觥。众姐姐听着，我先起令了。"便说道："摽梅迨吉望于归。女子生而愿为之。有家谚语云：'儿大须婚，女大须嫁。'如今你们多知道了，哪位说？"袁巧云道："我来说。"便道："上不在上，下不在下，左不在左，右不在右。不偏之谓中。谚语云：'四面勿着实，记记打来鼓当中。'"挹香道："倒也新奇。雪琴姐姐，你说一个吧。"雪琴便想了一想道："杨君脬①大无医治，宰去嘹嘹始获安。杀鸡。"挹香听了，笑道："什么谚语？"雪琴将手帕按住，只管嘻嘻地笑。陆丽春道："快些说出来。为什么只管笑着？"雪琴道："谚语么，'只管羊卵子，不管羊性命。'"大家听了俱拍手大笑。

挹香道："哪位姐姐来了？"丽春道："我来说个吧。"于是便说道："流水无情。逝者如斯夫。谚语云：'急流勇退，油不关水。'"挹香听了丽春之令，心甚不乐。丽仙猜着挹香心里，便向月娟道："如今你说了。"月娟想了想，便说道："不惮七里山塘路，萍水相逢亦是缘。有朋自远方来。谚语云：'凑巧，凑巧。'"挹香听了，点头道："倒也即景生情。如今绛仙妹妹，你来了。"绛仙便说道："思君伉俪闺帏景。宜尔室家。谚语云：'福气大，快乐多。'"挹香听了，哈哈大笑道："好，好，好，真会说令!"于是又叫方素芝、何雅仙说令，二人道："我们想不出这许多巧句，情愿罚酒。"于是各饮五觥。挹香又催陆绮云说，绮云道："但是不通不要笑，不要罚酒才好。"爱春道："你说，你说。"绮云便笑说道："拜倒妆台听训责。是焉得为大丈夫乎？谚语云：'怕老婆，跪踏板。'"挹香听了，拍手称妙。于是挨着陈秀英说，秀英道："我愿罚酒。"便吃了酒。轮着梅爱春说，爱春想了一会道："坐以待旦。终夜不寝。谚语云：'六月里吃生姜，伏辣!'"爱春说完，大家多笑道："爱妹妹倒是一个渴睡汉，这一夜不睡有什么伏辣？"大家说了，又笑。

挹香道："不要笑了，如今要慧姐姐来了。"慧琼点头道：

---

① 脬（pāo）——指膀胱。

"他怜着我，我爱着他。爱人者，人恒爱之。谚语云：'自古英雄惜好汉，从来才子惜佳人。'"挹香听慧琼说了，不觉又想着他义妹了，叹道："慧姐姐，你么此时还在这里与我相叙，哪里知月妹妹已乘龙得选，竟作人面桃花了！回忆昔日初至护芳楼，一同饮酒举觞，何等高兴！如今细细算来，十二人中已去五人，连月妹妹共是六人。好景难长，美人易别，岂不伤哉！"说罢，涔涔下泪。慧琼听挹香说了一番，也觉心中凄切，思念月素，只得婉言劝慰挹香道："快些收令，莫再悲伤了。"挹香便长叹一声道："收令了。大家听着：弃我去者，昨日之日不可留；乱我心者，今日之日多烦忧。明朝散发弄扁舟，我将去之。谚语云：'一着不到处，满盘多是空。'"说罢，大家嗟叹。又饮了一回，已是夕阳在山，舟始开回。挹香到半塘辞了众美人，登岸乘马而归。

　　不知以后如何，且听下回分解。

第四十六回

吴秋兰初生玉女　谢慧琼早卜金夫

话说挹香虎丘归来，先至省亲堂去了一回，便至梅花馆。爱卿接着说道："秋兰妹妹今日下午腹痛得很，大概要分娩了，你快些去看看她来。"挹香听了，连忙到怡芳院。秋兰已有九月身孕，分娩正及其时。挹香见秋兰紧咬牙关，"唷唷"之声不绝。挹香心中十分不舍，便道："如今可痛得好些？"秋兰见挹香叫，便张开了眼儿，扯了挹香说道："都是你不好，如今痛得很，如何？如何？"挹香听了，又可怜，又可笑，便道："你可耐着，我去唤稳婆来。"于是亲身去禀知父母，又命家人去觅稳婆，又至怡芳院陪着秋兰。

不一时，小素、琴音等都至，当心一切，又备了开产金丹、益母膏等物。停了一回，稳婆亦至。秋兰一阵紧一阵，看她双眉紧蹙，辗转难安，直至二更光景，方才产下，呱呱有声。稳婆即来报喜道："乃是一位千金小姐。"挹香听了，倒也欢喜。看看孕妇尚称安适，于是稳婆替她洗了浴，包扎好了。爱卿对挹香道："你可命她一名。"挹香笑说道："秋兰妹妹生的，叫了小兰可好？"爱卿点头称善。挹香见秋兰身子平安，心就放了，吩咐侍儿当心服侍，自己到梅花馆去安睡。吾且不表。

再说一日，挹香到慧琼家，慧琼道："香弟弟，叶仲英乃是你的好友，到底家中如何？性情究竟可好？"挹香道："慧姐，你问他做甚？莫非有终身相托之意乎？"慧琼听了，低了一低头说道："你怎么晓得？"挹香笑说道："要知心上事，但听口中言。况且平素间，见你们如此莫逆，我早觑破隐衷。若说仲哥哥家中，虽不过丰，其日用所需可以无虑。至于性情，姐姐，你也知道的了。若果姐姐有心于彼，可要我来作个冰人？一则姐姐到了仲哥家去，我也安心；二则仍可与姐姐相见。这桩事，我也替你想了长久了。"慧琼道："如此说来，仲英不妨相托的了？"挹香道："不妨，不妨。我金挹香为你们终身之事，最是关心。所虑者，日后终身无靠。如今姐姐若订盟仲英，我也不必为你踌躇了。我少顷同你去作冰人，免得你们两造难以启口。"慧琼听了，点头称好。挹香又谈了一回，方才告别。

正拟往叶宅一行，半途忽遇方素芝的侍儿苹香唤住道："金公子，你为何长久不来？前日，家小姐偶染风寒，现下十分沉重，终日昏昏，茶汤懒进。我是去请医生。你快些去一望吧。"挹香听了，愀然道："你们小姐如何骤然间患起病来？却是什么症儿？"苹儿道："初起时，微寒微热，到后来，日重日轻，七天没有退凉矣。"挹香道："有如此事？我去看，我去看。"说着，竟往素芝家来。入门，恰遇飞花侍儿迎着道："金公子，不好了！我们小姐前日得了伤寒之症，如今已昏去了，不知可还唤得醒否？"挹香听了，慌得手足无措，便道："怎么说？"飞花道："小姐昏去了。"挹香道："小姐竟昏去了么？"说着，泪都含不住，急急走向里边。要紧了，忘跨门槛，一跤跌倒，也不顾痛不痛，忙爬起来，即至素芝房中，见素芝芳容憔悴，僵卧在床，假母与侍儿正在呼唤。

挹香进去，假母告知其事，大家流泪。挹香频频呼唤，素芝方才醒来，见了挹香，大哭道："你为什么此时才来？吾是不济的了。我死之后，你千万不要想我。飞鸿姐姐处，我有《修竹斋诗钞》一部，君如不弃，替我付之手民①，留于世间，亦可表我一生之沦落，我死亦无憾矣！"挹香听了，心中犹如刀割，勉强含着泪道："妹妹放心，不要说这许多伤心话儿。此时病魔缠绕，也是月晦年灾，安心保养，自然否去泰来。"正说间，医生到来，挹香即陪了诊脉开方。医生对挹香说："此病日感风邪，积而不化。今日第七天，如能透汗，或可有望，不然，则无救也。"挹香听了，心中大骇，送了医生，那夕就在素芝家服侍一切。素芝虽不透凉，看她倒觉好些，挹香心中方慰。

到了明日，暂别素芝归家，便至叶宅晤仲英，细说慧琼之事。仲英大喜，又托挹香往来说合，择于四月朔迎归。其时已二十六日了，挹香笑道："痴郎何情急尔？待我去与慧姐商量，只怕为期太促，不能如愿，便怎样？"仲英道："假使不能，只得重行择吉。"挹香点头称是，复至慧琼家，说明其事。慧琼允许，挹香大喜，又去回复仲英。仲英欢喜非凡，端整吉期之事。吾且慢表。

再说挹香替仲英作伐②之后，又至素芝家来看视，见仍旧恹恹，不分好歹，便吩咐当心一切，自己也住在素芝家服侍。到了仲英吉期，挹香只得暂别素芝，来叶宅贺喜。

是日热闹非凡，到了吉时，发轿到慧琼家迎接。俄而，轿子临门，一派笙歌。宾相请新人登毡行礼，送入洞房。到了晚上，挹香笑说道："前者你们闹我的新房，如今要还报了。"也邀了姚梦仙、邹拜林、吴紫臣、屈昌侯、周纪莲、陈传云、徐福庭七个好友一哄而进。仲英道："前者你娶爱嫂嫂的时候，说的新人即

---

① 手民——古时指木工。这里指雕版排字的工人。
② 作伐——为人作媒。同伐柯。

是旧好，为什么还要如此？"挹香道："今夕我不是来闹新房的，来看看我们慧姐姐，见见你们慧嫂嫂。叫你们慧嫂嫂、我们慧姐姐，来见见我媒叔叔、媒弟弟。"挹香说罢，众人哄然大笑。仲英复笑道："你也太不聪明了。可晓得，你的慧嫂嫂，就是你的慧姐姐。认得慧姐姐，还要见什么慧嫂嫂？"仲英说完，大家又好笑起来。拜林接口道："仲英弟，你自己不聪明，为何倒怪别人？"仲英道："怎么倒是我不聪明？"拜林道："如今慧姐姐做了你的夫人了，确是慧嫂嫂。与昔时慧姐姐，是两样的了。"众人道："不错。昔日是香弟弟，如今是香叔叔了。"

　　仲英被众人唇枪舌剑，说得莫可措词，便笑说道："依你们便怎么样呢？"挹香道："前次，你们闹我的新房，要什么果儿不果儿；如今我们只要请慧嫂嫂出来，见见我香叔叔，认认我香弟弟，就也罢了。不然，我们不出去了，闹到天明，看你如何？"仲英道："这亦何妨。"拜林笑道："你若不请慧嫂嫂出来，我林伯伯自己来请了，岂特香叔叔一人要见哉？"仲英无奈，只得请慧琼易去冠裳相见。

　　挹香等见慧琼更加妩媚，心中甚是钦慕。众人乃一齐上前相见。慧琼低头回礼毕，独有挹香一个人未曾见礼，嚷道："你们都见过礼了，快些下来，让我见礼。"众人连忙让了挹香。挹香即上前，深深一揖，双膝跪下，口称："慧嫂嫂在上，香叔叔在此叩见。"大家看见，都好笑起来，使得慧琼满面晕赤，又不好去扶他，不禁嫣然一笑，回转姣躯。仲英扶了挹香起来，道："别人家嫂嫂，要你跪什么踏板？"挹香笑道："长嫂为母，理该下跪。"众人听了，拍手大笑起来。闹了一回，然后出外饮酒。席上谈谈说说，饮到二鼓时候，方才散席，各自回家。

　　再说素芝家，挹香二日不至，素芝病势益笃，或有时昏昏睡去，竟致人事不知；或有时稍稍清楚，便问挹香在否。可怜情之所钟，犹依依莫释。假母见此情形，十分发急。闻得葑门有一个石佛，在那里赐人仙剂，可以起死还生，假母便命侍儿备了香烛，虔诚一念，到那里求取仙剂。所求却非别物，乃是香灰一撮，净水半杯。归来煎与素芝吃了，效验毫无。素芝口中无非念着挹香，频问为何不来。及至初三日病危，乃向假母道："儿病莫可瘳①矣。本来再思助你几年，以报鞠养之恩，如今是不能了。万望儿死之后，可对金挹香说，女儿本欲等他再会一面，如今是来不及了。叫他不要悲伤，托他刊的诗稿，千万不要忘了。"说着，又向假母讨了纸笔，伏枕而书四句绝命词，递与假母道："挹香若来，付彼可也。"言讫，昏昏睡去。

不知素芝性命如何，且听下回分解。

---

①　瘳（chōu）——病愈。

第四十七回

方素芝归位仙界　陆丽春遁入禅关

话说方素芝叮嘱了一番假母，又昏昏睡去。到了黄昏时候，看她更加不像了，口中呓语不绝，犹以挹香为念。到了二更时候，听她喉间痰声几响，可怜艳魄香魂，霎时离散。阴风四起，惨火频摇，临终时犹大呼："香哥哥，我去了！"

> 可怜似玉如花女，化作清风物外身。

素芝一灵不泯，飘飘荡荡向月老祠而来，复列仙班，日后仍可与挹香相见，此是后事，表过不提。

再说鸨母盛殓素芝，不胜悲苦。初二日，挹香有暇了，来看素芝。假母看见挹香，不觉叹道："金公子，你可是来看女儿么？"挹香道："正是，如今可好些？"假母大哭道："女儿想得你好苦吓！如今人亡物在了。还有一首诗叫我给你，劝你不要伤悲，托你刊的诗稿不要忘了。"又将素芝临终纪念之言，细细说了一遍，又把绝命诗呈与挹香。挹香早苦得泪流不住，又把那诗展开一看，见上写着：

> 妾命未逢辰，飘零十九春。
>
> 今抛知己去，返本好归真。

挹香看了，大哭道："素芝妹妹，吾负你了！"便奔赴灵前，抚棺大恸。假母见挹香如此多情，也十分凄切。挹香哭了一回，即命侍儿端整祭菜，又命侍儿去买一副对儿，自己做了一副挽联，以表其知己。其联云：

十载涠花前，羯鼓风催，卿薄命惨矣，旋消新绿鬓；

一朝归泉壤，鸳帏月冷，我痴情伤哉，难觅旧红颜。

挹香做完，便书了："素芝眉史灵右，辱爱生金企真挥泪拜挽。"便命侍儿挂在灵前，又祭了一回，方才归去。从此在家益加不快。

一日至陆丽春家，甫入门，遇着迎春侍儿，便问道："金公子，你来看哪个？"挹香笑说道："我来看你。你一向可好？"迎春见挹香一副旖旎的情形，便说道："多谢公子。公子你好。"挹香道："好虽好，不过心中不乐。"迎春道："为何我们小姐削发净修后，你都不来？"挹香道："姐姐，你说什么？"迎春道："为何我家丽小姐去做了尼姑之后，你都不来？"挹香大讶道："你们小姐为什么事情要做起尼姑来了？我倒没有晓得！"迎春道："金公子，你不要假撇清了，你怎么不晓得？"挹香道："真个不晓得。究竟真不真？"迎春道："哪有不真？难道你真不晓得么？我来对你说：你是知道小姐性情的吓。她是一个固执不化的人，平素间，往往恨着沦落之苦。前日，因有一个山西的镖客①到我们家里来，你晓得小姐是清品之人，非有名才子，她也不肯款接；况且上边的人都是不通文墨的，是以小姐不肯出见。谁知老妈妈瞰其金多，欲令委身以事。"挹香道："如此，你们小姐见他没有？"迎春道："若说见了他，倒也罢了。因为小姐足不出房，回绝了那人之后，妈妈就与小姐十分吵闹，弄得小姐哭了一夜。到了明日，小姐带了些金珠等物，托言游香，竟到盘门净修巷中，剃去青丝，皈依佛教了。"

---

① 镖（biāo）客——旧时给行旅或运输中的货物保镖的武师。也叫镖客。

揿香听了道："有这等事，还了得！"说着，便闹到里边来。慌得鸨母一无头绪，便说："金公子，为何如此动怒？"揿香见了鸨母，不觉怒从心上起，恶向胆边生，将鸨母两个巴掌，一跤跌倒地上，回身将她室中细软东西，打得雪片一般。鸨母看此情形，知为丽春之事，便扯揿香道："你有什么言语，可以说得，为何将我们打得如此地位？"揿香道："还有什么与你说，你将好好一个人逼入庵堂，我不办你别的，只消办你买良为贱就是了！"说着，命人去唤地方，交待明日送官，吓得鸨母叩头如捣蒜一般。揿香便问道："你为什么逼你女儿接客？我此时不来与你计较，我去看了你们丽春，回来再与你算账。"于是，将鸨母交地方看管，大踏步儿向盘门而去。

问明净修庵，至庵即叩门三下。有老佛婆出接，见了揿香道："阿弥陀佛！相公可是来烧香的么？"揿香见是佛婆，便赔着笑脸道："小生轻造宝庵，并非是烧香的，特来问一个信儿。"佛婆道："不知相公要问何信？"揿香道："前月，有一位姓陆的小姐，在你们宝庵披剃，可是有的？小生因与她是个亲戚，所以特来一望。"佛婆听了道："阿弥陀佛！若说这位小姐，是从到了我们庵里，终日泪汪汪悲切。吾也劝过她几次，说你们年纪轻轻，为什么下此毒念？可知净修一事，原是年纪大了，无所依靠，然后修修来世的。她倒说为因命运多蹇①，所以红尘看破，情愿牟尼百八，枯坐蒲团的了。"揿香听了，不觉大哭起来。佛婆也十分过意不去，便去告知丽春。丽春回言并无此人，佛婆只得出来回复揿香。揿香发急道："老佛婆，无有不是的。此乃她不肯见我之言，待我自己进去吧。"说着，竟闯入云房，恰巧是丽春

———————————

① 蹇（jiǎn）——不顺利，不幸。

之室。

抱香见丽春，大哭道："为何姐姐你存此苦志？叫我何以为情？今日你们院子已被我打去了，假母已交付地方，明日送官究治。好姐姐，快些随我归去吧！"说罢大哭。丽春倒反了面道："你是何人？这里乃是女众焚修之所，你进来做什么？快些出去！"抱香听了，发急道："好姐姐，你不要如此了。我金抱香的心已如刀割去了！"丽春道："放屁！我们没有什么金抱香认得，还不出去！"抱香见丽春执意如此，便双膝跪在丽春身边道："好姐姐，不要如此，我苦煞了。"丽春道："你不要如此无礼。可知我们清修之所，是心无挂碍、色即是空之地？你不要啰唆了。"说着，将身上长领衣一洒，要向外边去了。急得抱香扯了丽春的衣服道："好姐姐，你真个决意了么？罢，罢，罢！我金抱香也是看破红尘的人，也不来劝你了。你自己保重，他日再来看你。"说着，大哭一场，方才出外，又叮嘱佛婆道："那位小姐在这里，你们须要格外服侍她，不要当她出家的看待。用度一切，可到我家中来取便了。就是你们，我也要重重酬谢。"说着，一径出庵。

回了家中，也不告诉爱卿等，便取了一个名帖，写了一张状词，命家人到地方处，一同送鸨母至县。恰巧吴邑尊乃是一个姓高的，为官清正，最喜除邪，接了抱香的名帖与着呈嗣。看了一回，十分大怒，便立刻升堂，将鸨母带到，问了口供，打了五百藤条，着差递解回籍，将院中什物细软，一并取了，替丽春造了一所庵堂。高公自题匾额，名之曰"志修庵"。于是，抱香气也平了些，意谓丽春虽则如此，倒也有人晓得她是一个志修女子了，不过心中有些不忍使她如此之念。

再说陈秀英也于前日订盟一个开缎庄的何公为室，已定于出月初二日于归。那日抱香到着她家，秀英告知其事。抱香道：

"为什么你们多要去了？"秀英道："日月逝矣，不可再待。"挹香道："是虽是，但我所恨者，昔日繁华，而今尽改；死的死，嫁的嫁，做尼姑的做尼姑。罢，罢，罢，你们多去吧！"秀英道："你的言语却也可怜，但是我们到了此时，你也不好怪怨的了，况且闻得巧云妹妹也有了人了。"挹香道："却是何人，我倒没有知道？"秀英道："乃是一个户部郎中，在京授职的。如今娶巧妹妹去为三室，我想倒也罢了。"挹香道："你们罢了，叫我如何罢得？况且你这个人，可曾去探听探听明白？不要自误。"秀英道："我曾托人细细打听过了，那人乃是常州人，现开缎庄在于这里，大都不至无靠。"挹香听了道："你们要去，我也不好强留的，只要不至误订终身就是了。"说了一回，方才辞出。

　　要知后事，且听下回分解。

第四十八回

陈秀英遇人不淑　袁巧云远适难逢

话说挹香在秀英家，知了巧云亦有从良之说，到了明日，即往巧云家来。甫入门，见里边十分忙碌，挹香想道："莫非巧云妹妹吉期在迩了么？"想着进去，恰逢巧云，巧云便说道："金挹香，你为何此时才来？我已命侍儿去请你了，你可曾遇着？"挹香道："没有。我在秀英妹妹处闻得，说你已订百年之好，所以特来问你，可有此事否？"巧云道："确有其事。现在明晨就是吉期，是以命侍儿来邀君一别。"挹香道："何其匆迫若此！"巧云道："他是一个在京授职的官儿，姓顾，名渊。因奉公过此，遇着了我，也是有缘，竟肯为我捊膺。明日吉期之后，停一两日，就要进京的。"挹香道："如此说来，你竟要到京中了。但是千里迢迢，一入侯门海样深，只怕与你今生没有见面之日的了！"说着，二人泪下。

巧云道："事已如斯，孽缘已尽。君其保重，毋念葑菲，我也心中安慰。"挹香道："虽然如此，你可知叙了几年，顷刻分离，天南地北，能不教人肠断耶？但不知那人何处人氏？官为何职？"巧云道："那人乃是嘉定人，现为户部郎中。"挹香道："这也罢了。"说着，身边解下一块翡翠佩儿，赠与巧云道："我也别无可赠，这小小佩儿乃是我之心爱，寸心聊表，望妹妹收纳。"巧云接着称谢，自己也至箱中，取了一件顶上粉色的珊瑚表坠儿、一个珍珠绣成的珠儿、二方素练、二个晶章赠与挹香，乃道："些些微物，聊表寸心。"挹香含泪接了，又说了一回。挹香道："妹妹自己保重，明日我也不来了。"说着，与巧云作了四个揖，洒泪而别。

初二日，陈秀英家装束新人，也是忙忙碌碌。挹香一早便到她家，见秀英装束一新，挹香暗暗嗟叹道："如此美人，也算何公有福。"便说道："妹妹，你如今去了，须要孝顺姑嫜①，无违夫子。诸般事情，须要见机而作。倘若何公确是有情之辈，便中可寄我一音，使我亦可稍慰。"秀英含泪答应。俄而，轿子临门，挹香对秀英道："妹妹保重，愿妹妹从此琴耽瑟好，和睦百年。我金挹香也不忍看你上轿了。"说着，即辞以出。苦得秀英涔涔泪下。吾且住表。

再说挹香与二美别后，更加寂寞了，幸有家中五美频频解劝，与之吟诗排闷，饮酒消愁，心中也稍安慰。一日，新来了一个梳头侍婢，挹香无意中问道："近年来服役过何等人家？"侍儿答道："曾服役过阊门何宅，与一位新娶来的奶奶梳头。"挹香听了"何宅"二字，忽然想着秀英，便道："这家何宅可是开缎庄的么？"侍儿道："一些不错。"挹香又问道："那位少奶奶可是前月初二新娶的？"侍儿点头道："正是。"挹香道："既然是的，你可看得出，他夫妇中和睦不和睦？"侍儿道："老爷不要去问她了，这个姓何的却是十分悭吝。就是那位小姐，到来未满二月，已被他吵闹了三次，小姐时常泪汪汪不乐。"挹香道："有这等事！"便叹道："红颜薄命，诚然不差的！我原对她说，不要错择匪人，日后终身无靠。如今受其欺侮，如何？如何？"顷刻间，满心不悦，搔首踌躇良久，便对侍儿道："明天只说去望她。你

---

① 姑嫜——古代妻子对丈夫的母亲和父亲的称呼。

替我寄封信去。"侍儿唯唯听命。挹香便与爱卿说了，就在梅花馆修了一封书，一到明早，便命新来侍儿递去不表。

且说陈秀英是从于归何氏之后，谁知那何公都是一昧假惺惺的相待，及到了家中，便换了一副主人的行为。秀英稍有一些不是，便是翻面无情，所以她日夕难安。回想挹香之多情，竟有天壤之隔！终日暗中流泪，抑郁时形。那日正在怀念挹香，恰好侍婢到来，将一番言语告知秀英，又将信儿呈上。秀英又悲又喜，即启函视之，见上写：

忆自兰闺话别，月又双圆；回思绮阁分离，人偏独去。故里之梅花何在？院宇深沉；芳楼之燕子言归，帘栊①寂寞。果得百年偕好，虽居二室何嗟？而奈何鸳牒初修，龟占未吉。侍婢来，知芳卿伉俪无缘，姻娅有误，谁能遣此，未免增悲。昔日名花有主，辗转愁予；此时明月无情，关心惜尔。尚祈就浅就深，勿效终风之暴；还卜宜家宜室，同赓②燕好之诗。后会无期，强投雁币③。诸祈自爱，肃候双安。临颖神驰，泪痕无数。弟企真再拜！

秀英看了，不觉凄然泪下，也即答以书云：

伏以钟天地之秀气，伟矣儒生；抱闺阁之痴情，伤哉幼女！携云握雨，名士情多；蹋玉蹂香，红颜命薄。自违雅范，时切深忧。奈妾也，实命不犹，比目竟成反目；遇人不淑，有情遽尔无情。清夜扪心，鲛绡时湿；临风寄意，螺黛难舒。乃得手书来见，一番情话，悲思真诚；三复斯篇，良言恳切。妾也何人，知遇得此君？真情者，怅触偏深！蒙嘱谆谆，自当唯唯。临池恋

---

① 帘栊（lóng）——窗帘和窗牖。也指闺阁。

② 同赓（gēng）——岁数相同。

③ 雁币——雁，同赝。雁币即伪造的货币，假币。

恋，未尽依依。泐①此申酬，伏希丙照。

秀英写好了，递与侍儿，并嘱寄语："挹香不必记念，吾当自己保重；你有暇常来为要。"侍儿领命辞出，归告挹香，又将信呈上。挹香看了，十分怜惜。吾亦不表。

过了数日，便到巧云家来，询及假母道："巧妹妹可曾动身？"假母道："定于今夕动身。金公子，你来得正巧，少顷要到这里来的，你还有一面之缘。"挹香听了，又悲又喜，便到巧云之室坐了，看看房中，一切陈设如常，寂寞空闺，美人何在？不觉英雄洒泪，无限凄凉。

坐了良久，见碧霞侍儿进来，笑嘻嘻地对挹香说道："金公子，我们小姐去了，只怕你清净得多了。"挹香道："哪得不清净！"碧霞道："我来陪你可好？少停小姐要来的，你还可相叙片时。"挹香点头称妙，于是挽了碧霞，坐在一只椅内。挹香笑说道："姐姐今年多少芳龄了？"碧霞答道："十七岁。"挹香道："如此妙龄，不知可曾受过茶②来？"碧霞听了，红着脸，低了头道："没有。"挹香笑说道："既未受茶，为何姐姐如此腹大？"碧霞听了，打了挹香一下道："不要胡说。"挹香见碧霞发急，便道："我弄错了。姐姐多穿几件衣服，当姐姐腹大，是我失言。姐姐为什么不受茶不准腹大？这是何解？究竟肠内是什么东西？"碧霞见他不痴不颠地问着，不觉好笑起来，便说道："你不要问我，你回府去问你们少奶奶，就晓得了。"挹香道："我曾问过。她们说，乃是一股阳气收入腹中，日久积蓄了，就要腹大的。姐

① 泐（lè）——写。
② 受茶——旧指女子受聘。从前男女订婚，男家要给女家送茶叶，故称。

姐，可是这个讲究？"碧霞听了，明知他有意痴颠，又好笑，又好惭，只得低着头儿不语。挹香又问道："姐姐，你可曾收了多少阳气？"碧霞啐了一声，立起身来往外一跑。挹香哈哈大笑。

正在得意之时，恰好巧云轿子回来，挹香仍躲在房中。俟巧云出轿进房，挹香便迎着巧云道："妹妹，你去了二月，教人好不挂念。今日因来询及归期，始知晚上启舟，所以在此守候。妹妹，你到了顾家，观其人之动作行为，可像日后有靠的？可是多情之辈？"巧云道："妹自别君之后，到那顾家，看其一切起居，尚还可靠。至于其人之情，虽不及你，倒也怜惜为怀。定于今日进京，晚上就要动身，所以特至这里一别。就是你不在这里，我也要命人来相请的。"挹香道："其人既如此，我也放心得下了。但是少顷离别后，迢迢千里，天各一方，西方美人之思，不知要增多少离愁也。"巧云道："原是。尝闻古诗云：'七十鸳鸯同命鸟，一双蝴蝶可怜虫。'我之与君判袪①，亦迫于不得已耳。"二人正说得彼此进泪，无限凄凉，忽假母命侍儿送酒肴至，二人宴叙。席间，说不尽许多缱绻，忍不住万种凄凉。酒阑后，巧云方上轿而去。挹香又反复叮咛道："巧妹妹，路途保重，诸事当心，与君从此别矣！"说罢，洒泪而归。嗣后，终日在家，无情无绪。

流光一瞬，又是葭灰②飞动，一阳复来。邹拜林来邀挹香北京会试，乃道："明春又值恩科③，我择于明日束装，我们依旧同

---

①　判袪——判，分离；袪，衣袖。

②　葭（jiā）灰——葭莩之灰。这里指古代一种占节气的方法。古人烧苇膜成灰，置于律管中，放密室内以占，某一节气到，则某律管中的葭灰即飞出。

③　恩科——明清科举考试按照一定年岁举行，逢皇帝即位及朝廷庆典，特别开科考试，称为恩科。

行吧。"挹香笑说道:"林哥哥,我思不去了。今既侥幸博了一榜,余者恐非我才力所及。"拜林道:"你也不必谦逊,我也知你功名心淡漠,高尚得很。既然无意于斯,我也不来劝你了。我现为急于束装,所以特来辞别,并带还过青翁《算学》一书,便时望过付彼。其中筹算、勾股、开方、弧矢,以及立表测望,俱已抄过。尚有人线量天,愈加精奥,兹因匆匆赴试,不及抄矣。"挹香收藏了,又道:"林哥哥此去春风得意,折杏归来,他日锦旋,弟亦有荣施矣。"于是,即命治酒于还读庐中,与拜林饯行。拜林又去辞了挹香父母。恰巧爱卿等俱在省亲堂,拜林亦一一告别,复至还读庐饮酒。二人说说谈谈,十分得意,直饮到杯盘狼藉,拜林方始归家。

　　到了明日,挹香又买了许多路菜,送至船上,事毕,挹香正欲到内庭,忽有人递一信至。未知此信出于何人,且听下回分解。

第四十九回

留别有书增感慨　新编笑语解牢骚

话说挹香送罢拜林，正欲入内，忽见有人递来一信，取来一看，却是青浦王竹卿所寄，便拿了进来，到梅花馆展开视之，见上写：

书奉挹香哥哥文几：忆自挹翠园相叙后，好景难忘，转盼间，裘将四易矣。暮云春树，时切怀思，幸蒙佳音时赐，鄙意稍舒。所劝早择从良，妾亦感惭五内，奈何阅遍须眉，竟无当意！昔关盼盼诗云："易求无价宝，难觅有情郎。"信不诬也。兹有本城韩氏子者，家本小康，鸾弦初断，食饩①庠序，儒雅端方。是以琴瑟愿调，于本月初三日，已赋宜家之什矣，君原爱我，特束告知。情合缘悭，还望菲菲勿念。临池神往，不尽欲言。颂请俪安，诸荷爱照。辱爱妹王竹卿再拜！

挹香看罢，怃然而言曰："美哉！美哉！"又曰："其人乎！其人乎！竹妹妹遂了从良之愿矣！"忽又想着三十六美人分离之速，长叹一声道："月不常圆，花难久艳。我金某将若之何？"不觉盈盈泪下。爱卿见挹香流泪，便问道："这是哪个的信？为何看了流泪？"挹香道："青浦的竹妹妹又从良去了。我想昔日之繁华，而今安在哉？"爱卿道："怪也怪你不得。你是一个多情人，

---

① 食饩（xì）——指明清时经考试取得廪生资格的生员享受廪膳补贴，即国家供给粮食。

如今看这些姐妹们鸾飞凤散，自然要添许多怅触，然亦宜略略丢开些儿。你看自己形容，这几天憔悴了多少！若姐妹们不去早赋宜家，你日后更要替她们惆怅。"挹香道："话虽不差，但是我一腔难言难说的情形，如何得释？"说着，便和泪横在榻上。

爱卿正欲再劝，恰巧琴、素等四人到来。小素见挹香泪汪汪睡在榻上，便问道："你又在这里下泪做什么？"秋兰道："必然又在想众姐妹了。"爱卿道："一些不错。方才阅了青浦竹卿姐信，知了于归之事，无限不乐。我劝了他一回，他原如此。"琴音道："不要惆怅。我们到园中去饮酒消愁吧。"挹香道："如此冬寒，园中有甚兴致？倒不如就在梅花馆一叙吧。"爱卿道："妙极！园中朔风甚大，倒是此地好。"便命侍儿设席外房。

不一时摆好，六人坐定，饮了数杯。爱卿道："今日消寒，酒宜多饮，取巨觥可好？"挹香道："就是巨觥。"爱卿道："我有令。各人斟满一觥，然后说令。"素玉道："使得。"于是斟满六觥。爱卿道："各人双手将觥举起，说《诗经》一句。侧不得一侧，平则不罚。侧一侧，罚酒一杯。"秋兰道："为何如此龃龉①？"挹香道："不侧却也容易，你们将觥举起可也。"爱卿先捧起酒觥说道："关关雎鸠。"挹香便道："妻子好合。"琴音道："其人如玉。"素玉道："琴瑟友之。"秋兰道："谑浪笑傲。"小素道："莫不静好。"各人放下巨觥。爱卿道："小素妹与秋妹俱罚四杯，挹香罚三觥，琴妹罚一觥，素妹罚二觥。"挹香道："为何你自己不罚？我们可曾侧一侧？"爱卿道："怎么不仄？说过要平仄，不得一仄。你仄了三仄，自己去想。秋兰妹、小素妹仄了四仄，快吃四觥吧。"五人俱饮了罚酒。

---

① 龃龉（gé tà）——（方）麻烦，复杂。

挹香谓爱卿道："你如此狡猾，骗人罚酒。我也来说个谜儿，你们各猜看。有一个人猜出，皆免罚酒；无人猜出，各罚五大觥。"便道："提起戟来天下定，温侯最喜作先锋。打一用物。你们快些想。"五人听了，想了良久，不能想出。秋兰道："用物颇多，哪能想到？"素玉道："挹香，你总要说明大的小的，方始好猜。"挹香道："说明大小，不如告诉你们好了。"琴音道："只要略说大概。"挹香道："不说，不说。"小素发急道："爱姐可曾猜着否？猜着了，大家都不要罚的。"爱卿道："挹香，你总要略露些。"挹香道："如此，你们在衣饰中去想便了。"五人仍猜不出，挹香道："快，各罚五觥。"素玉道："且慢。"便再一想道："是矣。此物乃是拔枪太平貂领头。"挹香拍手而赞道："素妹妹实在灵悟，能猜此谜。"素玉道："谜面浑成，一时难解。我细细拆开，方知提起戟来，拔枪也；天下定，太平也；温侯所喜者，貂蝉也；作先锋者，领头也。"爱卿等四人听了，亦皆佩服。又饮了几杯，用些菜，谈讲了一回，然后撤席。

一个乳媪①抱吟梅至，一个乳媪抱小兰至，挹香与之玩耍了一回。琴音等四人散去。挹香又至省亲堂上，与父母说了片刻闲话，回至书房，作了复竹卿一函，无非嘱其勿念之言。吾且不表。

再说挹香终日愁烦，时光甚速，到了除夕，谓爱卿道："记得那年除夕，与拜林哥哥等仿唐、祝、文、周的故事，何等风趣！何等欢乐！今日一般除夕，众美人鸾离凤散，真令人不堪回首矣！"说罢，又涔涔泪下。爱卿等竭力劝解，始稍稍丢开。

韶光似箭，日月如梭，过了残年，一瞬又是杏花时节。挹香

---

① 乳媪（ǎo）——乳母，奶妈。

正在书房闷闷，忽小素来问道："今日园中天气晴和，我们去游玩一回吧？"挹香道："好。"于是，小素吩咐绣春端整些酒肴，然后邀了爱卿等一同进园。爱卿道："我们到海棠香馆去吧。"素玉点头称善，于是六人进内。家人摆上酒肴，六人饮酒。挹香见了这"海棠香馆"四字，不觉又大哭起来，弄得众人不解。挹香道："我曾记得大开诗社的时候，琴音妹与绮云妹打秋千为戏，宝琴妹与月素妹观鱼小憩荡桨为乐，何等快活！如今，琴妹妹，你与绮云妹犹可相叙，宝妹妹与月妹妹已作人面桃花。我恨只恨未酬月妹美情，遽焉分别，如今只怕也怪着我薄幸了！都是我不好，不该使你作从良之计。"说着，扑簌簌泪流如雨。爱卿道："原来为此。如今事已如斯，我们且饮酒吧。自古道：'酒可浇愁。'"素玉道："不错，大家来饮一杯。"

爱卿道："挹香，你也不要惆怅，我来讲个笑话，解解你的闷吧。"琴音、小素都称佳妙。挹香道："什么笑话？"秋兰道："定然发松的。"爱卿道："有个人善做灯谜，做出来总是穷工极致，令人好笑的。"挹香道："是什么灯谜？"爱卿道："乃是处女看春宫。打《左传》两句。你们倒猜一猜看。"挹香听了，已觉好笑，便说道："谜面已觉奇异，其谜必佳。"琴音、素玉等细细地搜索了一回，却难猜着，便叫爱卿说出。爱卿笑道："乃是'它日我如此，必尝异味。'"挹香拍手大笑道："好，好，好。为什么你也说得出这话儿？"爱卿道："若不如此，焉能博你一笑？"挹香大喜，便挽了爱卿的手，勾了琴音的颈道："我幸亏有你们五位姐妹在此，不然叫我其将何以为情耶？"爱卿笑道："这许多事情，因为是你金挹香当其境地，有此惆怅，若换了别人，就没有这等惆怅了。"挹香听了答道："若换了别人，虽则无此惆怅，亦无这许多姐妹怜惜了。"众人点头称是，于是又饮了一回酒。

六位美人同向花前闲步，见那许多名花如锦，献媚争妍，戏蝶游蜂，往来不绝。爱卿看到得意之时，不觉诗兴勃然，即口占一绝云：

九十韶华景若何？游人几度恋花窠。

红千紫万添幽趣，不使春光忙里过。

爱卿吟罢，忽见芍药圃那边，有一对五彩的粉蝶儿冉冉飞来。爱卿见了这蝶儿，十分爱它，便携了纨扇，觑定蝶儿，轻轻走上前来，扑那蝶儿。挹香、琴、素等五人在蔷薇院，倚在栏杆上，看爱卿追扑那蝶儿。谁知这蝶儿甚是刁顽，看见爱卿到来，那蝶儿即飞向牡丹亭而去。爱卿见蝶儿飞去，便携了纨扇，紧紧追那蝶儿。赶到木香棚，那蝶儿竟飞上棚去，躲在花上，对爱卿看着。爱卿也呆了，对着那蝶儿看着。挹香等见那蝶儿飞上棚去，大家拍手笑道："如今这蝶儿捉不牢了。"爱卿心中恼蝶儿，又听琴、素等笑她捉不牢蝶儿，便指着蝶儿道："蝶儿，任你逃到哪里去，我总要捉你！"那蝶儿不知不觉，仍躲在棚上。爱卿便回身至蔷薇院，扯了挹香道："你替我去捉那蝶儿。"挹香道："那蝶儿飞上棚了，捉不牢了。"爱卿心注蝶儿，乃道："我定要捉那蝶儿。"便不管什么，一手执了纨扇，一手扯了挹香，向木香棚而来。那蝶儿却原在那里。爱卿笑道："呆蝶儿，如今要被我们捉住了。"于是便端了一座云梯，排在木香棚下。那蝶儿依旧不动，爱卿便叫挹香去捉那蝶儿。挹香无奈，便去捉那蝶儿。那蝶儿未曾防备，被挹香一手一只，把两只蝶儿都捉住了。爱卿见捉住那蝶儿，便拍手大喜道："那蝶儿原被我们捉住了！"于是扶了挹香下来。挹香紧捉住了那蝶儿，嘻嘻哈哈，同至蔷薇院。众人见挹香真个捉了蝶儿，便笑道："亏你把这一对蝶儿多捉了。"于是，爱卿叫挹香不要放这蝶儿，去取了两根青丝发，替那蝶儿缚了。爱卿自己捉了一只蝶儿，挹香把那一只蝶儿托小素捉了，一同回归梅花馆，将两只蝶儿分与吟梅、小兰。

那二人见了蝶儿，十分欢喜。吟梅要白蝶儿，小兰要五彩蝶儿。及至闹了一回，吟梅仍取五彩蝶儿。小兰见吟梅取了五彩蝶儿，只得取了白蝶儿，便放在笼内养好蝶儿，又去采些花与蝶儿吃，十分珍重那蝶儿。挹香见了那蝶儿，忽然想着自己了，乃说道："我挹香如花下的蝶儿一般，尝遍名花。我与你们，比那蝶儿还胜得多哩！"大家笑了一回。吟梅与小兰携了蝶儿出去游玩，挹香与爱卿重新在梅花馆饮酒。

挹香忽想着十八日乃爱卿诞辰，便说道："三月十八日乃是姐姐三十诞日，理该一觞为庆。"爱卿道："有什么庆与不庆？"挹香道："这是必须要的，况且今日你扑着这个蝶儿，明明说你与我，同这对蝶儿一样的瓜瓞绵绵、百年偕老的意思。"爱卿笑道："你这个人真也愚了，如何一个人去比那蝶儿？"挹香道："你不要看那蝶儿不起。这对蝶儿，却有讲究的，况且有花前蝶儿之名，人人都争羡那蝶儿，况且蝴蝶梦中家万里，诗人又借此蝶儿兴比。这蝶儿真比别个虫儿两样！"

爱卿道："难道这蝶儿如此贵重？"挹香道："这蝶儿岂不贵重？昔庄子成地仙，化为蝶儿。人可化为蝶儿，则蝶儿足贵；借蝶儿以化仙，则蝶儿更足贵。姐姐何轻此蝶儿耶？"爱卿道："你又不作地仙，又何必羡那蝶儿？"挹香道："蝶儿有如此好处，怎么不要羡慕那蝶儿？"爱卿笑道："你与蝶儿，蝶儿与你，倒可谓之知己。不然，你无蝶儿，亦不论此一番；蝶儿无你，焉能说得它淋漓尽致？"挹香听了，忽有所悟，见小兰、吟梅至，便将笼内的蝶儿一指，慨然而叹道："蝶儿，蝶儿，我将看破红尘，洗空心地，要学庄周之化蝶儿矣！"说了一回，天色已晚，二人

绮红小史

经典书香 中国古典世情小说丛书

归寝。

　　转瞬间，已近诞辰，挹香预命家人定了筵席，唤了戏班，打扫厅堂，悬灯结彩。一到十八日，先是诸邻里到来庆贺，挹香俱以礼款之，然后官绅朋友与亲戚们陆续而来。顷刻间，华堂欢乐，喜气洋洋，较之昔日之混迹歌楼，大相悬隔，所以爱卿满怀喜悦。作者因亦欲往金家祝寿。

　　诸公要知后事，且听下回分解。

第 五 十 回

钮爱卿华堂设宴　邹拜林北阙承恩

话说到了十八正日，亲朋都来祝寿，铁山夫妇大喜。盖爱卿为人端庄稳重，内助称贤，所以姑嫜十分欢喜，亲戚们也十分敬重，今虽三十诞辰，居然热闹非凡。不一时，姚梦仙夫妇二人也来庆祝，拜林一妻三妾带了佩兰过来拜寿。斯时，寿房内送礼人络绎不绝；有的糕桃烛面，有的寿幛寿诗；有的贺仪自致，有的酒券单呈。谨领的谨领，璧谢的璧谢。挹香自己也去相帮开发，忙碌不堪。忽过青田遣人送礼至，乃是一副寿联，挹香便开发了来人，取对观之，却是隶书八言，过青田自写。句云：

> 喜溢兰帏半周花甲，春生梅馆一庆芳辰。

挹香看罢，大喜而赞道："过青翁汉隶写得十分苍老而坚劲，真腕力也。"便命家人悬挂。又见周纪莲、屈昌侯、徐福庭、周清臣四人陆续而来，挹香命乳媪照料吟梅在寿堂拜谢。顷刻间，纷纷攘攘，满座宾朋。陆丽仙、何月娟、胡碧珠、陆绮云、吴雪琴、钱月仙、冯珠卿、王湘云、梅爱春、章雪贞、汪秀娟、何雅仙、蒋绛仙等都乘轿来庆寿，挹香命内堂素玉等相邀进内。

俄而闻报黉门吴老爷至，挹香接进岳丈，殷殷谦谢，吴家庆亦逊让多文。挹香命家人东西两厅排酒十二席，款待亲朋。众亲朋谦逊入席，铁山主位相陪。不多时，划拳欢闹，声遍两厅。

门公又报叶宅少奶奶轿子到了，挹香叫小素去迎。慧琼出轿，入内与爱卿等相见，喜笑满堂。不一时，仲英也至。挹香大喜道："仲哥哥，你们嫂嫂才来，你莫非押了队保，护保的么？"说着，大家笑了一回，一同入席。斯时，省亲堂上，一个个披风红裙，都在祝寿。老夫人与爱卿十分忙碌，命排酒筵。

忽闻外面已是锣鼓喧天，开场演剧。跳了"加官"，两个小旦穿了红绿袄走下来，请了一个安，上呈戏目请点。挹香即请岳父先点，吴家庆点了二出：一是《上寿》，一是《课子》。仲英也点了两出：一是《藏舟》，一是《观画》。梦仙道："我也来点两出。"便点了《独占》、《佳期》，说道："香弟弟有此艳福，此二出却不可少。"挹香道："倒是旦戏太多了。"梦仙道："不妨，只要做得入化，我们多几两赏钱就是了。"于是，周纪莲点了《八阳》，屈昌侯点了《打车》，周清臣点了《盗铃》，徐福庭点了《絮阁》。正点间，吴紫臣、陈传云到。挹香道："来得正好，快些点两出。"二人看了看，传云便点两出：一是《弹词》，一是《盗绡》。紫臣道："我来点一出发松些的吧。"便点了《游殿》。众人道："倒也解颐。"于是，挹香自己也点两出：一是《惊梦》，一是《团圆》。命伶人现身说法，穷工极巧做来，少顷重重有赏。伶人奉命，开场扮演。

挹香又至内庭谢了一回。内厅筵开四席，老夫人与五媳主席相陪，坐得花团锦簇一般。挹香一望，见慧琼却与梦仙夫人、拜林妻妾叙一席，十三四位美人分两席同叙，暗想道："我之表妹张素娟，可惜远在青浦，若说来了，此时亦可一斗其艳。"正想间，忽侍儿禀报："青浦小山少老爷进内。"挹香大喜接入。小山道："弟昨日到城，知表嫂华诞，所以特地而来奉贺。方才东厅上见了舅父，如今请舅母一见，并要请表嫂拜寿。"挹香道："不敢，不敢。"小山道："岂有不见之礼？"挹香遂陪了小山，见礼毕，携手往外而去，至东厅，邀小山入席不提。

再说挹香因内堂寂寞，又命家人去唤了两个男说书。又唤了一个玩戏法的陶柳桥，演玻璃八件、扇戏飞盆。又去唤了福庆堂两个歌伎到来，弹唱南词。不一时俱至，叩见了老夫人、爱卿。老夫人、爱卿与众美人并皆十分得意。

俄而，双挡说书先开场，歌伎接唱，陶柳桥便将戏法开场。爱卿暗想："自己也曾偶谪风尘，如今居然太太了，如此风光，真不枉我一番慧眼。"众美人喜笑满堂，内厅上笙歌彻耳，拜林妻妾、梦仙夫人与谢慧琼十分称赞。且说铁山东厅上与小山甥舅相叙，各谈积愫。铁山道："贤甥难得来的，盘桓数日，下乡可也。"小山道："甥因置物来城，不能久逗，明日就要返舍的。"正说间，挹香来敬酒，各席俱华。少顷，席散不提。到了晚上，仍旧开筵，大家都要公祝，挹香概辞："不敢。"至再至三，挹香只得应允。到了明日，小山辞去。诸亲朋公祝遐龄，又是十分闹热，闹了一日。后日，挹香重新答席。一连闹了三天，方才停当。吾且不表。

再说邹拜林二月初八日进了头场，二月十二日二场，及至三场告竣，专候放榜之期。守至三月十五日揭晓良辰，拜林却中了六十三名进士，重行殿试，点入二甲词林①。拜林命人报捷姑苏，金、邹两宅知了，十分欢喜。邹拜林停了数日，上了一本，归家祭祖。挹香等都来贺喜，细罄离衷。忙碌了几天，拜林挈眷进京不表。

再说挹香过了爱卿的诞辰，稍稍有暇。一日，忽有人来报道："姚、叶二人请见。"挹香急忙出迎。二人进内，仲英谓挹香

① 词林——明洪武初年建翰林院，匾额题为词林，后通称翰林院为"词林"。

道："明日乃院试之期，我们特来告知。"挹香道："两位哥哥平日藏器待时，如今及锋而试，定可一战胜齐，但场中卷子一切，务望自己当心。"便将文章的时调细细地说了一回。二人俱点头称是，少顷别去，端正进场不提。

再说小素、琴音俱有身孕，已是十月满足了。挹香此时亦是杜门不出，或在省亲堂承欢色笑，或与妻妾们论古谈今，或在书房中课些著作，或与子女们嬉笑玩耍。斯时，吟梅、小兰并皆乖巧非凡，挹香每逢愁闷时，看见了顿生欢乐。

那日正在书房，忽听一棒锣声，报姚梦仙取中了第一名泮元，叶仲英取中了第三名。挹香大喜，发付了报人，便往两家贺喜。及至归家，经过碧珠家门首，挹香便进内去看碧珠。谁知碧珠身抱采薪①，卧床不起。挹香十分不舍，便慰问了一番，说道："碧妹妹可曾请医服药否？"碧珠道："虽则延医，却无见效。"挹香道："如此，碧妹妹保重。我当明日再来看你。"

回至家中，入沁香居，见小素已在那里腹痛了，看她一阵一阵，痛得可怜，十分不忍，便道："素妹妹，可要我来替你挪挪？"爱卿笑道："这又不是空肚痛，挪挪有什么用处？"挹香道："这个怎么好？"琴音道："生了下来，自然就好了。"挹香道："我不忍看了。"便踱出沁香居，往家堂灶君前焚香祷告。再说小素痛了几阵，顷刻间，麟儿下地。稳婆报喜道："却是一位官官少年。"小素听了，十分欢喜。爱卿便命侍儿报知挹香。挹香闻知已产，便进房看视孕妇，又见小儿倒也生得眉清目秀，心中也十分欢喜。爱卿道："如今你好取个名了。"挹香想了想道："乳名唤他魁官，字取亦香可否？"爱卿点头道："吟梅、亦香，尽取

---

① 采薪——打柴。这里是借生病无法打柴之意，指生病。

'吟到梅花句亦香'之意。"挹香道："我又取'梅花嚼处即吟香'之意。"琴音笑道："不错。"于是又托爱卿等照料，自己回至书房。

恰报叶仲英至，挹香即忙请进。仲英见了挹香道："香弟，你为何好几天不至我处？"挹香道："因为拙荆分娩，所以无暇。"仲英道："哪位嫂嫂恭喜？新添的还是侄儿，还是侄女？"挹香道："小素弟妇生的，却喜是个侄儿。"仲英忙立起来道："恭喜！恭喜！愚兄到侄儿汤饼会时，又好一试啼声矣。"挹香谦谢了一回，便问道："哥哥今日至此，可有什么事情？"仲英道："昨遇绮妹家侍婢慧儿说道：'你们绮妹抱病十分沉重，要与你一见。'托吾传语与君。吾乃受人之托，特来告知。"挹香听了，顿时坐立不安，说道："如此，我去看她。"便挽了仲英，一同出门。行至半路，仲英别去，挹香独是一人，往绮云家来。

甫入门，恰遇假母，挹香道："妈妈，为什么你们女儿害起病来？可曾延医看治？是什么病儿？如今可好些否？"鸨母道："金公子，不要说来。那日，我们女儿在花园中弹什么琴儿，直至三鼓进房。大约受了些寒，那夕就觉有些不快。到了明日，忽然寒热频侵，卧床不起。如今延医诊治，俱说内感郁邪，外侵风露。病势甚重，或昏或醒，不进茶汤。她也记念了你几次。此时，你来了，最好了！快些里边请坐吧。"挹香急忙进内。正遇慧儿，连忙嚷道："好了！好了！金公子来了！你可是仲英公子寄了信来的么？"挹香道："正是。我本不知，直至仲英说了方才知道。如今你们小姐可醒否？"慧儿道："方才倒醒了一回，说及于你，如今又昏昏睡去了。"挹香便与慧儿一同进内，走近床前一看，见绮云的花姿月貌，非比从前，嶙峋病骨，憔悴芳容，合着眼儿昏昏地睡着。挹香看了，不觉凄然，乃道："我这里半月不来，谁知有此一变。"说着，便坐在床前。

半晌，忽听绮云大喊一声道："我不去！我要等金抱香来了才去。"抱香连忙答道："绮云妹妹，我金抱香在此。"绮云开眼一看，道："香哥哥，你来了么？我正有许多话儿托你。"抱香道："妹妹有何说话？"绮云道："我的病大都不能好的了。我与你相叙多年，谁知竟要抛你去了！我死之后，你也不必悲伤。我箱中有珍珠百颗，你可替我售去了，料理我的丧事。我生前最爱袁墓之地①，你可替我在梅花丛处卜一佳城，将我的棺木葬在那里，我也心感无既了。"说着，叫慧儿开了箱儿，取了一百颗新圆珠儿，递与抱香。

抱香大哭道："妹妹放心，吉人自有天相，不要说此伤心之话。若说妹妹，你真有……"说到此处，泪如泉涌，哽咽了良久道："真有什么不测，这些营葬之资，我金抱香难道不能办么？"绮云道："香哥哥，你还不晓得我性情么？我素性古怪，不要别人帮助的；况且这些生不带来、死不带去的东西，要做什么？你且收了，倘日后我病得痊，你再还我，也不为迟。"抱香听了绮云这许多伤心的话，不觉掉下了无数泪儿，只得暂为收了，又定以明日一早再来，方始别去。

不知绮云性命如何，且听下回分解。

---

① 袁墓之地——疑指袁山。位于江西宜春北，古名五里山。相传东汉袁京隐居于此，卒后葬于其侧而改名袁山。

第五十一回

喜又喜双姬生子　　悲更悲三美归西

　　话说挹香从绮云家归，甫入门，门公便下了一个跪道："恭喜老爷，又添了一位少爷了。"挹香道："可是琴太太生了么？"门公道："正是。"挹香大喜，便到媚红轩来，见爱卿等俱在。爱卿为挹香道："恭喜你又养了一个儿子。"挹香含笑而说道："好虽好，倒是作孽的很。"素玉道："什么作孽？"挹香道："做了男儿，自然爱美人的。你想岂不是作孽？"秋兰道："你自己做了这许多事情，自然作孽。他也未必同你一样的。"说着，大家笑个不住。爱卿道："如今又要命名了。"挹香道："唤他幼琴可好？"爱卿笑道："儿以母名，倒也使得。"又说了一回。挹香便在梅花馆住了，告知绮云病重，明早便往绮云家来不表。

　　且说绮云自从挹香去后，她便昏昏地睡去，到了五更光景，已经痰上，此时挹香到来，仅存一口气了。挹香见此情形，不觉潸焉出涕。正哭间，只见绮云小足一蹬，身子几掉，竟呜呼哀哉！可怜半生沦落，一现昙花！早苦得挹香号啕大哭，便取了银子，叫假母办理后事。挹香自己视殓，吩咐暂且停棺，俟往袁墓买了坟地，然后安葬。

　　料理停当，忽然想着碧珠，忙便抽身到得她家。只见孝堂陈设，惨惨仪容，挹香大讶道："莫非碧珠妹妹弃世了么？"即而视之，果见上面写着："亡女胡碧珠之位。"又看挂的仪容，却与碧珠在生一样，不觉失声大哭道："碧珠妹妹，你竟弃我去了么？"

挹香正在大哭，惊动假母、侍儿，出来看见挹香，不觉也凄然泪下，乃说道："金公子，你为何今日才来？"挹香道："只因我家中生产，又遇着绮云妹妹家丧事，才得舒齐，来看碧妹妹，哪里知她已作夜台之辈了！但不知几时物故的？"假母道："自从金公子你去之后一日，可怜病势陡变，竟成了内热外寒之症，未及一天就去的。"说着，也大哭起来。挹香又哭道："妹妹为何去得如此之速？薄福书生竟不容一面？如今只好对此画图，空中想象的了！"说罢，便命端正祭物。挹香在灵前祭奠了一番，也无可如何，只得暂归家里，告诉爱卿二人俱死。

　　爱卿也叹息了良久，又说道："你可知胡碧娟妹妹也去世了？"挹香道："你这句话哪里得来的？"爱卿道："方才到这里来报丧，所以晓得。"挹香听了，登足大叹道："天之忌人，何竟如此耶？"挹香叹息了一回，挨过了一宵，到了明日，即至其家，询知侍儿，方知是前五天死的。挹香十分悲恸，吊奠了一回，方才回去。

　　去了两日，挹香唤了一只舟儿，到光福而来。到得袁墓，见梅树千株，果然茂盛，山清水秀，自是不凡。挹香便寻了山主，拣了一块在梅林深处的平阳之地，讲定五百两花银，然后往各处游玩，忽想着张灵、崔莹之墓也在这里，欲思往谒，便问了一个信儿，来寻张灵之墓。只见青草蒙茸，荒垒无数，铜驼泣雨，石马嘶烟，不禁喟然而叹曰："世间争名夺利，厌辱求荣，一到无常，终成空幻。就是我金挹香，此时虽则雄才磊落，绮思缠绵，他日也无非一抔黄土，遮盖了这臭皮囊就是了，怎能够享荣华而受富贵，抱艳姿而拥娇妻，常享千年之福耶？"想到此，不觉心志皆灰，怆然涕下。回顾处，又见前面一个大碑，挹香俯视之，见上写："明才子张灵、美人崔莹合葬之墓。"下书："明解元唐六如题。"看罢，色喜道："原来就在此地。"便撮土为香，深深下拜道："痴情薄福生金挹香，为慕多才，特来拜谒，不知地下才子佳人，能否鉴予衷曲？"拜了四拜，起来后，犹觉依依莫释，便向身边取出笔墨，扫去绿苔，题诗一绝于碣上云：

> 一抔黄土忆埋香，生恨缘悭死后伤。
>
> 才子美人千古艳，崔张何必羡西厢。

挹香题完，又作了四个揖道："金挹香去了。"然后归舟。

到了明日，才回吴下，便至绮云家，端正开丧举厝①。因挹香在彼料理，十余位美人都来凭吊，忙碌了一天，下午方才移厝下舟。挹香陪了绮云的棺木，往袁墓进发。大家非唯不笑他的痴情，倒敬他的仗义。一路无词。舟至坟前，挹香命山主备了炮手、乐人，坟上也搭了厂儿。乡间人只道是挹香的姬妾，所以都来祭吊，倒也十分热闹。挹香也将错就错，任他们来拜吊，落得显焕些儿。忙了半天，挹香素性托坟客备了几席酒肴，请他们吃了一顿，然后破土安葬。

挹香亲自在乡看做了六七天，方才告竣。挹香又亲笔书了一块碑儿，叫名工镌刻，上写着："清故名校书陆绮云香冢。"又替她做了一个墓志铭，上写着：

> 陆绮云者，吴中名校书也。年二九，抱病殁。临终时，嘱予营葬于袁墓梅花丛处。及殁，予不敢忘，遂卜地于此。嗟夫！香魂莫返，空悼红颜；玉骨犹存，宜封黄土。择于月之十六日，卜葬于斯。既佳城之所得，幸苦海之永超。花香月朗，得所凭依。知我者，必不以我为事也。

挹香题完了，又附诗二绝于后云：

---

① 举厝（cuò）——同"举措"，即措施。

落花狼藉污春泥，芳冢新埋意转凄。

占得湖山卿原遂，夜台莫怪杜鹃啼。

其　二

钿钗零落玉成埃，此日理香无限哀。

哪得招魂归故里，空闺重见美人来。

题罢，又向莹祭前奠了一回，方才启棹回家不表。

却说蒋绛仙订盟一个河南省候补知府魏公为妾，原籍也是江苏人氏。如今补缺河南，欲要带一姬妾到任，见了绛仙，遂托人说合。绛仙因年及摽梅，未可再待，探知魏公倒也端方正直，年纪未及四旬，绛仙便允了。那日动身的时节，思与挹香一别，闻知挹香正在袁墓办理绮云坟事，不得已，叮嘱假母道："挹香到来，望将其事达彼。"

再说挹香归家后，偶至绛仙家，假母道："女儿已经从良去了。"挹香道："真乎？假乎？"假母道："老身哪敢哄骗公子？"便将前事一一告知挹香道："她从魏公动身之日，不能面别公子，嘱老身转致的，叫公子自己保重。"挹香听了，又气又苦，便说道："我晓得的，终是你卖与魏家公子，如今将这话来骗我。"假母听了，发急道："公子不要冤枉煞人！况且侍儿们都在，公子不信，可以去问的。"挹香道："既不是你，这就罢了。不过你们女儿为什么不等我几天？让我别一别才是。"说是，无限凄凉，簌簌泪下，竟立起身来，飘然而去。

回至家中，又对爱卿说道："绛仙妹妹又去了，奈何？奈何？"爱卿道："前日来邀你的，怎说已去了？"挹香道："就是那日来邀我的时候去的。我想，昔日三十六美人集挹翠园宴赏牡丹，诙谐谈笑，令八十二个侍儿两阶欢舞的时候，何等热闹！如今一个个鸿离燕别，已有二十人了。繁华如梦，教人何以为情？"

爱卿道："原是，但如今死者死矣，嫁者嫁矣，为尼者为尼矣，你也不要惆怅了，自己的身子究竟也是要紧的。"挹香道："你们哪里知吾心里的惆怅？"说着，泪汪汪向还读庐书馆中来，房中也不去了，独自一人在书馆中，自怨自艾地念着，乃道："我金挹香也算有艳福的，如今仍旧要一个个分别，可见得好景无常，是空是色。想最可怜者，方素芝与碧娟、碧珠、绮云几位妹妹，一昙现花，即归仙界。我如今只怕没有快活的日子了。"说着，又想到绛仙身上，乃叹道："绛仙姐姐前十天尚且与她相叙，一转盼间已不知人面，真个花飞云散，比做梦也快！"想了一会，不觉牢骚无限，即在书案上取了一纸诗笺，拈毫磨墨，推敲了一会，忽写出两首诗来，上写着《再访花前不遇感作》。要知诗句，且听下回分解。

第五十二回

悟空花吟诗悲夜馆　报劬劳捐职仕余杭

话说揾香独自一人在书房中，十分惆怅，便偶成二绝云：

> 蝶恋蜂迷梦已空，仙源再访路难通。
>
> 儿家门巷今犹在，不见桃花映面红。

其　二

> 判袂无多半月遥，枇杷门巷雨潇潇。
>
> 而今人面归何处？金屋何从觅阿娇。

揾香吟罢，愈加怅触，独自一个人在书房踱来踱去。时交三鼓，忽听环佩锵锵，便在窗棂中一望，原来是爱卿同着侍儿秉烛而来。揾香只做不知，依然踱来踱去。爱卿到了书房中，揾香道："你来做什么？"爱卿道："如此深夜，还不去睡？"揾香道："你们去睡你们的，我哪里睡得着？"爱卿道："哪个说的？"一把扯了便走。揾香无奈，只得同爱卿到梅花馆安睡不表。

有事即长，无事即短。其时又是七月七日了，家家乞巧，处处穿针。揾香是夕与爱卿等在阶前赏玩。琴音谓揾香道："今夕真个'天街夜色凉如水'。"揾香愀然道："有谁'卧看牵牛织女星'耶？"正说间，只见爱卿独自一个人，笑携纨扇，向花前踯躅，戏拍流萤。揾香看见，触动离怀，忽然又想着月素。忆曩时护芳楼掷巧赌胜，何等旖旎，何等缠绵，如今她居甪直，我在吴门，鸳鸯分散，今日想我与爱姐等闲庭玩耍，只怕她定在那里念及我了。想着，又不觉涔涔泪下。爱卿道："挹香，你为何又在那里哭了？我看你如今遇了花晨月夕，总无快乐之情。"挹香道："你想，昔日许多姐妹，何等热闹！凡遇良辰美景，总是时相叙首。如今东飘西散，教人对景怀人，能不增切恒耶？"爱卿道："怪也怪你不得，但望你稍稍解释些就是了。"说着，又玩了一回。姐妹们又穿了一回巧针，挹香便挽了秋兰的手道："凉露侵襟，夜将及半，不要受了寒，我们去睡罢。"于是六人冉冉而归，挹香到怡芳院安寝。

过了数日，挹香谓爱卿道："我金挹香今生得与你们众姐妹相亲相爱，诚为幸事！但思父母年将垂暮，未报劬劳，就是博得这一榜秋魁，也没怎么实际，必须想一个可以报亲之道，庶不愧为人子；况大丈夫时逢明盛，当思登进之阶，风虎云龙，宜乎做一番事业，俾他日显亲扬名，亦可报酬万一。圣人云：'邦有道，贫且贱焉，耻也。'这也不可不念。只消稍博前程，以展素志，报答了亲恩，就可急流勇退。"爱卿欣然道："你的话一些不错，但是你会试去了一次，后来便不去了，如今思欲求名，却以何法？"挹香笑道："功名之事，我本淡漠置之。若说会试之事，我也没有这个远大之猷①，乐得无拘无束，借故里以藏修。如今欲报亲恩，只消花费几两银子，加捐一个同知②衔，做一任邑宰。只要爱民如子，亦可名垂青史，封赠二亲。你想是不是？"爱卿点头称是。挹香主意已定，便修书一封，直达京都，托拜林捐一同知衔儿。按下不表。

---

① 猷（yóu）——打算，谋划。
② 同知——明清时期官名。同知为知府、知州的副职，分管督粮、缉捕、水利等，分驻指定地点。

绮红小史

经典书香 中国古典世情小说丛书

且说拜林自从接眷进京，复旨之后，圣上便封为右庶子①之职。那日接得挹香之信，方知为报亲恩，欲求仕进，不胜大喜，便替他在部中捐了一个同知衔。铨发浙江，即补知县。又修书一封，托杭州藩宪照应。一面将部照等寄与挹香。挹香收到了，十分欢喜，预先几日往亲友处辞行，兼谢寿而至青浦。姑丈亦道："为人子者，理宜如此。"小山与素娟闻表兄出仕，也是欣欣。住了一日，明日临行，又走至吴家院子，独到空闺内坐了片刻，叹道："昔日竹姐姐在此弹琴时，何等幽雅！何等风流！如今凤去台空，帘枕寂寂，伤心惨目，有如是耶？"返家后，又别了十余位美人，将家务一切，俱托爱卿与秋兰、素玉三人照料。束装之日，别了父母，带了琴音、小素二人，启棹往杭州候补，一路无词。到了杭州，寻了公馆，然后进屋不表。

再说吴中自挹香去后，也没有什么事了。残年已去，转瞬新年，寒往暑来，也是早秋时候。那年却逢大比，仲英与梦仙俱往南闱应试。到了秋风放榜之期，二人多中在前茅。报到家中，两宅非常欢悦。喜得个慧琼桃花含笑，柳叶生春，私谓侍儿道："我名题慧琼，未尝无识人之慧眼也。"挹香在杭州闻姚、叶二友都中，非凡得意，意谓同学少年多不贱，鹏搏万里，从此可显亲扬名矣。吾且不表。

再说浙省藩司得了邹拜林的书信，知金挹香已到省一载了，便补实他一个余杭县的繁缺。挹香十分欢喜，便择了十月初三日接篆②之期，自己往吴中来。到了家中，便命家人收拾箱笼物件，

---

① 右庶子——清詹事府右春坊之主官。满、汉各一人，正五品。满员以四品顶带食五品俸，汉员兼翰林侍讲衔。掌记注、撰文等事。
② 接篆——指新官到任接印。

择了吉日登舟，预先邀集十余位美人来家叙别。十余位美人亦齐设饯行之席，挹香家家都去赴席。仲英、梦仙与端木探梅等几个好友也有祖饯之举。挹香忙碌了十余天，然后置办了些旗锣伞扇、上任的仪仗。到了吉日，先请父母登舟。铁山与老夫人见儿子出仕，欣欣然皆有喜色，遂乘轿而往船内，又命侍儿至梅花馆扶爱卿，怡芳院扶秋兰，步娇馆扶素玉，出厅上轿。未片刻，齐至船内。发付了轿役，然后将宅子与挹翠园暂时封锁，留了两间叫人看守。童仆婢妪皆到了船内，有的领好了吟梅、亦香，有的抱好了小兰、幼琴。挹香见已舒齐，遂命开船。舵师正欲开船，忽见十几位美人都乘轩而至，长亭送别，又耽搁了少顷。轿儿去了，然后，一棒锣声往杭州进发，一路顺风相送。到了杭州，在公馆内住了几天，便雇舟至余杭。

其时乃九月望日，上任尚早，挹香独自一个人，青衣小帽，先来察访民情，细观风土。原来挹香虽则是冀求仕进，不与专心利禄者相同，他无非要报父母之恩，显扬门闾，想在地方上留些恩惠于众百姓，除暴扶柔，锄强济弱，方遂平生之素志。况且他意谓一个邑宰，乃是民之父母，不可不刻意留心，所以青衣小帽，独自一个人，入境观风。

那日舟泊离城五里，他也不带一个人，悄悄地往城中探访。才入城，见原任余杭县的告示昭昭贴着，挹香看了一回，倒也十分羡服。于是又至城中，在一家清净茶坊饮茶歇息。只听得座头茶客娓娓而谈，说什么东关外延福寺中，方丈和尚甚为淫恶。前日，何宦有个小姐到寺中进香，只带得一婢，那和尚竟奸了她们主婢二人！那位小姐回家后，无面见人，竟自寻短见。你想这可是害人贼秃么？闻得他还与那吉祥庵尼姑来往。就是本县大老爷，虽是个清直好官，奈何是宦家公子，不甚深悉民情。如今闻说新官要到任了，不知可能替地方上除去这些暴恶否？又一人道："这话不差。就是这几个恶棍，也拿他无可如何。前日，阿新、阿宝在一家烟馆中，竟是抢夺烟枪，做出许多无法无天之事。"又一人道："这都是在上者耳目受蒙，所以使他们如此猖獗。常言道：'阎王好见，小鬼难当。'你若与他争执，他又靠官托势。要处治他们，只是无钱不行，所以地方上惜财忍气，使他们更觉猖狂了。"

挹香听罢，便拱拱手佯问道："二位兄方才说的延福寺淫僧强奸人家处女，以致逼死人命。这句话如何知道？"那二人见挹香恂恂君子，也便拱拱手道："吾兄有所不知，那和尚强奸了何氏的小姐，后来自寻短见，乃是他们一个小香伙私下对我说的，所以如此明白。"挹香道："这何姓是何等人家呢？"那人道："他的父亲曾为无锡县尊官，名锡爵，已过世多年。所生一子一女。其兄已入胶庠①，名唤复新。"挹香听了，摇头称恶，又问道："阿新、阿宝却是何人？为什么这般无礼？"那人道："阿新、阿宝乃是县里的舆夫②，做事十分强横；人皆呼他为蝎子王的。"挹香道："原来如此。"便会了茶钞。

行至一条闹市之街，见许多人围着在那里吵闹。挹香上前一看，见三个人在小菜担上强要什物，那人不与，在那里扯胸相打。挹香问道："你们为着何事？"那小菜担上人说道："他强要我们小菜，我不与他，他竟在此吵闹。"挹香笑道："你们要多少？"三人道："我们多也不要的，只要十余文货物。"挹香道："卖菜的，你与了他罢，我来付你钱可好？"卖菜的听了，便放了

---

① 胶庠——周时胶为大学，庠为小学。后通称学校为胶庠。

② 舆夫——车夫或轿夫。

三人，三人始去。挹香便付了数十青蚨与卖菜的，问了这几个人为什么白要人的东西。卖菜的说道："这三个人乃是此地的恶棍：一名'到就要'王三，一名'包相打'陆二，一名'无即怒'褚阿春。不与他，他就要相打的。"挹香道："如此，你们为什么不去禀官？"卖菜的道："相公，你哪里晓得，他们拿来掇去却是有限，何必去与他结冤？"挹香笑道："你倒是个怕事安分的人。"说着，便缓缓而行，又探听了一回，然后归舟。

一连访问了半月，初二日，始移舟码头。自然有县属人员与执事人等到来迎接，挹香方才进衙，端整接父母家眷到衙，又往文庙拈香，然后拜客。

要知后事，且听下回分解。

第五十三回

孝感九天割股医母　梦详六笏访恶知奸

　　话说挹香上任之后，即往各处拈香，又往绅宦家拜谒了一回，便到何复新家来，只说与他父亲有什么世谊，特来拜谒。复新即相邀进内。挹香叙谈了一回，即屏退左右，向复新说道："世兄，你可知令妹之死么？"复新听了，倒呆了一呆，便说道："舍妹之自尽，究竟不知何故？为何老父台倒知确实？"挹香便将淫僧之事一一细告。复新方悉其故，便说道："此事如何？"挹香道："只消如此如此，包你令妹伸冤全节。"复新听了，便起来深深一揖道："全仗老父台、老世伯包涵。"

　　于是挹香即别，复向延福寺而来，托言拈香，进寺得晤方丈和尚，见他生得十分凶恶，果然像个淫僧。挹香过意施为，见他有些不悦，便道："大和尚，你为什么见了本县不跪？"那和尚道："咱又没有犯法，对你跪什么？"原来挹香有意激词，好驳他差处，听他说了这句话，便拍案大怒道："你敢冲撞本县么？左右，与我拿下！"两旁衙役一声答应，顷刻将那和尚拿下。挹香即命带归衙门，自己乘轿亦归，立刻公座大堂，命将和尚扯上堂来，拍案道："本县莅任之初，便访闻你是个淫人妻女、不守法制的狗和尚！如今本县到寺拈香，你竟敢恶言冲撞么？"那和尚便冷笑了一笑道："大老爷，小僧淫人妻女，可有什么凭据？"

　　正说间，只见外边极口称冤，蜂拥上堂，挹香便问差役道："公堂之上，哪个如此吵闹？"差役禀道："是求大老爷伸冤的。"

挹香知是复新，便道："取呈词上来。"于是，差役即将复新状词呈上。挹香看了，便拍案大怒道："狗和尚，你说没有凭据，你自己去看来。"说着将呈词掷下。那和尚见了状词，早惊得目瞪口呆，还欲强辩，被挹香一番大怒，又命婢女当堂质对，和尚只得招成。录了口供，即交僧纲司①暂时管押，俟申详上宪，再行定罪。一面禀达上司，求奏何氏强奸殉烈，请表扬的折子。日后和尚拟以火化。延福寺因御赐创造的，不能拆毁，重新另觅住持。吾且表过。

再说挹香除去了地方一害，众人已钦羡贤能，他又示约重申，不准妇女入庙烧香。告示一出，四方布挂，上写着：

示谕事：昭得妇女入庙烧香，本干例禁。兹有本邑士民，往往有令妇女入庙烧香，以至三五成群，大伤风俗。此皆家主不严，致有此弊。乡愚俗子，相习成风，不知聪明正直谓之神，岂有拜佛祈求，便得幸邀福庇？本县莅任之初，即访得延福寺淫僧在案。嗣后，尔子民务须各遵法令，不准入寺烧香。为家主者，亦宜劝导，毋再结队成群，自贻伊戚。为此示，仰合邑僧人、子民等知悉。如再有妇人入寺烧香者，当即立拿该僧以及妇女家主到案，从重惩办。本县爱民如子，言出法随，尔等毋再蹈故辙。切切！特示。

挹香这张告示一出，众百姓更加赞叹，无不禀遵②。

那日挹香又传阿新、阿宝到来，细细将他们斥责了一番，打了五百板，当堂革去花名，永不准更名复充。又命差役往拘"到就要"王三、"包相打"陆二、"无即怒"褚阿春三人到案。三

---

① 僧纲司——僧官名。
② 禀遵——不改

绮红小史

经典书香 中国古典世情小说丛书

人到了法堂，挹香道："你们抬起头来，可还认得本县么？"三人抬头一看，吃惊不小，原来小菜担上劝相打的，就是本县大老爷！连忙磕头不住地道："小人该死。知罪！知罪！"挹香道："你们为什么做这许多游手好闲之事？可知他们肩挑贸易，一天能趁几何？还要白取他的货儿，你想该也不该？如今你们既已知罪，本县也不来罪你，与你几贯钱儿，你们各自去安分守己地做些营生。若再恃强行霸，本县访闻之后，定要从重惩办的。"说着，便命侍从去取了三十贯青蚨①，散给三人，又善言劝化了一番，然后使出。三人十分感激，口称青天不绝，从此弃邪归正，不作这个勾当了。地方上自从挹香到任之后，见他断事贤能，又加爱民如子，所以大家欢乐。就是那不守本分的人，也潜迹藏形得多了。吾且慢表。

却说过青田有个亲戚，姓王，名水溪，在着杭州傅氏训读。这家姓傅的，杭州推为首富。其主人名古雪，号月岩，性甚风稚，人极和平。房廊叠创，如未央宫之万户千门；妻妾广罗，如阿房宫之镜荧鬟扰。更有一座花园，造得比众不同：围墙尽用真玳璃石炮砌，则园内之大观，不言可喻矣。这位王水溪已病了数年，因病返苏，到了病愈之后，将要赴杭，因往洞泾，约过青田同往杭州游玩。青田本慕西湖景致，欣然允诺，即解了十天馆，与水溪同舟而行。到了杭州，住在本溪馆中，游了两日花园，见园中翡翠阶、珊瑚树、玛瑙花、碧霞石，奇花异草，画栋雕梁，一切玲珑装饰之处，真个目不暇接。水溪又陪游西湖诸胜，玩了两日，又耽搁了一日。游怀已畅，遂别了王水溪，唤舟而归。一路上，听得有人说起新任余杭县，断狱新奇，官清如水，忽然触

---

① 青蚨（fú）——传说中的一种虫子。这里借指铜钱。

动青田之念，便驾舟至余杭。吾且不表。

　　再说金挹香折狱公平，人人称赞。哪晓一日铁山多饮了几杯酒，忽然酒湿攻发，不觉大吐，竟致戕伤胃气，抱病卧床。老夫人甚属忧闷，挹香与爱卿等轮流陪侍。常言道："藜藿①之体，易感风寒；膏粱②之体，易受暑湿。"挹香就在本城请黄、陆两医。服了两剂药，铁山竟发起热来，三天不曾出汗。挹香着急道："怎么服了药，倒不好了？"

　　那日，正在心里忧闷，忽报过青田至，挹香看了名帖，谓侍从道："此人乃本县问业③师，不可轻慢。快开正门，说我出接。"说罢，冠带出迎。青田亦谦谦逊逊，见礼后，延入书房坐下。家人献茶毕，青田道："别来垂一载矣。闻得吾弟勤劳政事，远摇鸿猷，不胜羡慕。"挹香道："自愧不才，时惭夙夜，何敢劳青翁谬赞。"说罢，又问道："青翁还是几时动身的？"青田道："昨从武林来，顺道一访。自动身后，已将旬日矣。"挹香道："洞泾馆内可托人代庖④否？"青田道："未用代庖。解十天馆在那里，明日必要动身了。"挹香道："如此，今日屈留敝衙一叙，并烦要诊视开方。"青田便询何人贵恙？挹香道："家父偶染风寒，已将五日。谁知服了药后，寒热益增，三天无汗，兼之呕吐频频，是以十分焦灼。"青田道："服过何人的方药？"挹香道："就服了黄、陆两医的两剂。"青田道："请教药方？"挹香即进内取了药方，递与青田，一面命庖人治酒，一面命人通知内衙，端

---

① 藜藿——藜和藿。泛指粗劣的饭菜。
② 膏粱——肥肉和细粮。泛指肥美的饭菜。
③ 问业——请问学业。
④ 代庖——比喻代人行事或代理他人职务。此指代管人。

整一切诊视之事。

再说青田看了药方道："案上说病在阳明，用柴胡似嫌太早。"又道："柴胡如何竟用了七分？"说罢，又向挹香道："尊翁处就去望一望吧？"挹香十分欢喜，就引青田至内室。爱卿等避去。老夫人见了，请青田坐下。挹香将帐儿揭起，铁山见了青田，便道："青翁，久违了。几时来的？"青田道："此时才到。"又道："铁山兄，不要劳神，待弟来诊一诊看。"便诊了寸关尺，谓挹香道："尊翁素有酒湿，胃中又积些寒痰。"说着，立起做了一纸捻，蘸了些油，先在火上烜了一烜，然后点了火，俯首入帐道："请教铁山兄舌苔。"观了一回道："铁山兄，请安睡吧，愚弟外面坐了。"挹香复引至书房，取了文房，又磨好墨，青田便将如意笺摊开，想了想，便写了一个脉案云：

胃挟寒痰，脾蒙酒湿，以致神倦气亏，频频喘息。热三日汗不解，舌苔薄白，脉象滑数，余邪留恋，阳明风食，大宜谨慎。法当温中利湿，拟解酲汤加减。候黄、陆两先生正，并请主裁。

写毕，谓挹香道："尊翁之病，一味酒湿寒痰，则宜轻描淡写，达表疏邪，热可自退。"挹香道："今日可要用柴胡？"青田道："非少阳经病，可以不必。"便凝神片刻，写了一方，递与挹香一看。见上写着：

苏梗钱半	蔻壳一钱	赤苓三钱
神曲三钱	前胡水炒七分	干姜七分
泽泻三钱	木香煨一钱	杏仁去尖三钱
陈皮一钱	青皮一钱	谷芽炒三钱

另加阳春炒仁末七分冲服

挹香看罢，又至内庭与父母看了，然后命人赎药，一面摆酒于书房，与青田饮酒不提。且说家人赎了药来，老夫人亲自检点，爱卿等侍奉药炉。煎好了，铁山服下，蒙首而卧。书房中席散已晚，是夜，挹香与青田书馆谈心，至三鼓而卧。明日青田思返，挹香留之不可，便取出勾股算书，还了青田。青田收了。挹香亲送青田出衙，登舟而去不表。

再说铁山自服过了青田的药，睡了一觉，醒时微微有汗，呕吐亦止。过了一日，渐渐热退身安。哪知一波未息，一波又兴。老夫人辛苦了些，又生起病来，初起就昏迷，饮食不进。挹香慌了，又去请医。哪晓服了药，效验毫无，一日一日，渐至沉重，竟致时时发晕。挹香与爱卿等床前陪伴，寸步不离。其时，铁山病已起，谓挹香道："可惜青翁已去，如之奈何？"挹香愁眉不展道："待儿唤舟至洞泾，请他到来。"铁山道："不可。往返须要数天，尔母十分危急，安可走开？"挹香唯唯。在说间，只见爱卿急急走来道："不好了，婆婆晕去了。"挹香听了，急得手足无措，急忙至床前叫唤，谁知老夫人竟不醒来。一霎时，弄得六神无主，呼唤的呼唤，掐人中的掐人中。挹香等六人留不住眼泪，一齐哭出。铁山禁之勿哭，众人哪里熬得住。又闹了一回，老夫人始醒，开眼看了看挹香，挣了一句道："儿吓！我的病是不济的了。"挹香听了，心如刀搠，道："母亲不要说这般话。吉人天相，少不得灾退身安。"说罢，泪如雨下，铁山亦怅然不乐。

挹香即便出外，便向家堂灶君前点了香烛，拜祷了一回，复到庭心中，双膝跪下哭道："苍天呀，苍天！我金挹香立身于天地之间，上不能忠君报国，下不能驭众爱民，亲恩罔极，为人子者，未报劬劳。如今萱帏病倒，得此危症，伏望神明暗中保护。"说罢，也不顾痛，庭心中磕了一回头，忽想道："古人有'割股救亲'一事，灵验异常。此时，母亲病至如此，不若我来一试。"想罢，便到书房中取了一把匕首刀，带了一只杯子，复到庭心跪下，将杯放于地上，勒起袖口，左手持刀，仰天而祝道："苍天呀，苍天！我金抱香寸恩未报，正欲显亲扬名，方入仕途，忽遭此变，抱罪愈深。伏愿上天保护，速赐安痊。我金抱香情愿拼此残躯，以抵不孝之罪。"说罢，以口咬起右臂臑肉①，左手将刀一批，杯子中鲜血直淋，便忍着痛，带了杯刀回入书房，寻些腊条封了伤痕，放了匕首刀入内，也不告诉一人，便将割下的肉，放入参罐内煎了一回。半晌，亲自捧着那杯有肉的参汤，奉与老夫人吃了。是夜，六人俱在床前陪伴。

老夫人服下参汤，说也奇怪，觉得身子有力，精神顿生，到了明日，竟不昏迷。抱香暗暗欢喜，仍不告明其事，日间与爱卿等五美人陪伴，不离左右。晚上，老夫人又好些，抱香便叫爱卿等去睡，爱卿等哪里肯听，仍是六人陪夜。三日之后，老夫人渐渐清楚，铁山便命人请了四个高明医士议方，开了一剂补药。老夫人服了几帖，由渐强健。未满两月工夫，铁山夫妇二人并皆复旧加餐。抱香大喜，方将割股一事说出，父母不胜惊骇。越数日，衙内之人尽皆知道。传到外边，众百姓闻知尽赞："金县令一榜秋魁，诚能不脱'孝廉'二字，不徒折狱公平也。"于是，三三两两，到处传扬。吾且不表。

再说抱香割股一事，早已感动天心。那日在庭心中哭祝的几句话，早被空中二位神祇听见，一是散花苑主，一是月下老人。二人空中相谓而言曰："我只道金抱香仅能悟空色界，谁知又能不匮孝思。"于是二仙直达天庭，奏明上帝。上帝准以金抱香日后仍归旧职，金铁山夫妇二人他日肉身朝阙，骑鹤归天。表过

---

① 臑（nào）肉——中医学上指自肩至肘前侧靠近腋部的隆起的肌肉。

不提。

日月如梭，光阴如箭。且说挹香到任之后，已有一载。一日轿子出门，行过一个热闹街头，见一人，却是儒生打扮。挹香在轿子中望去，见那人有四大字在着背上，谛视之，上写"因奸谋命"四字。及轿子近时，那字又不见了。挹香疑甚，便吩咐左右："与我拿下此人。"衙役奉命，把那儒生拿下。弄得街坊上的百姓都是十分不解，因说道："这个人乃是这里王小梧秀士，为人并不作恶，为什么本县大老爷竟捉了他去？"街坊上三三两两，谈说不完。再说差役拿了王小梧到着轿前，那人自称："生员王小梧，并没有什么过处，父台拿我何故？"挹香笑道："你干的勾当，你倒自己忘了么？"一面说，一面吩咐带到衙门再问。左右领命，一拥地回到衙门。早惊动街坊上的百姓，俱到衙门中来听审。

再说挹香到了衙门，立刻公座大堂，带上王小梧问道："你是哪一科宗师进的？家中还有何人？"王小梧只得禀道："生员乃前年朱宗师岁试拔取的。家中尚有一母、一弟、一个妻子。生员素守家园，并不敢违条犯法。"挹香道："好，好，好。你既是个黉①门秀士，竟干了此等事情，还要抵赖么？"又问道："你的妻子是哪家娶来的？"小梧道："乃本城曹氏之女，与我家素为贴邻。本来攀对蒋氏为室，后来蒋氏子死了，所以复对生员。"挹香听了，点点头道："这家蒋氏在哪里？"小梧道："就在前巷。"挹香便故作怒容道："我也不来问你别的，问你为什么奸人妇女，谋人性命？"小梧听了这句话，不觉目瞪口呆，面色如纸灰一般，停了良久道："生员并没有此事，父台不要冤杀生员。"挹香见他

① 黉（hóng）——古代称学校。

形容局促，言语支吾，便拍案大怒道："本县澄清如水，为什么要冤枉于你？"说了，命将王小梧交学看管，明日再审，自己退堂。众百姓见王小梧有此不端，恰遇着这个清官，捕风捉影地审问，个个伸舌称奇。吾且不表。

再说挹香退入内堂，便遣心腹家人往蒋家，去唤他亲人到来，只说本县大老爷因有要事密讯，必不难为他们之语。家人奉命来至蒋宅。原来这蒋宅只有一个老妇，死的乃是他的儿子。如今本县大老爷叫她去，却不知为什么事情，初不肯往，及至家人安慰一番，方才肯去。不一时，来至内衙。挹香叫她在花厅，屏退左右，便问道："老妇人，你可是有个儿子，幼对曹氏为室？如今便怎样死的？你可细细地对我说。"那妇人听见问她儿子，不禁双泪齐流道："青天大老爷听禀：小妇人所生一子，他的父亲早年物故，小妇人三岁上抚育他成人，长大对了曹氏的小姐。不料去年六月中，好端端在家中，顷刻间腹中疼痛，未及一个时辰，便身归地府。如今大老爷呼唤小妇人到此，问及孩儿，不知为何事？"挹香道："老妇人，你可知你们儿子之死，却是有人暗中谋害的？"便将那件事告知蒋氏，并说现在讯明此事，定可与你儿子伸冤。蒋氏听了，方释然大悟，叩谢挹香。挹香叫她不可声张，便令回家。

老妇人去后，挹香在花厅徘徊良久，想道："昨日讯鞫①王小梧，情迹已露，但是谋死蒋氏子，其中形迹无稽，却难模拟。"踌躇良久，忽然想着了本县城隍十分灵感，何不今夕往祈一梦，或可明白，以结其案。主意已定，便往内堂告知爱卿，自己斋戒沐浴。到了二更时分，一乘小轿、两上亲随，向城隍庙而来。道

---

① 讯鞫（jū）——审讯。

士接进，挹香告其所由，道士唯唯听命，便端整了西书房，俟挹香安睡。挹香拈了香，暗暗地通诚一番，然后就寝。到了三更，梦见六个人，手中都捧着牙笏①，在那里朝拜灶君。俄而六人席地坐下，在那里诵读灶经。挹香看了一回，却被庙中蒲牢声惊醒，细详那梦，十分难解，心中甚是不乐。

　　俟至天明，外边差役们与着大轿等，已在那里伺候了。挹香即乘轿回衙来，告爱卿道："昨宵之梦，甚是不解。"便细细说了一回。爱卿想了一想道："这六个人莫非隐寓姓陆么？"挹香点头道："倒也有些意思。"便又问道："持笏以拜灶君，又是何解？"爱卿道："这定是名唤笏君了。"挹香拍案道："爱姐所言不错。这坐在地下读经，必是暗寓'下毒'二字。"又细细一想，陆笏君下毒，不错，不错，十分欢喜。立刻坐堂，唤了两个能干的差役，限在三日内，要拿陆笏君到案。差人禀道："不知陆笏君在着何处？"挹香拍案道："你们做了差人，难道陆笏君尚且不知，倒来问起本县来？太觉混账！"差人只得唯唯听命而出，连访了三日，哪里有什么陆笏君。到了限期，挹香当堂比限，弄得差人叫苦连天。挹香道："再限三天，若没有陆笏君到案，买了棺木来见我。"差人无可如何，只得从新访缉。

　　到了第二日，在一家酒肆中，忽见一个人在那里饮酒，看他却像一个凶恶之徒。吃了一回酒，身边却未带钞，醉态醺然，强思赊欠。店主无奈，问其姓氏。那人道："吾乃陆笏臣。难道你们还不认识么？"笏臣说着，两个差役听了"陆笏臣"三字，心中想道："本县大老爷要什么陆笏君，却难拘取。如今有这陆笏

---

① 牙笏（hù）——象牙手板，也称朝笏。原是大臣朝见皇帝时所执用，后来道士在朝真或斋醮时也使用牙笏。

臣之名，况且他强横悍恶，且拘他去搪塞搪塞，也是好的。"二人商量定了，便上前说道："你就是陆笏臣么?"那人道："正是。你问我做甚?"差人道："本县大老爷访了你长久了。"于是不由分说，扯了便走。吓得笏臣要倔强也不能倔强，只得跟了公差而行。不知到了县衙如何发落，且听下回分解。

第五十四回

嘉贤能荣升知府　请诰命恩报椿萱

话说差人拘了陆笋臣，到了县前，便去禀报挹香道："奉差往拘陆笋君，并无其人。拘得陆笋臣在此，请老爷发落。"挹香听了，想道："陆笋君乃爱姐详梦之言。如今有这笋臣，想朝拜灶君，原是臣子之意，笋君误解也。"便大喜道："你们能干得很，明日候赏。如今陆笋臣在哪里？"差人道："在着外边伺候。"挹香道："唤他进来。"差人奉命而去，不一时，带到笋臣。

挹香便坐花厅问道："你是陆笋臣么？"笋臣醉态蒙眬地答道："小人正是。"挹香拍案大怒道："你为什么替王小梧代谋妻子，下毒害人？如今他们都招实了。你快些从实招来，本县或可笔下超生。若说半句虚言，刑法伺候！"笋臣听了这句话，魂灵儿飞上半天，便道："青天大老爷，小人从没有干这勾当。"挹香大怒道："你还要抵赖！我晓得你刁顽凶恶，不用刑法，必不肯招。左右，与我取夹棍过来！"两旁一声吆喝，惊得笋臣天打一般，便道："此事非关小人，都是王小梧之过。"挹香道："我都知道。可从实招来。"笋臣只得说道："去年五月中，小梧与曹女通了。因曹女幼对蒋家，所以设计图谋，买嘱小人到蒋家，只说看望蒋氏子。"挹香听了，便问道："你与蒋氏子认识不认识？"笋臣道："是本来认识的。那日小梧付我一包毒药，叫我见机而作。我到了他家中，暗暗地放在茶壶之内。后来闻他死了，小梧送我一百两银子。这都是小梧买嘱小人的，还望大老爷明鉴，笔

经典书香　中国古典世情小说丛书

下超生。"挹香命左右录了口供，暂行管押，又往学中提到小梧。

挹香拍案道："你干的好事！如今本县访拿到陆笏臣，讯明你与曹女私通，图谋为室，白银百两，嘱其下毒，药死蒋氏子，自己娶了曹氏为妻。你如今还要赖到哪里去？"一面命差人拘他妻子，一面将小梧严刑鞫讯。小梧犹抵死不招。挹香又命王、陆二人质审。小梧见了笏臣真个在此，只得从实招了。录供既毕，曹氏亦到。挹香往下一看，见她果然生得丰姿绰约，态度轻盈，朱唇未启，笑口先含。挹香看了，忽生怜惜之念，问道："你是王曹氏么？"曹氏答道："小妇人正是。"挹香道："你为什么私通王小梧，谋害前夫？"曹氏听了，红着脸低头哭诉道："小妇人私通愿认，谋害难当。还求老爷明鉴。"挹香道："我也晓得。但是你既做了女子，须要晓得九烈三贞，不应该既许蒋家复通王姓。如今本县也不来罪你，你回去善事姑嫜，恪遵妇道就是了。"说罢，令之出，曹氏感激叩谢而去。挹香将小梧拟了斩罪，陆笏臣得钱谋命，也拟了斩罪。立刻申详上宪，俟部文到了，二人俱要绑赴市曹枭首。正是：

　　财为催命鬼，色是杀人刀。

挹香自从办了这件无头案件，邑中都称他再世龙图，少年贤宰。不数日，上司已知，十分敬他，立刻升他为杭州知府。挹香得了此信，十分欢喜，将余杭县任上公事一一了毕，又将政事一切，交代新任邑宰，自己寻了公馆，暂住几天，往各处游玩一番，然后别了邑中绅士，雇舟赴杭。

到了动身这日，街坊上香花灯烛，父老皆环叩阶前。挹香十分不忍，便出了轿，一个一个扶了起来，便道："本县到此，也没有什么好处，你们何劳如此？但望你们归去，长者教训子孙，幼者孝顺父母；气死不要告状，饿死不要做贼就是了。"众人听了，重又叩头道："大老爷良言谆切，我等子民自当谨遵。但是大老爷到此三年，只饮民间一杯水，又替我们地方上除暴锄强，今日荣升而去，叫我们哪里舍得？"便一齐执着长香，送至码头。只听得一片哭声，皆为不舍挹香之去，于是又替挹香脱靴敬酒而别，挹香方始进舱。爱卿笑谓挹香道："做官做到你这地位，不愧民之父母。"挹香便命舟人启棹，往武林而去。未三日已抵省垣，斯时比做余杭县更加显赫了。早有知县与府属诸官在码头迎接。挹香吩咐各自回衙理事，自己乘轿进衙，复迎父母妻妾辈，然后拈香放告，谒宪拜客，忙碌数天。

一日，挹香拜客归来，忽有一人拦住了轿子，称冤不住。挹香便命轿子住了，接了呈词。原来是告为因贫赖婚，妄攀贵族之事。原告沈新之，幼定湖州乌程县李又初之女为室，李姓因贫图赖，别订他姓，恳请伸冤一事，挹香看了呈词，十分大怒，便向沈新之道："你且回去，待本府传齐人犯后，替你伸冤就是了。"新之叩头而去。

再说挹香回衙，立刻行文，仰乌程县速提李又初及原媒到案。这角文书出去，停了几天，一干人犯俱押解来杭。挹香立刻坐堂，将李又初审问，便道："李又初，你的女儿已许沈氏，为何复结他姓？"又初禀道："这是沈新之自己情愿退婚，所以小人别对他氏的。"挹香听了，大怒道："胡说！他既情愿退婚，为什么还要到本府处来称冤告状？明明是你艳富欺贫！"吩咐掌嘴一千。又初听了，吓得叩头如捣蒜一般。挹香道："你既畏打一千，本府罚你一千妆奁银子，送女与沈氏完姻。"又初道："一千银子尚可遵断，若说要女儿到沈氏，今已订姻别姓，不可挽回的了。"挹香听了，大怒道："胡说！沈新之原媒幼订，你尚且会图赖，别订之姻难道不可回绝？罢了，本府替你行一角文书，仰乌程县断结此事。你回去速速将女儿送来，与沈新之成亲。"便提笔判曰：

勘得沈新之与湖州李氏幼结姻亲，鸳联早卜，壮遭贫窘，燕好难赓。问嫁杏今何时，空苗相思之草；叹摽梅之迫吉，谁迎解语之花？待字香闺，璧犹洁白；藏春绣阁，颜正娇红。而奈何竟悔噬脐，不容坦腹，劈断交柯之树，分开并蒂之莲。艳富欺贫，别翻蝶谱；怜新弃旧，另许鸳盟。堪恨二老之痴愚，割爱百年之伉俪。律有大法，例顺人情。断以完姻，同赋琴瑟之乐；绝其图赖，不容尺寸之嫌。本府特以表阴旨之风化，非为艳花月之新闻也。此谳。

挹香判完了，李又初只得唯唯听命，吾且表过。

再说挹香一日在衙，忽报叶仲英、姚梦仙俱中了进士，梦仙二甲点了词林，仲英三甲点了主事①。挹香大喜，即修书二封，寄吴中贺喜。

光阴迅速，莅任以来，已有二年之久，挹香意谓做了这一任杭州府，卸任之后，也可急流勇退了。那日写了一封信，又修了一个本章，托邹拜林代奏枫宸②，请封父母。这一本奏上，圣上知道挹香是个贤能的邑宰，上宪保举他为杭州知府的，如今上本求请封赐，孝思可嘉，十分欢喜。便亲提御笔，钦加挹香为尽先题补道，恩赐二品封典③，其父诰授荣禄④大夫，母封一品太夫

---

① 主事——官职名。清朝与郎中、员外郎并列的六部司官之一，为正六品。
② 枫宸——汉代宫庭多植枫树，后常用枫宸代指帝王的殿庭。
③ 封典——清朝皇帝以爵位名号赐予臣下及其妻室、父母和先人的荣典。
④ 荣禄——功名利禄。

人，正室钮氏亦封二品夫人，其余四妾俱封恭人①；钦赐龙章宠赐、霞佩凤冠；准其留任养亲，尽心民瘼②。这旨意出来，挹香的公私恩情俱可报答。

再说挹香三子一女，俱已长成。吟梅已有八岁了，在余杭县任上，已经读过三年书了。亦香、幼琴、小兰俱是六岁了，挹香便请了一位仁庠秀士在衙门训读。喜得他们饶有父风，十分聪敏，挹香也甚快活。

一日无事，吩咐家人端整轿子船只，同了爱卿等五人，先往天竺进香。毕后，下船往西湖游玩，果然真山真水，好景不凡。过了柳浪闻莺，又至苏堤春晓、雷峰夕照、南屏晚钟、平湖秋月等几处游玩了，挹香吩咐停船，也不带着长随，独自一人到岸上而来。拜谒岳坟毕，又将秦桧等踢了几脚，骂了一回，然后至苏小墓前，见其四围翠柳，一带奇花，墓上盖着一亭，翼然可望。挹香看了一回，见四顾无人，即倒身下拜。拜罢，又题诗一律于碣上，以志凭吊。诗曰：

> 石马孤嘶荆棘丛，昔时杨柳色全空。
>
> 鲍仁未解花铃惜，阮郁先求蝶路通。
>
> 芳草欲瘵千古绿，夕阳犹剩六朝红。
>
> 至今凭吊情何限，大有真娘坟上风。

题毕，下面写着："知杭州府事企真山人金挹香题。"又至几处游玩一遍，叹道："如此名山胜景，真令人涤尽尘襟，洗空俗虑。他日挂冠归去，也要觅隐避嚣尘。"说着，移屐归舟，与五位美人谈谈说说。忽又想着吴中几位美人了，便道："不知吴

---

① 恭人——清时四品以上官员之妻的封号。

② 民瘼（mò）——民众的疾苦。

中几位姐妹，如今可红妆无恙否？此时谅必也在那里念我了。"心里一生惆怅，不禁掉下泪来，叹道："人人说我金抱香有艳福，谁知仍要分别。虽剩十几位美人，我又出仕而不能常叙。"想着，不觉浩然有归志，乃道："我要辞官归去了，免得日后十几位美人去了，又增我惆怅。"爱卿道："你也无须惆怅。你为报恩而来，如今本章已托林伯伯代达天听，想不日有封赠到来，你的恩也报了，任也满了，到那时解组归家，岂不是两全其美？如今思念姐妹们，只消写几封书信，去问候可矣。"抱香点头称善。

俄而，舟已抵岸，差役们早已伺候。抱香命五美人先行乘轿回衙，然后自己起舟乘轿，排踏而归。他是性急的人，立刻修书十几封，又买些杭缎及土产诸物，寄至吴中。忽又想着过青田曾集汇诚坛斗会，有斗友五人，我想，何不趁此时写信，也与他一函，告其父病即愈，并述将逢寿诞，要屈同五位于月内来衙，拜礼朝真二日。想罢，又写了一函，一同寄去不表。

再说圣旨已到杭州，抱香大喜，整了衣冠，摆了香案，开正门迎接圣旨。顷刻间，天使到来，宣读：

奉天承运皇帝诏曰：兹有知杭州府事金抱香肃躬循礼，忠国爱民，朕心甚喜。兹特钦赐龙章诰命，霞佩凤冠，钦加尔二品封典，以道员补用。尔父铁山，诰授荣禄大夫。尔母王氏，诰封一品太夫人。尔室钮氏，亦封二品夫人，次娶四妾俱封恭人。准其在任养亲，尽心民瘼，曲体朕心，毋违简命，谢恩。钦此。

天使读毕，抱香三跪九叩首，俯伏谢恩，然后相邀天使。天使问道："复旨要紧，一茶即别。"抱香送了天使，然后将两副封典捧到父母之前，双膝跪下说道："孩儿蒙父母养育深恩，思一报而未得。如今奏明圣上，蒙朝廷恩赐，封典在此，孩儿也算报答两大人万一之恩了。"铁山夫妇大喜道："我儿起来。我们两个抚汝长成，十分爱惜。幸得你努力功名，关心仕进，今蒙圣上恩渥加隆，不枉我们一番抚育。"说着，即命摆酒，又去请五房媳妇到来，一同欢叙。

俄而五位美人冉冉而来，拜见翁姑，一同入席。挹香又向爱卿等五人说道："你们都有诰命到来。"爱卿等心中暗喜。铁山道："挹香，你这出仕余杭一举，子道得全，夫纲克尽。这五位媳妇，你也对得过她们了。"挹香道："此皆赖两大人大恩，得有今日。"说着，大家欢喜，满泛葡萄。

挹香道："出月初三，爹爹花甲之辰，孩儿已写信到洞泾，相请过青田邀同汇诚坛斗友五人，于月内来衢拜礼朝真二日，一则告曩日之病痊，二则祈将来之福庇。到了初三日，孩儿还欲与爹爹奉觞献寿，不识爹爹意下何如？"铁山点头答应。老夫人听了，亦欣欣然有喜色。于是重进霞觞，再斟美酒，直至玉漏沉沉，方才散席。挹香送了父母归房，便往爱卿处来。挹香谓爱卿道："我蒙姐姐垂青，十分眷爱不弃，鄙人得偕伉俪。如今博得这个封赠与姐姐，我也算了其心愿矣。"爱卿笑说道："曩日逢君，已知君非池中之物。又蒙殷殷怜惜，所以愿订终身。如今得邀浩荡皇恩，实出君之所赐也。"

正说间，吟梅至。挹香道："汝五经俱已读完了。我有个对在此，汝可替我对来。"吟梅恭恭敬敬地说道："请爹爹上联。"挹香便道：

> 春到荒畴，鸟语绿杨添逸志。

吟梅听了，也不思索，便对道：

> 花香上苑，马嘶芳草最骄人。

挹香听了，拍手大喜道："汝他日必胜我十倍。"便取了四匣诗笺、四锭隃糜①墨、十支彩毫、一方端砚赐与吟梅。吟梅不胜欢喜，收藏了，然后去安睡。挹香与爱卿也归寝室。

不知以后如何，且听下回分解。

---

① 隃糜——古地名，以制墨著称。

第五十五回

花厅上青田礼斗　府衙内白日飞升

话说挹香那夕住在爱卿房内，一夕无词。明日，便到四美人处说道："四位妹妹，如今我已博得功名，得邀封赐，我想过了父亲寿诞，好辞官回去了。我们重至挹翠园中，赏花饮酒，比着衙中拘拘束束，一领朝衫，好得多哩。"素玉道："且俟公公过了生辰，再行拟议。就是停两月，你任也满了，那时退归林下，免得多上这一本了。"挹香点头称是。正说间，外边递一封信来。挹香一看，却是梦仙的，展而视之，方知梦仙授了右赞善①之职，邹拜林升为国子监祭酒，仲英仍为主事。三友已是同伴圣颜，大家荣显。挹香非凡得意，也修书进京称贺。

过了数天，忽报洞泾过师父船到。原来青田接到信札，知挹香升了杭州府，不胜大喜，又悉拜斗②一事，便与汇诚坛中诸友说了，唤舟一只，同伴至杭，已经月杪。燕墨绥、周子鸿、计宝卿、宋树生、易菊卿五人要游富宅花园，见识玳璃石围墙。青田道："游览且慢，宜先至金宅拜斗要紧。"此时挹香迎至船边，六人登岸。挹香谦谦逊逊接到花厅，叙坐用茶，与五人略谈寒温，就此请他们花厅上拜斗。一面命人另备素筵，款待诸友；一面命人打扫房廊，留诸友耽搁。青田等拜了一天。第二天已是初一，

---

① 右赞善——清詹事府右春坊之属官。满、汉各一人，从六品。
② 拜斗——礼拜北斗星。道教的一种仪式。

寿期在迩，挹香便命端整一切，又命去唤名班戏子。青田等又拜了一天斗。到明日初二，挹香留青田诸友吃了寿酒回去，青田允诺，偕五人便去游玩不表。

再说金衙中，到了初三正日，文武官员以及绅士们，都来替挹香父亲祝寿，往来的礼物络绎不绝，挹香命摆酒席，款待官绅，开场演剧，热闹非凡。挹香自己到里边请了父母，奉觞介寿。不一时，五媳俱至，俱是凤冠霞佩冉冉而来。于是挹香与爱卿二人登毡拜祝，毕后四美人俱一齐上来行礼，然后吟梅、亦香、幼琴、小兰四人上来拜寿，真个是群仙同庆，海屋添筹，不胜欢闹。

正在那里庆祝遐龄，忽见外边门皂进来禀道："外边有个和尚，说要面见大人。"挹香大怒道："今日太老爷生辰，哪里有什么工夫去见那和尚！他无非来募化些银两而已。你对他说，我是个不信僧道的，呼他不许在这里胡闹，他若必要见我，你可叫他明日再来可也。"门皂双禀道："小的也如此对他说的。他说什么也不是化缘，也不是求米，他是从普陀山拜佛而来。因与太老爷、太夫人有缘，特来请见。"门皂说着，挹香的母亲道："他既特地到来，我儿何不命他进来，看他有何话说。"挹香听了，只得命门皂出去，唤他进来。门皂领命而去。不一时，和尚进来。挹香将他一看，你道他怎生打扮？但见：

头带莲花法帽，身穿百衲道袍。足踏棕鞋赤脚，手拖禅杖经包。相貌神清骨秀，身材六尺摇摇。问他何处乍归来，答道普陀初到。

挹香本来不信僧道的，如今一则见他骨格清奇，二则自己也有厌绝红尘之意，所以恭恭敬敬立起来，说道："老和尚何处而来？我金某有失迎迓，望勿见责。"挹香说着，那和尚大模大样拱拱手道："贫僧从普陀山而来。因你二亲尘缘已尽，所以特来指引迷途的。"说着，口中便念道：

人生百岁终须老，莫把富贵功名恋不了。早些携手入仙淘，超脱尘嚣。膏粱何足美。华胅①难常好。子孝孙贤，何必把心操。归十洲，游三岛，任意逍遥。

揾香听了，笑说道："和尚，你之言误矣。我父母年虽矍铄②，精神尚健。今日华堂称寿，你何出此言耶？况我金揾香深恩未报，正要奉侍晨昏，稍全子道，不要你来假惺惺地劝化。"那和尚笑说道："这也是寿数该终，不能挽回天意的。我对你说了罢，你父母前生乃是南极仙翁身边一对童男童女，因为误念思凡，所以投生人世。如今尘缘已尽，宜入仙班，所以老僧奉仙翁之命，特来指引你父母归途的。就是你父母升仙之后，依旧逍遥，比红尘中还好哩。"说着，便向空中一招，只见二只白鹤从空飞下。揾香一见，慌得呆了，便扯了和尚道："人生'富贵在天，死生有命'。我正要孝养二亲，要你来点化什么？"说着，便命左右："与我拿下。"

铁山摇手道："我儿不可造次。我们两个人年已花甲，本是谢绝尘缘的时候了。如今那老法师既奉仙翁之命，来促我们归班，我们已抚养你长成了，如今子孙满座，我们向平之愿亦已了矣。不必悲伤，我们要随长老去了。"揾香听了，不觉大哭道："孩儿正要报答劬劳，为何二亲竟被这妖僧煽惑，要撇了儿媳们而去？还望二大人三思。"铁山夫妇二人笑道："孩儿，你太愚了。你想，人生在世，就是到了百岁，原要死的。如今蒙这位长

①　华胅（wǔ）——华贵；显贵。
②　矍（jué）铄——形容老人目光炯炯、精神健旺。

老引我们归仙，岂有什么妖言煽惑之理？你须要教养三个孙儿，以继箕裘①之志。妻妾中须要和睦，祭祀不可不诚。这几桩你须记着，我们心中也安慰了。"挹香听了，唯唯答应，不觉悲从中来，又放声大哭，将和尚詈骂②了一番道："我们好端端庆祝遐龄，要你来什么归班不归班，使我们父子分离。"

和尚听子笑道："这也不好怪老僧的。老僧无非来指引你们去归班的。"老僧说着，铁山又唤爱卿道："大贤媳，你是个操家勤俭的人。我们二人去了，你须要勤抚幼子，恭敬丈夫，我们二人也感你的情了。"爱卿含泪答应。铁山又唤琴音等四人到来，也吩咐道："四位贤媳，你们多要一例获③夫，静心训子，夫唱妇随，家道可成。"四人俱唯唯听命。铁山又唤吟梅到来，说道："孙儿，你的祖父母如今蒙这位老和尚带我们去做仙人了。你们须要勤心书馆，遵听先生教训。弟兄们不要争闹，父母等须要孝敬。千万记着。"吟梅听了道："公公婆婆不要去，不要去。他们多是拐子。望公公婆婆休去上他的当。待爹爹叫差役拿了他，细细地拷问他一番，问他为什么要拐公公婆婆去？"说着，扯了公公婆婆，大哭起来。铁山道："孙儿，你也不要怪他。他是一个好人，如今来接我们去仙家游玩，几天就要回来的。"吟梅道："仙家也没有什么好玩，你们不要去。停几天，我同公公婆婆一同到西湖上去游玩，只怕好玩得多哩！"铁山听了吟梅的一番言语，爱他十分乖巧，便说道："如此，我们不去了。"吟梅方才快活。铁山夫妇即进房，香汤沐浴，更换衣裳。吾且住表。

---

① 箕裘——比喻祖上的技艺或事业。
② 詈（lì）骂——骂，用恶语侮辱人。
③ 获——中国古代对奴婢的贱称。

再说外边宾客们正在饮酒观剧，甚为热闹。及至戏将一半，不见挹香出来，众宾客便问家人道："为何你们老爷进去了，还不出来？"家人答道："方才来了一个和尚，说什么南海普陀山归来，奉着南极仙翁的旨意，到来迎接太老爷、太夫人同归仙界，半空中忽来了两只白鹤。如今不知太老爷、太夫人去也不去，老爷尚在那里挽留。"众宾客听了，多讶道："有这等事？白日升仙乃是古今奇事。想金公夫妇前生是个不凡之辈，所以有此奇事。"于是，众人都十分奇讶。表过不提。

　　再说铁山夫妇二人香汤沐浴毕，重至堂前道："方才的话我已说过的了，我们就此行矣。"挹香听了，大骇道："爹爹母亲真个要去的么？"铁山笑道："有此佳遇，安得不住？倒是留着臭皮囊在人间的好么？"挹香大哭道："既是爹爹与母亲必要去的，待孩儿们来生敬一杯。"铁山点头道："这倒使得。"于是挹香命家人另摆了一席酒肴，请二老居中坐了，挹香跪在地下，斟了两杯酒，叫家人奉与二亲。挹香大恸道："二亲既欲升仙，孩儿也强留不得。望爹爹母亲满饮此一杯，待孩儿拜别。"说着，放声大哭，晕倒地中。爱卿等见挹香昏去了，都来灌救。停了半晌，方才醒转，重复大哭，来与那和尚拼命，说道："妖僧，你要骗我父母而去，我同你拼了吧！"说着，来扭和尚。那和尚不慌不忙，说声："去吧！"见铁山妇夫各自骑鹤而去。挹香苦极来扯，哪扯得住。顷刻间，一堂欢乐，变作悲伤。

　　不知可有挽回否，且听下回分解。

第五十六回

遵礼制孝子丁忧　问踪迹痴生辛苦

话说抱香放了和尚，来扯父母，谁知父母已在半空中了，说道："孩儿不要悲伤，我们去了。"抱香回顾和尚，也是杳然不见，不觉抢地呼天，哭声大震。早惊动外边宾朋绅士及过青田斗友六位，问于家人，方知抱香父母业已飞升。大家奇骇，命家人去请了抱香出来，问了一番，又劝慰了一回，然后大家辞去。抱香送过青田斗友六人下船。

宾朋既去，抱香便将戏班六局等一切遣散，自己写了一本丁忧的奏折，禀明上司，求为转奏，然后也遵例成服，设了位儿，依旧开丧领帖，忙了十余天，即雇了船只，端整回乡。省中府属各官与着绅士们多往码头送别。抱香命船上换了白旗白号，然后回吴。一路上也有官员路祭，十倍威风。路上繁华，吾且不表。

一日到了吴中，早有亲戚们到来迎接，抱香即命僧道们招魂入室，重新开丧设祭。众亲朋处处都来吊唁，抱香极尽恻怛①，忙碌了十余天，方才清静。抱香足不出户，在家读礼，重复将抱翠园收拾了一回，爱卿与四美人仍旧各居旧室。到了终七之后，方才出外，心念美人，便先至王湘云家来。细细地一看，湘云旧居之屋，却异从前，便上前问了个信儿，不敢妄为直入。后来问

---

① 恻怛（dá）——哀伤。

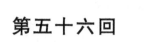

明别处，方知湘云搬去长久了。再问别事，他们却回言不晓。挹香无奈，只得又至张飞鸿家来。

只见内边侍儿出来问道："你是什么人？到这里来做什么？"挹香道："我乃姓金，名唤挹香。特来望望你们飞鸿小姐的。你可告诉她，说是杭州任上归来的，她就晓得了。"侍儿笑说道："你弄错了，这里并没有什么张飞鸿小姐。我们只有陆蕊珠、沈素芳两位小姐。"挹香听了，问道："莫非也搬场了么？这里本家可是姓汪的么？"侍儿道："本家正是姓汪。"挹香笑说道："既是姓汪，怎么说我弄错？"侍儿道："不要管他弄错不弄错，我们张飞鸿小姐总是没有。"挹香听了，心中好不耐烦，便说道："我不来问你了。我自己进去，他们自然认得。"说着，大踏步而进，一径望飞鸿房中走来。

哪里知星移物换，飞鸿房中又换了人了。挹香进来，一看那美人却非素来相识的，又不是飞鸿，甚觉不好意思，便细细将那美人一看，见她生得来却也十分妩媚，但见眉横黛绿，口绽樱红，盈盈秀骨，弱不胜扶，见了挹香，便起身相接道："贵公子尊姓大名？难得轻践此地。"挹香作一个揖，乃道："小生姓金，名唤挹香。今日特为访旧而来，得遇芳卿，不知芳卿贵姓？几时到此的？倒要请教。"那美人答道："贱妾姓陆，名唤蕊珠，还是旧春至此。方才公子说什么访旧而来，不知所访何人？"挹香道："小生昔年这里有一位张飞鸿妹妹，与她相识的，因为小生出仕杭州，所以与她有五年不见了。今日所以特来望望她的，不知可还在这里么？"

蕊珠听了，便问道："公子莫非就是企真山人么？"挹香道："小生正是。不知芳卿何由知道？"蕊珠道："妾有一个义姐叫吴雪琴。她说起公子是个多情之辈，曾将公子所题的墨梅赐读，所以知道的。"挹香道："如今吴雪琴可原在那里么？"蕊珠道："原在那里。她时时念及公子，公子谅来尚未晤见？"挹香道："不瞒芳卿说，小生在苫块①中，直至今日，才得出来。"说着，又问飞鸿，蕊珠道："飞鸿姐姐，贱妾从未晤过。平素间闻得老妈妈说，已嫁琴川陈氏，如今已去之久矣。"

挹香听了，不觉流下泪来，便命侍儿去唤假母。不一时到来，见了挹香便道："老爷，你回来了么？"挹香见是假母，便答道："正是，妈妈，久违了。你们女儿如今到哪里去了？"假母便答道："我们飞鸿女儿于前年秋里，从了一个常熟陈秀才去的。临动身时，有两方帕儿、一封信儿，叫我寄与公子。及至余杭县，恰巧老爷又卸了任了，所以这封信儿仍的这里。后来老爷寄信到来，她已去了长久了。"挹香道："这常熟陈秀才娶你的女儿去，还是作妻？还是作妾？"假母道："老爷，你又来了。你晓得女儿的性情吓，三五小星，岂她所愿？"挹香道："这也罢了。"说着，叫假母取信来看。假母便去取了出来，递与挹香。挹香展开一看，却是二方白绉纱的帕儿，上面绣着字在那里。挹香便细细地一看，见上写着：

睽违雅教，瞬及三秋。每忆芝际，时萦寤寐。妾诚有意，君岂无心？而奈何关山遥隔，致教鱼雁疏通。迩稔勋祺，定符佳畅。公余之暇，诗酒何如？念念兹者！妾蒙琴川陈君有意相怜，百年愿赋，偕之归里，琴瑟同调。特告于君，并附微物戋戋，聊

---

① 苫（shān）块——苫，草席；块，土块。苫块是"寝苫枕块"的略语，意为睡在草垫上，以土块为枕，是古时居父母丧的礼节。

为表爱。从此卢君判袂，一切务祈自爱。临池神往，不尽依依。妹张飞鸿裣衽再拜。

　　挹香看了这信，不觉凄然泪下，又问假母道："如今王湘云家在何处？"假母道："老爷，你还不晓得么？她如今也从了封门外一个蒋公子，于今春已经出嫁的了。"挹香听了道："湘云妹妹竟也从良了么？"假母道："不独湘云一人，就是公子认识的钱月仙、汪秀娟、冯珠卿、何雅仙这几人，亦皆不在了。"挹香道："有这等事？不知所嫁的是何等之人？"假母道："闻得冯珠卿嫁于开绸庄的王小安为室，何雅仙从了郝雪庵，钱月仙、汪秀娟都从了陆杏园为姬，如今又是一班新姐妹了。"挹香听了，浩然大叹道："我原晓得了。前者与她们一别之后，她们都花老春深，不能再会的了。如今果然一个个俱作桃花人面，叫我金挹香能无崔护重来之感耶？"说着，泪簌簌流下。假母又劝慰了一番。

　　挹香又看见蕊珠十分要好，更加添出无限凄凉。假母说道："老爷，你也不要惆怅。她们去的已去了，悲苦也没用了。我来叫女儿唱几个小曲儿，替你解解闷吧。"挹香听了，摇头道："妈妈，你又来了。我金挹香岂是弃旧怜新之辈？就是你们蕊珠姐姐，非是我金挹香无情，不再交好。你想我三十几位美人，一转瞬间皆成幻诞。若再与你们蕊珠姐姐聚首，只怕停了三年五载，又要分离，岂不是令人益增惆怅。况且我昔日繁华已经享尽，就是如今再与几位新姐姐交好，虽则众姐妹无有不怜惜痴生，但是我如此一番之后，花前之福我也不想享的了。"假母听了，点点头道："老爷之言，一些不错，老身也不敢再说了。"挹香听了，笑嘻嘻又六言一首云：

富贵从今参透，尘缘过后方知。

失足昔时恨早，回头此日嫌迟。

挹香吟毕，假母与蕊珠俱不胜羡服。于是又饮过了一巡茶，方才告别。

不知以后如何，且听下回分解。

第五十七回

归故里扬名显姓　访旧美云散风流

话说挹香自从张飞鸿家回来，十分抑郁，念及父母，虽白日升天，然总必须要营筑坟墓，日后好使子孙等不忘。到了营筑坟基之日，诸亲朋又至坟前祭奠，府县各官也都来趋奉。又因割股一事传出，城乡中个个多称赞挹香克全孝道。挹香将父母平日所爱什物与着著作，打了两口小银棺殉葬，墓上立了碑记，忙碌了半月，方才舒徐。

那日心念雪琴，便往相访，到得雪琴家，见其门墙如昨，挹香稍稍安慰了些。才入门，恰迎着雪琴轿子出来，挹香看见，便唤道："雪琴姐姐，我金挹香回来了！你到哪里去？"雪琴在轿中听见"金挹香"三字，又惊又喜，连忙吩咐停轿，自己出来，见了挹香说道："金挹香，你真个回来了么？"挹香笑道："姐姐又来了，若不真个回来，此刻如何身在这里？"雪琴听了，便挽了挹香的手道："里面来说。"于是挹香随之入。

雪琴命侍儿献茶毕，乃道："自别君颜，迄今五载。前接手书，方知升任武林，妾心稍慰。如今闻得你们二老白日升天，你为丁忧而返，我却十分不信，所以今日欲到丽仙姐姐处问一确信，恰巧你来，真令人喜出望外！你一向身子可好？爱姐姐与四位妹妹谅来都好？"挹香接口道："吴门一别，寒暑五更，时时念及你们姐妹，几于寝食难安。如今因严慈飞升之后，遵例丁忧而返。前几天守制葬亲，十分忙碌。今日稍稍闲暇，所以特来一会。蒙询微躬，却叨安适，就是爱姐们倒也无恙。姐姐，你自己素来可好？"说着，对雪琴细细一看，见她瘦减腰肢，花容憔悴，秋娘已老，非复从前，心中十分不乐。

雪琴便道："愚姐迩来十分不济，时时有肝胃不平之症，饮食已不比从前了。"袒香道："姐姐为何有此疾病？怪不得五年不见，精神觉减得多了。请问方才所说丽仙姐，如今可仍在憩桥巷否？"雪琴道："如今不在了。难道你没有去过么？她如今住在干将里言桥堍^①矣。"袒香道："待我来写个柬儿，去邀她来叙叙可好？"雪琴道："如此甚好。"袒香道："请问慧卿、雪贞可曾迁于别处？"雪琴道："仍在旧处。"袒香道："如此一同请来。"屈指一算，还有梅爱春、何月娟、何雅仙三人，袒香便一齐邀请在内。写毕，命侍儿各处去邀不提。

袒香说道："王湘云、汪秀娟、钱月仙、冯珠卿四人，皆已从良而去矣。"雪琴道："这也怪她们不得，终身大事，不可不为预谋。就是愚姐，因定了一个主意，所以未曾弃君而去。不然，亦不能与君再晤矣。"袒香道："姐姐定的什么主意，倒要请教。"雪琴道："我想风尘沦落，命薄可知，然既命薄，即使超脱风尘，未必就可如愿。若云'抱衾与裯'，断非愚姐所肯从，假令勉强从良而作小星三五，依旧受人节制，何不就在风尘中闭门谢客？如云日后无依，愚姐早蓄余金在此，虽田舍子，亦可偕老。人谓青楼为孽地，我谓青楼岂尽孽地哉？"袒香听了，拍手道："姐姐达人，真超出众人之上！"

正说间，忽报陆丽仙至，袒香与雪琴连忙出接。丽仙见了袒香，不胜之喜，便道："香弟弟，久不会了。"正说着，慧卿、雪

---

① 桥堍（tù）——桥头。

贞俱至，一同进内。茶毕，慧卿、雪贞也陈说了一番别离之况，又问爱卿等五人安好。挹香一一俱答。不一时，侍儿归来说道："梅爱春小姐已经从了无锡汤氏，何月娟、何雅仙二人俱不知着落，大都也是从良去了。"挹香听了，跌足大叹道："我金挹香上任之时，还蒙你们十几位姐妹饯别长亭，十分热闹。如今一隔五年，谁知仅剩你们四位姐姐了。繁华易尽，真个一觉十年！曾记得重集闹红会的时节，持柬柜邀，蒙你姐妹们个个曲从，三十六个人灯舫寻欢，酒酣拍七，何等热闹！何等开怀！如今东去访问，已成黄鹤；西去相亲，又言凤去。欲思邀几人到来叙首，谁知皆作陶渊明归去来辞。你想，思昔抚今，能无肠断？"说着，流泪不住，拜在丽仙怀内，弄得四人也添出无限悲伤之念。雪琴道："这叫做'无可奈何花溅泪，不如归去鸟催人'。事已若斯，徒增悲感，我们且来饮酒吧。"说着，即命侍儿治酒相款。

俄而，酒席已成，五人入席。丽仙道："如今吟梅公子、亦香公子都长成了，可在书馆中读书否？"挹香道："都在读书，幸得吟梅倒也不甚质钝，今年九岁，现在习学文章。"丽仙道："九岁已能作文，日后定然跨灶①。"挹香道："这话我倒也许过他的。"雪琴道："不知姻事可曾替他扳对！"挹香道："这倒还未。我欲与拜林哥哥做个亲戚，他的令媛佩兰小姐，今年八岁了。我欲写信去求庚帖②，谅他无有不允的。我的小兰，意欲对他第二位令郎，你想可好？"雪琴道："好朋友联姻，有何不成？"挹香笑道："如今，我要替他们早些订亲完姻，以尽'儿大须婚，女

---

① 跨灶——比喻儿子超越父亲。
② 庚帖——旧时订婚，用于交换的，上面写有男女双方姓名、生辰、籍贯等的帖子。

大须嫁'之礼，不让他们知识渐开，也要同我一般访寻美丽，自惹出许多悲伤惆怅的了。"雪琴笑道："你是过来人，'男大须婚，女大须嫁'这句话，说得不错的。"

挹香又谓慧卿道："慧姊姊，你可知小素妹妹会做诗了？"慧卿道："这也奇怪，还是几时做起的？"挹香道："有六七年了。"慧卿道："这也真个难得。"雪琴笑道："小素妹本来聪明，加以挹香一番课训，自然要会做了。挹香，可是你枕上传授的么？"挹香笑道："做诗只要知道法则，何必如此？若说做诗要枕上传授，倒要请教，姊姊的诗是哪个在枕上传授的？"雪琴听了，一把扯了挹香道："你说我。"伸手来拧挹香。挹香道："不是，不是。你自己说着我，我故与你分辩。"雪琴道："你再说？"挹香道："不说了。"大家听了，笑个不住，来劝雪琴，雪琴方才放手。挹香见雪琴放了手，便道："姊姊不要动气。方才我倒忘怀，姊姊的诗不是别人，乃是我在枕上传授姊姊的。"雪琴道："你还要说么？"便呼了一口酒，向挹香喷来，喷得挹香一面酒痕，引得众人大笑起来。

笑了一回，挹香已饮得大醉，倒在榻上，竟昏昏地睡去。慧卿等三人见挹香醉了，各自辞归。雪琴便命侍儿端整了些醒酒的水果，轻轻地唤醒挹香。其时却是隆冬天气，雪琴怕他受寒，便去取了自己的一件银红狐皮斗篷，替挹香披了，又剥了两只福橘，剔去橘络，然后递与挹香。挹香吃了些，觉得酸冷，便道："冷得很，不用吃了。"雪琴道："我来把你吃。"便在自己口内取了橘中的浆儿，口对口喂与挹香。挹香吃了，便说道："好姊姊，我吃嫌冷，你喂我吃，也是一样冷的，叫我哪里过意得去。不要吃了，我们去睡吧。"于是，二人手挽手地来至内房，挹香替雪琴卸了晚妆，一同入帏安睡。

明日，用了早膳，挹香始归。从此，终日间怀抱不开，常无愉色，弄得心如槁木，壮志齐灰，有时节举杯枨触，有时节感咏兴悲，虽有爱卿等频频劝慰，怎能够一霎时解去愁肠百结。正是：

　　　　泪珠洗面将毫染，诗句焚灰和酒吞。

一腔说不尽的牢骚，暗中郁勃，到处难舒，离恨有天，欢娱无地矣。

　　要知以后何如，且听下回分解。

第五十八回

看破世情挹香悟道　参开色界疯道谈情

话说金挹香自从辞官守制归来，重访旧时众美人，俱杳然无存，仅剩雪琴等四人，真个风流云散，迭变沧桑！回忆前情，犹是恍然在目。如今隔了十余年，众美人死的死，从良的从良，竟去了二十八人！浮生若梦，不觉慨然长叹，心中想道："我金挹香幼负多情，蒙众美人相怜相爱，确是前世修来。这一团的艳福，世所罕有，谁知仍旧要你分我散，岂非与做梦一般无异？其中怜香惜玉，拥翠偎红，乃是一个痴梦；花晨月夕，谈笑诙谐，无非是一个好梦；就是入官筮仕，也不过一个富贵梦而已。如今是痴梦、好梦、富贵梦都已醒来，觉得依旧与未梦时，反添了许多惆怅，费了许多精神，徒替她们勤作护花铃，而到底终成离鸾别鹄，真个是水花泡影，过眼皆空。我金挹香悟矣，桃开千年，乃人间短命之花；昙现霎那，是天上长生之药。况父母的恩也报了，后裔也有望了，众美人已分离尽了，妻妾房帏之乐，已领略尽了。向平愿毕，奚妨谢绝红尘，到处云游，寻一个深山隐避？庶不致他日又见妻妾们春归花谢，狼藉芳姿，而使我益添悲苦。"挹香想罢，非凡得意，顷刻间，蠲①恨消愁，清心寡欲，便做了一篇《自悟文》。

甫脱稿，见门公进来禀道："外边有个老道士，说要与老爷

---

①　蠲（juān）——除去，免除。

谈情的。不知老爷可要容他进来？"挹香听见道士，已有些不乐，又说什么谈情不谈情，却又十分奇异，便道："他既有事而来，容他进见。"门公答应而出，不一时，道士已进内厅。挹香将他一看，甚属面善，好像哪里见过一次的。见他形状蹊跷，如狂如醉，便问道："道人，你到这里来，却是为着何事？"那道人不徐不疾地说道："贫道因知君是个多情之辈，所以特地到来，与君谈情。"挹香道："如今我已看破情关，扫除情念，你不要琐琐不绝。"道人听了笑道："君既参破情关，洗空情念，正不妨将'情'字关头，细与君之多情人议论。"挹香道："据你说话，看你虽则道家，于'情'字之中，倒像领会。你且把'情'字谈来。"

　　道人道："情非一端，有真情，亦有伪情，不可不辨。你且听我道来：一曰'痴情'。如君与众姐妹十分怜惜，万种绸缪，到后来，皆弃君而去，你白白地忙了一生，岂不是'痴情'么？"挹香听了道人之言，却甚有来历，便又问道："还有什么？"道人说道："二曰'真情'。试观君之待众美，不辞劳瘁，愿护名花，众姐妹亦能曲喻君心，皆相感激。若非'真情'，又岂能心心相印哉？三曰'欢情'。你与众美人月夕花晨，时相缱绻，岂不是个'欢情'？四曰'离情'。你既得众美人怜爱，你又恐她们各自分离，使你十分恋恋。及至凤去台空，室迩人远，又添出无限伤心之事，此之谓'离情'。五曰'愁情'。美人既去，惆怅纷来，又恐她们名花遭挫，欲思保护而不能，非'愁情'而何？六曰'悲情'。如今众美人俱去，不能依旧欢娱，弄得抚今追昔，泪流青衫，岂不是'悲情'么？然而世俗中，这几桩却不易得。君也，六件俱全，故可为天下第一钟情人。假令君无'痴情'，则真情亦不可得；无真情，则欢情亦皆成伪。然有欢情，必有离情、愁情相并；既有离愁相扰，其悲情亦不卜可知矣。"

挹香听了，点头称是，乃道："尘寰中，难道竟没有如我的痴情了么？"道人道："有虽有，第皆由好淫中得来。"挹香笑道："如此，我的痴情从何而见？"道人道："君子痴情乃情之所钟，不期然而然，而非好色、好淫者之比也。试观君之于小素、秋兰可见矣。小素，一侍婢，君初遇，便生怜惜，况非倾国倾城，仅不过冶容合度而已，君乃愿偕燕好，不以微贱轻之，此君之钟情一验也。吴秋兰，一贫女也，路遇匪人，君能保护，相逢不相识，君能抚慰，此君之钟情又一验也。其他如与钮爱卿饴目，为朱月素昏去。此等事，好淫好色者必不能为，而君能为之，非钟于情者乎？"

挹香听了道者一番言语，明知他是个不凡之辈，便请问姓氏。道人道："贫道乃悟空山觉迷道人是也。因偶过此间，闻君乃多情，特来一见。方才君言参破情禅之语，据贫道看来，只怕不能践言。想你家中五美都在，月媚花娇之候，你若看破红尘，使她们孤鸾寡鹄，何以为情？还是不要去看破的好，想你也未必肯看破的。"挹香道："道人，你这句话说差了。我金挹香岂是泥而不化的人？我如今见色知空，决不肯再堕孽海，复恋尘缘的了。"说罢，将自己做的那篇《自悟文》递与道者。道者接来一看，见上写着：

今夫章台柔柳，最能牵公子之魂；别院痴梨，每易滞佳人之梦。绿珠红玉，名士追随；楚馆秦楼，痴生寄托。纸醉金迷之地，山温水软之乡，敬其裹足不前，安得同心相遇？红绡寄泪裴御史，只为钟情；金缕征歌杜秋娘，也曾写怨。虽月地花天，何妨适志？而云巢雨窟，实足殢人。况乎粉薮香窝，过繁华而一瞥；情波欲海，劳缱绻以几时？仆也，历情缘之万劫，锻炼成痴；证慧业于三生，溯洄尽幻。悟空花于镜里，识泡影于水中。今日骷髅，昔年粉黛；眼前粉黛，他日骷髅。玉貌婷婷，即五夜秋坟之鬼；翡翠眷恋，乃一场春梦之婆。转瞬彩云，忽悲暗月。绿章上奏，难睹月下婵娟；朱带重来，已杳帘中窈窕。因知色即是空，或者空能见色。青莲座上，学如来烦恼蠲除；紫竹林中，愿大士慈悲普救。壮心枯寂，已如堕混之花；尘障屏除，不作沾泥之絮矣。

那道士看了，点点头道："君既有心，何患不能升仙入道？后会有期，贫道就此去了。"说着，化阵清风，杳然不见。挹香十分惊讶。

过了数日，挹香欲与吟梅对亲，便修书与拜林，求他女儿与吟梅作室，愿将小兰与拜林为媳。未半月，得了回书，拜林已皆应许。又替亦香对了陈传云之女，幼琴对了姚梦仙之女。

韶光易过，又是一年，吟梅已是十岁，文章诗赋，无一不精，挹香甚喜。那年却有岁试，挹香便命吟梅入场考试，县府试俱列前茅。到了院试之期，挹香又送他进场。学宪因吟梅幼小，亲自试他作文，吟梅不慌不忙地献艺。学宪见他文字空灵，诗才雄杰，便谓吟梅道："你抱此奇才，日后必定在我之上。"吟梅躬身谦让了一回，又对答几句，方才交卷而出。要知吟梅进否，且听下回分解。

第五十九回

小辈公然连捷　道情免强寻欢

话说吟梅考试毕，专候出案。到了那日，报人到来，吟梅却进了第一名泮元。合家欢喜，邻里亲戚们多啧啧称羡。挹香又写信进京，告知拜林。其年又是大比之年，挹香欲陪了吟梅往南闱乡试。其间乃六月初旬，吟梅在书馆中，挹香与爱卿等去看他，吟梅接进。爱卿坐定，众美人也来。挹香又问了一回吟梅的学问，吟梅一一对答。爱卿道："试期在迩，快些努力云窗，专心经史，若得连捷南闱，也不枉我们一番抚养。"吟梅答道："爹爹母亲所训，孩儿敢不谨遵，但是孩儿自己知道，蟾宫①香桂，何虑难攀。"素玉道："虽然如此，勤奋云窗，究为好事，况且书囊无底，不可自负功深，或作或辍。"素玉说罢，爱卿连声称是，吟梅也唯唯听命。

时光易过，又是七月初旬了，挹香命家人雇定了船只，择于乞巧良辰，同吟梅登舟解缆，往金陵应试，一路无词。到了十六日，舟抵金陵，俟学宪录遗②后，挹香便命家人去寻了寓所，然后起舟登岸，专等试期。到了临期，挹香便送吟梅进场，叮嘱了一番场中之事，吟梅方才进场。头场毕后，吟梅的三篇文字却甚

---

① 蟾宫——月宫。后称科举及第为蟾宫折桂。

② 录遗——清科举考试制度，凡生员参加科考、录科未中，或未参加科考、录科者，可在乡试前补考一次，叫作录遗。

佳妙。复进二场，五艺亦皆圆熟。三场策论，条对详明。挹香看了，心中暗暗欢喜，又耽搁了几天，始归故里。待等重阳风雨，耳听好音。

转盼间已到重阳，报船络绎而来。那日，挹香正在书馆中与吟梅说话，忽听外面一棒锣声喧然而至，往外问之，却原来吟梅竟中了解元。挹香大喜，即命吟梅望北叩谢了恩，又赏赐了报人，又到梅花馆来报喜，与爱卿道："夫人，你可知吟梅竟中了解元了！我想他年才十一，即能大魁虎榜，却是古今罕有之事，你想可喜不可喜？"说着，深深一揖。爱卿便还了一礼，乃道："这是你家素来积善，祖德宗功，所以有此喜事。"正说间，吟梅进来拜见父母。爱卿命坐在旁，看他如此髫龄，竟能发解，心上更加快乐，便道："孩儿，你如今名扬天下，我面上也有光耀。"吟梅便答道："这皆母亲等训诲殷勤，所以今日孩儿得邀荣显。"说罢，见四位母亲一齐而至，见了吟梅都十分欢喜，并皆称赞，又与挹香、爱卿称贺。挹香便择了二十四日，开贺款客。命侍儿治酒，与五位美人及吟梅，一同在梅花馆饮酒。

到了二十四日，诸亲朋都来贺喜。府县各官及三大宪俱到，闻得吟梅年少多才，特来见识，顺道贺喜。顷刻间，门庭显赫。挹香治酒相欢，曲尽主人之礼，忙了六七天方才清静。挹香乃想道："如今我的向平愿也算毕了，若不早早抽身，还要等到何时？"主意已定，便命人至梅花馆各院，邀了爱卿等五人，与着吟梅、亦香、幼琴、小兰四人到来，便说道："你们小辈，大的大，功名成就的成就，婚姻又替你们定的了，你们四个人须要孝顺五位母亲，克勤克俭，我的夙愿也遂了。我欲云游四海，访寻道学，隐避嚣尘去了。"说着，又对爱卿道："爱姐，你我相叙十余年，蒙你操持家务，教子成名，我也心感无既。如今我已看破红尘，欲寻隐避，你们不要伤悲。托你将几个孩儿们好好地完了姻，将家事交代吟梅，你的干系也脱了。我非忍心弃你们而去，因思人生如梦，若不早日回头，只怕一失人身，万劫难超，那时悔之晚矣！我如今慕道求仙，或可免堕轮回。俾得能遂我愿，得道后，我自然要来度你们同登仙界的。"

众美人听了，着急道："是何言与？是何言与？访道求仙，虽是超脱尘凡之事，但是子女皆幼，叫吾们五个女流如何支持得下？"挹香道："这倒不妨，我当唤总管金忠到来托他。他是一个忠心耿耿的老仆，无有不到之处的。"爱卿听了，流泪道："虽然如此，此计断不可行。"挹香笑道："我主意已定，有什么可行不可行？"琴音、素玉、秋兰、小素齐道："你既欲往修仙，何不等男女长成之后，然后行此一举才是？如今遽欲前行，岂非太匆迫了？"挹香冷笑了两声，也不回答，命侍儿唤了金忠进来，说明其事，嘱道："公子年幼，千万当心。一切杂务你须照应。"总管流泪道："为何主人竟有慕道之行？"挹香道："你不要管我。我托你的事情，你须牢牢记着。快些出去吧。"总管只得退出。

爱卿等见挹香真个要去，便大哭道："你真个要去修仙了么？"挹香道："大丈夫放下屠刀，立成善果，有什么恋恋不休之事？"爱卿等五人说道："你既要去，我们五个人都死在你跟前，然后让你去。"正说间，只见素玉、秋兰二人，足飞凤舄，身驰绿野之堂；发散鸦鬟，头触紫英之石。幸得侍儿扯得快，未曾丧命，真个是惊飙骇弩，猝尔难防；碎玉沉珠，全然弗顾！挹香见她们如此情形，谅来不可同她们明说的了，便心生一计，说道："依你们的意思，必须待子女们婚嫁毕后，方才肯让我出尘避世么？"爱卿点点头道："正是此意。"挹香道："这我却不能。待你们必要强留我，我当俟吟梅孩儿娶了媳妇，就要动身。"五美人听了道："如此就是了。"于是大家转悲为喜。吟梅等知道父亲不去，也各放心，告辞出外。爱卿便命侍儿端整酒肴，摆放于园中逸志堂，一同饮酒。

席间，爱卿说道："我看这挹翠园天然幽雅，也有琪花瑶草，与仙家一般，为何你还要修什么仙？"挹香笑道："爱姐，你聪明一世，懵懂一时。挹翠园可以时时游玩，我们的人亦可以百年不老？我不要修什么仙，访什么道，所恨'彩云易散琉璃脆，一旦无常万事休'。试问：挹翠园可以带到棺中去否？"爱卿道："这句话倒也不差。"小素道："这些话我们不要去说了，来寻些乐事玩玩吧。"琴音道："不错，不错。"素玉道："投壶可好？"众人称善。于是素玉便坐在一只椅中，命侍儿摆好了壶儿，便投了二乔观书、连科及第、杨妃春睡、乌龙入洞、珍珠倒卷帘几样名色，众人一齐饮酒称赞。

秋兰道："我来打个秋千可好？"琴音道："好，好，好。我也久不玩了。"便挽了秋兰到海棠香馆来，挹香与爱卿等俱随在后面。俄而，已至海棠香馆。秋兰与琴音两个人，两只玉手挽定丝绳，将身子立在画板之上，教两个侍儿往来迎送。那秋千飞在半空，犹如仙女飞升一般。古人有诗云：

飘扬血色裙拖地，断送玉容人上天。

两个人玩了一回，停了一停。秋兰说："打秋千最不可笑，你在上面笑了，腿要软的，只怕一时滑倒。"说着，又命侍儿相送。耍了俄顷，不料那画板甚滑，又是高底鞋儿，捉不牢，只听得"当啷"一响，把秋兰擦了下来。众人连忙来扶，幸得扳住架子，不曾跌着，险些把琴音掀了下来。于是琴音也下来了，笑说道："我倒没有跌，你倒几乎滚只元宝儿。"琴音说着，秋兰犹红着脸儿，娇喘不定。挹香便扶了她回至逸志堂。

忽然不见了爱卿，挹香道："爱姐到哪里去了？"侍儿道："方才见她一同在这里看玩秋千，为何一霎不见了？"挹香道："我去寻她。"于是步上迎风阁，绕出媚香居，行过杏花天，穿到绿天深处，几处找寻，一无踪迹。正欲回身，便兜到红花吟社，从窗外经过，忽听得里面娇声清脆，在那里诵读《碧草庐词钞》，连忙进内道："爱姐，你好害人，寻得够了！"爱卿道："方才见你们玩秋千甚是可怕，所以逃到这里来的。看你的词钞，果然空灵一气，填得十分合拍。怪不得昔日林伯伯晓得是你的心爱著作，要替你带到棺中去殉葬。"说着，同挹香重至逸志堂，复斟佳酿。

琴音道："挹香，你也该来说些什么，为何口都不开？"挹香道："我来唱支《道情》，你们听听可好？"素玉道："你此时不知什么，终是入道求仙之语。如今不说别的，偏要唱什么《道情》。"琴音道："你不要去说他，看他唱些什么。"挹香笑了笑，唱道：

> 花月风流第一人，钟情钟到我情真。
>
> 而今悟得空空色，愿向深山避俗尘。

我乃企真山人金挹香是也。性耽风月，乡恋温柔，拨云撩雨，拼学销魂。宋玉征歌选曲，哪禁荡魄相如。杨柳楼台，频番惆怅；枇杷门巷，几度勾留。一掷缠头，鸾颠凤倒；十年洄溯，云散风流。而今看破尘嚣，不作世间梦。参开色界，不耽孽海。茫茫今日，闲暇无同，编成《道情》一曲，听我唱来。

挹香说罢，爱卿等道："为什么念许多闲话？也不像什么《道情》。"挹香道："你们不要着急，这个名为上场白，如今正书来了。"便念道：

> 金挹香，住苏城，撷芹香，发功名。双亲溺爱宝和珍，聪明

容易误聪明。怜香惜玉最关情，此心总向美人倾。卿爱我，我怜卿，十分憔悴为卿卿。三十六美尽多情，花前旖旎有前因。到后来，掇巍科，五美叙家庭。不输那，蝴蝶花前过，一生艳福言难尽。谁知道，天没情，催归三十六宫春。惜怜怜，恨沉沉，飘零只剩两三人。沧桑迭变更繁华，如梦方初醒。今日里，悟情关，今日里，参色界，情愿弃嚣尘，芒鞋竹杖寄山滨，不再费经营，显门庭。着鞭上跨灶，不妨期望后来人。

　　挹香唱罢，爱卿道："好虽编得好，惜乎太觉厌绝红尘了。"说了一番，然后席散，天色已晚，挹香到梅花馆去安睡。是夕，忽想了一个计较出来。不知是何计较，且听下回分解。

第 六 十 回

撇却红尘妻悲妾泣　抚成子女花谢水流

　　话说挹香那夕在梅花馆安睡，心中想道："我欲看破红尘，不能明告她们知道，只得一个人私自瞒着了她们，踱了出去的了。"主意已定，次日便写了三封信，寄与拜林、梦仙、仲英，无非与他们留书志别的事情，又嘱拜林早日替吟梅等完其姻事。过了数日，挹香带了十几两银子，自己去置办了道袍、道服、草帽、凉鞋，寄在人家，重归家里。又到梅花馆来，恰巧五美人俱在，挹香见她们不识不知，仍旧笑嘻嘻在那里，觉心中还有些对她们不起的念头，想了一会，叹道："既破情关，有何恋恋？"便携了爱卿的手道："如此天寒，何不多穿些衣服？你们自己都要保重，究竟我不能常替你们当心的。"说罢至房中，假意失手把爱卿的菱花镜儿打得粉碎，佯装着急道："爱姐，你的镜儿被我打碎了，我替你去买一面吧。"说着，大踏步而出。爱卿知是不祥，十分不乐。

　　挹香出了梅花馆，一径向外边而去，到了寄衣的人家，取了衣服，走至一个荒僻的所在，便卸去冠儿，换上草帽，脱去袍儿，易了一件百衲的道袍，撇去袜履，赤了一双白足，登着云游的棕履。将那一套衣服置于荒僻，日后自有人来取去不表。

　　再说挹香更换了道服，迤逦前行，思向武林进发。其时已是十二月的天气，飘风发发，寒气侵人。挹香易去貂裘，身穿布衲，又加赤了一双脚，十分寒冷。因他看破世情，苦心求道，所以忍其寒冷，漠不关心。他也不乘船只，一路上抄化些茶饭，或遇无村无店，他便于山坳枯庙中，也会栖宿。只要苦修得道，这个身子全然不去爱惜。正是：

本来锦绣膏粱客，竟作云游方外人。

挹香在路已行了一月有余，暮宿晨征，要向杭州进发，按下慢表。

再说家中自从那日挹香出去了，不见归来，爱卿等犹道他有丽仙、雪琴这几处，却不在意。及至五六天不归，五人咸相惊讶，便命侍儿往丽仙、雪琴等几处探听，俱言从未到此。爱卿等方大悟道："前日他叫我们自己保重，乃与我们分别之意，况且打破菱花，隐示难圆之兆。"琴音等听了，一齐大哭起来道："爱姐之言，一些不错。为何他竟如此固执？如今不知往何处去了？"爱卿也大哭起来。早惊动了书房中三位公子与小兰，进来动问，方知父亲避世之事，四人大哭起来，弄得爱卿等五人更加悲切。顷刻间，一堂恸哭，四座酸辛。吟梅哭了一回道："父亲此去不远，待孩儿去寻了归来可好？"爱卿道："孩儿，你又来了。你父亲有志修行，弃凡绝世，你哪里去寻？况且你年纪又小，如何出外寻亲？我想还是唤总管金忠去找寻。"吟梅遵了母亲之命，立刻唤总管金忠，告知其事。金忠哭道："少老爷呀，少老爷！你何苦历尽艰辛而不顾耶？"爱卿道："总管，你快带了众家丁去找寻吧。"金忠领命，同了金龙、金虎、金福、金寿、金通、金宝、金喜、金庆八个家人，分头追赶。谁知寻了半月之余，竟无踪迹，只得回来复命，苦得五美人几不欲生。

吟梅见此情形，无奈强笑假欢，婉言劝慰，乃道："父亲既去，固是儿辈不孝，然亦无可如何，还望五位母亲不要悲切，日后或者重逢，亦未可晓；况我与弟妹三人年纪俱小，要求母亲抚

绮红小史

经典书香 中国古典世情小说丛书

养我们长大，一则践父亲昔日之言，二则孩儿们尚可得受训诲。"爱卿听了吟梅的话儿，倒也十分有理，便点点头道："孩儿之言不错。"从此暗地里自悲自切，每遇月夕花晨，时与四个姐妹思念挹香，尽心抚养吟梅等，以报他临行之嘱。

过了一年，吟梅已十三岁了。是年又有春闱①，爱卿便命吟梅进京去会试，吩咐总管金忠同琴童、剑儿二个书童，送吟梅进京应试。吾且住表。

再说挹香出外云游，已经三载。他自苏至杭，一路抄化，所历名山大川，俱供瞻仰，身子无拘无束，倒觉逍遥自在。所恨访遍深山，竟未遇一个高隐之人。一日游至天台山，瞻观胜迹，果然别具清幽，较别处迥然异样，暗想道："如此名山，必有异人在内。"于是蹑巉岩②，穿重泉，行崎岖，盘过了无数险峻之处，只见中有一山，别饶幽趣。琪花瑶草，古柏苍松，怪石嶙峋，老猿叫月，怒峰突兀，野鹤唳云。挹香见如此幽闲之所，不觉更加洗涤尘心，十分快活。于是又行五六里，远远望见有两个老者，在那里弈棋为乐，挹香明知必非凡品，急忙追赶上前，欲思相见。谁知那老者见挹香到来，便抽身起去。挹香见了，急急而奔。谁知棕鞋落去，挹香也不去寻鞋儿，依旧追赶，不料山路崎岖，山泉涌急，赤了一双脚，行得更加慢了，便大叫道："大仙慢走，容我金挹香一见。"正说间，觉得一阵清风，二仙不见。

挹香惊讶不定，复前行，未数武，只见山谷中腥风忽起，蓦地里跳出一只斑斓猛虎，张开了血盆大口，向挹香直扑过来。挹香俯首而叹道："未遇仙人，先归虎口。罢，罢，罢，虎吓，虎！

---

① 春闱（wéi）——清朝京城会试在春季进行，故称春闱。犹春试。
② 巉（chán）岩——险峻的山岩。

你来吃了我去吧！"说着，便迎上前来。却也奇怪，那虎见抱香到来，一个筋斗又向别处去了。抱香见虎去了，二仙不知所之，方才缓缓而行，欲思再寻仙迹。

行未里许，忽逢一涧，对面又是一山，比方才的愈加耸秀，抱香欲思过去，两边一望，却无桥路可通。抱香见了大骇，幸得其时已是二月下旬，天气温暖，便宽去道袍，慢慢地走入涧中，用足探其深浅。却喜那涧只得二尺余深，抱香便撩衣步入水中。可怜他是个王孙公子，并不知水性，行了两步，两足渐入泥泞，顺着水一涌，竟立脚不牢，只得复回涧边。心中想道："为什么两足到了涧中，竟是这般不由自主？"又想道："方才不入虎口，就是此时葬于鱼腹，也不过同一死耳，何必惧哉？"想罢，便将身跳入涧中。谁知这涧中间，却有三尺余深，抱香立在涧中，只露着两只肩臂，顺着水儿飘流无定。

正在无可如何之际，只见一只小舟从西边欸乃而来，船头上有个老者在那里撑篙，口中念道："善哉！善哉！救人一命，胜造七级浮屠①。"一面说着，那舟中至抱香身边。那老者道："你是何人？为什么跌在涧中？"抱香道："我姓金，名抱香。缘看破红尘，欲访神仙求道，所以历遍羊肠。今日下此涧中，要登彼岸，谁知到了水中，竟难自主。还求你老人家救我一救，送我到彼岸，则我感恩不浅。"那老者听了，便以篙打扶，把抱香救至舟中，说道："此涧乃是觉迷律，对岸就是警幻山，山中有位大仙，法号警幻道人。你要想到那里，只怕万万不能。你若要回去，我当渡你过去。"抱香道："老人家，你又来了。我为访仙而至，所以性命不辞。如今蒙你救了我，原望你渡我到彼岸拜求仙

① 浮屠——佛塔。

长，若说依旧送我归去，我也不必入此涧中了。"那老者怒道："老夫一团好意，救你余生，你倒反来怪我。若说要到对岸，断断不能！"挹香道："如此，你也白白地救我。"那老者道："如此，你依旧下去吧！"说着，将挹香一推。挹香大叫一声，疑是身入水中，谁知细细一看，依旧在那老者船上。挹香便道："你为什么不推我下去？"那老者道："这涧中不是你么？"挹香又向涧中一望，见自己果在涧中，十分奇异，忙诘其故。那老者笑道："这个臭皮囊就是你的本来色相。你此时色相皆空，我方可渡你到彼岸去见仙长了。"挹香大喜。

不一时，到了彼岸边，弃舟登岸，随了那老者，踽踽前行。深入山坳，但见一路的琼枝仙卉，璀璨光华，真个目不暇接。行了一回，早至一个所在，却是天生成一个石洞，进内宽敞非凡。挹香又随之行，即见洞中有一位仙长，鹤发童颜，翩翩道骨。挹香见了，连忙倒身下拜，乃道："弟子金挹香，为因看破尘缘，所以不辞千里，特来叩求大仙指示迷律。"那道者便启口道："金挹香，我也知你是个不凡子弟。如今你已看破红尘，我当指示你迷途可也。"挹香听了，踊跃大喜，口称师父，又拜谢了一回，然后随侍在旁。那仙长便日夕教以炼丹烧汞之功，挹香亦专心学道，按下不提。

再说吟梅进京会试，到了京中，来见拜林，拜林大喜。吟梅说起父亲求道出门，不知踪迹，拜林又是羡慕，又是叹惜，叫吟梅住在衙中。虽则新亲，却是旧谊。吟梅只得住下，明日又至仲英、梦仙几处拜谒了一回。待到试期，先在保和殿复试，然后进场会试。三场毕后，吟梅却中了第八名进士，殿试点入词林。到了那日，进朝谢圣，圣上见了吟梅如此髫龄，便问年岁里居，吟梅俱一一奏明。圣上大悦，又出一题，命吟梅当殿面试。吟梅不慌不忙，立刻一篇文字，脱手而成。圣上见他如此捷才，龙颜大悦道："可惜鼎甲①被别人占去了。"便回顾群臣道："朕欲赐他一个状头，不知可有此例否？"群臣正欲回奏，吟梅已俯伏丹墀②，谢恩万岁。圣上见他如此聪明，便笑道："朕竟赐你一甲一名，准其授职编修，但卿还年少，容卿归家，至十六岁来京就职。"吟梅又频频谢恩，然后退出午朝门，一样游遍皇城，花看上苑。拜林夫妇知道吟梅点了词林，已觉十分欢喜，今又钦赐了状元，更加喜跃非凡，命人报到吴中。爱卿等得知此事，宛如喜从天降。

吟梅游过皇城，宴罢琼林，即辞驾还乡。顷刻间，门庭重振，乡间咸知，较之乃翁时，更增十倍。爱卿见了吟梅，欢喜得如醉如痴，恨不得将他含在口中方好。嗣后，吟梅奉侍晨昏，事五位母亲十分孝敬。明年亦香、幼琴皆入泮。光阴如箭，一瞬间，已是三年，吟梅便同五位母亲一齐进京就职，圣上召见吟梅，命其东宫伴读。吟梅又奏明幼定邹氏为室，龙颜大悦，即钦赐完姻。吟梅谢恩毕，择吉端整迎娶。到了吉期，两宅并皆显赫。吾亦一言交代。

再说那年又是大比之年，亦香与幼琴却入北闱应试。到了放榜之期，二人却兄弟同科。琴音与小素闻报，不胜欢乐。谁知乐极生悲，琴音忽得一病，药石无功，未及旬朔③，名花谢世。未几时，素玉亦相继而亡。吟梅因父亲不分嫡庶，一样作生母看

---

① 鼎甲——科举时代状元、榜眼、探花的总称。

② 丹墀（chí）——墀，台阶上面的空地或台阶。古时宫殿前的石阶以红色涂饰，故名丹墀。

③ 旬朔——十天或一个月。也指不长的时间。

待，上本丁艰，重归故里。谁知路上秋兰受了些风寒，也生起病来，到家之后，日渐恹恹，服药无灵，亦至香憔玉悴。吟梅兄妹四人极其哀切，在家读礼，曲尽孝思。

不知以后如何，且听下回分解。

第六十一回

金挹香天台山得道　钮爱卿月老祠归班

话说吟梅自从读礼以来，暇时与弟妹谈诗论赋，娓娓不倦，月夕花晨，研究玩索，将书中义味细绎不穷。吾且慢表。

再说挹香在警幻山拜投警幻道人，烧丹炼汞，驾雾腾云，诸法精通。警幻谓挹香道："汝正室钮氏，本月老祠中的玉女，汝是金童，因思凡被谪。汝今不失本真，弃尘学道，理该复入仙班；况妆妻钮氏禄寿已终，汝到月老祠，院主定要命汝去度钮氏归班。此非汝久居之地，明日，我命童子送汝到清虚中院去便了。"挹香只得唯唯听命。到了明日，警幻道人即命童子送挹香到月老祠。挹香无奈，只得拜别师长，随童子驾云而往。不一时，已至月老祠。

甫入门，至堂上，忽听留绮居门儿一声"唷"，走出一个美人，挹香谛视之，乃方素芝也。素芝见了挹香道："挹香，别来无恙？今日你来归班了。"挹香不觉情不自禁，乃道："素妹妹，昔日你花凋一瞬，临终犹念痴生，我十分过意不去，如今在此，倒也罢了。"说着，只见陆丽春、陈秀英、蒋绛仙亦姗姗而来，挹香大讶道："为何你们也在此？"丽春哑然而笑曰："弃红尘而归仙界，由佛门而登上界，岂不美哉？岂不美哉？"于是，挹香随入留绮居，瞥见胡素玉、吴秋兰、陈琴音三人亦在，不觉凄惨之色形诸面上，乃道："三位妹妹，你们几时谢世到此来的？"三人一一具答。

正在缱绻之际，童子催道："不要如此了，快去见了月老，我好复旨。"挹香怏怏不乐，只得随至清虚院中，见了月老。月老道："金挹香，汝今日归班，须息心养性，不要再蹈前辙，致遭沦谪。"说着，即命童儿取了一颗"归真返本忘情丹"，递与挹香吃下去，道："汝三十六个知己美人都要归班了。汝可先往家中，度了钮氏与小素到来。俟诸美人齐集，我好发落。"挹香领命，别了月老，贺起云头，望苏城而来不表。

再说钮爱卿在家，终日与小素闲谈前事，暇时或与吟梅、亦香、幼琴等考古论文。更可喜者，邹佩兰小姐自归吟梅之后，非唯伉俪倡随，抑且贤考之极，晨夕往梅花馆陪侍爱卿，姑媳间十分融洽。谈到已往之事，爱卿则抚今追昔，不觉心志顿灰。一日闲暇无事，爱卿与小素二人至挹翠园畅游一遍，便到仙源分艳桃花丛处，并肩坐下。

二人正在挥麈清谈，忽见半空中一朵红云冉冉而至，二人十分奇讶。俄而，云中降下一人，爱卿、小素谛视之，却非别人，乃是金挹香归来。二人大喜，便上前迎接道："金挹香，你归来了么？你前者不别而行，抛弃我们六七年。如今吟梅已钦赐状元，亦香弟兄已登金榜，三位妹妹已谢世了，你为何反要归家？"挹香便深深一揖道："家事诸般，蒙卿等静心料理，抚成子女，我心感戴无既。若说前者不别而行，因恐你们眷恋之故。我离家六七年，业经得道归仙，三位妹妹已遇。今奉月老祠院主之命，特来度你们归仙也。"二人听罢，踊跃大喜道："既可升仙，不知如何而去？"挹香道："卿等勿忧，我自有法。"说着，便挽了二人的手，至梅花馆、怡芳院、沁香居、媚红轩、步娇馆几处，见屋宇依然，三美人已经谢世。复回梅花馆。

三人坐定，即命侍儿请三位少爷与小姐一同到来。侍儿见家主归来，十分奇异，忙报众公子。吟梅等听了，惊喜交集，急趋入内，拜见父亲。挹香道："你们都起来。"公子等领命，侍立于侧。挹香谓吟梅道："汝金殿抢元，显扬门闾，我也快活。如今汝父已经得道，今日特来度汝二位母亲同归仙果。就是前者弃世的三位母亲，业已归仙，我也见过的了，汝等切勿悲苦。日后进京复职，须要尽心报国，削佞除奸。汝弟亦香、幼琴，我已聘定陈、姚二姓，汝可替两弟早办完姻之事。汝妹小兰，已许汝内弟为室，汝须端整嫁奁，送妹于归。这几桩事望汝牢牢记着。"吟梅听了，不禁流泪道："父亲之言，孩儿自当谨遵，但欲度两位母亲去，孩儿劬劳未报，未免不孝之罪。"挹香觍然而笑①曰："汝愚哉！汝愚哉！汝肯依我之言，即是孝也。况入了仙班，比红尘中好得多哩！有什么苦楚？"又谓亦香、幼琴道："汝两个虽得了一榜秋魁，尚须努力云窗，再求上达。"二人俱含泪听命。又唤小兰道："汝他日嫁到邹家，须要无违夫子，恭敬舅姑，上和下睦，淑慎其身。"小兰听了，低着头儿，唯唯听命。

挹香道："我要见见媳妇。吟梅，汝去说一声。"吟梅领命便去，偕了邹佩兰小姐出来。拜见公公毕，挹香细细一看，见其冶容合度，体态幽娴，十分欢喜，便道："大贤媳，你是林哥哥令媛，闺训必谙，无庸愚舅琐琐，尚望敦好闺帏，和睦妯娌就是了。"佩兰低头领命。挹香又传总管金忠进来，交代了一番，嘱托了一番。金忠知主人归来，就要度主母去的，悲喜交集，只得一一领命。挹香便对爱卿、小素道："我们就此去吧。"说着，向西北角上一招，只见飞下三只白鹤，夫妇三人跨鹤而升。金氏门

① 觍（chǎn）然而笑——高兴地笑起来。

中两代白日升天，亦是古今罕事。家中子女见父母升仙，总有一番悲切，我且不表。

再说三人跨鹤高翔，不一时，已至清虚中院，挹香复了院主。院主命爱卿、小素暂至留绮居，与众美人作伴，挹香另居涤尘轩，修身养性，不在话下。

再说邹拜林自闻挹香修仙之后，终朝思念故人。嫁女未几时，又遇吟梅丁内艰，以致离别。现升兵部侍郎①，钦命往浙巡抚子民。在京别了同僚，又别姚、叶两友，束装赴任，又寄书与吟梅，叫他同佩兰到任会面。吟梅得信，便与佩兰驾舟至杭，拜见岳父。拜林询知挹香已经得道，度了妻妾归仙，十分钦羡，倒觉自己亦恍然参透尘心，便道："贤婿，你明年三月中服阕②，令妹终身亦可与他完结。"吟梅道："是。"住了月余，告辞回苏。

流光如驶，又是一年，爱卿、小素在留绮居与众美人炼气修真，深得元妙，果然天上与人间大不相同。挹香在涤尘轩息心静性，住了一年，觉胸次了然，毫无渣滓。

慢提天上，再说人间。吟梅是年端整嫁奁，送妹到浙，以遵父亲临行之嘱。又与幼琴娶了陈氏小姐，然后进京与叶伯父说明，替亦香完姻。事毕，尽心供职不表。

再说拜林在杭嫁女婚男，向平愿毕，自己也有厌绝红尘之意，便上本辞官。圣上容其养疴归里。拜林非凡得意，挈了妻妾子媳、仆妇家人，归田吴下，将一切家务交代妻儿，自己端整求道事不提。

---

① 侍郎——明清时期政府各部的副长官，地位在尚书之下。
② 服阕——指旧时守丧期满除服。

再说叶仲英嫁女之后，又与两子完婚，自己官至太仆寺卿。两个儿子之中，一已中式北闱①。职大官高，合家欢乐。谁知乐极生悲，谢慧琼奄奄一病，竟弃红尘。仲英凄惨不堪，官也不想做了，看破红尘，虚花幻诞，便向梦仙述其故。梦仙亦久有此心，便道："此事正合我意。斯时官为刑部侍郎，独操生杀之极，虽秉政清明，究竟恐有屈抑，所以这顶乌纱早已厌绝。"闻仲英言，大喜，各修一本辞官。梦仙有三子二女，也替他们婚嫁，剩一第三儿子，聘了一位户部郎中之令嫒，也算向平毕愿。过了数日，圣旨下来，准其告病。二人也不停留，束装旋吴，重整门庭。祭扫一切皆毕，便将家事托付后裔，云游四海而去。

再说拜林料理家务毕，别了妻孥出门。虽则他们总有许多不忍分离之态，拜林慕道心坚，漠然不顾。芒鞋竹杖，任意遨游。至终南山，方才遇一异人，学成道术。嗣后，任意往来，或探幽南岳，或采药西山，行踪无定，岁月不知，真个是：

身心尘外远，岁月坐中忘。

看官，你道这金、邹、姚、叶四人，为何都要慕道，一慕道便遇异人？何修仙竟如此容易？原来有个讲究，这四人一则夙有根基，二则不辞险阻，所以有此地步，非我作者无稽妄说也。

要知采药遇友，且听下回分解。

---

① 北闱——清科举制对顺天（今北京市）乡试的通称。

第六十二回

邹拜林弃官修道　金挹香采药逢朋

话说拜林自从慕道以来，得遇异人传授道术，居然超尘绝俗，心无挂碍，任意遨游，一无羁绊。或采药深山，或寻仙高岭，真个无忧无虑，闲旷非凡。一日登终南山绝顶，姁①然长啸，披襟岭表，俯视绝壑，放歌曰：

前年眺览终南雪，著屐携壶侣堪结。酒酣直喝冻云飞，峻岭崇山望明灭。去年我向梦中游，渡岭穿山路百折。此时心境颇清旷，仙窟游踪更奇绝。野鹤穿云路若蟠，哀猿啖水泉空咽。琳宫玉宇耸巍峨，四顾形神俱爽彻。饥来嚼透玉池冰，倦处还依瑶台月。玉池冰，瑶台月，上下茫茫两高洁。到此身世浑有无，但思飞入清虚之府视仙阙。回忆吴中青楼真如梦，画栋珠帘改恍惚。六街灯火焰初腾，九衢②歌管听未阕。我友企真空钟情，云散风流一时节。真娘墓上春草萋，虎丘山外愁云裂。同人顿起经尘想，仙成岂与凡世涉？吁嗟乎！入山修道亦颇难，崎岖羊肠要登涉。我今行住坐卧俱在道中参，万缘一扫肠空热。

拜林歌罢，背后一人拍肩而言曰："邹拜林，好自在耶！此时还不回去见师父么？"拜林回头看时，见是童子，便笑曰："师父未曾唤我，我何妨终日遨游也？"遂不理童子，望前山采药而

---

① 姁（xū）——豁然开朗貌。

② 九衢（qú）——四通八达的道路。

去。忽然忆念挹香，徘徊半晌，倚石而卧。

真个是无巧不成书。那日挹香因院主不在，独自一人，驾云而往深山采药。但见峰峦叠翠，猿鹤不鸣，倒也十分清雅。挹香便按落云头，到一深山中游玩，四顾无人，觉心旷神怡，胸次豁然。行了十余里，峰回路转，幽境别开，复前行，嵯崎历落，绝壑风号。正瞻望间，远远望见一人，在松荫之下石上盘桓。挹香上前细视，却是拜林在石上瞌睡。挹香大喜道："原来林哥哥也在此修真了。"于是便轻轻地唤道："林哥哥，我金挹香在此。"连唤了三声。

拜林睡梦中听见"金挹香"三字，连忙立起，便细细地对挹香一看，果然不错，大喜道："香弟弟，我与你一别八年，时深想念。后闻你慕道弃家，十分钦慕。如今吟梅已赐殿元，小女已适令郎。又闻你度了二位嫂嫂归班，但不知在何处山中？我方才正念及你，不意恰巧相逢，真奇事也！"挹香道："弟自弃家之后，不知历了无数山川，受了无数磨折，方能到得警幻山中，投拜警幻道人门下。学道三年后，警幻师说我是月老座下金童，理该归班，所以送我到清虚中院。林哥哥，你道这清虚中院是什么所在？原来就是昔日梦游之境你对林黛玉拜的所在。我到了那里，遇方素芝、陆丽春等，又遇琴音、素玉、秋兰三人，皆在留绮居，俟月老发落。弟见了月老，月老命弟回家去度爱卿、小素归班，又说什么三十六美都要到齐。弟于是驾云至吴，重返家庭，吩咐一切，即同爱姐、小素妹乘鹤归山。现集于留绮居，弟另居于涤尘轩。今日因院主下界去了，弟偶尔闲游，欲思入山采药，不期遇见林哥，真三生之幸也！林哥哥卧于石上，弟来唤醒而聚谈，不输于李源、圆泽之高风焉！请问林哥哥何由至此？"

拜林道："兄闻得你得道度人，深为钦慕。况你也素知，愚兄红尘之味本来厌绝，只为欲行难行，所以羁迟。如今，上报父母君恩，下有宗嗣可续，向平愿了，洗尽六根①，还是前年到终南山，投净凡道者为师，得登彼岸。"揾香听了大喜，于是并坐石上，畅叙一回而别。

揾香至清虚中院，见院主尚未归来，便往留绮居看众美人。瞥见谢慧琼亦在，揾香惊讶道："慧嫂嫂，你如何来了？"慧琼道："香叔叔，我病辞尘世，幸得到此。"揾香道："原来慧嫂嫂谢世而来。仲哥哥得无悲悼耶？"慧琼道："香叔叔，我既谢世，哪晓仲英也学香叔叔一般，看破红尘，同了梦仙伯伯一起辞官，也去修仙了。"揾香听了，大喜道："慧嫂嫂，难得我们四人好友都有心慕道：'不愧生前莫逆！'"慧琼道："香叔叔，不要说好友，若斯即我们好姊妹亦然。"揾香道："然也。否则今日留绮居中，讵能与慧嫂嫂会面？"慧琼道："香叔叔……"正欲说时，只见鬼卒同王竹卿至。揾香见了，便道："竹姐姐，你为何同鬼卒到来？"竹卿见是揾香，便道："揾香，你也在这里么？"揾香道："我在此长久了。"竹卿道："我从阴府而来。因路途模糊，欲留阴司而不至此，因冥君说我亦群芳圃里之花，必须到此，请月老发落的。"揾香听了，方知底细，便道："姐姐，你昔日留书志别，令人无限凄楚，竟谓相逢无日，孰知留绮居为聚美之所，今日姐姐到此，实是天缘。"

说着，只见袁巧云姗姗而来，揾香上前说道："巧妹妹，我与你判袂以来，瞬经十载。自从你从良之后，令人无日不思，此时再晤，亦是前缘未尽也。"巧云道："你为何也在此？我闻得你筮仕余杭、割股救亲一事，深为钦羡。又闻荣升知府，莅任杭

———————

① 六根——佛教用语，指眼、耳、鼻、舌、身、意六种之根。

州，请过青田等拜斗二天，尊府两大人白日升天，甚为奇事。你报丁忧而归后，闻令郎钦赐状元，愚妹十分欢喜。又闻令郎丁艰，不知为着何人？"挹香道："孩儿们丁艰却是为着琴音、素玉、秋兰三位。"巧云骇道："三位如今也谢世了么？"挹香道："不但三位，连爱卿姐、小素妹也谢世了，俱在留绮居，少顷自可相见。"巧云道："原来如此。"挹香道："自你远适之后，她们或先或后，个个别去。迨我浙地解组而归，仅剩慧卿、雪贞、丽仙、雪琴四人了，所以我决计修真，弃家访道，得遇大仙，始有今日。如今又服了'归真反本忘情丹'，觉世尘之繁华，绝然不忆。"巧云道："原来有许多曲折，吾远隔了些，却是不能晓得。"说罢，入留绮居与众姐妹相见，共诉离衷。

挹香正欲回涤尘轩，忽见褚爱芳莲钩窄窄而进。挹香见了爱芳，便嚷道："爱芳妹，我金挹香在此。"爱芳星眸斜溜，果见挹香，喜得笑靥生春，便道："你倒也在这里！我自从良东国，勉强留书诀别，十余年中，好不系肚牵肠。你如何到此？"挹香便细细地说了一遍，又道："姊妹们已有十余位在此了。"爱芳大喜，入内。

甫进留绮居，忽土地又送陆丽仙到。挹香上前迎接道："丽仙姐，你也来了么？"丽仙见是挹香，便道："你好！为什么你去修仙，竟不别而行，令人惦念？如今，你倒先在此逍遥快乐了。"挹香道："好姐姐，非金某寡情，若别你而行，你们总要挽留的，我故不敢到来。我若回头不早，焉有今日？"说着，又问道："不知姐姐于归谁氏？为何也到这里？"丽仙喟然叹曰："如我之薄命，还要从什么良？如今是偶抱微疴，竟容我弃世。昨日黄昏，离魂到此，飘飘荡荡，不知历过了多少沙漠沉沉、阴风惨惨之处，方能到来。"挹香听了，亦嗟叹不已。

丽仙道："你可知幼卿姐又在风尘中了？"挹香听了，大骇道："这话何来？她好端端从了张观察，为什么又要沦落烟花呢？"丽仙叹道："红颜薄命，千古定论。她自适张观察后，谁知这位张观察，乃是一个假惺惺之辈，始因爱其缠头私蓄，才貌动人，半觊其多金，半贪其艳色。他既骗人财到手，便欺凌弱质。薄幸时，形狼藉名花，朝凌夕虐；震怒时，如狂风摧嫩芽，露雨折娇蕊。设有纤芥微端，便厉加威势，吵闹不休。使得幼卿姐莫可存身，只得潜窥青锁，密启朱门，效文君夜走临邛①之事。方冀脱膺韝②而离虎穴，谁料竟被他们知而赶上，交与有司究讯。"挹香急道："这便如何？"丽仙道："犹幸风流县令解释其情，谓观察曰：'渠既私奔，你也不必再令她归，负此丑名。待她再择佳偶从良，别寻生计。'一面嘱章幼卿速选良人，再行具结。是以此时赁屋西美巷中，复混歌楼，几个旧好仍来保护，尚无摧折之虞。最可怜者，花癯月瘦，大减芳姿；绿叶成荫，心伤杜牧。即闺中韵事，亦非复曩时之多兴致也。再欲从人，犹恐失眼。你想可恨不可恨？可怜不可怜？"挹香听了，跌足大叹道："我昔日原劝幼卿姐，要细心选择，勿致误适匪人，况这张观察是个南京人，俗谚有'南京拐子'之说，切勿遭其诳骗。她说什么'世俗之言，岂可作准，此人甚是钟情，不至误托。'孰知果应我言，此时只怕悔之晚矣！"

挹香与丽仙正在琐琐，忽闻仙乐盈盈，异香袅袅，清虚院主驾云而归，陆丽仙遂至留绮居，挹香遂归涤尘轩。说也奇怪，一

---

① 临邛（qióng）——地名。在今四川邛崃。
② 膺韝（jīng gōu）——膺，护胸衣；韝，套在两臂上敛束衣袖的袖套。

入此轩，将一种柔情扫空心地，不要说章幼卿不在心上，连那留绮居中之美亦浑若莫闻。

越日，清虚院主传挹香到来，谓挹香道："汝至留绮居，查三十六美可曾到齐？"挹香领命，便往留绮居中稽查众美。

不知如何回复，且听下回分解。

第六十三回

众美人重逢仙界　四好友再聚山坳

话说挹香奉了月老之命，到留绮居来，只见朱月素、武雅仙、朱素卿、郑素卿、林婉卿、陆文卿、吕桂卿、胡碧珠、胡碧娟、孙玉琴俱在其中。挹香一一相见，细数之，三十六美之中，独少一个章幼卿。挹香叹息道："幼姐姐为何如此参不透风尘之味，而犹恋恋红尘？"无可如何，只得去复了旨。月老道："既剩月娥一人，待我去见了散花苑主，再行定夺。"于是月老便驾着祥云，望万花山而来，晤见苑主，说明其事道："窃查章月娥尘缘已满，理宜重入仙班。"苑主道："既已如此，可烦君命金挹香往凡间一走，度渠归班可也。"月老遵嘱，驾云归山。吾且不表。

再说姚、叶二人，自从尘缘看破之后，四海云游，恰巧遇着拜林，也在终南山拜从净凡道者为师。那日偕了拜林来看挹香，同至清虚中院，正逢院主到万花山去了，所以得晤挹香。四人共倾积愫，细达衷怀。挹香又同仲英等到留绮居中来，与众美人相见。仲英见了慧琼，又添出一段凡情。盖缘入道未深，故有此许多魔折。叙了良久，忽报院主归来，四人无可奈何，只得分别。

再说月老到了山中，传到挹香，便道："你可下界度章月娥归班。对她说：'情缘已尽，不可再恋。'速去速来，切勿耽误。"挹香领命，便驾起云头，往吴中而来，到得西美巷，见门前车马依旧喧闹。其时乃三月初旬，恰是幼卿诞辰，所以许多旧好新交在那里祝寿。挹香想道："待吾来扮一乞儿进去，看她们可还认得我金挹香否。"他便运动仙术，变作一个乞丐道士，身上穿一件百衲的道袍，手托香盘，科头跣足①，直闯进内。门上见了他，便道："这里不信僧道的，不要进去。"挹香道："贫道不是来抄化的，特来与你小姐谈谈的。"那门上道："你这个人敢是疯的不成？我们小姐声价自高，往来的不是名公巨卿，便是墨客骚人，吟诗作赋是她的手段，若说要与你一个乞丐道士讲什么经？你不要疯，快些出去！况且出家人也不好到繁华场中来的。观你如此情状，又不像有钱的人，快些不要做此痴梦了。"

挹香笑道："你又来了。你们小姐，我知道不是欺贫爱富的人，况且我与她是个素来相识的，她无有不肯相见。若说出家人不可游戏，难道《三戏白牡丹》的故事没有的么？如今你们小姐难道还是昔时的小姐么？"说着，大踏步而入。门上正要阻住，挹香已是升堂矣。进了厅堂，众绅士见是挹香，又看他如此狼狈，咸称奇异。因他儿子在宫伴读，又加他是昔日风流公子，所以都趋前相见。问他为什么至此，挹香笑而不言。众人固诘之，挹香便指自己这双足道："贫道是：两脚扫开愁恨地，一身飞破奈何天。"

说着，便大踏步到幼卿房中来。幼卿见了挹香，蓦地里倒吃了一惊，细视之，方知却是挹香，不觉凄然，乃道："金挹香，你为什么如此打扮？我不听你昔日之言，致有今日。"挹香叹道："姐姐的行为，我已深悉。所怪者，姐姐以被花前所苦，急宜及早回头，不该再向花前混迹。可知韶华不再，此时虽有人怜香惜玉，只怕再隔五六年，花老春深，这些人都要萧郎②陌路了。"挹

---

① 科头跣（xiǎn）足——光着头赤着脚。形容困苦或生活散漫。
② 萧郎——女子对所喜爱男子的泛称。

香说罢，幼卿听了，不觉凄然下泪道："君言诚是。第是无计可施，则将奈何？闻得你已成正果，曾度爱姐与小素妹升仙，为何不来度我？"揾香道："今日特来度你，不知你可肯抛却红尘，同我偕往否？"幼卿道："怎么不去？你可是真个来度我么？"揾香道："哪个来骗姐姐。我今奉着月下老人之命，特来邀你归班。就是昔日三十六个美人，都聚于留绮居中了，如今就少你一人。月老说你尘缘已尽，宜返仙山，特命我来度你。"幼卿大喜道："如此甚好，但是宾朋满堂，必要挽留，如何可行？"揾香道："这又何难？"便向天上一指，只见两朵紫云冉冉而至。幼卿大喜道："如此，我们去吧。"揾香道："且慢，你须留此形迹在此，以使宾朋们知你升仙而去，否则倒变为无从稽考了。"幼卿点头称是，便题诗一绝于壁上云：

诗曰：

> 偶谪风尘卅一春，昙花久现掌中身。
>
> 而今撒手归仙界，鸿爪留题示众人。

幼卿写罢，便挽了揾香的手，同上紫云。揾香叫她闭了眼儿，一径向月老祠而来。吾且不表。

再说众宾朋见揾香进去了良久，不但揾香不出来，连那幼卿亦不出来。又俟了良久，仍不出来，众宾朋便命侍儿进内相请，谁知室迩人杳，美人与揾香不知所之。侍儿连忙出来报道："方才这个乞丐道士与小姐，多不知到何处去了。"众宾朋十分不信，同至房中来看，幼卿果然杳无踪迹，弄得众亲朋惊疑不定，面面相觑，咸称奇异。及至见壁上之诗，方知被揾香度去，众宾朋共相称述。吾且表过。

再说揾香偕了幼卿，驾着紫云，不一时已至月老祠。按落云头，揾香同幼卿到留绮居。幼卿进了留绮居，果见众姐妹咸在，十分欢喜，便一一相见，又谈了一番分离之话。挹香便去复旨。月老道："幼卿既来，明日你可叫她们候我发落。"挹香唯唯而退，重至留绮居来。见六朝遗艳之中，昔所梦见的几个名妓与着苏小、真娘等，俱在留绮居中，与众位美人谈论，挹香大喜，也与她们重叙。真娘笑谓挹香道："昔日，你到了这里来就想不归，我对你说，人间尚有一番风流佳话。如今你自己去想，可是我不骗人？"挹香点头称是。

正说间，见黛玉、宝钗等姗姗而来，挹香连忙迎接道："妃子来矣。"黛玉来至室中。挹香俟黛玉等坐了，便说道："林小姐，昔日一番热闹，转眼虚花，成了红楼一梦。如今，我与三十几位姐妹尘寰中聚了一番，转瞬间亦成幻诞，也是一个青楼痴梦。"黛玉听了，笑道："人生原幻梦耳。情愈笃者梦愈浓，情不深者梦亦淡。好梦易醒，痴梦易悟。即如我颦卿等，若不早离梦界，看透梦境，则世间亦不得传此红楼一梦。就是君之三十余位姐妹们，如可与君长叙，无此分离，则君未必有厌红尘之意。不厌红尘，则又安能修仙得道，同入仙班，而有今日之日哉？"挹香听罢，十分佩服。

正说间，见有人奉月老之命来宣挹香，挹香只得偕之行见月老。月老道："如今众美人俱来，明日我须发落。她们都是散花苑主座下的仙女，你可今日往万花山，向散花苑主取了花名簿儿到来，好待明日发落。"挹香领命，辞了月老，驾云往万花山而来，见了散花苑主，领了花名册，重又归山。行至半路想，送这本簿子上，不知载着她们是什么职司？待我先来看他一看。便翻那簿子。说也奇怪，那册子犹如裱本，一页都不能启看。挹香无奈，只得带回交旨。事毕，便归涤尘轩，候明日月老发落。不知如何发落，且听下回分解。

第六十四回　证前因同登月老祠　了尘缘归结风流案

第六十四回

证前因同登月老祠　了尘缘归结风流案

话说到了明晨，月老升座，正殿氤氲使、蜂蝶使侍两旁，即传三十六美人到阶下听点。案上铺着一本散花苑主那里取来的花名册子。挹香在旁边一面听点，一面暗暗地偷看，见上写着：

梅花	朱月素	莲花	章幼卿
桃花	陆丽春	杏花	褚爱芳
桂花	吕桂卿	水仙	郑素卿
木槿	方素芝	梨花	何月娟
海棠	林婉卿	芍药	张飞鸿
素馨	胡碧珠	虞美人	陆丽仙
蔷薇	梅爱春	瑞香	冯珠卿
荼蘼	袁巧云	月季	朱素卿
木香	汪秀娟	兰花	吴秋兰
绣球	胡素玉	玉簪	孙宝琴
凤仙	陈琴音	芙蓉	谢慧琼
茉莉	胡碧娟	夜来香	何雅仙
石榴	蒋绛仙	菊花	张雪贞
山茶	武雅仙	牡丹	吴慧卿
玫瑰	陈秀英	鸡冠	陆绮云
紫薇	王湘云	木芙蓉	陆文卿
芦花	吴雪琴	芝兰	王竹卿

　　挹香偷看了一回，见月老点完了，说道："你们多是散花苑主座下的司花仙女，因为偶触思凡之念，所以谪降红尘。如今尘缘已断，应该重入仙班。待本院主少顷送你们到万花山去归班可也。"说着，命童儿取出三十六颗丹药，递与众美人吃了。原来这丹名为"驱邪扫秽了情丹"，吃了此丹，便觉神清气朗，心静身轻，把一切柔情尽皆扫荡。月老又谓挹香道："你与钮氏乃是我座下的金童玉女。也为偶触思凡之念，致遭降谪，又令她们三十六人前来惑你，幸得你一念回头，始得仙班重列。从此，你可斩断情根，尽心修道。"说着，也取两颗丹儿，递与挹香、爱卿吃了。说也奇怪，始初挹香与爱卿尚有些柔情未断，一吃此丹，与爱卿竟同不相识的一般，漠不关心，就是三十六美也淡然不顾。月老发落了挹香等这件风流孽案，自己便驾着祥云，带了三十六美，来至万花山交代。

　　再说挹香见月老万花山去了，他一个人独自步出山门，徘徊四顾，恰遇邹、姚、叶三个好友汗漫而来。挹香笑说道："今日院主把我们这件风流案判结，今已送三十六美到万花山归班去了。我欲趁此闲暇，向红尘中探听探听我们平生之事，可有人称述，未识兄等可能同往一行？"拜林称善。于是四人各驾祥云，望吴中而来。到了苏城，按落云头，四人同施仙术，变作四个道者的模样，一路迤逦而行，从苏州府前望西而来。刚刚走至一家书坊店门首，见有许多人在那里买书，不胜拥挤。只听柜上人说道："过青田所著《勾股法》尚未刻竣，《医门宝》四卷业已发售。"挹香与拜林等听了，方知《医门宝》已经刷印。

　　正想间，忽见五个人执书一部，在柜上争先观看，挹香一见，却个个认识。拜林等三人却不认识，便问挹香。挹香道：

"此系燕墨纶、易菊卿、宋树生、计宝卿、周子鸿，皆过青翁之友也。"拜林道："原来如此。"于是四人便走入，挹香道："五位兄久违了。"五人凝眸一望，见挹香等四人仙风道骨，非凡俗庸流；相貌神情，有真修体态。不敢轻慢，便向挹香拱拱手道："久违了。"拜林便问道："兄等观看何书？"五个道："我们所买的是新出一部稗官野史，名曰《青楼梦》。"说罢，便向三人各问了姓氏，拜林等一一假名答之。于是五人执书作别，望东而去。

挹香便谓拜林道："这部书名字倒也新奇，想其中文法定妙。"拜林等道："何弗一观？"说着，便向铺中借了一部，细细地一看，却原来这做书的人，就是挹香的好朋友。这个人姓俞，他与挹香性情一般无二，其潇洒风流也是大同小异。所以，挹香慕道后，他便将其一生之事，着意描摹，半为挹香记事，半为自己写照。书中以"情"字作楔子，以"空"字起情之色，以"色"字结情之空。所以，这部书一出，众人多欲争先翻阅。挹香看了作书的人，又看书中人，谁知就是挹香自己。众美人姓名，与自己所为所作，一事不错，一事不紊。挹香看罢，不胜欣喜，便问店家道："这部书是耶？非耶？果否有其事耶？"那店主与外边买主均说道："怎么没有？二代白日升天之事，与他一生风流潇洒，大众咸知；况且他的儿子是个钦赐状元，现下在朝伴驾，官拜尚书，两个弟兄都以词林得选。凿凿可稽。"挹香道："原来如此。"于是与拜林等又看了一回，始与店家相别。

四人就此归山，金挹香至月老祠皈依仙座，邹、姚、叶三人亦隐避深山，日后皆至地仙之职。风流已尽，显达已享，四个好友同入仙班，真人间罕有之事也。

金挹香一生事毕，作者于此搁笔，而系之以诗曰：

事无不可对人言，半世唯留此一编。

饴目钟情怜翠馆，诚心割股感青天。

汉宫春梦催啼鸟，鸳水秋心悟朵莲。

如许光阴如许墨，漫矜成式酉阳篇。

绮红小史

经典书香 中国古典世情小说丛书